Un amour assassin

JULIE GARWOOD

Un amour assassin

Traduit de l'américain
par Erika Ruiz

ÉDITIONS FRANCE LOISIRS

Titre original :
MURDER LIST
publié par Ballantine Books, New York.

Édition du Club France Loisirs,
avec l'autorisation des Éditions Belfond

Éditions France Loisirs,
123, boulevard de Grenelle, Paris
www.franceloisirs.com

ISBN 978-2-298-00228-7

Prologue

Le premier jour de maternelle de Regan Hamilton Madison fut le pire de toute sa vie. Ce fut un tel désastre qu'elle se jura de ne jamais y remettre les pieds.

Dans son imagination, sa nouvelle école devait être fantastique. Pourquoi pas, après tout ? C'était bien ce que ses frères et sa mère n'avaient cessé de lui répéter. À l'arrière de la limousine familiale, sur le chemin de l'établissement privé de Briarwood, elle se sentait toute fière d'étrenner son uniforme : une jupe écossaise plissée gris et bleu marine, un chemisier blanc à col en pointe réglementaire, une cravate bleu marine nouée comme celle d'un homme et un blazer gris assorti frappé sur la poche de poitrine des initiales dorées de l'établissement. Des barrettes, autorisées par le règlement, retenaient ses cheveux bouclés tirés en arrière. Sa tenue tout entière, y compris ses chaussettes blanches qui lui montaient aux genoux et ses chaussures vernies, était flambant neuve.

Regan avait cru qu'elle s'amuserait, à l'école. Au cours des deux années précédentes, des institutrices qui ne se départaient jamais de leur sourire avaient passé leurs journées à les chouchouter, elle et neuf petits camarades de classe de son jardin d'enfants huppé, et à leur répéter qu'ils étaient tous plus formidables les uns que les autres. Elle s'était donc attendue à connaître à Briarwood un traitement similaire, sinon meilleur.

Sa mère était censée l'accompagner, comme toutes les autres mamans – et parfois même les pères –, mais, retenue par des circonstances qui, l'assura-t-elle, échappaient à son contrôle, elle devait rester à Londres chez son nouveau petit ami et ne pouvait rentrer à Chicago à temps.

Grand-mère Hamilton se serait fait une joie de l'emmener, mais elle aussi rendait visite à des amis à l'étranger et ne reviendrait pas avant deux semaines.

La veille, quand Regan avait eu sa mère au téléphone, elle lui avait dit qu'elle n'avait pas besoin de Mme Tyler, la bonne, pour la conduire. Sa mère avait alors suggéré qu'Aiden s'en charge. Son frère aîné aurait accepté de lui rendre ce service si elle le lui avait demandé, même si à dix-sept ans ça ne l'aurait guère enchanté. Tout comme ses deux autres frères, Spencer et Walker, il se mettrait en quatre pour elle.

Mais Regan préférait y aller seule. C'était une grande, maintenant. Son uniforme le prouvait, et si jamais elle se perdait elle n'aurait qu'à demander de l'aide à l'une des maîtresses.

La maternelle se révéla fort différente de ce qu'elle avait imaginé. Personne ne l'avait prévenue que la classe durait toute la journée, ni qu'elle devrait y côtoyer de très nombreux autres enfants et, surtout, tous les petits durs qui y imposaient leur loi. Ce qui l'inquiétait le plus, c'était cette fille plus âgée qui se plaisait à martyriser les petits dès que les enseignants avaient le dos tourné.

Lorsque, à quinze heures, la cloche sonna enfin, Regan se trouvait dans un tel état de terreur et d'épuisement qu'elle devait se mordre la lèvre pour ne pas pleurer.

Limousines et autres véhicules de luxe attendaient dans l'allée circulaire. Le chauffeur de Regan descendit de voiture et vint vers elle.

L'écolière eut beau le voir, elle était trop fatiguée pour courir à sa rencontre ; aussi Evan pressa-t-il le pas, alarmé par son apparence : ses barrettes, suspendues à des mèches flottantes, pendaient devant son visage ; sa cravate était défaite ; sa chemise sortait de sa jupe et une de ses chaussettes lui tombait sur la cheville. La fillette paraissait sortir tout droit d'un sèche-linge. Evan lui ouvrit la portière arrière et lui demanda :

— Tout va bien, Regan ?

— Oui, répondit-elle, la tête basse.

— Ça s'est bien passé, l'école ?

Elle se précipita sur la banquette.

— Je n'ai pas envie d'en parler.

Quand Mme Tyler l'accueillit à la maison, elle posa à Regan la même question et obtint la même réponse.

La domestique lui prit son cartable, et Regan, après l'avoir remerciée, gravit en courant le grand escalier et fonça jusqu'à sa chambre au bout du couloir sud, ferma la porte et fondit en larmes.

Regan savait que son incapacité à maîtriser ses émotions, malgré de véritables efforts, décevait sa mère. Si elle s'égratignait le genou en tombant et si sa plaie la piquait, il fallait qu'elle pleure, peu importe où elle se trouvait et qui risquait d'assister à ses effusions.

Quand elle éprouvait un chagrin, elle enfreignait les règles que sa mère tentait de lui inculquer. On répétait sans cesse à Regan de se comporter comme une grande, mais, à part garder les jambes serrées quand elle s'asseyait, elle ne savait pas très bien en quoi cela consistait. Elle détestait souffrir en silence, même si chez les Madison il s'agissait du premier commandement. Se montrer courageuse lui importait tout aussi peu, et si elle était contrariée, il fallait que toute la famille soit au courant.

Hélas ! pour l'instant, il n'y avait qu'Aiden à la maison. C'était celui qui lui témoignait le moins de compassion, sans doute parce que étant l'aîné il n'avait que faire des soucis d'une fillette de cinq ans. Il ne supportait pas qu'elle pleure, mais ce fut loin de suffire à arrêter sa sœur.

Regan se moucha, se débarbouilla et se changea. Après avoir retiré son uniforme, elle le plia soigneusement puis le jeta dans son bac à linge sale. Comme elle ne retournerait jamais dans cette horrible école, elle n'aurait plus besoin de ces vêtements de malheur. Elle enfila un short et un petit haut assorti, puis viola une autre règle en courant pieds nus jusqu'à la chambre de son frère, à l'autre bout du couloir.

Elle frappa timidement à la porte.

— Je peux entrer ?

Sans attendre la réponse, elle traversa la pièce en trombe et se jeta sur la couette qu'il poussait toujours par terre pendant son sommeil. Assise en tailleur, elle décrocha ses barrettes et les laissa tomber sur ses genoux.

Aiden parut agacé. En tenue de rugby, il était à son bureau, entouré de manuels scolaires. Elle ne remarqua qu'il était au téléphone qu'au moment où il dit au revoir et raccrocha.

— Normalement, tu dois attendre que je te donne l'autorisation. Tu ne peux pas te précipiter comme ça dans ma chambre.

Voyant qu'elle ne répondait rien, il se cala sur son fauteuil, examina le visage de Regan et demanda :

— Tu as pleuré ?

Après un instant de réflexion, elle choisit d'enfreindre un autre précepte :

— Non, mentit-elle, les yeux braqués vers le sol.

Loin d'être dupe, il décida pourtant de ne pas insister. À l'évidence, quelque chose tracassait sa petite sœur.

— Un souci ? demanda-t-il.

— Non non, fit-elle, évitant toujours de le regarder.

Il poussa un profond soupir.

— Écoute, je n'ai pas le temps de jouer aux devinettes, Regan. Je pars à l'entraînement dans cinq minutes, alors raconte-moi ce qui te chagrine.

Elle haussa les épaules.

— Rien du tout, je te jure.

Du bout du pied, elle décrivait des cercles sur l'édredon. Aiden préféra laisser tomber le sujet.

Alors qu'il laçait ses chaussures, il se souvint que ce jour-là Regan faisait sa rentrée à Briarwood.

— Et l'école, ça s'est bien passé ? s'enquit-il d'un ton détaché.

Il fut pris au dépourvu par la réaction de Regan : elle fondit en larmes, enfouit la tête dans la couette, où elle trouva commode de s'essuyer les yeux et le nez. Elle lui raconta alors d'un trait tout ce qu'elle ruminait depuis la récréation :

— Je déteste l'école et je veux plus y retourner, plus jamais, parce qu'ils n'ont pas voulu qu'on ait de goûter et que j'ai dû rester assise trop longtemps et il y a une fille de ma classe eh ben y a une grande qui l'a fait pleurer et la grande elle a dit que si on rapportait à la maîtresse elle nous attaquerait alors moi je savais pas quoi faire alors à la récré j'ai consolé la fille et maintenant je veux plus jamais aller dans cette école parce que demain y a la grande elle a dit qu'elle attaquerait encore la fille.

Aiden n'en revenait pas ; Regan pleurnichait tout son soûl. N'eût-elle été aussi triste, il aurait ri. Quelle comédie ! Elle tenait ce trait de caractère du côté Hamilton. Tous les Hamilton étaient à fleur de peau. Par chance, Spencer, Walker et lui avaient hérité du côté Madison. Ils étaient bien plus réservés.

Sa petite sœur geignait tellement qu'Aiden n'entendit pas les coups à sa porte. Spencer et Walker se précipitèrent à l'intérieur. Tous les deux étaient aussi bruns et dégingandés qu'Aiden. À quinze ans, Spencer était le plus sensible des trois frères. Quant à Walker, qui venait de fêter ses quatorze ans, c'était la tête brûlée de la famille, le plus turbulent. La figure et les bras couverts d'ecchymoses, on aurait dit qu'il revenait de la guerre. Deux jours plus tôt, alors qu'il grimpait sur le toit pour récupérer un ballon, il avait perdu l'équilibre. Il se serait sans doute brisé la nuque s'il n'avait agrippé une branche d'arbre lors de sa chute. Son copain Ryan avait eu moins de chance. En lui tombant dessus, Walker lui avait cassé le bras. Ryan, jusqu'alors *quarterback* de l'équipe du collège, devait déclarer forfait pour la saison. Walker n'éprouvait pas une grande culpabilité : il rejetait la faute sur la branche, qui, d'après lui, l'avait empêché d'éviter son camarade.

À présent, il cherchait des traces de coups sur Regan mais n'en décela aucune. Pourquoi pleurait-elle donc ?

— Qu'est-ce que tu lui as fait ? demanda-t-il à Aiden.

— Rien du tout.

— Qu'est-ce qu'elle a, alors ?

Plongé dans l'embarras, Walker se pencha au-dessus du lit pour examiner leur petite sœur.

Spencer l'écarta d'un coup de coude, s'assit à côté de Regan et, avec maladresse, se mit à lui tapoter l'épaule.

Au bout d'un moment, la fillette commença à se calmer. Aiden poussa un autre soupir – avec un peu de chance, l'orage était passé. Tout en finissant de nouer ses lacets, il déclara :

— Bon, elle va mieux. Surtout, ne la questionnez pas sur…

— Comment c'était… ? demanda Walker au même moment.

Les pleurs reprirent de plus belle.

— … l'école, termina Aiden.

Il détourna la tête pour cacher son sourire à sa sœur. Il ne voulait pas la blesser, mais quel coffre elle avait ! Il s'étonnait toujours qu'un si petit gabarit puisse produire un tel volume sonore.

— Elle a passé une sale journée, expliqua-t-il à ses frères.

— Tu crois ? fit Spencer.

Regan cessa de pleurer assez longtemps pour dire :

— J'y retournerai jamais.

— Qu'est-ce qui s'est passé ? s'enquit Walker.

Regan récita une deuxième fois sa litanie entrecoupée de sanglots.

— Il faudra bien que tu y retournes, tenta de la raisonner Spencer, qui aurait mieux fait de se taire.

— Non, jamais !

— Je te dis que si.

— Papa il m'aurait pas forcée.

— Comment tu peux le savoir ? Quand il est mort tu étais encore bébé. C'est impossible que tu te souviennes de lui.

— Si, je m'en rappelle bien de lui.

— Ta syntaxe est vraiment épouvantable, commenta Aiden.

— Et c'est pour ça que tu dois retourner à l'école, renchérit Spencer, qui dut hausser le ton pour se faire entendre par-dessus les hurlements de sa sœur.

— Ce qu'elle peut faire comme boucan ! bougonna Aiden, qui secoua la tête et ajouta : Bon, si je ne pars pas bientôt, je vais être en retard, alors mettons les choses au clair. Regan, arrête de te moucher dans mes draps et redresse-toi, ordonna-t-il en essayant de prendre une voix sévère.

Malgré les efforts de son frère, Regan ne voulut rien savoir. Elle cesserait de pleurer quand elle l'aurait décidé.

— Écoute, Regan. Il faut que tu te calmes et que tu nous racontes ce qui s'est passé, intervint Walker. Qu'est-ce qu'elle t'a fait, au juste, cette grande ?

Spencer plongea la main dans sa poche et en sortit un mouchoir en papier tout froissé.

— Tiens, mouche-toi et assieds-toi. Allez, on ne pourra pas régler ce problème tant qu'on ne saura pas tout, d'accord ?

Aiden secouait la tête.

— Regan le réglera toute seule, ce problème.

Elle se redressa d'un seul coup.

— Non, c'est pas vrai, parce que j'y retournerai jamais.

— Prendre la fuite n'est pas une solution, affirma Aiden.

— Je m'en fiche. Je resterai à la maison.

— Attends, Aiden. Si une grande brute s'en prend à notre sœur, alors il faut qu'on s'en…, commença Walker.

Aiden le fit taire d'un geste.

— Essayons d'en savoir un peu plus avant d'agir, Walker. Bon, elle a quel âge, cette grande ?

— Je sais pas.

— OK. Dans quelle classe elle est ?

— Comment elle pourrait le savoir ? demanda Spencer. Elle n'est qu'en maternelle.

— Si je le sais. Elle est en CE1, elle s'appelle Morgan, et elle est méchante.

— Ça on le sait déjà, la rabroua Aiden d'un ton impatient, avant de vérifier l'heure. Bon, enfin on avance un peu.

Walker et Spencer souriaient. Par chance, Regan ne s'en aperçut pas.

— Tu as dit que cette CE1 a fait pleurer une autre fille ?

— Ouais.

— Comment elle s'y est pris ? voulut savoir Walker. Elle l'a frappée ?

— Non.

— Alors pourquoi elle a pleuré ? demanda Walker, qui s'impatientait autant qu'Aiden, à présent.

Les larmes perlèrent de nouveau du coin des yeux de Regan.

— Elle l'a forcée à lui donner ses barrettes.

— Ta copine, elle est en maternelle aussi ?

— Elle est gentille. Elle est assise à côté de moi, elle s'appelle Cordelia, mais elle dit que tout le monde l'appelle Cordie, alors je fais pareil.

— Tu l'aimes bien, cette Cordelia ?

— Oui, et il y a une autre fille que j'aime bien. Elle s'appelle Sophie et elle est à la même table que nous.

— Alors, tu vois ? fit Aiden, ce n'est que ton premier jour d'école et tu as déjà deux copines.

Croyant la crise passée, il saisit ses clés de voiture et se dirigea vers la porte. Walker l'interpella.

— Deux secondes, Aiden. Tu ne peux pas t'en aller tant qu'on n'aura pas pris de décision concernant cette affaire.

Aiden s'arrêta.

— Tu plaisantes ou quoi ? Elle est en CE1.

— N'empêche, il faut bien qu'on trouve une solution pour protéger Regan.

— Quoi, tu veux que demain on se pointe tous les trois à la sortie de l'école pour fiche les jetons à cette gamine ?

Regan se ragaillardit :

— Ça, c'est une bonne idée. Dites-lui de nous laisser tranquilles, moi et mes copines.

— Ou alors, tempéra Aiden, tu pourrais te débrouiller toute seule. Tu pourrais lui tenir tête et lui répondre que tu ne lui donneras rien.

— Le premier truc, c'est mieux.

— Quoi, le premier ?

— Celui où Spencer, Walker et toi vous m'accompagnez à l'école pour lui faire peur. C'est ça que je choisis. Vous pouvez rester toute la journée avec moi, si vous voulez.

— Ce n'est pas un questionnaire à choix mult..., protesta Aiden.

— Attends un peu, le coupa Walker. Celle qui vous embête... c'est quoi son prénom, déjà ?

— Morgan.

— OK. Tu n'as pas dit que cette Morgan, elle allait s'en prendre à Cordelia, demain ?

Regan renifla et ouvrit des yeux ronds.

— Alors pourquoi tu t'inquiètes ? Ce n'est pas à toi qu'elle va chercher des ennuis.

— Parce que c'est ma copine, Walker, répondit Regan très sérieusement.

Aiden sourit.

— Et tu crois qu'elle sera contente, demain, en voyant que tu n'es pas là ?

— Cordie elle retourne pas à l'école non plus. Elle me l'a dit.

— Ouais, eh ben, moi, je te parie que ses parents vont l'obliger à y aller. Tu sais, Regan, il y a deux catégories de personnes, sur terre : ceux qui s'écrasent devant les petits durs et ceux qui les affrontent.

Elle essuya ses larmes.

— Et moi, je suis quoi ?

— Tu es une Madison. Les ennuis ne te font pas peur, et tu ne t'écrases devant personne.

Guère enchantée de l'apprendre, Regan sut pourtant à la figure résolue de son frère qu'elle ne parviendrait pas à lui faire changer d'avis. En tout cas, contente d'avoir partagé ses peurs, elle se sentait mieux.

Le lendemain matin, alors que Mme Tyler lui brossait les cheveux, Regan envisagea d'enlever ses barrettes, mais elle préféra les garder au cas où Cordelia aurait besoin d'une paire de rechange.

En arrivant à Briarwood, des crampes lui nouaient l'estomac. Elle vit Cordie qui l'attendait près des portes.

— Je croyais que tu voulais pas revenir, déclara Regan en arrivant à sa hauteur.

— C'est mon papa qui m'a obligée, répondit la fillette d'un air abattu.

— Moi, c'est mon frère.

Sophie les appela. Elle sortait tout juste de la voiture qui l'amenait et luttait pour passer les bretelles de son cartable.

Quand elle vit Regan et Cordie ensemble, elle courut à leur rencontre. Regan trouvait qu'elle ressemblait à une princesse : elle avait des cheveux blonds si clairs qu'ils en paraissaient presque blancs, et des yeux d'un vert magnifique.

— J'ai une idée, annonça Sophie quand elle les eut rejointes. À la récré, on pourra se cacher derrière les CM2 à la cage à poules, et puis toi, Regan, tu pourras t'approcher de Morgan en secret et lui reprendre les barrettes de Cordie.

— Comment ? demanda Regan.

— Comment quoi ?

— Comment tu veux que je récupère les barrettes ?

— Je sais pas, mais tu trouveras bien un moyen.

— Papa a dit que je devais tout raconter à la maîtresse, mais je veux pas, déclara Cordie, qui chassa ses boucles brunes de ses épaules et ajouta : Si je rapporte, Morgan, elle sera encore plus en colère.

Soudain, Regan se sentit très adulte.

— Il faut qu'on se défende contre elle. C'est Aiden qui l'a dit.

— Qui c'est, Aiden ? demanda Sophie.

— Mon frère.

— Mais y a que moi qu'elle embête, Morgan, intervint Cordie. C'est pas toi ou Sophie. Il faudrait plutôt vous cacher.

— Tu pourrais te cacher avec nous, suggéra Sophie.

— La maîtresse, elle va nous faire aller dans la cour, à la récréation, alors Morgan va me trouver.

— On restera ensemble, et si elle essaie de te prendre tes affaires, on lui dira de s'en aller. Si on est trois, peut-être qu'elle aura peur.

— Peut-être, reconnut Sophie sans grand enthousiasme.

Regan devina qu'elle n'y croyait pas vraiment.

— Je trouverai un plan pour la récré, déclara Sophie, l'air très sûr d'elle.

Regan aurait aimé être aussi confiante. Sa nouvelle copine semblait ne s'inquiéter de rien. Regan, en revanche, était de nature soucieuse – tout comme Cordie, apparemment. Les deux fillettes se firent un sang d'encre toute la matinée.

À cause d'un petit crachin, elles passèrent la première pause dans la salle de classe, mais à l'heure du déjeuner et à la grande récréation, quand les maternelles se mêlaient au reste de l'école, il faisait beau et elles furent forcées d'aller dans la cour.

Regan se rendit compte qu'elle aurait dû ne rien manger. Le lait commençait à lui peser sur l'estomac.

Morgan les attendait près des balançoires réservées aux plus petits. Par chance, Sophie avait élaboré un nouveau plan.

— Dès que Morgan verra Cordie et s'approchera d'elle, je courrai chercher Mme Grant.

— Tu vas dire à la maîtresse ce que Morgan fait à Cordie ?

— Non.

— Pourquoi ? s'enquit Regan.

— J'ai pas envie qu'on me traite de rapporteuse. Mon père, il dit qu'être une rapporteuse y a rien de pire.

— Qu'est-ce que tu vas faire, alors ? demanda Regan, qui surveillait Morgan du coin de l'œil.

Pour l'instant, la petite peste ne les avait pas repérées.

— Je sais pas encore ce que je vais raconter à la maîtresse, mais je vais m'arranger pour qu'elle s'approche assez pour entendre Morgan embêter Cordie. Avec un peu de chance, elle la verra lui voler ses barrettes.

— Ce que t'es intelligente, Sophie ! s'extasia Cordie.

Ce plan est génial, pensa Regan. Sophie disparut à l'intérieur de l'école au moment même où Morgan, qui ressemblait à une géante effrayante, s'approchait d'elles d'un pas lourd.

Les deux fillettes eurent un mouvement de recul involontaire. Morgan poursuivait sa progression. Affolée, Regan chercha du regard Sophie et Mme Grant, mais ne trouva ni l'une ni l'autre. Terrifiée, elle regarda les pieds de Morgan, qui lui parurent aussi grands que ceux d'Aiden, puis leva timidement les yeux vers leur ennemie jurée. Elle se sentait nauséeuse.

Voilà que Regan se retrouvait avec deux soucis : endurer la méchanceté de Morgan et vomir devant toute l'école.

La petite dure tendit la main et lança un regard noir à Cordie.

— Aboule, dit-elle en agitant les doigts.

Cordie s'apprêta sur-le-champ à retirer ses barrettes mais Regan lui saisit le poignet.

— Non, déclara-t-elle en se postant devant Cordie. Laisse-la tranquille.

C'était l'acte le plus audacieux qu'elle ait jamais accompli, et pourtant elle se sentait toute faible, comme prise de vertiges et sur le point de rendre son déjeuner. De la bile brûlante lui remontait dans l'œsophage et elle peinait à avaler sa salive, mais elle ne se souciait guère de ses malheurs – elle se montrait très courageuse, et elle n'avait qu'une hâte : le raconter à Aiden.

Morgan lui enfonça l'index dans la poitrine. Regan recula en titubant et manqua tomber, mais elle reprit vite son équilibre et se planta fermement sur ses pieds.

— Laisse Cordie tranquille, répéta-t-elle d'une voix faible à cause de la bile qui montait dans sa gorge.

Elle déglutit avec force et cria son ordre encore une fois.

Oh oh… Son estomac faisait des bonds, et elle savait qu'elle n'atteindrait jamais les toilettes des filles à temps.

— D'accord, fit Morgan, qui s'approcha d'un air menaçant et la poussa de nouveau. Dans ce cas, c'est toi qui vas me filer un truc.

L'estomac gargouillant de Regan se fit un plaisir de satisfaire sa demande.

1

Le démon cherchait à s'échapper.

L'homme n'en fut ni surpris ni inquiet. La bête se réveillait toujours en fin de journée, quand il n'avait pas l'esprit accaparé par son travail et que son corps ressentait le besoin impérieux de se détendre.

Pendant presque une année entière, il n'avait pas eu conscience de la présence du démon, resté tapi en lui. Naïvement, il avait cru souffrir de crises de panique, ou de petits vertiges, comme il se plaisait à les définir pour atténuer son angoisse. Tout commençait par un picotement dans le ventre qui n'avait rien de désagréable. C'était comme serrer une pierre chaude contre son corps frigorifié, mais à mesure que la journée passait la pierre devenait brûlante, d'une chaleur insoutenable. Alors la peur le submergeait, elle lui donnait la chair de poule et l'envie de hurler à pleins poumons ; par désespoir, il songeait à avaler un des cachets que lui avait prescrits le médecin, mais il ne prenait jamais rien, pas même une aspirine, par peur de s'en trouver affaibli.

Il avait le sentiment d'être quelqu'un de bien – il payait ses impôts, allait à la messe et travaillait à plein temps. Il occupait un poste stressant où il fallait toujours rester sur le qui-vive, qui exigeait toute sa concentration et ne lui laissait pas le temps de penser au lourd fardeau qui l'attendait chez lui. Faire de longues journées ne le gênait pas. En fait, il s'en réjouissait parfois. Jamais il ne fuyait ses responsabilités, qu'elles soient d'ordre professionnel ou intime. Il s'occupait de Nina, sa femme invalide, qui avait insisté pour qu'ils emménagent à Chicago afin de prendre un nouveau départ après son accident. Il y avait trouvé du travail en moins de deux semaines, ce qui lui avait semblé de bon augure, et depuis il menait une vie éreintante mais joyeuse. Nina et lui avaient décidé de placer une petite partie des indemnités dans l'achat d'une maison spacieuse aux abords de la ville, et dès leur arrivée il avait passé ses soirées d'été à aménager le rez-de-chaussée pour que Nina puisse circuler sans mal dans son fauteuil roulant dernier cri aussi léger qu'une plume. Ses jambes ayant été mutilées lors de l'accident, Nina ne remarcherait jamais, c'était certain. Il avait accepté ce coup du sort, choisi d'aller de l'avant, et ressenti un grand soulagement quand Nina avait recouvré ses forces et appris à se débrouiller seule dans la journée.

À la maison, il mettait un point d'honneur à la choyer. Chaque soir, il préparait le repas et faisait la vaisselle, puis ils regardaient ensemble leurs émissions télévisées préférées.

Après dix ans de mariage, leur amour n'avait jamais faibli. Seul point positif de ce terrible accident : il avait éliminé au sein de leur couple toute possibilité de tomber dans une complaisance où chacun puisse croire que l'autre lui était acquis. Et pour cause... Sa douce Nina était morte sur la table d'opération puis, par le plus grand des miracles, lui était revenue. Les chirurgiens s'étaient battus toute la nuit pour la sauver. Quand il avait appris qu'elle vivrait, il s'était agenouillé dans la chapelle de l'hôpital et juré de passer le restant de ses jours à la rendre heureuse.

Il menait une existence riche, épanouissante... à une petite exception près.

La découverte du démon qui sommeillait en lui n'avait pas été progressive, mais brutale.

Au cours d'une nuit d'insomnie, plutôt que remuer dans le lit et risquer de réveiller Nina, il était allé faire les cent pas dans la cuisine. Il avait bu un peu de lait en espérant que cela le calmerait, sans grand résultat. Alors qu'il posait son verre vide dans l'évier, celui-ci lui avait échappé et s'était brisé. Le bruit avait semblé résonner dans toute la maison. Il s'était précipité devant la porte de la chambre et avait tendu l'oreille. Quel soulagement de constater que sa femme dormait toujours.

Son angoisse avait pourtant continué à croître. Était-il en train de perdre la raison ? Non, non... il traversait une de ses mauvaises passes, rien de plus. Celle-ci n'avait rien de terrible. Il pouvait la maîtriser.

Le journal se trouvait sur le comptoir, là où il l'avait laissé. Il l'avait emporté jusqu'à la table s'était fixé l'objectif de le lire du premier au dernier paragraphe, ou du moins jusqu'à ce qu'il ne parvienne plus à garder les paupières ouvertes.

Après les pages sportives, il était passé aux nouvelles locales. Alors qu'il parcourait un article sur l'inauguration d'un nouveau parc et d'une piste de course à pied, une photo avait attiré son attention. Une magnifique jeune femme prenait la pose devant un groupe d'hommes, une paire de ciseaux à la main, prête à couper le ruban tendu en travers de la piste. Et elle lui souriait.

Il lui avait été impossible de détacher son regard du sien.

Il était en train de lire les noms qui figuraient en légende quand c'était arrivé. Soudain accablé par une violente oppression, il avait eu l'impression d'étouffer. Une décharge semblable à un éclair et très douloureuse avait traversé son cœur. Allait-il mourir d'un infarctus, ou n'était-ce qu'une autre crise de panique ?

« Du calme, s'était-il dit. Détends-toi. Respire à fond. »

L'angoisse était devenue plus forte encore, accompagnée cette fois d'une peur horrible mais familière. Puis sa peau s'était mise à le démanger et à le brûler, et il s'était gratté bras et jambes en déambulant nerveusement autour du comptoir. Qu'est-ce qui lui arrivait ?

Quand il s'était arrêté, il avait vu les égratignures ensanglantées sur ses membres, dont certaines si profondes que son sang gouttait par terre. Au bord de l'explosion, torturé par la terreur, il s'était arraché les cheveux en poussant des gémissements. Puis, la révélation lui était apparue telle une lumière aveuglante : il n'avait plus la maîtrise de son corps. Il ne contrôlait même plus son souffle.

Avec une évidence surprenante, il avait compris que quelqu'un respirait à sa place.

Le lendemain matin, il s'était réveillé en position fœtale sur le sol de la cuisine. Avait-il perdu connaissance ? Titubant, il s'était levé en s'appuyant sur le comptoir puis, les yeux fermés, avait pris plusieurs grandes inspirations. Il avait repéré les ciseaux sur le journal. Était-ce lui qui les avait posés là ? Impossible de s'en souvenir. Il les avait rangés dans le tiroir et avait jeté le journal dans la benne à papiers du garage. Puis il avait trouvé l'article et la photo de la femme souriante qui l'attendaient au milieu de la table. Il avait compris qui les avait placés là et pourquoi.

Le démon la réclamait.

Le visage enfoui dans ses mains, il s'était mis à pleurer.

Il savait qu'il devait trouver un autre moyen d'apaiser la bête. L'activité physique semblait efficace. Il était allé s'entraîner comme un forcené à la salle de musculation. Un de ses exercices favoris était d'enfiler des gants de boxe et de cogner dans le sac de sable le plus fort et le plus longtemps possible. Il perdait alors la notion du temps et ne s'arrêtait qu'au moment où il ne pouvait plus lever les bras sans ressentir une douleur intolérable.

Durant des jours, il s'était maintenu dans un état d'épuisement perpétuel. Hélas ! ça n'avait pas suffi.

Le temps filait à toute vitesse. Le démon le dévorait de l'intérieur. Ironie du sort, c'est sa femme qui lui avait donné l'idée de sortir. Un soir, alors qu'elle lui tenait compagnie pendant qu'il lavait la vaisselle, elle lui avait suggéré de s'amuser, de passer une soirée avec des amis.

Il avait vivement protesté : il s'absentait déjà tellement souvent à cause du travail. Et puis toutes ces heures à la salle de sport… Il la laissait seule déjà bien assez souvent.

À force d'entêtement et de cajoleries, elle avait réussi à le convaincre. Il avait accepté pour lui faire plaisir.

Ce soir, ç'allait donc être sa première sortie. Il sentait déjà l'adrénaline couler dans ses veines. Il était aussi nerveux et surexcité qu'à son premier rendez-vous amoureux.

Avant de partir, il avait dit à Nina qu'après le bureau il irait retrouver des amis au Sully, un bar-gril très fréquenté, mais qu'elle ne devait pas s'inquiéter : s'il buvait un peu trop, il rentrerait en taxi.

Tout n'était que mensonge.

S'il se rendait en ville, ce n'était pas pour se détendre. C'était pour chasser.

2

Regan Madison venait de passer trois jours horribles. Elle avait vu des vieux dégueus partout : à l'aéroport, à l'hôtel, et même dans les rues de Rome. Un vieux dégueu, d'après sa définition, était un homme d'âge mûr fortuné qui se promenait avec, à son bras, une maîtresse deux fois plus jeune que lui. Regan n'avait jamais prêté attention à de tels couples avant que son beau-père, Emerson, épouse Cindy, qu'il avait prise au berceau. Regan comprenait ce qu'Emerson aimait chez elle : elle avait le corps d'une danseuse de charme et le QI d'une huître. Voilà qui la rendait parfaite à ses yeux.

Par chance, ce couple mal assorti mais rayonnant d'un bonheur délirant était resté à Rome alors que de son côté elle était rentrée à Chicago. Épuisée par le vol interminable, elle alla se coucher tôt et dormit huit heures, convaincue que la journée du lendemain ne pourrait être que meilleure.

Elle se trompait.

Quand elle se réveilla à six heures, elle eut l'impression qu'un millier d'élastiques lui enserraient le genou gauche et lui coupaient la circulation sanguine. Elle se l'était cogné la veille contre sa commode et n'avait pas pris le temps d'y appliquer de la glace. La douleur était à la limite du supportable. Elle repoussa les couvertures, s'assit dans son lit et se massa jusqu'à ce que les élancements s'atténuent.

Ses problèmes au genou dataient d'une partie de base-ball organisée par une œuvre caritative. Postée en première base, elle se débrouillait très bien jusqu'au moment où elle avait pivoté dans le mauvais sens et s'était déchiré le cartilage méniscal. Le chirurgien orthopédiste qu'elle avait consulté lui avait conseillé l'opération en l'assurant qu'elle recouvrerait toutes ses capacités en quelques jours, mais Regan n'avait cessé de remettre l'intervention à plus tard.

Avec une grande précaution, elle posa les pieds par terre. Puis, comme si ses malheurs articulaires ne suffisaient pas, elle se mit à éternuer et les larmes lui montèrent aux yeux.

Regan entretenait une relation contradictoire avec sa ville natale. Elle adorait ses galeries et ses musées, pensait que les boutiques y étaient aussi fabuleuses qu'à New York – point sur lequel elle était en profond désaccord avec ses deux meilleures amies, Sophie et Cordelia –, et estimait qu'au moins huit habitants sur dix y étaient sympathiques, respectables et honnêtes. La plupart lui souriaient quand ils la croisaient et certains lui disaient même bonjour. Comme la majorité des Américains du Midwest, ils étaient affables et polis sans pour autant se montrer indiscrets. C'étaient des gens courageux, même s'ils adoraient se plaindre du mauvais temps, surtout en hiver, quand le vent donnait l'impression qu'on vous poignardait dans le dos ou en pleine poitrine, selon qu'on marchait en direction du lac Michigan ou dans l'autre sens.

En revanche, le printemps était pour elle un véritable calvaire car elle souffrait de toutes sortes d'allergies. Chaque année à la même période, elle se transformait en pharmacie ambulante, mais elle refusait que ces petits soucis l'handicapent. Les jours où la pollution et le taux de pollen atteignaient des pics, elle bourrait son sac à main de paquets de mouchoirs, d'aspirine, d'antihistaminiques, de décongestif et de collyre, et prenait sur elle.

Consciente qu'une journée chargée l'attendait et qu'elle était censée démarrer sur les chapeaux de roue, elle n'avait pourtant qu'une envie : rester bien au chaud sous la couette. C'était si bon d'être chez soi.

Son chez-soi, c'était une suite à l'Hamilton, un des hôtels cinq étoiles que possédait la famille. Situé dans le quartier branché de Water Tower, l'établissement pouvait se targuer d'une réputation d'élégance, de sophistication et de confort. Pour l'instant, cette situation convenait à Regan. En vivant là, elle avait tout sous la main. Les bureaux de la direction s'y trouvaient, et il lui suffisait de prendre l'ascenseur pour aller travailler. En outre, elle connaissait la plupart de ses collaborateurs depuis son enfance et les considérait comme des proches.

Elle ne céda pas à son envie de retourner se coucher. D'un pas traînant, elle gagna la salle de bains, où elle se débarbouilla, se brossa les dents et se fit une queue-de-cheval, puis elle monta au dix-huitième étage courir ses trois kilomètres quotidiens sur le tapis de course. Ce n'était pas une petite poussée de rhume des foins ou une douleur au genou qui allaient l'en empêcher. Trois kilomètres tous les jours, quoi qu'il arrive.

À sept heures et demie, elle était douchée, habillée, et avait pris son petit déjeuner – pain complet grillé, pamplemousse et thé.

Alors qu'elle venait de s'installer à son bureau pour parcourir ses mémos, le téléphone sonna.

C'était Cordelia qui appelait pour prendre de ses nouvelles.

— Alors, Rome ?

— Pas mal.

— Ton beau-père était là ?

— Oui.

— Ça ne pouvait pas être « pas mal », en ce cas. Allez, tu peux tout me dire, à moi.

Regan soupira.

— C'était horrible, reconnut-elle.

— J'imagine que beau-papa avait emmené sa nouvelle dulcinée…

— Évidemment…

— Elle est toujours en Escada de la tête aux pieds ?

Regan sourit : Cordie avait le don pour dédramatiser les situations les plus pénibles.

— Pas Escada, rectifia-t-elle. Versace. Oui, elle possède toute la panoplie.

Cordie ricana.

— Je vois le tableau. Et tes frères ?

— Aiden était là, forcément. L'hôtel de Rome, c'est son projet fétiche, et il est toujours aussi sérieux. Ça fait des années que je ne l'ai pas vu sourire, je crois. C'est sans doute ça, d'être l'aîné.

— Et Spencer et Walker ?

— Spencer a dû rester à Melbourne à cause d'un problème de dernière minute concernant la décoration du nouvel hôtel. Walker, lui, n'a assisté qu'à la réception. Il voulait se reposer avant la course.

— Tu lui as parlé ?

— Oui.

— Tant mieux. Tu lui as pardonné, en fin de compte ?

— Il faut croire que oui. Il ne faisait que ce qu'il croyait juste. Avec le recul, j'ai vu les choses différemment, comme tu l'avais prédit, alors vas-y, tu peux jubiler. Qui plus est, je m'en voudrais d'attendre qu'il ait brûlé la chandelle par les deux bouts avant de le lui dire. Il a encore eu un accident de voiture, le mois dernier.

— Et il s'en est tiré sans la moindre égratignure, pas vrai ?

— Exact.

— Je suis contente que tu ne lui en veuilles plus.

— J'aimerais qu'il soit un peu plus réfléchi, c'est tout. Il est trop impulsif. Je suis sortie une fois ou deux avec un homme, et il a engagé un détective pour enquêter sur lui.

— Attends un peu… Tu es sortie plus souvent que ça avec Dennis.

— Oui, bon…

— Au moins, il ne t'a pas brisé le cœur. Tu ne l'aimais pas.

— Comment le sais-tu ?

— Quand tu as rompu, tu n'as pas versé une seule larme, toi qui pleures comme une Madeleine en voyant un chiot à la télé… Ça signifie que tu ne tenais pas beaucoup à lui. Soit dit en passant, je suis supercontente que tu l'aies largué. Il ne pouvait t'apporter rien de bon.

— Ce n'est pas ce que je pensais, à l'époque. À mes yeux, il frisait la perfection. Nous avions tant de points communs. Il aimait le théâtre, la danse classique et l'opéra, et ça ne le dérangeait jamais d'assister aux soirées caritatives. Je croyais que nous avions les mêmes valeurs…

— Peut-être, mais ce n'était pas le véritable Dennis, pas vrai ? Il en avait après ton argent, Regan, et tu as déjà bien trop à faire pour t'encombrer de ce genre de types.

— Pitié, pas de sermon sur ma beauté et mon intelligence.

— Ne t'inquiète pas, je n'ai pas le temps. Il faut que je retourne au labo avant que mes élèves le fassent exploser. J'appelais juste pour m'assurer que tu étais bien rentrée et te demander si ça te disait qu'on dîne ensemble ce soir, parce que demain j'entame mon régime de pamplemousses.

— Ça m'aurait fait plaisir mais j'ai du boulot jusqu'au cou. Je vais passer la semaine à essayer de rattraper mon retard.

— Bon, on fixe ça vendredi, alors, et je commencerai mon régime samedi. On a besoin de s'amuser un peu, toutes les deux. Je viens de passer une semaine atroce. Lundi, un des gamins a fait tomber un carton de matériel et toutes les nouvelles éprouvettes sont cassées. Mardi j'ai appris qu'on me diminuait de moitié mon budget pour l'année prochaine. De moitié, tu te rends compte ! Et puis mercredi Sophie m'a appelée pour me demander un service, horrible lui aussi.

— Quel genre de service ?

— J'ai dû aller vérifier un truc au poste de police.

— Quel truc ?

— Il faudra que tu attendes un peu pour connaître les détails croustillants. Sophie m'a fait promettre de ne rien raconter. Elle veut tout t'expliquer elle-même.

— Elle est encore en train de mijoter un coup, n'est-ce pas ?

— C'est possible. Oh oh... Un de mes élèves me fait de grands signes d'un air affolé. Faut que je te laisse.

Cinq minutes plus tard, Regan reçut un coup de téléphone de Sophie, qui alla droit au fait.

— Il faut que je te demande un coup de main. Un gros.

— Ça c'est bien passé, à Rome. Merci de me poser la question. Quel genre de coup de main ?

— Dis oui d'abord.

— Je ne suis pas tombée dans ce piège depuis la maternelle, répondit Regan en riant.

— Dans ce cas, déjeunons ensemble. Pas aujourd'hui, s'empressa d'ajouter Sophie. Tu dois être débordée et moi j'ai deux rendez-vous consécutifs que je ne peux manquer. On pourrait se retrouver demain ou après-demain ? Il me faudra deux heures.

— Deux heures pour déjeuner ?

— Déjeuner et te demander un service, rectifia Sophie. Au Palms, vendredi à midi et demi, ça te va ? Cordie termine à midi, alors elle pourra nous rejoindre. Vendredi, c'est bon ?

— Je ne suis pas sûre de...

— J'ai vraiment besoin de ton aide, précisa Sophie d'un ton misérable.

Regan eut beau savoir qu'elle cherchait à l'amadouer, elle céda.

— Si c'est important à ce point…

— Ça l'est, crois-moi.

— D'accord, je m'arrangerai pour être là.

— Je savais que je pouvais compter sur toi. Au fait, j'ai vérifié auprès d'Henry que tu étais libre le week-end prochain et je lui ai dit de me caser dans ton emploi du temps.

— Pour tout le week-end ? Qu'est-ce qui se passe ?

— Je t'expliquerai tout ça vendredi, et tu auras la semaine pour y réfléchir.

— Je ne peux…

— J'ai adoré ta photo, dans le journal. Tu avais une coupe géniale.

— Sophie, je veux savoir…

— Il faut que je te laisse. On se voit vendredi, midi et demi, au Palms.

Regan voulut protester mais Sophie avait déjà raccroché. Elle regarda l'heure, prit son agenda électronique et sortit à grands pas. Paul Greenfield, cadre dirigeant et ami proche, l'attendait dans le couloir. Regan le connaissait depuis qu'elle était adolescente. Elle avait été sa stagiaire pendant l'été l'année de sa première, trois mois au cours desquels elle avait été éperdument amoureuse de lui. Paul s'en était rendu compte – difficile de ne pas s'apercevoir de ce que sa mère avait appelé une « vilaine amourette » –, mais s'était montré très gentil. À présent marié et père de quatre enfants qui l'épuisaient, il avait toujours un sourire pour elle. Malgré ses cheveux qui grisonnaient aux tempes et ses lunettes à verres épais, Regan le trouvait toujours extrêmement séduisant. Il tenait entre ses mains ce qui ressemblait à un document imprimé de cinq cents pages.

— Bonjour, Paul. On dirait que tu as du pain sur la planche.

— Bonjour. En fait, c'est pour toi.

— Ah bon ? dit-elle en faisant un pas en arrière.

— Navré, mais j'ai reçu un courrier électronique de ton frère Aiden il y a une heure.

— Et ? fit-elle, voyant qu'il hésitait.

— Il se demandait pourquoi il n'avait pas eu de tes nouvelles.

Il lui tendit le paquet de feuillets, mais elle recula encore et sourit.

— Qu'est-ce qu'il veut, au juste ?

— Ton opinion sur son rapport.

— C'est lui qui a écrit tout ça ? Comment a-t-il trouvé le temps de taper cinq cents pages, bon sang ?

— Deux cent dix.

— Bon, bref...

— Tu sais bien que ton frère ne dort jamais.

Et il ne vit pas non plus, pensa-t-elle sans oser le dire.

— Il faut croire que non. C'est quel genre de rapport ?

Paul sourit. Elle regardait le document comme si elle s'attendait à en voir jaillir un diable à ressort.

— Ses projets d'expansion. Il veut connaître ton avis avant de se lancer. Tous les chiffres sont là. Spencer et Walker sont déjà de la partie.

— Mais ils n'ont pas dû lire ce truc.

— Non, en effet.

Elle lut la culpabilité dans son regard quand il lui passa le rapport, sur lequel elle posa son agenda électronique.

— Aiden ne m'en a même pas parlé à Rome, et maintenant il voudrait que je l'aie déjà lu ?

— Il y a eu un cafouillage, ça me paraît évident. C'est la deuxième fois que je te fais imprimer ces pages. Le premier exemplaire semble avoir disparu. Je l'avais remis à Emily, expliqua-t-il, faisant référence à l'assistante d'Aiden. Elle affirme qu'elle l'a passé à Henry pour qu'il te le transmette.

— Si c'était la vérité, Henry me l'aurait donné.

— Bon, ne gâchons pas de temps et d'énergie à tenter de résoudre cette énigme, répondit Paul, toujours diplomate.

— Oui, une énigme, répéta-t-elle, incapable de cacher son agacement. Nous savons tous les deux qu'Emily…

— Ne nous perdons pas en conjectures, l'interrompit-il. Tout ce que je sais, c'est que ton frère attend de tes nouvelles, si possible avant midi.

— Midi ?

— Il m'a dit que tu ne devais pas te soucier du décalage horaire.

Elle serra les dents.

— Très bien. Je vais le lire ce matin.

Satisfait, Paul sourit.

— Si tu as des questions, je serai dans mon bureau jusqu'à onze heures. Ensuite, je pars pour Miami.

Alors qu'il s'éloignait, elle lui demanda :

— Tu savais que je céderais, pas vrai ?

En guise de réponse, il se contenta de rire. Regan regarda sa montre, pesta et prit le chemin de son bureau.

3

Le meurtre fut une erreur.

Dans l'ombre d'un bâtiment du quartier de Water Tower, il attendait que l'élue se montre. L'air frais et humide du soir s'infiltrait en lui. Même s'il se sentait très mal, il n'osait pas abandonner et attendit encore plus de deux heures avant de reconnaître son échec.

Déconfit, il remonta dans sa Jeep et rentra chez lui. Il avait les larmes aux yeux tant il était déçu et honteux. Il entendit quelqu'un sangloter, et quand il se rendit compte que c'était lui il s'essuya les joues d'un geste agacé.

Il ne parvenait pas à s'empêcher de trembler. Il avait échoué. Qu'allait lui demander le démon, à présent ? Il se remit à pleurer.

Puis, alors qu'il était sur le point de hurler de désespoir, la réponse lui vint. Il vit l'entrée du Conrad Park et sut soudain que le démon l'avait guidé jusqu'au bon endroit. La piste de course à pied faisait le tour de l'université et du parc en formant un 8 parfait. Il se souvint d'en avoir vu le tracé dans le journal, inséré dans un long article à propos d'un festival. Les bénéfices de l'événement devaient aller à une œuvre caritative, mais il ne se rappelait pas laquelle.

C'est ici que tu la trouveras, lui murmura le démon.

Il se sentit soudain soulagé. Dans la rue adjacente à l'université, il découvrit l'emplacement parfait pour faire le guet. Il se gara à côté d'un poteau téléphonique, sur lequel on avait cloué une affichette pour une course qui se tiendrait bientôt au nord de la ville. On y voyait une jolie fille qui franchissait une ligne d'arrivée.

Il ouvrit sa portière puis se figea – il ne portait pas la tenue adéquate. Il avait mis son costume noir, bon marché mais suffisamment élégant, avec une chemise blanche, car il pensait la trouver dans le quartier d'affaires de la ville et voulait se fondre dans le flot de cadres qui rentraient chez eux. Afin que personne ne puisse le reconnaître plus tard, il avait fourré une casquette de base-ball dans sa poche pour l'enfiler dès qu'il se mettrait à la suivre.

Que faire ?

En tirer le meilleur parti, siffla le démon.

Il attrapa sa mallette et décida de jouer les professeurs de fac pressés. Rien de compliqué. Oui, il pouvait réussir.

Le temps s'était dégradé. Il pleuvait à verse depuis quatre jours, mais des éclaircies étaient prévues dans la soirée. Le présentateur de la météo s'était encore trompé. Merde, il aurait dû prendre son parapluie. À cette heure-ci, il était trop tard pour en acheter un.

Il longea la piste à grandes enjambées en feignant de savoir où il allait. Fébrile, les habits couverts d'une fine pellicule de gouttelettes, il parcourut presque un kilomètre et demi à la recherche de l'emplacement idéal. Les bosquets étant rares, il savait que sa proie serait davantage sur ses gardes ici.

La possibilité qu'elle renonce à venir à cause du crachin ne l'inquiétait guère. Un coureur, ça court, quel que soit le temps. Qui plus est, il fallait s'entraîner pour une course importante. Pas le moindre doute, c'était ici qu'il la trouverait.

Où se cacher ? Des lampadaires neufs imitant les réverbères à gaz d'antan se dressaient tous les cinq ou six mètres, et même à intervalles plus rapprochés derrière le bâtiment vers lequel il se dirigeait. Un panneau indiquait qu'il s'agissait d'une salle de conférences.

— Ça n'ira pas, bougonna-t-il.

La lumière était bien trop vive pour ce qu'il avait en tête.

Malgré son costume trempé, il continua. Tiens, que voyait-il, là, contre le mur ? Il s'approcha. Une pelle ? Oui, c'était bien ça.

Il repéra trois grands trous le long du bâtiment de pierre, là où l'on avait déterré des arbustes pour les remplacer par de nouveaux. À côté de la pelle, une bâche de plastique orange avait été repliée à la va-vite ; le manche d'un marteau rouillé en dépassait. Il s'en empara, le soupesa et en apprécia la prise en main, puis le maintint contre sa cuisse. Il n'avait pas pensé à emporter d'arme. Il était très costaud et pensait pouvoir maîtriser une femme à mains nues quel que soit son gabarit. Le marteau pourrait cependant l'aider à la convaincre de ne pas lutter. Mieux vaut prévenir que guérir, se dit-il.

Au détour d'un virage, son pouls s'accéléra : les lieux étaient en travaux. On avait entassé buissons et arbres morts, dont les racines ressemblaient à des tentacules desséchés, en attendant qu'on vienne les enlever. Après s'être assuré que les environs étaient déserts, il ramassa une pierre et brisa d'un jet le réverbère le plus proche du monceau. Encore trop lumineux – il décida d'en casser un deuxième.

— Parfait, murmura-t-il.

Le petit nid idéal.

Ces grands trous semblaient avoir été laissés pour lui. Deux d'entre eux se trouvaient du côté nord du bâtiment, mais deux autres se trouvaient près du chemin, entourés de cônes de signalisation orange. Il avait beau porter des gants, il se frotta quand même les mains contre son pantalon et s'accroupit derrière le tas de fumier malodorant. Ses mocassins s'enfoncèrent dans la boue. Avec précaution, il posa son attaché-case près de lui et respira à fond pour se calmer.

Les sens affûtés par l'adrénaline, il se sentait plus en phase avec son environnement. Il percevait le plus petit bruit et sentait la moindre odeur de moisissure.

Au bout d'un moment, il entendit des pas marteler le sol et eut un sourire de satisfaction. Un coureur, ça court, quoi qu'il arrive. Il se tapit un peu plus et guetta par la petite ouverture triangulaire qu'il avait créée entre les branches, les yeux rivés vers un lampadaire sous lequel le coureur devrait passer.

Gagné ! C'était une femme, mais était-ce l'élue ? Sa tête baissée cachait son visage ; en revanche, il voyait son corps svelte et athlétique, ainsi que ses épais cheveux foncés tirés en queue-de-cheval. Ça ne pouvait être qu'elle. Il contempla ses longues jambes bien galbées, d'une perfection saisissante.

Empoignant son marteau à deux mains, il se prépara à bondir.

Il n'avait pas l'intention de la tuer, il voulait juste l'assommer. Il s'aperçut trop tard qu'il s'y était pris au mauvais moment. Il aurait dû la laisser le dépasser et la frapper par-derrière, mais il était trop empressé et trop inexpérimenté. Elle se débattit et lui griffa la figure quand il lutta pour la plaquer à terre.

Il esquiva ses coups, et quand il fut enfin en mesure de bien la voir, il se rendit compte qu'elle aussi le voyait. La panique l'envahit, vite remplacée par une immense colère.

Elle sortit une bombe lacrymogène de son sac et hurla à pleins poumons. Il lui asséna alors un violent coup de marteau et elle s'effondra. Le démon ne permettrait pas que tout s'arrête ici. À maintes reprises, il lui frappa les jambes, lui martela les genoux, les cuisses et les chevilles.

Du sang gicla partout et lui éclaboussa la figure.

La chance restait de son côté car le crachin s'était transformé en pluie battante. Il leva le visage vers le ciel et laissa les gouttes froides le nettoyer. Le filet d'eau cramoisie glissant sous son col de chemise lui donna la chair de poule. Il ferma les yeux pour souffler un peu.

Soudain, il se releva d'un bond. Depuis combien de temps était-il ici, auprès du cadavre, à regarder bêtement le ciel noir alors que n'importe qui pouvait le surprendre ?

Il fallait cacher le corps.

Les trous… Ces grands trous sur le côté du bâtiment. Devait-il prendre le risque de la porter aussi loin ou bien creuser une fosse sous le tas de buissons ? Oui, c'est ce qu'il allait faire, mais pas tout de suite. Il la cacha en vitesse sous des branches puis trouva un endroit où se tapir pour attendre. Après minuit, quand il fut certain de ne pas être dérangé, il creusa une tombe, s'assurant qu'elle était assez profonde pour contenir le corps replié. Tandis qu'il l'y tirait, la femme perdit ses deux chaussures et une de ses chaussettes, qu'il jeta au fond avec elle. Il reboucha le tout, tassa la terre, puis la recouvrit d'arbustes.

Lorsqu'il eut effacé ses traces, il se posta un peu à l'écart pour examiner les lieux. Avec soulagement, il vit que la pluie avait chassé le sang du chemin.

Les tremblements commencèrent quand il fut à bord de sa Jeep. Épuisé par ce qui venait de se passer, il eut le plus grand mal à mettre la clé dans le contact. En arrivant chez lui, une sensation de béatitude le submergea, et il se sentit comme après l'amour – satisfait, heureux, détendu.

Et surtout exempt de toute culpabilité, ce qui le surprit. Après tout, cette femme avait essayé de le tromper, et pour cette seule raison elle méritait de mourir.

Deux autres coureurs, des hommes, étaient passés pendant qu'il attendait, et tous les deux auraient pu remarquer les traces de sang qui restaient malgré l'action de la pluie. Quel risque énorme il avait pris.

Il éteignit ses phares avant d'arriver à l'angle de sa rue pour éviter que sa fureteuse de voisine ne le voie entrer dans son allée. Plusieurs semaines auparavant, il avait démonté l'ampoule de la porte du garage. À l'approche de sa maison, il se mit à rouler au pas. Et voilà, Carolyn était là, à la fenêtre de sa cuisine. Elle passait son temps à espionner les voisins.

Elle disparut au moment où la porte du garage se releva. Quelle emmerdeuse ! Dommage qu'elle ne vive pas seule – elle s'occupait de sa mère. On aurait pu croire que la vieille lui aurait donné assez de pain sur la planche, mais apparemment pas. Carolyn était une fouineuse qui voulait toujours passer voir Nina. Si elle continuait, il allait devoir se charger d'elle.

Une fois garé, il prit une caisse en bois sur une étagère et y cacha le marteau ensanglanté, la bombe lacrymogène et le permis de conduire, que, par réflexe, il avait pris à la femme. Il rangea la caisse et son attaché-case dans un coin, puis se déshabilla et fourra ses chaussures et ses vêtements pleins de boue dans un sac-poubelle.

Ne voulant pas réveiller Nina, il décida de dormir dans la chambre d'amis. Il traversa la maison et monta l'escalier en silence. Lorsqu'il vit son visage dans le miroir de la salle de bains, il eut un mouvement de recul. Que lui avait-elle fait ? Ses joues étaient à vif. Il ouvrit vite le robinet et nettoya le sang en douceur à l'aide d'une serviette. Les ongles de sa victime avaient creusé de profondes entailles dans sa peau ainsi qu'une longue griffure sur le cou. Tout en pestant contre elle, il entra dans la douche. Ses bras étaient aussi en piteux état.

Et si par malheur quelqu'un l'avait vu sur le chemin du retour, lors des nombreuses fois où il s'était arrêté à un feu rouge ? Un automobiliste avait peut-être déjà fourni son numéro d'immatriculation à la police…

Il se mit à se cogner la tête contre le carrelage. Ils vont m'attraper, ils vont m'attraper, c'est sûr. Qu'est-ce que je vais faire ? Seigneur, qu'est-ce qui arrivera à Nina ? Qui prendra soin d'elle ? La forcera-t-on à regarder des policiers m'emmener, menottes aux poignets ? Une telle humiliation étant trop pénible à envisager, il appliqua la méthode qu'il avait élaborée quand Nina était aux services de soins intensifs. Il s'efforça de bloquer l'accès de son esprit à cette image jusqu'à ce qu'elle disparaisse.

Il passa tout le week-end collé devant la télévision à attendre qu'on parle du meurtre aux informations. À mesure que le temps passait, voyant qu'on n'avait pas découvert le corps, il ressentit un détachement étonnant. Le mardi suivant, il se considérait chanceux et se sentait très confiant.

Pas mal, se dit-il. Pas mal pour une répétition générale.

Il avait même trouvé une explication pour justifier ses égratignures : la pluie avait rendu le sol glissant et il était tombé dans des buissons d'épineux.

Son chef de service, un blaireau, l'avait convoqué dans son bureau mercredi à seize heures, car il tenait à le féliciter pour sa bonne humeur et la quantité de travail fournie depuis trois jours et que tout le monde avait remarquée. Diable, d'après l'un de ses collègues, il aurait même plaisanté ! Le blaireau espérait qu'il continuerait sur cette voie.

Alors qu'il quittait le bureau de son supérieur, ce dernier lui demanda quelle était la cause d'une telle métamorphose. Le printemps, lui avait-il répondu. Sans se soucier du mauvais temps, il réaménageait son jardin. Il passait un moment formidable, mais pour l'instant il ne plantait rien. Le sol ayant dégelé, il en profitait pour tout arracher. Adieu l'ancien, place au neuf ! Il envisageait même de construire un nouveau kiosque.

— Soyez prudent en arrachant vos arbustes, le mit en garde le blaireau. Il ne faudrait pas que vous vous blessiez encore en tombant dans vos épineux. Vous avez eu de la veine que vos plaies ne se soient pas infectées.

Et comment ! Les griffures, ça ne devait pas se reproduire, et en effet, il avait une chance monstre.

4

La semaine passa à toute allure. Vendredi, Regan était de très bonne humeur. Ayant rattrapé tout son retard dans ses dossiers, elle pouvait de nouveau se concentrer sur ce qui lui plaisait vraiment.

Même tomber sur l'assistante d'Aiden n'entama pas son enthousiasme. Alors qu'elle regagnait son bureau d'un pas pressé, Emily Milan l'interpella. Regan attendit qu'elle la rejoigne. Déjà plus grande qu'elle d'une dizaine de centimètres, Emily devenait carrément géante quand elle portait des talons hauts. Ses cheveux blonds étaient coupés très court et des mèches irrégulières encadraient son magnifique visage. Tout chez Emily était à la pointe de la mode, de sa jupe moulante jusqu'à ses bijoux originaux et vivement colorés.

Regan ne l'appréciait guère mais s'efforçait de ne pas laisser ses sentiments personnels interférer avec sa vie professionnelle. Pour une raison inconnue, Emily avait elle aussi pris Regan en grippe. Son animosité croissait depuis deux mois, et elle cachait de moins en moins son hostilité.

— Aiden souhaite que je me charge de la réunion que tu devais présider ce matin, annonça-t-elle. Il veut sans doute s'assurer qu'elle se déroule sans heurts.

L'insulte n'était même pas déguisée. Regan dut se rappeler pourquoi il lui fallait supporter cette femme. Si déplaisante fût-elle, elle soulageait Aiden d'une grosse charge de travail, et rien d'autre ne comptait.

— Très bien.

— Il me faudra les notes qu'Aiden t'a envoyées par e-mail. Imprime-les et fais-les-moi apporter par ton assistant.

Pas de « s'il te plaît », pas de « merci », bien entendu. Elle repartit sans plus de cérémonie. Regan poussa un soupir et choisit de ne pas laisser Emily lui gâcher sa matinée. Pense à quelque chose de positif, se dit-elle. Il lui fallut une bonne minute, mais elle finit par trouver : elle n'aurait pas à travailler avec Emily aujourd'hui. Voilà qui était très positif.

La plupart du temps, Regan estimait avoir un poste de rêve : en tant que dirigeante de la fondation Hamilton, une partie de son travail consistait à distribuer des donations. C'était sa grand-mère qui avait créé cet organisme philanthropique, et quand deux ans auparavant elle avait succombé à un infarctus, Regan, déjà formée pour cette fonction, avait pris la relève. Hélas ! ce n'était pas la fondation dotée de dizaines de millions de dollars dont rêvait Regan, mais elle connaissait une franche réussite et avait fourni financement et fournitures à de nombreuses écoles et de foyers municipaux en difficulté. À présent, son objectif était de convaincre ses frères d'augmenter ses fonds, ce qui n'avait rien d'aisé, surtout à cause d'Aiden, dont le seul but était la croissance de leur chaîne d'hôtels.

Pour Aiden, le Hamilton de Chicago n'était qu'un de ses multiples joujoux, mais il s'en servait comme modèle pour les autres franchises. La qualité du service fourni au client était la priorité absolue, et grâce à un personnel soucieux du détail, l'hôtel avait remporté tous les prix prestigieux depuis l'année de son ouverture. La gestion des différents hôtels se passait à merveille car Aiden mettait un point d'honneur à engager des collaborateurs qui partageaient son enthousiasme.

Quand Regan entra dans son bureau, Henry Portman, son assistant, l'attendait. Ce jeune Afro-Américain possédait une carrure de débardeur, un cœur de lion et l'appétit d'un Bill Gates en herbe ; il travaillait pour elle à temps partiel en même temps qu'il poursuivait des études à l'université.

— Il y a l'autre dragon qui vous cherche, lui annonça-t-il en guise d'accueil.

Elle s'esclaffa.

— Je sais, je l'ai croisée dans le couloir. C'est elle qui va se charger de la réunion de dix heures. À part ça, du nouveau ?

— J'ai une bonne et une mauvaise nouvelle.

— Donne-moi la bonne d'abord.

— Des fournitures vont être livrées dans deux autres écoles pour leur section d'enseignement artistique, et seize lettres attendent sur votre bureau que vous les signiez. Seize élèves de terminale très méritants vont aller à la fac tous frais payés, ajouta-t-il avec un sourire jusqu'aux oreilles.

— Ça, c'est vraiment une bonne nouvelle. C'est dans ces moments-là que j'adore mon boulot.

— Moi aussi, dit-il. Je le trouve génial la plupart du temps, de toute façon.

— Alors, la mauvaise ?

Elle s'assit à son bureau et se lança dans les signatures. Chaque fois qu'elle terminait une lettre, elle la passait à Henry, qui la pliait et la mettait dans une enveloppe.

— Il y a eu un problème, ce matin. Enfin, euh... en fait c'est un problème qui dure depuis un mois, mais je croyais pouvoir le régler. Je n'en suis plus si sûr, à présent. Vous vous souvenez d'un certain Morris ? Peter Morris ?

Elle secoua la tête.

— Quel est le problème ?

— Vous lui avez refusé une seconde subvention, il y a environ un mois. Quand il a reçu la lettre de refus, il s'est empressé de réitérer sa demande, croyant à une erreur administrative ou à une faute de sa part sur ce qu'il appelle le formulaire de renouvellement automatique. Bref, il a appelé il y a quelques semaines pour savoir quand il allait recevoir l'argent. Il s'imaginait qu'en ayant obtenu une subvention une première fois ce serait du tout cuit pour la suite. Je lui ai mis les points sur les *i*, mais il a quand même rappelé pour me dire que, d'après lui, j'ignore le sens du terme « renouvellement automatique ».

— Il m'a l'air tenace.

— C'est un enquiquineur, oui. Je ne voulais pas vous ennuyer avec ça, mais il ne lâchera pas. Depuis votre départ pour Rome, ses appels sont de plus en plus fréquents. On dirait qu'il mène campagne. Si ça se trouve, il croit qu'en me harcelant je finirai par céder.

— S'il t'importune à ce point, je ferais bien de lui parler. Tu pourras m'apporter son dossier ? Si je ne l'ai pas sélectionné, c'est sans doute pour une bonne raison.

— Vous l'avez déjà, lui dit-il en indiquant une chemise posée sur le bureau. Je vais vous faire gagner du temps : si sa demande a été rejetée, c'est parce qu'il a détourné l'argent de la première subvention, qui devait servir uniquement à l'achat de fournitures pour le foyer d'entraide.

— Ah oui, je me souviens de lui, maintenant.

— Morris m'a soutenu qu'il avait bel et bien acheté du matériel mais qu'il avait égaré les reçus.

— Que lui as-tu répondu ?

Henry s'esclaffa.

— Que c'était bon à savoir, et puis je lui ai demandé quand nous pouvions passer vérifier. Sur quoi, il a essayé tant bien que mal de se débiner. Vous auriez dû l'entendre bafouiller…

— En d'autres termes, aucune fourniture nouvelle à nous montrer.

— Exact. À mon avis, il n'a pas idée du pétrin dans lequel il s'est mis. Quand ses employeurs apprendront qu'il a détourné l'argent, ils le poursuivront en justice. Moi je ne m'en priverais pas, en tout cas. Ça, je ne lui ai pas dit, en revanche.

— Comment s'est terminée la conversation ?

— On ne s'est pas quittés en très bons termes. J'ai eu beaucoup de mal à rester poli avec ce crétin, mais j'ai réussi à arrondir les angles. Il veut vous parler en personne. Avant de raccrocher, il m'a assuré qu'il saurait vous faire changer d'avis.

— Là, il se met le doigt dans l'œil.

— Exactement ce que je pense. Mais c'était quand même bizarre, parce qu'il se comportait comme si vous vous connaissiez bien. À mon avis, il faut se méfier de lui. Il a un côté malsain. Je ne sais pas comment il a fait pour passer le filtrage des dossiers, mais il a réussi. Vous ne devriez pas perdre de temps à le recevoir. Mais si vous y tenez et qu'il vous menace, vous devriez peut-être en référer à Aiden.

C'était bien le dernier conseil à donner à Regan. Le regard qu'elle lui lança le fit tressaillir malgré son mètre quatre-vingt-dix.

— Hors de question d'impliquer un de mes frères dans cette histoire, Henry, est-ce bien clair ?

— Oui, mademoiselle.

— Si Morris devient menaçant, j'avertirai la sécurité et appellerai la police. Bon, assez discuté de lui. Voici la dernière lettre. Tu peux les poster.

Henry ramassa la pile de courrier et se dirigea vers la porte.

— Une dernière chose, dit Regan. Tu voudras bien imprimer le mail d'Aiden ? Emily en a besoin.

— Vous voulez que je le lui apporte ? demanda-t-il, l'air horrifié.

Elle rit.

— Tu t'en remettras.

Il s'éclaircit la gorge et revint vers elle.

— À propos d'Aiden…

— Oui ?

— Je ne suis pas censé vous en parler, mais si je ne m'abuse, c'est pour vous que je travaille, pas pour lui, n'est-ce pas ?

— C'est exact.

— Il y a deux semaines, il est passé au bureau. Vous étiez absente, et il m'a dit qu'en cas de problème je devais l'appeler.

Elle s'efforça de ne pas s'énerver.

— Aiden fait un complexe de paternité.

— Je lui ai répondu qu'il n'y avait pas de problème et qu'on s'en sortait très bien. C'est vrai, non ? On fait du sacré bon boulot !

— Oui, c'est juste.

Il se souvint d'un dernier point au moment même où il allait fermer la porte.

— Autre chose : la semaine dernière, j'ai surpris le dragon ici.

— Dans mon bureau ? Qu'est-ce qu'elle fabriquait ?

— Elle était soi-disant venue déposer des papiers, mais après son départ, j'ai eu beau chercher, je n'ai rien vu de nouveau. À mon avis, elle était là pour fouiner partout, y compris dans votre ordinateur.

— Tu en es sûr ?

Elle se demandait ce qu'Emily pouvait bien chercher. Plus elle y réfléchissait, plus la colère montait en elle.

— Certain. Vous éteignez toujours votre PC avant de partir, le soir, et quand en arrivant je l'ai trouvée dans votre bureau, il était allumé. Quel culot, non ?

C'était le moins qu'on puisse dire. Avant que Regan ait eu le temps de répondre, Henry reprit :

— Je crois que désormais nous devrions fermer cette porte à clé pour éviter que le dragon puisse entrer.

— Il faut que tu arrêtes de l'appeler « le dragon ». Un de ces quatre, ça va finir par t'échapper devant elle.

Il haussa les épaules pour lui indiquer que peu lui importait.

Regan travailla jusqu'à onze heures et demie puis monta dans sa suite pour se rafraîchir.

Comme le Palms ne se trouvait qu'à quelques pâtés d'immeubles de l'hôtel, elle choisit de s'y rendre à pied. À son retour, elle déposerait les rapports concernant les subventions au bureau de leur avocat et ferait un saut à la Dickerson's Bath Shop, où elle prendrait pour Sophie, dont l'anniversaire approchait, un flacon de sa lotion corporelle préférée. Regan allait aussi lui offrir un sac Prada sublime qu'elle l'avait vue admirer, et elle comptait le remplir de tout ce que Sophie aimait. Si elle avait le temps, elle passerait chez Neiman Marcus acheter une bouteille de parfum Vera Wang. Sophie ne mettait rien d'autre, ces temps-ci.

Marcher lui ferait du bien et l'aiderait à se débarrasser enfin de sa mauvaise humeur. Apprendre qu'Emily avait fureté dans son bureau l'avait mise en rage, et elle peinait à se calmer.

Dans le hall d'accueil, alors qu'elle songeait à cette intrusion dans sa vie privée, elle repéra Emily qui se dirigeait vers le concierge et décida de lui en toucher un mot.

— Emily, tu as une minute ? J'aimerais te parler.

— Bien sûr, répondit l'assistante d'Aiden, l'air agacé.

— Henry m'a appris qu'il t'avait surprise dans mon bureau.

S'attendant à ce qu'elle nie, elle fut stupéfaite de sa réponse.

— Oui, c'est exact.

— Qu'y faisais-tu, au juste ?

— J'apportais des documents.

— Pourquoi ne les as-tu pas remis directement à Henry ou laissés sur son bureau ?

— Je ne voulais pas qu'on les égare, rétorqua Emily, qui ne regardait pas directement Regan, mais fixait un point derrière elle pour lui signifier que cette conversation n'avait pas la moindre importance à ses yeux.

— Henry n'égare jamais rien.

Emily ne lui laissa pas le temps de faire l'éloge de son assistant. Elle s'éloigna et ajouta sans se retourner :

— Il a bien égaré le rapport d'Aiden...

— Non, absolument pas, répliqua Regan avec vigueur.

— Dans ce cas, je dois en conclure que c'est toi.

Regan n'avait aucune intention d'entamer une joute oratoire avec cette femme ni de lui courir après, mais la supporter devenait de plus en plus impossible. Il faudrait y remédier, et vite. Compte jusqu'à dix et concentre-toi sur quelque chose de positif, se dit-elle.

Une fois dehors, elle remarqua qu'il faisait un temps splendide. La brume grisâtre s'était évaporée et le soleil brillait d'un vif éclat. Le ciel revêtait une teinte bleu pastel immaculée. Tout le long de la rue, des fleurs printanières avaient éclos dans de grands pots de terre. Regan respira à fond et fut immédiatement prise d'éternuements. La concentration en pollen ne devait cependant pas être trop élevée : ses yeux ne la piquaient pas et elle n'avait éternué que six ou sept fois.

Ça allait mieux, à présent. Elle parvenait à rester positive. L'esprit l'emporte sur la matière, songea-t-elle.

Alors qu'elle attendait pour traverser au croisement de Michigan et de Superior, elle aperçut son premier vieux dégueu de la journée. Un homme entre deux âges, peu soucieux des regards, pelotait une rouquine toute menue qui, d'après Regan, ne devait pas avoir plus de dix-huit ans. Apparemment, cette petite sotte était ravie de l'attention qu'on lui portait. Son rire strident aurait pu briser une vitre. Regan agrippa la lanière de son sac à main et passa à grands pas devant les tourtereaux en s'efforçant de ne pas formuler de commentaire à voix haute.

Devant la boutique Neiman Marcus, elle tomba sur un autre couple juvéno-grabataire, et lorsqu'elle arriva au restaurant, elle avait la nausée.

Kevin était de service, ce jour-là. Grand, dégingandé et maigre à faire peur, ce jeune homme d'une vingtaine d'années avait des cheveux noirs coiffés en pics et des yeux en amande. C'était le meilleur ami d'Henry. Son sourire lui rendit sa bonne humeur.

— Vous êtes canon, aujourd'hui, Regan, déclara-t-il après l'avoir jaugée. Ce tailleur ajusté met bien en valeur vos...

Elle haussa un sourcil.

— Mes quoi ?

— Vos courbes, dit-il d'une petite voix en ayant la bonne grâce de rougir.

Avant qu'elle ait pu lui répondre, il se pencha pardessus le comptoir pour examiner ses chaussures.

— Hé, c'est des Jimmy Choo ?

Elle rit.

— Qu'est-ce que tu connais aux Jimmy Choo, toi ?

— Que dalle, reconnut-il, mais ma copine en bave d'envie, alors je me suis dit, comme vous êtes superclasse, vous devez en avoir au moins deux cents paires.

— Kevin, je n'ai deux cents paires de rien du tout, et non, ce ne sont pas des Jimmy Choo. Et toi, c'est une nouvelle boucle d'oreille que tu as là ?

Il hocha la tête.

— C'est Carrie qui me l'a offerte pour nos six mois. Ça plaît pas du tout à mon père, mais il est tellement content pour mes notes qu'il me soûle pas trop. Carrie essaie de convaincre Henry d'en porter une.

Kevin avisa M. Laggia, le patron, qui venait vers eux.

— Oh oh, fit-il. Voilà Laggia qui rapplique. Surtout, n'oubliez pas de le complimenter sur les fougères. Ça vire à l'obsession, chez lui.

Regan sourit au propriétaire des lieux.

— La nouvelle décoration est très réussie, monsieur Laggia. Toutes ces fougères, c'est magnifique.

Le petit homme trapu exulta.

— Vous les avez remarquées ?

Comment aurait-elle pu passer à côté ? Il y en avait partout...

— Bien sûr.

— Ça ne fait pas trop... jungle ?

— Oh non, pas du tout.

Le restaurant avait bien un petit côté forêt vierge, mais ce n'était pas démesuré, et les fougères suspendues au-dessus des box donnaient l'impression de se trouver séparé du reste de la salle.

— Combien serez-vous, aujourd'hui ? s'enquit Kevin.

— Trois. Sophie a réservé pour midi et demi.

— Conduisez-la dans la partie quatre, ordonna Laggia. Je viens d'y mettre des ficus. C'est très robuste, comme plante.

Derrière lui, Kevin roula les yeux et eut un sourire moqueur. Il guida Regan jusqu'à un box encerclé par un mur de végétation. Cordie et Sophie étaient en retard. Dans l'espoir de calmer sa faim, Regan sirota un Sprite ; alors qu'elle commençait à se détendre, un autre de ces couples répugnants entra. Elle tâcha de rester optimiste : cet homme grisonnant était peut-être le père, voire le grand-père, de la jeune femme. Quand ils passèrent devant elle, conduits par Kevin, elle remarqua la main du vieil homme qui descendait dans le dos de la fille. La caressait-il ou ne faisait-il que la guider ?

Regan avait conscience de faire une fixation, mais elle s'en moquait. Déterminée à découvrir s'ils étaient parents ou amants, elle se pencha très discrètement et les suivit du regard jusqu'à ce qu'ils aient passé l'angle de la travée, puis s'avança davantage, au point d'en perdre l'équilibre. Si elle ne s'était pas rattrapée au bord de la table, elle se serait retrouvée par terre.

Penaude, elle se rassit et rajusta la nappe qu'elle avait manqué arracher. Laisse tomber, se dit-elle. Passe à autre chose.

De sa place, elle voyait le haut du crâne de l'homme. Rien à faire, elle devait savoir à tout prix... Elle se dressa sur un genou et écarta quelques feuilles des plantes qui lui bloquaient la vue. Elle vit la fille se glisser dans un box à l'autre bout du restaurant. L'homme s'assit à côté. Kevin tendit une carte à chacun. À peine eut-il le dos tourné que l'homme prit la fille par l'épaule et l'embrassa.

— Vieux dégueulasse ! chuchota Regan.

— Alors, on jardine ?

Regan sursauta en entendant la voix de Sophie. Elle s'empressa de lâcher les fougères, esquiva une autre branche de ficus et se rassit.

— Tu es en retard.

Sophie ignora son reproche.

— Qu'est-ce que tu fabriquais ? J'espère que tu reluquais un mec canon, au moins ?

— Eh non, désolée. J'observais un vieux dégueu.

— Toujours obnubilée, hein ?

— C'est plus fort que moi. Je te jure, ça pullule.

Sophie s'esclaffa. Les cheveux tirés en queue-de-cheval, les joues empourprées de s'être pressée, elle ressemblait à une adolescente. Incapable d'être ponctuelle, Sophie passait son temps à courir. Comme à l'accoutumée, elle était ravissante.

— C'est un nouveau chemisier, ça, non ? lui demanda Regan. J'aime bien.

— Je porte trop de rose, mais quand je l'ai vu je n'ai pas pu résister.

Le serveur vint demander à Sophie ce qu'elle souhaitait prendre en apéritif. Elle commanda un thé glacé.

— Je n'en reviens pas que tu sois arrivée avant Cordie. Qu'est-ce qui la retient ? Elle n'est jamais en retard, d'habitude.

— Je lui ai dit de ne pas venir avant une heure, une heure et quart.

Le serveur lui apporta son verre, dans lequel elle vida trois sachets de sucre.

— Pourquoi lui as-tu…

— Elle sait déjà de quoi je veux te parler. Ça fait un bon mois qu'on y travaille toutes les deux, mais comme tu as beaucoup voyagé, je n'ai pas voulu t'embêter avec ça.

— Je ne suis allée qu'à Rome.

— Ah non ! excuse-moi, avant Rome, tu es partie à Houston, à Miami et à…

— … Los Angeles. Bon d'accord, j'ai pas mal bourlingué ces deux derniers mois. Vas-y, je t'écoute. À quoi travaillez-vous ?

— À mon projet, répondit Sophie avec délice, une étincelle dans le regard.

— Tu m'as l'air sacrément enthousiaste. Explique-moi en quoi il consiste, ton superprojet, railla Regan.

— Ne te moque pas de moi.

Regan leva la main droite.

— Je ne me moque pas de toi, je le jure sur ton thé glacé.

Le serveur, qui avait saisi les mots « thé glacé », lui en apporta un verre quelques secondes plus tard. Plutôt que de le rabrouer, Regan le remercia.

— Tout d'abord, commença Sophie, changement de programme pour ce soir.

— Nous n'allons pas dîner ?

— Si, bien sûr, Cordie a déjà réservé. Mais d'abord, nous devons assister à une réception.

Sophie sortit de son sac à main une liasse de feuillets pliés et les posa sur la table.

— Qu'est-ce que c'est ?

— Je t'explique dans une minute.

— D'accord. Parle-moi de cette fameuse réception, alors.

Les sourcils froncés, Sophie regardait un groupe d'hommes d'affaires installés à une table proche de la leur.

— Que se passe-t-il ?

— Ces types te matent.

— Mais non, c'est toi qu'ils matent. Tu n'as qu'à les ignorer.

— Celui du bout est drôlement mignon.

Regan ne prit même pas la peine de regarder.

— Alors, la réception ?

Sophie lui accorda enfin toute son attention.

— C'est pour ceux qui se sont inscrits au séminaire auquel nous allons participer toutes les trois, lâcha-t-elle avant d'adresser à Regan son sourire le plus éclatant – sans grande réussite.

— Impossible.

— Mais non. Tu es encore toute stressée de ton séjour à Rome, où tu as dû passer du temps avec ton vieux dégueu de beau-père – pour reprendre ton expression. Ce que je te propose n'a rien à voir, c'est tout à fait... noble.

— Comment ça ?

Sophie se pencha vers elle. Dans un murmure, elle dit :

— Nous allons démasquer un assassin.

5

L'annonce de Sophie n'étonna pas outre mesure Regan. Elle la connaissait depuis l'enfance et s'était habituée à son sens du spectaculaire.

— « Nous allons démasquer un assassin » ? C'est bien ce que tu viens de dire ?

— Exact.

— D'accord, et comment allons-nous nous y prendre ?

— Je ne plaisante pas, Regan. Je veux vraiment coincer cet enfoiré.

Regan haussa un sourcil – ça ne ressemblait pas à Sophie de jurer.

— De qui s'agit-il ?

— Du Dr Lawrence Shields. C'est un psychologue qui, sous couvert de références obtenues dans une pochette-surprise, escroque des femmes riches mais seules et vulnérables, jeunes ou âgées. Tu as entendu parler de lui ?

— J'ai lu quelques articles à son sujet dans les journaux.

Sophie but une gorgée de thé.

— Ses séminaires, des trucs du genre : je vais vous montrer comment reprendre en main votre vie minable, attirent des centaines d'hommes et de femmes crédules. C'est malheureux. Les jeunes cherchent un gourou qui les aidera à savoir quoi faire de leur avenir, et les plus vieux cherchent un moyen de changer de voie.

— Si je me souviens bien, ce docteur a la réputation de faire des miracles.

— Tu parles… Les articles et interviews ne sont que de la publicité. Shields dépense des sommes faramineuses pour promouvoir ses séminaires. Il en organise deux par an, ici, à Chicago.

Sophie s'énervait toute seule. Les taches de couleur sur ses joues gagnaient du terrain.

— Ils doivent lui rapporter beaucoup d'argent, alors, commenta Regan, se demandant combien ce charlatan facturait le week-end de thérapie de groupe.

Sophie lui tendit la liasse de papiers pliés.

— Ce sont les photocopies du journal intime d'une dénommée Mary Coolidge, l'une des femmes que Shields a roulées.

— Je le lirai plus tard, promit Regan. Donne-moi les grandes lignes, en attendant.

Sophie acquiesça d'un signe de tête.

— Il y a deux ans, à la mort de son mari, Mary Coolidge a fait une grosse dépression. Sa fille, Christine, a essayé de l'aider, mais Mary refusait de voir un psy ou de se soigner.

— Quand on perd un être cher, c'est normal d'être affligé. Moi, j'ai encore du mal à me remettre du décès de ma mère, qui remonte pourtant à presque un an.

— Oui, c'est normal, sauf qu'il lui a fallu deux ans pour ne serait-ce que quitter sa maison…

— Et donc, qu'a-t-elle fait ? demanda Regan en regardant Sophie ajouter un autre sachet de sucre dans son verre, surprise qu'elle en apprécie encore le goût.

— Mary a entendu parler des séminaires de Shields, et sans prévenir personne, pas même sa fille, elle a payé les mille dollars de frais d'inscription et participé aux deux jours d'atelier.

— Mille dollars ? Combien de personnes y assistent, en tout ?

— Trois ou quatre cents. Pourquoi ?

— Tu te rends compte de la somme d'argent qu'il empoche ? s'exclama-t-elle en s'adossant à la banquette. Excuse-moi de t'avoir interrompue. Continue…

— Shields a tenu sa promesse : il a bel et bien changé la vie de Mary. Cet escroc a usé de son charisme pour profiter de sa solitude et abuser de sa confiance, puis il l'a dépouillée de ce que lui avait laissé son mari, c'est-à-dire plus de deux millions de dollars. Shields est une ordure, mais une ordure intelligente. Aucune de ses manœuvres n'était illégale. Mary lui a cédé ses biens de son plein gré.

— Et tout ça figure dans son journal ?

— Oui. Si sa fille ne l'avait pas retrouvé elle n'aurait jamais su en détail ce qui s'était passé. Mary avait tout écrit. Trois petits mois après l'avoir rencontrée, Shields l'a demandée en mariage, et elle a accepté. Il a insisté pour qu'ils gardent le secret sur leurs fiançailles en attendant qu'il ait le temps, et l'argent, de lui acheter une bague digne de ce nom.

— Comment ça, en attendant qu'il ait l'argent ? S'il facturait mille…

Sophie lui coupa la parole.

— C'était une entourloupe, bien sûr. Il a prétexté des soucis financiers « provisoires », et elle, pour prouver son amour, a viré sa fortune sur le compte de Shields.

— Comment a-t-elle pu être aussi crédule ?

— La solitude. Tu devines la suite, n'est-ce pas ?

— Il s'est ravisé.

— Exact. Non seulement il ne voulait plus l'épouser, mais en plus il refusait de lui rendre son argent. Il a bien insisté sur le fait qu'elle n'y pouvait pas grand-chose.

— Pauvre femme.

Le serveur vint prendre leur commande.

— On devrait se lancer, déclara Sophie. Je ne peux pas prendre une trop longue pause-déjeuner, aujourd'hui.

Regan consulta sa montre. Il n'était pas encore tout à fait une heure.

— Vas-y, moi, je vais attendre Cordie.

Sophie commanda une salade et un autre thé glacé.

— Qu'est-il arrivé à Mary ? s'enquit Regan dès que le serveur fut reparti.

— Elle s'est suicidée. En tout cas, c'est ce que tout le monde croit.

— Tout le monde... sauf toi ?

Sophie hocha la tête, posa sa serviette et s'excusa.

— Je reviens et je t'explique.

Elle partit aux toilettes. Regan remarqua que les hommes à la table voisine la suivaient tous du regard. Sophie le savait, elle aussi, raison pour laquelle elle marchait d'une manière aussi exagérée. « Tout est dans les hanches », répétait-elle toujours à ses amies. « Si tu veux attirer le regard d'un homme, balance les hanches. » Et Dieu sait si elle les balançait, à cet instant. Avec elle, ça fonctionne à merveille, en effet, songea Regan. Prenant les papiers pour les examiner, elle jeta un coup d'œil vers l'entrée du restaurant au moment même où Cordie entrait.

Tout chez elle était contradictoire. Les hommes la trouvaient attirante car elle avait une silhouette de rêve, de longs cheveux bruns et une démarche féline, mais elle ne prêtait aucune attention aux regards admiratifs qu'elle suscitait – c'était d'ailleurs à son tour de se faire reluquer par les clients d'à côté –, et se sentait beaucoup plus à l'aise en bricolant une voiture qu'en la conduisant. Comme Sophie, elle était fille unique et avait perdu sa mère très jeune. Son père possédait une chaîne de garages très lucrative dans tout le Midwest. Malgré sa fortune, il avait conservé une âme de mécanicien, et pour tisser des liens avec sa fille il lui avait appris tout ce qu'il savait. Deux ans plus tôt, il lui avait offert une vieille Ford, et depuis, Cordie avait refait le moteur et remplacé chaque pièce, à part le pot d'échappement et le pare-brise. Un soir par semaine, elle donnait des cours de mécanique automobile. Elle enseignait aussi la chimie dans un lycée des environs, tout en préparant son doctorat à l'université. Si elle tenait les délais, elle aurait terminé sa thèse dans un an.

Vêtue d'un tailleur noir et d'un chemisier de soie clair, elle avait un air très chic. Si on devait lui trouver un seul défaut, c'était son goût en matière d'hommes.

Elle croisa Sophie qui revenait des toilettes, et toutes deux s'arrêtèrent pour discuter avec Kevin.

Regan les observa en souriant. Sophie expliquait quelque chose avec de grands gestes. Kevin paraissait captivé par ce qu'elle racontait, alors que Cordie, les bras croisés, se contentait de hocher la tête de temps en temps.

D'elles trois, Sophie était la plus dynamique. Plus grande que Cordie et Regan, elle s'imaginait qu'étant la plus âgée elle devait toujours mener la barque. Au lycée, elle s'était bâti une réputation – âprement gagnée – de fauteuse de troubles, et à cause d'elle, elles avaient souvent été consignées. Sophie se comportait toujours en petit chef, mais à présent, Cordie et Regan suivaient rarement le mouvement.

Regan avait le sentiment que ce week-end elles risquaient de faire exception.

Cordie s'approcha, lui adressa un petit signe de la main et s'assit en face d'elle. Sophie bavardait toujours avec Kevin. M. Laggia s'était joint à la conversation.

— Je meurs de faim, déclara Cordie. Pas étonnant, remarque, il est une heure. Tu sais ce que tu vas prendre ? Sophie m'a dit que pour elle c'était réglé.

— Oui, j'ai choisi. De quoi discutent-ils ?

— D'après elle, ce serait une bonne idée de publier une nouvelle critique du restaurant, alors elle va en toucher un mot au rédacteur en chef des pages gastronomie.

Lorsqu'elles eurent commandé, Cordie désigna du menton les feuilles pliées.

— Ce sont des photocopies du journal intime de Mary Coolidge ?

— Tu l'as lu ?

— Oui, c'est bouleversant.

— Pourquoi ne m'en as-tu pas parlé au téléphone ?

— Sophie tenait à s'en charger. C'est son plan à elle, après tout.

— Je ne sais rien de ce fameux plan, pour l'instant.

Cordie sourit.

— Ça ne va pas tarder. Qui plus est, elle m'a déjà fait promettre d'assister à la réception et au week-end de séminaire, et je savais qu'elle allait te tanner pour que tu nous accompagnes. Elle a eu des idées insensées par le passé, c'est vrai, mais cette fois c'est pour une bonne cause.

Le serveur lui apporta son Coca Light et une corbeille de pain.

Cordie se jeta sur une petite boule au froment.

— Si ce que Sophie m'a raconté sur Mary Coolidge est exact, Shields devrait croupir en prison. Pourquoi n'est-ce pas le cas ?

— Il est malin comme un singe, voilà pourquoi. J'ai déposé une plainte auprès de l'ordre des médecins pour qu'il en soit radié, et je suis certaine de ne pas être la seule. Il faut tout faire pour l'empêcher de s'en prendre à d'autres.

— Je ne comprends pas. Ses séminaires lui rapportent une fortune. Pourquoi doit-il…

Elle s'interrompit pour chercher le mot juste. Cordie le lui souffla.

— … escroquer ?

— Oui, escroquer des femmes esseulées ? Il n'a pas besoin de tout cet argent.

— À mon avis, il fait ça pour le pouvoir. C'est comme ça qu'il prend son pied.

— Qui prend son pied comment ? demanda Sophie en s'installant à côté de Cordie. Passe-moi mon verre, s'il te plaît.

— On parle des raisons qui poussent Shields à abuser de femmes riches et malheureuses, expliqua Cordie. J'étais en train de dire que sa motivation n'est pas l'argent.

— Je ne suis pas d'accord, objecta Sophie. À mon sens, ce n'est justement que ça.

— Le risque qu'on le dénonce est pourtant..., commença Regan.

— Il se croit invincible, la coupa Sophie. Quant au risque, il doit estimer qu'il en vaut la chandelle. Mary Coolidge lui a versé plus de deux millions. Ça fait un sacré paquet de fric.

— C'est sûr que ça en vaut la chandelle, confirma Cordie, quand on est aussi cupide.

— Comment as-tu obtenu ce journal intime ? demanda Regan à Sophie.

— Je te l'ai expliqué : sa fille l'avait retrouvé après l'enterrement, en rangeant les affaires de sa mère. Elle s'est immédiatement adressée à la police, sans succès. Elle a aussi engagé un avocat pour récupérer l'argent de sa mère. Après examen des documents signés par Mary, ce dernier lui a expliqué que les actes de Shields avaient beau être condamnables, légalement il n'avait enfreint aucune loi.

— Et ? fit Regan quand Sophie s'interrompit.

— Christine, la fille, a dû rentrer à Battle Creek, où elle vit avec son mari, mais avant de partir, elle a posté un duplicata du journal intime chez nous, au *Tribune*. Le journaliste qui a reçu le pli a passé quelques coups de fil, mais il avait des travaux plus urgents à terminer et n'avait pas de temps à consacrer à ce qu'il considérait comme une cause perdue. La lettre et les photocopies ont fini au panier. Je l'ai entendu se moquer de la naïveté de cette femme, alors, bien sûr, ça m'a intriguée et après son départ j'ai sorti les feuillets de la corbeille et je les ai lus.

— Tu sais bien que Sophie ne sait pas résister aux « causes perdues », commenta Cordie. Comme elle avait besoin d'aide, elle m'a forcée à lire ce journal à mon tour…

— Oh… elle ne s'est pas fait prier pour embarquer avec moi, ajouta Sophie.

— Ça s'est passé quand, tout ça ?

— Tu étais à L.A. lorsque Cordie est allée se renseigner auprès de la police, répondit Sophie.

— Elle m'y a contrainte, déclara Cordie. J'avoue cependant que ce qui m'a encouragée, ç'a été d'apprendre que ce type est déjà fiché. Enfin bon, mon enthousiasme est vite retombé. Le lieutenant Lewis est un charmeur grisonnant, un mauvais dragueur. Il dégoulinait de compassion. J'ai vite compris qu'il n'était pas sincère pour un sou.

Les trois plats arrivèrent en même temps. Pressée de retourner au bureau, Sophie attaqua sa salade à grands coups de fourchette. Cordie, elle, noya son cheeseburger de ketchup, le couvrit de son petit pain au sésame et le prit à deux mains.

— D'autres plaintes ont-elles été déposées contre Shields ? demanda Regan.

— Oui, il semblerait que d'autres femmes l'aient fait, mais la police n'a trouvé aucun élément à charge. Le lieutenant m'a assuré qu'il y travaillait. Je ne sais pas trop ce que ça signifie. Bref, il s'est passé un autre mois sans que rien ne se passe. J'ai découvert que Lewis avait refilé l'enquête à l'un de ses sous-fifres, un certain Sweeney.

— Depuis combien de temps bosses-tu là-dessus ?

— Pas très longtemps.

Regan attendit délibérément que Cordie soit sur le point de mordre dans son cheeseburger.

— Une dernière chose…

— Tu le fais exprès ! Juste au moment où… Sophie, laisse mes frites !

— C'est mauvais pour toi. Si j'en mange, c'est par souci pour ta santé. Va donc trouver une amie comme moi.

Cordie leva les yeux au ciel.

— J'ai vraiment une question sérieuse à te poser, reprit Regan. Mary Coolidge s'est-elle suicidée, d'après toi, ou partages-tu l'hypothèse de Sophie ?

— L'hypothèse d'un assassinat, tu veux dire ? Je n'en suis pas sûre. C'est possible.

Regan posa brusquement sa fourchette et se pencha en avant.

— Tu plaisantes ?

— Comment ça se fait que tu n'aies pas été plus surprise quand moi je t'ai fait part de mon opinion ? s'offusqua Sophie.

Regan ne mâcha pas ses mots :

— Parce que toi, tu en fais toujours des tonnes. Cordie est plus pragmatique, et si elle croit que c'est possible, alors…

— Alors quoi ? demanda Sophie, les sourcils froncés.

— Alors ça l'est.

— Je te signale que je n'en fais pas toujours des tonnes.

— Pourquoi crois-tu qu'on ait assassiné cette femme, Cordie ? demanda Regan en ignorant la remarque de Sophie.

— Lis le journal de Mary.

— Je le ferai, mais explique-moi maintenant.

— Très bien. À la fin, tu verras qu'elle avait peur de Shields, qui l'avait menacée. Dans les dernières pages, son écriture est très maladroite, ce qui laisse à penser qu'elle était sous l'emprise d'une drogue. Si ça se trouve, ça l'a rendue parano… mais encore une fois, il s'agit peut-être de la vérité.

Regan lut le dernier feuillet. Il n'y figurait que quatre mots :

Trop tard. Ils arrivent.

6

La ruelle empestait le chien mouillé et le vomi. La benne à ordures derrière laquelle l'inspecteur Alec Buchanan avait passé la plus grande partie de la nuit sentait plus mauvais encore.

En tout, sept inspecteurs étaient affectés à l'enquête. Ayant eu la malchance de tirer la courte paille, Alec se retrouvait à servir de renfort pour un autre, Mike Tanner, qui, lui, était bien au sec – et sans doute au chaud – dans l'entrepôt, où il attendait de procéder à la transaction.

Dutton et Nellis, deux flics infiltrés, surveillaient aussi l'entrée du bâtiment.

À l'autre bout de la ville, deux autres étaient postés dans un restaurant, l'air aussi frais et pimpants que des étudiants modèles vêtus de l'uniforme des jeunes de Chicago : tee-shirt Old Navy, jean large Gap et Nike éraflées. Ils attendaient avec impatience une livraison destinée aux rues de la banlieue.

Le septième policier, lui, pistait l'argent.

Officiellement, c'était l'inspecteur Dutton qui dirigeait l'enquête, mais Tanner se prenait tout de même pour le chef. N'ayant travaillé avec ce dernier que quelques jours, Alec s'était efforcé de ne pas porter sur lui de jugement hâtif et avait préféré l'observer. Il lui fallait cependant admettre que, pour l'instant, ce qu'il avait vu ne l'avait guère impressionné. Tanner partait au quart de tour et perdait vite son sang-froid. Ce qui dans une telle situation était fâcheux, songeait Alec. Très fâcheux.

Tanner avait déjà fait des siennes : il avait refusé de porter un mouchard et n'avait pas voulu que l'équipe technique en pose à l'intérieur de l'entrepôt par crainte qu'on ne les découvre. Comme il était le seul à avoir déjà travaillé avec les jumeaux, tous les autres avaient dû s'incliner.

On avait dit à Alec que le deal aurait sans doute lieu vers trois ou quatre heures du matin, quand la racaille sortait de son trou pour vendre et acheter tout et n'importe quoi. Les deux avocats n'appartenaient cependant pas à cette espèce-là. Apparemment, leur journée de travail commençait à midi.

Lyle et Lester Sisley, des jumeaux identiques, étaient arrivés d'une bourgade minable de Géorgie pour s'installer à Chicago. Ils se comportaient comme de bons gars de la campagne qui tous les matins juraient fidélité au drapeau et à Elvis, aimaient de temps en temps se pinter dans les bars, mais qui ne s'attiraient jamais d'ennuis sérieux. Ceux qui les croisaient occasionnellement les trouvaient un peu idiots mais gentils.

En fait, rien n'était moins vrai. Ils étaient tout sauf gentils et idiots. Tous les deux possédaient un QI qui dépassait de quelques points le seuil du génie. On racontait qu'ils avaient suivi des chemins séparés à l'université mais que chacun d'eux avait réussi à sortir major de sa promotion.

Au bout d'un an à Chicago, ayant conclu qu'ils travaillaient trop et ne gagnaient pas assez, ils avaient décidé d'étendre leurs activités.

Cinq ans plus tard, ils engrangeaient des millions – certainement pas grâce à leurs honoraires. Même s'ils continuaient à pratiquer et conservaient un cabinet dans Elm Street, ils avaient très peu de clients. Tous deux jouissaient d'un titre prestigieux, mais ni l'un ni l'autre ne prenait la peine de l'inscrire sur la porte de son bureau. Ils étaient tout simplement les plus grands seigneurs de la drogue de Chicago.

Et bien plus encore. Beaucoup, beaucoup plus. On estimait qu'au cours des douze derniers mois ils avaient vendu plus de cachets que le laboratoire pharmaceutique Pfizer. Il n'existait pas une molécule qu'ils n'aient tenté de mélanger à d'autres substances provoquant une forte dépendance.

Bien évidemment, les inspecteurs infiltrés essayaient de les coincer depuis un sacré bout de temps. Ce jour-là, si l'opération se déroulait comme prévu, ils espéraient mettre un terme au règne de Lyle et Lester. Il avait fallu douze mois de travail acharné pour convaincre les jumeaux de remettre l'argent en personne. Leur avidité avait été un moteur puissant, et Tanner, qui avait mis sur pied cette dernière entreprise, croyait avoir noyauté avec succès les hautes sphères de leur organisation.

La plupart de leurs transactions illégales se déroulaient dans l'entrepôt où Tanner patientait.

Les jumeaux étaient inséparables, faisant presque tout à deux : ils travaillaient, jouaient et vivaient ensemble dans un appartement haut de gamme de Lake Shore Drive. Il leur arrivait même de porter en même temps un accoutrement de cow-boy.

Ils avaient cependant quelques différences. Lyle avait un faible pour les femmes aux formes généreuses, qu'il collectionnait et jetait comme des mouchoirs en papier. Pourtant, celles qu'il congédiait ne tarissaient jamais d'éloges à son égard. Lorsqu'il se lassait d'une femme, il l'achetait avec de coûteux cadeaux de « séparation ». Pour toutes, Lyle était le parfait gentleman.

Lester, lui, avait un fort penchant pour les voitures, en particulier les Rolls-Royce. Il en possédait déjà une bonne quinzaine, qu'il gardait à l'abri dans son entrepôt, et venait d'en acheter une nouvelle pour la bagatelle de cent cinquante mille dollars, ce qui, pour ce caïd, équivalait à une poignée de petite monnaie.

Lester ne les conduisait jamais. Tous les vendredis, il se plaisait à se promener dans l'entrepôt pour les admirer. On l'avait entendu raconter qu'il choyait ses véhicules et les gardait pour une grande occasion, mais il n'avait jamais expliqué laquelle.

— Attention, les voilà ! chuchota-t-on dans l'oreillette d'Alec.

Dutton avait repéré les jumeaux.

Alec sauta dans la benne et se tassa sur les ordures. Quelque chose lui rampa dans le cou. Luttant contre l'envie violente d'écraser l'insecte, il pivota et regarda par le trou qu'il avait percé dans la paroi métallique. C'était à Tanner qu'il devait cette cachette merdique. Alec avait souhaité planquer dans le grenier ou dans l'entrepôt, mais Tanner n'avait rien voulu savoir. D'après lui, si quelqu'un se cachait à l'intérieur, les jumeaux le sentiraient. Puisque c'était Tanner qui avait organisé le rendez-vous…

Alec prévint Dutton qu'il n'avait aucune intention d'attendre dans cette benne que tout soit terminé. L'obsession qu'avait Tanner de jouer les superflics et de se bâtir une réputation mettait l'opération en péril. Dutton ordonna à Alec de grimper à l'escalier de secours et d'entrer par une fenêtre – qu'il avait au préalable examinée à la recherche d'une éventuelle alarme – dès que Lyle et Lester arriveraient à la porte.

Alec ne quitta pas la rue des yeux. Personne, pour l'instant.

— On a un problème, déclara l'inspecteur Nellis. Y a un agent qui parle aux jumeaux. Ah ! merde, il va leur filer une prune. Ils se sont garés sur une zone de stationnement interdit.

— Non, rectifia Dutton, pas de prune. Ils se dirigent vers l'entrepôt. L'agent est au milieu.

— Il les suit de son plein gré ?

— Je sais pas, répondit Dutton.

— Ils ont un flingue ? Est-ce qu'ils le menacent d'une arme ? s'énerva Nellis. T'arrives pas à voir, Dutton ?

— Non, je vois pas. Alec, t'as le temps d'aller avertir Tanner. Je serai derrière toi.

— Dis à Tanner d'annuler l'opération, chuchota Nellis.

— Il voudra pas, protesta Dutton. Alec, vas-y. Ils se sont arrêtés devant l'entrée principale. Ils jettent un coup d'œil à droite et à gauche. Personne dans les environs. Lester ouvre la serrure, maintenant. L'agent a l'air inquiet.

Alec était déjà en mouvement. Il sauta hors de la benne, traversa la ruelle en courant et gravit l'escalier de secours.

Dutton le suivait de près. L'inspecteur avait beau ne pas être aussi grand ou musculeux qu'Alec, il était discret et ne produisait pas le moindre bruit.

Partout dans le grenier se dressaient des piles de cartons remplis de pièces détachées d'automobiles ; des caméras de surveillance pendaient aux chevrons. Les jumeaux n'avaient pas installé de système d'alarme. Ils réglaient eux-mêmes leurs problèmes, et quiconque était assez fou pour les voler ou vandaliser leur propriété disparaissait sans autre forme de procès.

Dutton rampait avec précaution vers la rambarde. Alec l'arrêta d'un signe de la main et lui indiqua une des caméras.

Ils entendaient des voix. Les jumeaux se parlaient en approchant du bureau, qui se trouvait juste en dessous.

— C'est quoi ce bordel ? demanda Tanner, qui avait dû les attendre dans le couloir.

Quelqu'un d'autre – sans doute le jeune policier – répondit :

— Qu'est-ce que vous…

Puis il eut une seconde d'un silence absolu.

— Ils savent, chuchota Dutton.

Alec hocha la tête et fit signe à son équipier de couvrir l'escalier pendant qu'il s'approchait de la rambarde pour voir ce qui se passait.

Tanner perdait son sang-froi d et faisait les cent pas en lançant des accusations aux jumeaux. Lyle poussa le flic vers Tanner et dégaina un pistolet.

Puis ce fut l'enfer.

7

— Alors, tu marches avec nous ? demanda Sophie.

— Bien sûr.

— Je le savais. Tu n'arrêtes pas de me répéter que je suis une dingue des causes perdues...

— En fait, c'est Cordie qui dit ça.

— Peut-être, mais toi aussi tu en es dingue.

— Je dois le prendre comme un compliment ?

Cordie terminait son cheeseburger.

— Sophie, tu vas être en retard, prévint-elle. Tu as une réunion à deux heures moins le quart, non ?

— Il faut d'abord que je parle à Regan.

Sophie reporta toute son attention sur cette dernière.

— Il faudrait que tu lises le journal de Mary le plus tôt possible, impérativement avant ce soir. Ça ne sera pas long. Mary ne le tenait pas régulièrement. Il ne doit pas dépasser la quarantaine de pages. Tu sais quoi ? Tu devrais le lire quand Cordie et moi nous serons reparties. Et là...

— Oui ?

Sophie poussa un soupir et lâcha :

— J'aurais besoin d'un autre service. Il faudrait que tu ailles au poste de police pour savoir si l'enquête avance. Cordie s'y est collée la dernière fois, alors c'est ton tour.

— Mon tour ? Je viens à peine de me joindre à...

— C'est quand même ton tour.

— Pourquoi tu n'y vas pas toi-même ?

— Tu plaisantes ? Je suis journaliste, ils ne me diront jamais rien.

Avant que Regan ait pu rétorquer, Sophie déclara :

— D'accord, je sais ce que tu penses. Et toi aussi, Cordie. Je ne suis pas encore journaliste d'investigation à part entière, je n'ai pas écrit d'article de fond, et ça fait cinq ans que je bosse comme une acharnée pour les pages Conseils du journal, mais je t'assure, Regan, tu devrais me faire davantage confiance. Toi aussi, Cordie. Bientôt, tout va changer. Vous verrez…

— J'ai une absolue confiance en toi, protesta Regan. Et je ne pensais pas du tout que…

Soudain, elle s'interrompit et éclata de rire.

— Bien joué, le coup de la culpabilité, Sophie…

— Tu m'étonnes ! Une vraie pro, commenta Cordie.

— J'ai bien réussi, non ? Chassez le naturel… Quoi qu'il en soit, je ne peux pas mettre les pieds au poste de police, il y traîne toujours des tas de chasseurs de scoops, et à tous les coups l'un d'eux me reconnaîtra et voudra savoir ce que je fais là. Je sais bien que tu es déjà débordée…

— Je prendrai le temps, lui promit Regan.

Sophie était ravie.

— Tu comprends pourquoi je ne veux pas qu'un autre journaliste se mêle de nos affaires, hein ? C'est mon enquête, je veux être celle qui coincera Shields et obtiendra justice pour Mary Coolidge.

— Et pourquoi pas le prix Pulitzer ? commenta Cordie.

— Il y a une chance sur un million que ça arrive, mais on peut toujours espérer. Ce n'est pas ce qui me motive, en tout cas.

— On le sait bien. Il ne faut pas que tu y ailles ?

Sophie consulta sa montre et râla.

— Zut, je vais être en retard ! Je file. Une de vous deux peux payer pour moi ? En échange, c'est moi qui l'inviterai ce soir.

— Ça me va, répondit Cordie.

— À quelle heure tu passes me chercher ? Et qui conduira ? s'enquit Sophie.

Pendant que Cordie lui répondait, le vieux beau et sa petite jeunette, qui quittaient le restaurant, attirèrent le regard de Regan. Cordie la vit se rembrunir et demanda :

— Qu'est-ce qui ne va pas ?

— Ce vieux machin et cette fillette de douze ans qui se bécotent…

Cordie observa le couple.

— Elle n'a pas douze ans. Elle doit avoir au moins dix-huit ans, sinon il risquerait la prison.

— Et lui, il a quoi, soixante ans ?

— Hum, c'est possible. Pourquoi leur différence d'âge te gêne-t-elle ?

— Parce que c'est répugnant.

— Et ?

— Arrête, on dirait une psy.

— Tu devrais avouer pourquoi ça te dégoûte, à mon avis. Ils te font penser à ton beau-père et à sa pauvre cruche ?

— Bien sûr que oui.

— Ah ! voilà…

— Voilà quoi ?

— Je pensais t'aider à progresser, rien de plus, dit Cordie en souriant. Il est vraiment temps que tu te détendes.

Regan acquiesça d'un signe de tête.

— J'ai passé une matinée déplorable. Tu as le temps de m'écouter me lamenter ?

— Beaucoup ?

— Un max.

Cordie s'esclaffa.

— OK, je t'accorde dix minutes. Ensuite, il faudra que je te laisse.

Regan se mit à se plaindre de son travail, des ingérences permanentes d'Aiden et de sa prise de bec avec Emily. Quand elle raconta qu'Henry avait surpris cette dernière en train de fouiner dans son bureau, Cordie fut scandalisée :

— Vire-la, cette pétasse !

Regan n'en crut pas ses oreilles. Cordie éclata de rire.

— Je commence à parler comme mes élèves. Enfin, n'empêche que tu dois la licencier.

— Impossible, c'est l'assistante d'Aiden. C'est lui qui doit la renvoyer. En tout cas, ça me soulage de savoir que tu es aussi outrée que moi. Bon, assez pleurniché pour aujourd'hui. Je crois que je vais lire ce fameux journal intime en buvant un autre thé glacé, et après j'irai voir la police. Je vais rester positive, ajouta-t-elle.

— Comment vas-tu t'y prendre ?

— En me persuadant que ma journée ne peut que s'améliorer.

— À ta place, je ne compterais pas trop là-dessus. Bonne chance avec l'inspecteur Sweeney.

Sans laisser le temps à Regan de lui demander pourquoi, elle ajouta :

— Ce sera lui ton interlocuteur. C'est un sacré numéro.

— Je ne m'inquiète pas. Ça ne pourra pas être si terrible.

8

L'inspecteur Benjamin Sweeney, que tout le monde dans le service appelait B.S.[1], passait une journée exécrable. Tout avait commencé dès son réveil, à cinq heures et demie du matin, par une violente gueule de bois et l'impression qu'on lui perforait le crâne au marteau-piqueur. Le seul remède à cette douleur avait été un grand verre de bourbon sec, boisson justement à l'origine de son mal. Débarrassé de sa langue pâteuse mais l'œil toujours vitreux, il s'était gargarisé à la Listerine pour cacher l'odeur d'alcool avant de se rendre chez le dentiste. À sept heures, on lui soignait une obturation de canal dentaire. À neuf heures, l'effet de l'injection de novocaïne s'étant estompé,

1. Abréviation de *bullshit*, « bobards ». *(N.d.T.)*

il souffrait le martyre. Puis, à dix heures, le soleil disparaissait et une averse le trempait pendant qu'il se rendait en courant de sa voiture à un appartement infesté de cafards, accompagné de son coéquipier Lou Dupre. Après avoir monté quatre étages à pied, ils s'étaient retrouvés devant le cadavre en décomposition d'une jeune femme âgée d'une vingtaine d'années. Le sol était jonché d'ampoules de crack vides. Sweeney avait conclu qu'un junkie avait zigouillé une de ses semblables. Pas une grosse perte.

Il s'était aussi douté qu'on ne procéderait pas à l'identification de la victime – ce qui, au demeurant, aurait été trop facile –, et bien sûr il avait vu juste. En général, il parvenait à râler assez pour que Dupre accepte de se farcir la paperasserie et de brasser du vent quelque temps avant qu'on se décide à ranger le dossier dans le casier des « affaires en souffrance », que Sweeney avait secrètement rebaptisé le casier « rien à cirer ».

Ce jour-là, en revanche, Dupre ne s'était pas montré coopératif. Il avait traité Sweeney de connard, déclaré qu'il en avait sa claque de l'entendre se plaindre en permanence et que cette fois il devrait se démerder seul.

Dans tous les films policiers que Sweeney avait regardés à la télévision, les coéquipiers étaient toujours comme des frères. Prendre une balle pour sauver l'autre – ce qui ne manquait jamais d'arriver avant la fin – ne leur faisait pas peur. Un conte de fées à la con, oui ! Dans l'univers minable de Sweeney, dans la vie réelle, son collègue et lui ne pouvaient pas se sentir. Sweeney rêvait parfois d'une bonne vieille fusillade où il se retrouverait derrière Dupre et pourrait lui en coller une en plein crâne.

C'était réciproque, il le savait. Ces derniers temps, tout le monde dans la boîte le fuyait comme s'il avait la lèpre. L'enquête dont il faisait l'objet, sans être officielle, n'était un secret pour personne, et tous avaient choisi de le condamner avant même d'en connaître le résultat. L'Inspection générale n'inquiétait guère Sweeney. Certes, il avait empoché de l'argent pour fermer les yeux sur le meurtre d'un dealer, mais ceux qui l'avaient arrosé n'étaient pas en position de le balancer. Qui plus est, l'argent – dix mille dollars – était propre. Propre comme un sou neuf. Sweeney avait fait preuve d'une grande prudence. Que les inspecteurs écoutent le baratin qu'allaient leur servir les prostituées au chômage que maquait ce dealer, Sweeney s'en moquait. S'ils avaient eu du concret, on l'aurait déjà suspendu.

Il n'avait plus que deux ans et trois mois à tirer avant la retraite, mais certains jours il savait qu'il n'arriverait pas jusque-là. Il comprenait ce qui passait par la tête du fou qui ouvre le feu sur ses collègues ; imaginer le sang et les tripes de Dupre en train de gicler sur les murs suffisait parfois à lui filer la gaule.

Avant de le quitter en emmenant leur enfant avec elle, sa femme lui avait dit qu'il deviendrait aussi méchant qu'un rottweiler enragé et que l'alcool lui avait attaqué le cerveau. La réaction de

Sweeney n'avait pas été des plus intelligentes, mais il s'était fait comprendre : il l'avait giflée et lui avait ordonné de lui servir son dîner. Plus tard dans la soirée, alors qu'il s'abrutissait devant la télévision, elle avait préparé ses valises et était sortie discrètement par la porte de derrière, mais il l'avait surprise au moment où elle faisait démarrer sa vieille Honda Civic. Alors qu'elle essayait avec affolement de remonter la vitre, il l'avait saisie à la gorge sans prêter attention à l'enfant qui hurlait à l'arrière et avait déclaré qu'il serait ravi de ne plus jamais les revoir, le môme et elle. Après s'être penché à quelques centimètres à peine de son visage, il l'avait prévenue : si elle essayait d'obtenir le moindre centime de pension alimentaire, il la tuerait à coups de hache.

Elle avait dû lire dans son regard qu'il ne plaisantait pas car il n'avait jamais plus entendu parler d'elle. Au fil du temps, il s'était convaincu qu'il se portait bien mieux tout seul.

Peu importe les ragots qui circulaient dans le service, il n'était pas un ivrogne. Il en avait assez de se colleter avec la racaille à longueur de temps, rien de plus. Chicago était devenu un cloaque où seuls les dégénérés savaient survivre et prospérer. Comme les bactéries, ils se multipliaient et s'épanouissaient dans la crasse.

Il craignait qu'ils ne l'aient déjà contaminé et transformé en raclure. Quand la peur devenait trop forte et que la boisson n'apaisait plus ses terreurs nocturnes, il rêvait à un départ en retraite anticipé. Tout ce qui lui manquait, c'était un coup fumant, un coup qui lui permettrait de tout plaquer. Au diable, la pension ! S'il frappait fort, il pourrait s'acheter un voilier et mettre le cap sur les Bahamas. Il n'avait jamais posé le pied ni sur un bateau ni sur une île, mais les brochures punaisées sur le mur de son bureau montraient bien la propreté de l'endroit.

Ce dont il avait envie, c'était marcher dans une rue propre, respirer de l'air propre, admirer un ciel dénué de toute trace de pollution, mais ce qu'il voulait par-dessus tout, c'était *se sentir* propre à nouveau.

Quand les idées noires venaient troubler sa concentration, il achetait une bouteille de bourbon, se mettait en arrêt maladie pour la journée et se soûlait. À ses yeux, il rendait service au contribuable. En restant chez lui à se pinter, il protégeait les honnêtes citoyens de Chicago de lui-même.

Sachant qu'il lui fallait s'accrocher et garder la tête sur les épaules en attendant de prendre sa retraite ou de toucher le pactole, il tâchait de trouver un peu de satisfaction dans le quotidien. Par exemple, il se réjouissait de ses projets pour la soirée. Il terminait son service dans vingt minutes et, contrairement à son fayot de coéquipier, il ne resterait pas une seconde de plus. Comme sa paie venait de lui être versée, il comptait s'offrir un énorme chateaubriand, puis se rendre à la Lori's School of Beauty – un institut qui servait de façade à une maison close florissante – pour une coupe de cheveux et surtout une petite pipe gratis de la part d'une des putains, qui aurait trop peur de lui pour la lui refuser. Il avait l'intention de couronner sa soirée romantique avec son vieux copain Jack Daniel's.

L'heure n'avançait pas. Sweeney avait consulté sa montre deux fois en une minute. Plus que dix-neuf avant de pouvoir filer. Bon sang, ce qu'il détestait cet endroit ! Son bureau était collé contre un mur vert pomme au bout d'un immonde local oblong. Les lieux étaient si étriqués et bondés que certains matins, en montant au deuxième étage, il avait l'impression de pénétrer dans un atelier clandestin. On parlait de réaménager le poste de police ; pour l'instant, on n'avait repeint qu'une seule salle.

Il se carra dans son siège et jeta un coup d'œil autour de lui. Une poignée d'enquêteurs, la plupart au téléphone, travaillaient à leurs postes encombrés. Aucun ne prêtait attention à lui. Sweeney se dit qu'il pourrait partir en avance sans que personne ne s'en aperçoive.

Il dut tirer un trait sur cette possibilité car son crétin de nouveau patron arriva. Le lieutenant Lewis ne dirigeait le service que depuis cinq semaines, mais cette courte période avait suffi à Sweeney pour le prendre en grippe. Lewis n'aimait pas qu'on fasse de vagues, et quand les types de l'Inspection générale lui avaient touché un mot de leur petite enquête, il avait pris parti contre lui. Qu'il aille se faire foutre ! Ce blaireau ne voulait pas se salir à son contact, mais c'était trop tard, songea Sweeney avec un sourire mauvais.

Lewis n'était pas si irréprochable que ça, d'ailleurs. Sweeney le regarda entrer d'un pas nonchalant dans son bureau vitré. Il avait entendu dire que Lewis trompait à droite à gauche sa riche aristocrate d'épouse. Tout homme cache des secrets, et si le lieutenant se mettait à lui chercher des crosses, Sweeney projetait de procéder à ses propres recherches. Rien ne lui serait plus facile que de découvrir quelle traînée se tapait Lewis et de prendre quelques photos. Il agirait de façon anonyme, bien sûr. Comment Lewis pourrait-il subsister sans sa femme pour payer les factures ? Sweeney devrait peut-être acquérir un de ces appareils numériques et envoyer à Madame deux ou trois tirages grand format éloquents. Mieux : pourquoi ne pas s'en payer une bonne tranche en diffusant aussi les clichés sur Internet ? Il se retint à temps pour ne pas éclater de rire. Si la légitime de Lewis lui découpait ses beaux costumes de luxe en lambeaux, brisait la Rolex qu'il se donnait tant de mal à faire remarquer et le fichait à la porte à coups de pied, il ne l'aurait pas volé.

Œil pour œil, dent pour dent. Sweeney savait que Lewis consignait dans un carnet la moindre de ses infractions de façon à pouvoir le renvoyer sans être ennuyé par le syndicat, mais tant qu'il se montrerait prudent, le lieutenant ne pourrait rien contre lui.

Trois malheureuses minutes s'étaient écoulées. Il dérangea quelques documents sur son bureau et jeta un nouveau coup d'œil sur celui du patron. Et merde ! Lewis l'observait. Il retourna vite à ses papiers et feignit d'être très concentré.

Alec Buchanan arriva en trombe. Avec ses longs cheveux bruns, ses yeux injectés de sang et sa barbe de trois jours, il ressemblait à un caïd camé. Buchanan n'avait pas intégré le service depuis longtemps, lui non plus. On venait de le transférer des Mœurs. Sweeney ne lui avait jamais parlé, mais il le connaissait de réputation : le genre de type à qui on n'avait pas envie de se frotter.

Un jeune policier en uniforme lui courait après, l'air accablé, en nage. Lorsqu'ils furent entrés chez Lewis, Sweeney décrocha son téléphone, enfonça la touche de mise en attente et, le combiné collé à l'oreille, se détourna pour épier ce qui se passait.

Lewis entra sur-le-champ dans une colère noire. Sweeney tâcha de réprimer un sourire quand le lieutenant perdit son sang-froid et se mit à insulter le jeune flic.

Il avait appris ce qui s'était passé : à cause du bleu, des mois de travail d'infiltration étaient tombés à l'eau. Ç'avait mitraillé dans tous les sens. D'après ce qu'en disaient des collègues en salle de pause plus tôt dans l'après-midi, Buchanan avait voulu jouer au superhéros et avait réussi à sortir le flicard de la planque en pleine fusillade. Buchanan obtiendrait sans doute une énième récompense. Pourtant, à voir l'expression de son visage, ce n'était pas une médaille qu'il voulait mais la peau de quelqu'un. Sweeney crut tout d'abord que Buchanan réglait son compte à cet imbécile de bleu, mais il finit par comprendre qu'il s'en prenait en fait au lieutenant Lewis. Sans doute parce qu'on l'avait mis dans l'équipe de Tanner, réputé pour être un franc-tireur.

Quand on parle du loup... Tanner traversa la salle à grandes enjambées et, une flamme de haine dans le regard, bouscula un inspecteur puis entra comme une furie dans le bureau de Lewis. Il se mit à hurler avant même d'avoir refermé la porte.

Voilà qui était bien mieux que ces vieux films à la télévision ! Il ne lui manquait plus qu'une bière et du pop-corn.

— Qu'est-ce qui se passe ? demanda quelqu'un.

— Buchanan essaie de sauver la mise au jeunot, répondit un autre. Tanner, lui, voudrait le clouer au pilori.

Sweeney roula les yeux. Un vrai saint, ce Buchanan. Il apprécia fort de voir Lewis, rouge comme une pivoine, se mettre dans tous ses états. Avec un peu de chance, il allait se taper un infarctus...

Sweeney regarda l'heure : encore quinze minutes. Bon sang ce qu'il avait soif. Il lui fallait à tout prix se tirer d'ici. Le patron ne lui prêtait plus aucune attention, à présent. Il se tourna vers son ordinateur et fourra ses documents dans leur chemise, qu'il rangea dans le tiroir des « rien à cirer ». Au moment où il repoussait son siège, il repéra un beau petit lot qui montait dans l'escalier. Il fut incapable d'en détacher son regard. Lorsqu'elle atteignit l'accueil, il salivait, et il n'était pas le seul. Le silence s'était fait dans la salle – les autres devaient la reluquer aussi.

Un lèche-cul se précipita pour lui offrir son aide – ce fut à peine s'il n'avait pas sauté par-dessus son bureau –, et vint masquer la vue de Sweeney. Celui-ci jeta un coup d'œil chez le patron, où l'altercation battait toujours son plein.

L'inspecteur qui faisait du charme à leur visiteuse désigna Sweeney à contrecœur. La jeune femme se fraya un chemin parmi les bureaux encombrés et vint jusqu'à lui. Sweeney se hâta d'ajuster sa cravate afin de dissimuler la tache de ketchup sur sa chemise, rentra le ventre et sortit un dossier de son tiroir pour paraître occupé.

Cette fille était un vrai canon : lèvres charnues et sensuelles, courbes de rêve et jambes effilées. C'était peut-être une de ces putains à mille dollars la nuit dont il avait entendu parler mais qu'il n'avait jamais croisées. Voilà qui serait un sacré coup de bol… Il se croyait assez malin pour parvenir à bénéficier de ses services à l'œil. Une option à garder en mémoire pour les longues soirées où il se sentait seul. Il l'imaginait à genoux, ses cheveux bouclés lui effleurant les cuisses…

Sweeney s'efforça de mettre un terme à son fantasme naissant avant d'être trop excité. Son siège grinça quand il se cala en arrière pour la regarder approcher. Classieuse, la garce ! Bien trop distinguée pour une pute de luxe. Il repéra le saphir à son doigt et sut que c'était un vrai. Cette gonzesse n'était pas du genre à porter du toc. Elle devait avoir un père riche ou un papa gâteau qui l'entretenait. Sweeney, cynique jusqu'à la moelle, opta pour la seconde hypothèse. Jolie poupée sentait le fric à plein nez, et Sweeney réfléchissait à un moyen d'en profiter.

Il avait peut-être devant les yeux le gros coup qu'il attendait tant. Tout le monde avait ses secrets, même les femmes distinguées dans son genre. Il se lécha les babines, mais la prudence reprit vite le dessus. Il l'observa d'un air sceptique et sut qu'ils ne jouaient pas dans la même catégorie, ce qui eut le don de l'énerver. Elle dégageait une impression d'aisance et de perfection qui se faisait rare de nos jours. De magnifiques yeux bleus d'une nuance à peine plus claire que la pierre à son doigt, riche et belle. Hors de sa portée, aucun doute là-dessus.

Elle s'arrêta devant son bureau.

— Je peux vous aider ? demanda-t-il sans lui laisser le temps de prononcer un mot, se moquant d'avoir l'air grognon.

— Inspecteur Sweeney ?

D'un doigt jauni par le tabac, il lui montra sa plaque nominative mais s'aperçut que l'inscription était tournée vers lui. Lorsqu'il se pencha pour la retourner, il renversa la moitié d'une tasse de café sur son clavier. Tout en bougonnant un juron, il saisit une feuille de buvard et épongea le liquide.

— C'est bien moi, ma poule. L'inspecteur Sweeney en personne.

Il la vit plisser les paupières : elle n'appréciait apparemment pas ses manières. Une dure à cuire, songea-t-il, mais il se fichait de l'agacer ou non. Sachant qu'il n'avait aucune chance avec elle, pourquoi s'ennuyer à se montrer correct ? Qui plus est, son vieux copain Jack Daniel's l'attendait.

— Je m'appelle Regan Madison.

Elle posa sa serviette sur la chaise en plastique destinée aux visiteurs mais resta debout.

— Vous venez déclarer un crime ?

— Non. Mon amie Cordelia Kane m'a demandé de me renseigner au sujet de la plainte qu'elle a déposée contre un psychologue, le Dr Lawrence Shields.

Il ne fit même pas semblant de se souvenir de l'affaire.

— Qui ça ?

Elle eut beau répéter mot pour mot ce qu'elle venait de dire, il ne voyait toujours pas de quoi elle parlait. Il se balança sur son siège et essaya de s'en sortir avec la phrase toute faite qu'il ressortait presque à chaque enquête :

— Ah oui, l'affaire est en cours.

— Qu'a-t-il été fait, au juste ?

— Écoutez, il va falloir me rafraîchir la mémoire. J'ai tellement de dossiers à traiter…

Il laissa sa phrase en suspens et bâilla à s'en décrocher la mâchoire. Quelle perte de temps, pensa Regan. Cordie avait raison. Sweeney était un odieux personnage d'une incompétence flagrante. Son je-m'en-foutisme la mettait en rage.

Pour couronner le tout, c'était un pervers. Il ne détachait pas son regard de sa poitrine. Au prix d'un gros effort, elle garda son calme et lui expliqua qui était le Dr Shields et ce qu'il avait fait à

Mary Coolidge. Quand elle eut terminé, Sweeney ne paraissait pas plus avancé.

— Votre amie… comment s'appelle-t-elle ?

— Cordelia Kane.

— Quels sont vos liens avec elle ?

— Pardon ?

— J'ai dit, quels sont vos liens avec elle ?

— Cordelia et moi sommes amies.

— Non, pas elle, l'autre. Celle qui s'est suicidée.

— Elle s'appelait Mary Coolidge.

— Je vois.

Il faisait tout pour lui montrer qu'il se moquait éperdument de ce qu'elle pouvait lui raconter. Les yeux mi-clos, il ne cessait de bâiller grossièrement. Quel sale type ! S'il se penchait davantage en arrière il allait tomber à la renverse, ce qu'elle commençait d'ailleurs à souhaiter.

— J'aimerais discuter de l'enquête, inspecteur. Savez-vous…

Il l'interrompit d'un geste de la main.

— Ah oui, ça me revient. Comme je vous le disais, j'ai tellement de cas à traiter que c'est dur de garder le fil. Je m'en souviens, maintenant. Votre amie était drôlement remontée contre ce Shields. D'après elle, il serait responsable de la mort de la vieille dame. Ce dossier est dans mon casier des affaires en souffrance, ajouta-t-il avec un grand sérieux tout en désignant son tiroir.

— L'enquête a-t-elle progressé ?

— Eh bien, à vrai dire…

— Oui ?

— J'y travaille, répondit-il en haussant les épaules.

Elle eut envie de hurler mais respira à fond pour se maîtriser. Se le mettre à dos ne l'aiderait pas à obtenir des réponses franches.

— Très bien. Pourriez-vous me dire…

Elle n'eut pas le temps d'aller plus loin.

— J'ai fini mon service, maintenant. Revenez plutôt demain.

Regan était sur le point de perdre son sang-froid.

— C'est impossible. Le lieutenant Lewis est-il disponible ?

Jolie poupée commençait à l'emmerder. L'agacement de Sweeney se mua en hostilité. Comment osait-elle essayer de l'intimider en le menaçant de s'adresser à son supérieur ?

— Il est occupé, répondit-il en indiquant le bureau derrière lui. Qui plus est, il ne fera que vous rediriger vers moi, et moi, je n'ai aucune info à vous transmettre.

— Rien n'a été fait ? Personne n'a interrogé ses voisins ou…

— D'après ce que j'en ai vu, ce Shields n'a rien commis d'illégal. C'est dur à avaler, OK, mais c'est comme ça. Cette femme lui a cédé tout son argent de son plein gré puis elle s'est suicidée. Point final. Affaire classée.

— Donc l'enquête n'est pas du tout en attente, n'est-ce pas ? rétorqua-t-elle, furieuse.

— Bien sûr que si. En attente de vraies pièces à conviction.

Regan balaya la salle du regard dans l'espoir de trouver de l'aide. Elle regarda les quatre hommes dans le local vitré. Celui qui se tenait derrière le bureau ne pouvait être que le lieutenant. Il criait fort et gesticulait beaucoup.

L'un des trois autres attira son attention. Vêtu d'habits crasseux, appuyé contre la paroi, il tenait des propos qui avaient l'air de faire enrager le lieutenant, lequel frappait à présent du poing sur la table. L'homme ne semblait guère intimidé par cet accès de colère.

Le lieutenant reporta son courroux contre le policier en uniforme. Malgré la porte fermée, elle entendit en partie la litanie d'insultes et de menaces qu'il proféra. L'homme adossé à la vitre vint à la rescousse du plus jeune.

Regan n'allait pas les interrompre – elle refusait d'avoir affaire à ce lieutenant.

Baissant les bras, elle saisit sa serviette et quitta le poste. Dès qu'elle fut dehors, elle appela Sophie.

— Je viens de parler à l'inspecteur Sweeney.

— Alors ?

— C'est un incapable.

— C'est aussi l'avis de Cordie. Il t'a quand même renseignée ?

— Non, pas du tout. J'ai l'impression que rien n'a été fait. Cette pauvre Mary Coolidge n'a pas la moindre importance pour lui.

— Tu as lu son journal, n'est-ce pas ?

— Oui. Il faut à tout prix arrêter Shields.

— C'est pour ça que tu es allée au poste de police te renseigner sur…

— Sophie, ils ne mènent aucune enquête.

— As-tu parlé au lieutenant Lewis ?

— Non, il ne nous sera d'aucune aide. Ça peut paraître incroyable, mais il est pire que Sweeney.

— Je croyais que tu ne lui avais pas parlé…

— Je l'ai vu à l'acte. Il ne faisait que brailler et gesticuler.

— Et que t'a dit Sweeney, au juste ?

Regan lui relata son entretien avec l'inspecteur.

— Crois-moi, ç'a n'a été qu'une perte de temps.

Alors qu'elle tournait à l'angle de la rue, elle mit fin à la conversation. Elle crut entendre quelqu'un crier et se retourna par réflexe.

La collision fut inévitable.

9

Alec Buchanan était pressé d'arriver à sa voiture pour rentrer chez lui et pouvoir enfin se débarrasser de ses vêtements nauséabonds. Il avait l'impression qu'une multitude de bestioles lui rampaient sur le corps, et il n'avait qu'une envie : rester un long moment sous une douche brûlante. Courant presque, il tourna à l'angle de la rue et manqua renverser la passante qui lui barrait le chemin.

Il la percuta si violemment que la femme et sa serviette furent projetés chacun dans une direction. Il la saisit par la taille juste à temps pour lui éviter de s'effondrer tête la première contre l'immeuble en brique.

Alec la tint le temps qu'elle retrouve l'équilibre. Ça alors, ce qu'elle était jolie ! Et elle sentait bon, aussi. Étonnant qu'il n'ait pas perdu l'odorat après sa nuit passée dans les poubelles.

Il la relâcha, ramassa son attaché-case et s'écarta.

— Je suis absolument navré.

Incapable de prononcer un mot, elle lui signifia d'un hochement de tête qu'elle acceptait ses excuses. Elle le regarda droit dans les yeux, tâcha de sourire, puis se détourna et s'éloigna le plus vite possible. Haletante, elle prit de grandes goulées d'air en s'efforçant de ne pas vomir. Nom d'un chien, la puanteur qui se dégageait de cet homme lui avait fait monter les larmes aux yeux.

Puis elle éclata de rire. Quand elle se retourna, il la regardait toujours. Elle lui sourit mais tourna au coin de la rue et se remit à pouffer. Cet incident lui rappela un épisode de son enfance. Alors qu'elle avait sept ou huit ans, son frère Aiden l'avait emmenée au zoo. Ils étaient entrés dans un grand bâtiment bondé qui sentait le renfermé. Au bout d'une longue allée se trouvait la nouvelle cage du gorille. Deux rangées de barreaux séparaient l'animal du public mais on n'avait pas encore installé l'habituelle vitre de plexiglas incassable. Regan avait lâché la main d'Aiden et filé en zigzaguant à travers la foule pour aller voir le singe avant que quelqu'un d'autre s'aperçoive que l'espace devant sa cage était vacant. Alors qu'elle approchait du but, la violence de la puanteur l'avait arrêtée net : la fillette était tombée à genoux et avait été prise de haut-le-cœur, au point qu'Aiden avait dû la relever et l'emmener à l'air libre.

Cette odeur infecte était restée gravée dans sa mémoire. Celui qui venait de la bousculer sentait plus mauvais encore.

Ce vieux souvenir l'égaya. Hélas ! sa bonne humeur ne dura pas.

Elle sortait de chez Neiman Marcus et marchait d'un bon pas, les deux mains chargées, lorsqu'un colosse deux fois plus massif qu'elle lui rentra dedans. Je suis devenue transparente ou quoi ? songea-t-elle. Ça faisait deux fois dans la même journée qu'on essayait de passer à travers elle.

Ce rustre, en revanche, n'avait nullement daigné s'excuser. Elle eut même l'impression qu'il lui avait délibérément écrasé le pied. Sans se retourner, il avait poursuivi son chemin d'un pas pressé. Quant à elle, ralentie par son orteil endolori, elle avait pris la direction de la Dickerson's Bath Shop. La journée n'est pas terminée et les choses peuvent encore s'améliorer, se dit-elle. À quoi bon se lamenter ?

Quand elle entra dans la boutique de produits de soins corporels, il lui fut impossible de rester positive. La vendeuse – « Mlle Patsy », comme l'indiquait son badge – discutait au téléphone, appuyée contre la caisse enregistreuse. Le combiné coincé dans le creux de son épaule, elle se limait un ongle.

Mlle Patsy avait la figure si écarlate qu'à l'évidence quelque chose l'énervait. Elle aperçut Regan, lui fit signe d'attendre d'un air impatienté, et reprit sa conversation. Malgré sa petite soixantaine, elle jacassait comme une collégienne, commentant avec des remarques cruelles les derniers potins qu'elle échangeait avec une amie.

Regan s'éloigna de façon à ne pas être obligée de subir ce spectacle plus longtemps puis, au bout de quelques minutes, choisit une lotion et se dirigea vers un autre comptoir. Mlle Patsy lui cria d'attendre, raccrocha et vint encaisser. Elle tendit son paquet à Regan et repartit sans un mot. Regan fut consternée par tant de grossièreté.

Elle fut vivement soulagée de retrouver son bureau, sans que sa journée s'améliore pour autant : elle passa la fin de l'après-midi à régler problème après problème.

À six heures, elle monta brièvement se rafraîchir dans sa suite, puis redescendit attendre Cordie, qui devait la retrouver à six heures et quart. Son amie arriva en taxi : la vieille Ford devait encore être en panne. Regan la héla pour l'interroger sur l'état du véhicule avant même d'aller à sa rencontre.

— Qu'est-ce que c'est, cette fois ? Le radiateur ?

— Le pot d'échappement ! lui cria Cordie en franchissant le trottoir. J'en achète un demain et je le pose ce week-end.

Lorsqu'on lui amena sa voiture, le chasseur se précipita et ouvrit la portière à Regan.

— Je sais ce que tu penses, Terry, dit Regan en se glissant au volant de sa Chevrolet vieille de quinze ans.

Le portier eut un sourire carnassier.

— Il serait grand temps de la changer.

— Vous plaisantez ? Elle tourne comme une horloge, intervint Cordie, penchée en travers de la banquette avant.

Arrivées devant chez Sophie, celle-ci n'était pas encore descendue au bas de son immeuble. Elles durent faire trois fois le tour du quartier avant qu'elle se montre enfin. Dès lors, Regan, qui avait détaillé à Cordie son horrible journée et lui expliquait qu'elle perdait foi en son prochain, ne put plus placer un seul mot de tout le trajet jusqu'au Liam House, à une quinzaine de kilomètres de là.

Le parking du centre de conférences étant plein, Regan dut aller de l'autre côté du parc municipal pour trouver une place. Le mauvais éclairage lui rendit la tâche difficile. Depuis la banquette arrière, Sophie décida de la guider.

— Là, il y en a une… ah non, c'est une allée. C'est pas grave, continue.

— Regardez-moi cet imbécile qui fait son footing au milieu de la rue. Il cherche à se faire tuer ou quoi ? commenta Cordie.

— Il va falloir que je me remette à la course à pied, déclara Sophie. Je t'accompagnerai sur la piste de la fac, Regan.

— Je n'y vais plus, depuis qu'on a terminé d'aménager une piste à l'intérieur de l'hôtel. C'est bien plus commode.

— C'est sûr que je ferais plus de sport si j'avais une salle de musculation chez moi, dit Cordie.

— Du sport, toi ? railla Sophie.

— Oui, ça m'arrive, mais pas de façon régulière, c'est tout.

Sophie s'esclaffa.

— Si tu t'y mettais, tu n'aurais pas besoin d'être au régime à longueur de…

— Tu n'étais pas sur le point de nous exposer ta stratégie ? la coupa Cordie.

— Quoi ?

Cordie répéta calmement sa phrase.

— Oh mince, c'est vrai. J'avais oublié.

Regan la regarda dans le rétroviseur.

— Tu avais « oublié » ta stratégie ?

— Non, de vous dire ce qui s'est passé aujourd'hui. Vous n'allez pas le croire.

— Vas-y, raconte, la pressa Cordie.

— Le voisin de Mary Coolidge m'a enfin rappelée. Je lui ai laissé au moins dix messages au cours de ces deux dernières semaines et j'étais à deux doigts d'abandonner, mais en fait il était en déplacement, d'où son silence.

— Et alors ?

— Vous savez que Shields est toujours entouré de deux assistants ?

— Oui, Mary en parle dans son journal, répondit Regan.

— En réalité, ce sont ses sbires.

— Ses « sbires » ? Qui emploie encore cette expression, de nos jours ? se moqua Cordie.

— Le voisin, justement, répondit Sophie. Écoutez ça : Mary a expliqué à sa fille que Shields prétendait les avoir engagés comme gardes du corps. Elle avait peur d'eux et disait qu'effrayer leur monde les amusait beaucoup. Ils poussaient même le vice jusqu'à porter des lunettes de soleil jour *et* nuit.

— C'est ridicule ! commenta Regan.

Elle repéra une place qui se libérait, mit son clignotant et se gara.

— Alors, le voisin ? fit Cordie.

— Il faisait rentrer son chat quand il a vu deux types se présenter chez Mary.

Regan coupa le moteur.

— Ils sont venus la menacer, tu crois ?

Sophie hocha la tête.

— Ce ne sont que des spéculations, mais…

— Mais quoi ?

— À mon avis, elle a annoncé à Shields qu'elle comptait porter plainte contre lui, et il a envoyé ses sbires l'en dissuader.

— Ça me paraît plausible, intervint Cordie, mais ça va être coton à prouver.

— Le voisin se souvient de la date ? s'enquit Regan.

— Il est quasi certain que ça remonte au soir où Mary s'est suicidée. Face aux intimidations elle a dû penser que sa seule échappatoire était de prendre des cachets. Ou alors…

— Allez, Sophie, arrête de tourner autour du pot, s'impatienta Cordie. Ou alors quoi ?

À demi-voix, Sophie leur exposa son hypothèse :

— Il se peut qu'ils l'aient forcée à les avaler, ces cachets, et qu'ils soient restés jusqu'à ce qu'elle perde connaissance.

Regan secoua la tête.

— Réfléchis, Sophie. Quelle est la dernière phrase de son journal ?

Ce fut Cordie qui répondit :

— *Trop tard. Ils arrivent.*

— Et son écriture était plutôt maladroite, non ?

— Elle prenait toute la page. Ce qui laisse penser que Mary avait déjà ingéré les médicaments.

— À moins qu'ils ne les lui aient fait prendre en deux fois, en lui laissant un peu de répit pour qu'elle couche quelques mots dans son journal entre-temps, puis qu'ils aient terminé le travail ; je dois avouer que...

— D'accord, cette hypothèse ne tient pas la route, reconnut Sophie. Mais si Shields a envoyé ses hommes la menacer...

— Ce sera très difficile d'en apporter la preuve, dit Regan.

— Si nous parvenions à prendre une photo de ces gorilles et qu'on la montrait au voisin..., proposa Cordie.

Sophie donna une tape sur le repose-tête de cette dernière.

— C'est exactement l'idée que j'ai eue. Le seul problème, c'est que...

— Oui ? fit Regan.

— Le voisin n'est pas certain de pouvoir les reconnaître. Il m'a avoué n'avoir pas bien vu leurs visages, mais j'ai quand même envie de lui soumettre une photo d'eux, au cas où.

— C'est tout ? C'est ça ton plan génial ? Prendre les sbires en photo ? demanda Cordie. Il suffirait pour ça qu'on se gare devant le centre, qu'on attende dans la voiture qu'ils en sortent et là, clic-clac, on a nos clichés.

— Non, ce n'est pas tout. Pour commencer, on y va et je règle nos frais d'inscription.

— Ce n'est pas toi qui vas payer ma place, rétorqua Regan.

— La mienne non plus, ajouta Cordie.

— Vous me rendez déjà un immense service en sacrifiant votre week-end pour m'aider, alors pas de chichi. C'est la moindre des choses. Je payerai en liquide, précisa-t-elle pour couper court à d'éventuelles protestations. Comme je ne veux pas que Shields ou ses associés puissent remonter jusqu'à nous grâce à nos comptes bancaires, je refuse de payer par chèque ou par carte de crédit.

— Attends, tu veux dire que tu te balades avec trois mille dollars dans ton sac à main ?

Sophie eut un sourire espiègle.

— Je n'avais pas la place dans mon soutien-gorge, alors, oui, c'est dans mon sac.

— Qui peut être assez fou pour se promener avec une telle somme sur soi ? demanda Cordie à Regan.

— Sophie, il faut croire.

— Mon père a toujours dix fois plus que ça sur lui, commenta Sophie.

— Comment peux-tu sortir autant d'argent d'un coup ? s'enquit Cordie. Tu gagnes encore moins que moi.

— Grâce à papa.

— Ah bon ? Tu m'as dit le mois dernier que tu ne voulais plus rien lui demander, tu t'en souviens ? Tu étais résolue à te débrouiller seule.

— C'est un cadeau d'anniversaire que j'ai reçu en avance. En plus, papa vient d'acheter une autre résidence secondaire, qu'il a mise à mon nom pour des raisons fiscales. Il a assez d'argent de côté pour les deux siècles à venir.

Elles avaient beau connaître Sophie depuis l'école maternelle, Regan et Cordie avaient longtemps ignoré de quoi vivait son père. Chaque fois que l'une d'elles lui posait la question, il leur fournissait une réponse différente. Soit il changeait d'activité tous les mois, soit il s'en inventait sans cesse de nouvelles. Regan avait longtemps pensé qu'il travaillait dans la finance, Cordie, elle, l'avait cru nabab de l'immobilier. À présent, après avoir entendu toutes les rumeurs et les conjectures le concernant, elles savaient qu'il effectuait des transactions véreuses. Il passait son temps à monter combine sur combine, et elles craignaient qu'un jour ou l'autre une de ses magouilles ne se retourne contre lui.

Regan se faisait du souci pour Sophie. Celle-ci avait beau se croire très avertie, dès lors qu'il s'agissait de son père elle se révélait terriblement naïve. Et protectrice à l'excès.

Cordie semblait décidée à continuer son sermon.

— Une fois à l'intérieur du centre de conférences, quel est le plan d'action ? demanda Regan pour reprendre le fil de la conversation.

— On se mêle au séminaire et… on observe.

Regan lança un coup d'œil à Cordie.

— Comment ça, on observe ?

— Oui, qu'est-ce qu'on est censées chercher ?

Sophie prit son sac à main et ouvrit sa portière.

— Son ordinateur. J'ai effectué quelques recherches et je sais que Shields y stocke les listes des inscrits et sa comptabilité. J'ai également découvert qu'il a toujours un PC portable avec lui, et j'espère qu'on pourra y accéder dans le courant du week-end.

— Alors là, je suis pas très chaude, dit Cordie.

— Tu n'envisages quand même pas d'aller fouiller son disque dur ? demanda Regan, consternée.

Sophie s'esclaffa et attendit que les deux autres soient descendues de voiture pour répondre.

— Bien sûr que non. Je ne m'y connais pas assez en informatique. C'est Cordie qui devra s'en charger.

— Pas question. Je ne ferai rien d'illégal.

— Il faut que je puisse examiner sa compta, insista Sophie. C'est le seul moyen d'apprendre qui sont ses autres victimes.

— Ses gardes du corps ne laisseront aucune d'entre nous approcher de son portable, rétorqua Regan.

— Nous avons tout le week-end pour essayer.

— Rassure-moi, Sophie : ton plan ne se limite pas à nous pousser à enfreindre la loi ?

— Bien sûr que non. Nous sommes ici pour enquêter, alors nous allons discuter avec chaque inscrit, et nous apprendrons peut-être quelque chose d'utile.

— Par exemple ?

— Par exemple, qui Shields fréquente en ce moment. Il va falloir tendre l'oreille, les filles.

— Pour l'instant, j'ai surtout l'impression qu'on se tourne les pouces, répliqua Cordie.

— Comment parvient-elle à nous embarquer dans ses magouilles ? demanda Regan en s'efforçant de ne pas rire.

— Elle réussit toujours à nous convaincre que ses projets sont… raisonnables.

— Hé ho, je suis là, moi !

Cordie et Regan l'ignorèrent.

— Tu parles d'un week-end, se plaignit Cordie.

— C'est pour une noble cause, se défendit Sophie. De toute façon, il est trop tard pour renoncer.

Cordie leva les yeux au ciel.

— Mince, il va pleuvoir, je vais friser.

— Vous comptez rester plantées là toute la soirée ? s'enquit Regan.

Cordie et Sophie partirent devant. Gênée par son genou, Regan resta en arrière et tâcha de ne pas boiter. Elle se maudit d'avoir choisi des chaussures si peu pratiques.

— Ralentis, dit Cordie. Regan a encore des problèmes de genou. Quand vas-tu te décider à te faire opérer ?

— Bientôt.

Pour éviter toute discussion, elle changea de sujet.

— Ma voiture aurait besoin d'une vidange. Je peux compter sur toi, Cordie ?

— Bien sûr. Je m'en occupe le week-end prochain.

— Tu passes plus de temps sous le capot des voitures que n'importe quel garagiste, railla Sophie. Je ne vous comprendrai jamais, toutes les deux. Vous pouvez vous payer toutes les voitures que vous voulez, mais vous vous accrochez à vos tas de boue. Quoique je crois deviner ce qui motive Regan.

— Aiden, répondirent les deux autres à l'unisson.

— Ça le rend dingue, pas vrai ? demanda Sophie en riant.

Elle pressa le pas et attendit devant la porte qu'elles la rejoignent.

— OK, les filles. Il est temps de se concentrer sur ce qu'on est venu faire.

Le Liam House était un vieux bâtiment de pierre qui avait eu de nombreuses fonctions depuis sa construction. À présent, on y organisait séminaires et retraites. Elles furent agréablement surprises par l'intérieur récemment rénové, où le marbre étincelant des sols se mariait à merveille avec le beige chaleureux des murs. La table des inscriptions se trouvait tout au bout du hall rectangulaire.

Une femme dans la trentaine, dont le badge accroché à sa poitrine indiquait qu'elle s'appelait Debbie, était assise derrière et tendait des formulaires d'inscription aux nouveaux arrivants. Elle portait un blazer de flanelle bleu pervenche. Dans son dos, deux bandeaux de trois mètres cinquante de haut suspendus au balcon étaient imprimés d'une photo de Shields, qui arborait le même blazer et affichait le même sourire.

— Il est psychologue ou agent immobilier ? chuchota Cordie.

Sophie lui donna un petit coup de coude.

— Tu as remarqué l'ordinateur portable ?

— Il est sur la table juste devant moi, ce serait difficile de le louper... Tu veux que je fasse diversion pour te permettre de le piquer et de t'enfuir ? demanda Cordie d'un ton moqueur.

— Tiens-t'en au programme, pour l'instant, pesta Sophie.

Lorsqu'elles eurent toutes trois rempli leurs formulaires, Sophie les tendit à Debbie.

— Ça fera mille dollars chacune.

— Oui, on sait, dit Sophie en lui remettant l'épaisse liasse de billets de cent dollars.

Debbie prit son temps pour recompter. Lorsqu'elle fut satisfaite, elle tapa leurs noms sur son clavier et pressa une touche. L'imprimante posée à côté cracha immédiatement trois reçus.

— Le Dr Shields est dans le salon avec quelques autres participants. Nous donnons une réception de bienvenue qu'il ne faut surtout pas manquer. Le docteur y fait faire des exercices fantastiques.

— Des exercices ? s'étonna Regan.

— Plutôt des défis, en fait, rectifia Debbie. Des défis mentaux. C'est le nom que leur donne le Dr Shields. Il vous aide à expulser toute la colère, l'amertume et l'hostilité qui rongent votre créativité, et lorsque vous vous serez débarrassées de ce poison, vous pourrez prendre une voie plus positive. Il a vraiment changé ma vie, ajouta-t-elle, et si vous suivez ses conseils et lui accordez votre confiance, il changera aussi la vôtre.

Regan afficha un grand sourire.

— Oh, je veux changer, ça c'est sûr. Je suis très motivée. C'est pour ça que je suis venue.

— Et moi donc ! renchérit Sophie.

Debbie hocha la tête avec enthousiasme.

— Pour vous rendre à la réception, tournez au bout du couloir, c'est juste derrière une double porte. Vous n'imaginez pas la chance que vous avez. Le Dr Shields est très pris et très sollicité, mais il adore la spontanéité quand il peut la caser dans son emploi du temps.

— Il planifie sa spontanéité ? s'étonna Regan en s'efforçant de ne pas rire.

Debbie était aussi enflammée qu'une pom-pom girl de l'équipe des Lakers.

— Oui, pourquoi ?

Regan commença à s'éloigner.

— Attendez ! la rappela Debbie. J'ai oublié de vous remettre vos kits.

Elle tendit à chacune une pochette bleue.

— Dedans, vous trouverez un carnet et un stylo pour que vous puissiez noter les enseignements du docteur. Appareils photo et magnétophones sont interdits. Si vous avez des questions ou si vous avez besoin de quelque chose, tous les membres du personnel portent le même blazer que moi. Nous sommes là pour faire en sorte que ce séminaire soit pour vous une expérience inoubliable.

— Il le sera, je n'en doute pas, déclara Sophie.

Regan s'engagea dans un large couloir au bout duquel elle s'arrêta net.

— Mazette ! s'exclama-t-elle à mi-voix.

Là, juste à côté de la porte, se dressait une silhouette en carton haute de deux mètres cinquante. C'était un portrait de Shields en pied et en couleur : avec son blazer et ses dents éclatantes – et à l'évidence couronnées –, il ressemblait à un agent immobilier qui aurait signé le contrat du siècle. Une de ses paupières était très légèrement baissée, comme si on l'avait pris en train de faire un clin d'œil.

— Je me trompe ou il s'aime bien, ce type ? commenta Cordie.

— C'est le roi des narcissiques, oui ! ajouta Sophie.

— Tu crois qu'il porte des lentilles de couleur ?

— Tu connais quelqu'un qui a les yeux bleu cobalt, toi ? répondit Regan.

— Bien vu.

Cordie s'avança pour pousser la porte mais Sophie l'arrêta.

— Attends, il faut que j'enclenche mon dictaphone.

— Tu ferais bien de t'asseoir près de lui, conseilla Regan.

— Moi, je me mets au fond, annonça Cordie.

— C'est bon, en avant, dit enfin Sophie.

Toute une foule était déjà rassemblée dans le salon étonnamment grand. Devant la cheminée massive se trouvait un long canapé modulable couleur crème et, un peu partout dans la pièce, on avait disposé des fauteuils par groupes de deux.

Des chaises pliantes étaient alignées contre les murs du fond et des côtés.

Si la clientèle du séminaire était à quatre-vingts pour cent féminine, aucune classe d'âge ne prédominait. Regan, qui s'attendait à voir une grande majorité de quinquagénaires en crise, s'était trompée. Parmi les participants, on comptait bon nombre de femmes dans la vingtaine, et plusieurs autres avaient la soixantaine bien tassée.

Sophie alla se glisser entre deux hommes sur le canapé. Tous les deux furent ravis de lui faire une place.

Cordie repéra deux chaises dans un coin du fond.

— Suis-moi, dit-elle à Regan en lui tapotant sur le bras.

Regan lui emboîta le pas, s'installa et s'intéressa à Shields. Le psychologue se tenait devant la cheminée. Il avait un physique imposant : grand, bronzé… à moins qu'il ne soit maquillé ? Quant à ses gardes du corps, les identifier était chose facile. Aussi raides que des robots, ils étaient postés de part et d'autre de l'âtre, scrutant en permanence le public.

— Ils sont flippants, dit Regan.

— Les hommes de main ?

— Oui.

— Shields aussi. Il a mis du fond de teint ?

— J'en ai l'impression.

Le psychologue n'avait rien d'un monstre : ce n'était qu'un escroc vaniteux âgé de cinquante ans et quelques et qui voulait en paraître vingt. Mary Coolidge avait écrit que c'était l'homme le plus charismatique qu'elle ait jamais rencontré. Sans doute parce qu'elle était mal disposée à son égard, Regan ne lui trouva au contraire aucune prestance.

— Tu sais à qui il me fait penser ? lui demanda Cordie.

— Non, à qui ?

— À ton beau-père.

— Raison de plus de le trouver antipathique.

Ce qu'on ne pouvait lui enlever, en revanche, c'était son éblouissant sourire. Shields s'était éloigné dans un angle de la salle, où l'entouraient des femmes en adoration. Au bout d'un moment, il les invita d'un geste à aller s'asseoir, attendit qu'elles aient trouvé des places, puis revint à grandes enjambées devant la cheminée. Le silence se fit.

— Que le spectacle commence, chuchota Regan.

10

Shields débuta son discours d'accueil d'une voix suave et hypnotique, mélange de Barry White et de M. Rogers.

— L'un des gardes ne t'a pas quittée des yeux depuis qu'on est entrées. C'est quoi son problème ? demanda Cordie à Regan.

— Ne fais pas attention à lui.

Shields frappa dans ses mains.

— Comme me le répétait toujours ma grand-mère, le monde appartient à ceux qui se lèvent tôt, déclara-t-il. Demain, nous serons cinq cents dans l'auditorium. L'espace restreint de ces locaux m'a obligé à limiter le nombre de participants, mais pour vous qui avez fait l'effort de venir ce soir, j'ai décidé d'organiser cette petite réunion. Si plus tard d'autres nous rejoignent, nous ouvrirons les portes et déborderons dans le couloir. Pour l'heure, je vais vous expliquer ce que vous allez apprendre au cours de ce week-end.

Il continua à pérorer, aussi Regan décrocha-t-elle. Elle sortit de sa pochette la photo de Shields et vérifia la ressemblance : assez bonne. Son esprit se mit à vagabonder puis se fixa sur des questions plus pragmatiques ; elle retourna le cliché pour s'en servir de pense-bête. *Appeler la sécurité et leur parler de Peter Morris*, nota-t-elle. Puis : *Aborder avec Aiden le problème Emily Milan*. Elle releva la tête et parcourut l'auditoire du regard. Shields savait sans nul doute s'y prendre. La plupart des femmes buvaient ses paroles. Certaines se penchaient même en avant comme si inconsciemment elles essayaient de s'approcher de lui. Regan reporta son attention sur le psychologue, et, après avoir écouté dix minutes de ses boniments, conclut que son discours improvisé s'articulait autour de deux thèmes : la peur et l'avidité. Tous pouvaient connaître la félicité, insistait Shields. Ils la méritaient. Mais, au préalable, il leur fallait se débarrasser du poison qui circulait en eux.

Une main se dressa. Shields fit un pas en avant et décocha un sourire.

— Oui ? fit-il.

Une femme se leva d'un bond. Tout en tirant sur sa robe peu seyante, elle demanda :

— Je... je ne suis pas sûre de comprendre. Vous dites que nous devons ouvrir notre esprit à de nouvelles perspectives et commencer par évacuer le poison qui est en nous...

Elle eut un moment d'hésitation et Shields l'encouragea :

— C'est juste.

— Eh bien... le problème c'est que... je ne savais pas que j'en avais en moi.

D'un geste théâtral, Shields désigna l'ensemble de l'assistance.

— Chacun de nous a du poison en lui.

— Comment ça ? s'enquit la femme en tirant toujours sur sa robe. Qu'entendez-vous par « poison » ?

S'attendant à l'évidence à cette question, il croisa les mains dans son dos et fit un nouveau pas en avant.

— Regarde comme il est près de Sophie, susurra Cordie. Rien ne va échapper à la bande.

— À mon avis, cette femme est une complice de Shields. Qu'en penses-tu ?

— Hum, possible.

— Quelqu'un vous a-t-il déjà blessée ? demanda Shields à l'intervenante. Avez-vous déjà été meurtrie dans votre âme ?

Qui ne l'avait jamais été ? Regan pensa à Dennis et s'intéressa soudain à ce que Shields avait à dire. La femme baissa les yeux et ses joues s'empourprèrent.

— Oui... comme la plupart d'entre nous, je suppose, répondit-elle en jetant des coups d'œil nerveux à la ronde. Mon petit ami… il m'a trompée, et il ne s'est pas inquiété du mal qu'il me faisait. Il… il s'est servi de moi.

— Et de votre côté, vous avez enfoui cette blessure en vous ? demanda Shields en hochant la tête d'un air entendu. Combien parmi vous ont-ils connu des relations douloureuses ? Combien ont enduré les trahisons d'un proche ou de ceux qu'ils croyaient être leurs amis ? Combien ont été lésés d'une promotion qu'ils avaient l'intime conviction de mériter ?

Des mains se dressaient un peu partout dans l'assemblée.

— Il se les est déjà mis dans la poche, commenta Cordie à mi-voix. Attention, le garde du corps a encore les yeux rivés sur toi. Lève la main, toi aussi.

Regan obéit. Plus elle observait Shields, puis il lui répugnait. Il affichait à présent un sourire de vieux sage bienfaisant.

— Je crois que tous ces traumatismes se sont transformés en gouttes de poison qui rongent votre potentiel, votre créativité, votre soif de vivre.

— D'accord, mais comment s'en débarrasser ? demanda quelqu'un.

— Je vais vous l'apprendre, répondit-il. Dimanche soir, à la fin de ce séminaire, vous serez purgés et prêts à prendre la vie à bras-le-corps. Je vous le garantis.

Il s'interrompit puis, d'une voix mielleuse, dit :

— Si nous commencions par un petit exercice ? Sortez tous vos calepins et vos stylos. Vous les trouverez dans les pochettes qu'on vous a remises à l'entrée. Nous allons dresser une liste.

Il fit un signe au gorille posté à sa droite. Celui-ci s'agenouilla devant la cheminée et l'alluma à l'aide de jets de gaz. Quelques secondes plus tard, une belle flambée brûlait dans la salle déjà bien chauffée.

— On ferait mieux d'obéir et de paraître enthousiastes, dit Cordie. On étouffe, ici, j'aurais dû me faire un chignon. Et je vais friser, c'est inévitable.

Habituée à l'entendre radoter sans cesse à propos de ses cheveux, Regan ignora sa remarque.

— Prêts ? demanda Shields. Bien, voilà ce à quoi vous allez réfléchir : comment pourriez-vous rendre le monde meilleur pour vous ? Seriez-vous plus heureux, plus épanouis et plus gais si ceux qui vous ont fait du mal n'existaient plus ? Imaginez que vous possédiez une éponge magique et que *pouf !* – il claqua des doigts – ils disparaissaient… à jamais. Vous sentiriez-vous mieux sans eux ? Seriez-vous plus heureux ? Si vous le croyez, inscrivez les noms de ceux que vous aimeriez voir s'envoler.

Regan n'en croyait pas ses oreilles et elle n'était pas la seule. Une femme prit timidement la parole :

— Excusez-moi, docteur Shields, ai-je bien entendu ? Vous voulez que nous…

Une autre se mit debout, son calepin pressé contre sa poitrine.

— Vous voulez que nous dressions une liste des gens qu'on voudrait tuer ?

— Ce n'est pas ce qu'il a dit ! cria un jeune homme.

Shields leva les mains en signe d'apaisement.

— Appelez-la comme il vous plaira. Pour les plus délicats d'entre vous, considérez qu'il s'agit d'une liste de ceux que vous ne voulez plus jamais revoir.

La femme qui serrait son carnet semblait incapable de comprendre.

— D'accord. En fait, vous voulez qu'on écrive les noms de ceux dont… dont on souhaite la mort ?

— Voilà, c'est exactement ça. Si les personnes qui vous ont blessée n'étaient plus de ce monde, ne seriez-vous alors pas capables de vous débarrasser du poison qui vous ronge ?

— Si, je crois, mais…

— Je vais manquer de papier ! s'écria un autre.

Sa plaisanterie provoqua des rires nerveux dans l'assistance.

— Y a-t-il un nombre maximum ? ajouta-t-il.

— Inscrivez autant de noms que vous le souhaitez. L'exercice sera en revanche limité dans la durée. Disons dix minutes. D'accord ?

Il consulta sa montre et déclara :

— Vous pouvez commencer.

— Ça va être marrant, chuchota l'homme assis devant Regan. Je vais inscrire ma femme en premier.

— Vous voulez dire votre ex-femme, fit sa voisine.

— Ah, très bien ! Je la note aussi.

Cordie paraissait horrifiée.

— C'est incroyable ! Shields a transformé ce groupe en une bande de tueurs.

— Chut ! la rabroua Regan. Mieux vaut faire semblant de participer. Vas-y, écris.

— Même si c'est un exercice répugnant ?

— Même.

— Bon, alors…

— Alors quoi ?

Cordie eut un sourire malicieux.

— Autant s'amuser un peu.

En haut de page Regan écrivit « Liste macabre » et souligna l'intitulé deux fois. Dessous, elle ajouta « Ceux qui doivent mourir ». Bien, et maintenant ? En panne d'inspiration, elle tapota avec son stylo contre sa chemise jusqu'à ce que l'homme assis devant elle se retourne d'un air agacé.

— Vous pouvez arrêter, s'il vous plaît ? Ça me déconcentre.

— Excusez-moi, chuchota-t-elle.

Elle avait l'impression de sentir sur elle le regard du gorille, mais c'était peut-être de la paranoïa. Elle écarta les cheveux de son visage, regarda vers lui puis baissa vite la tête. Eh non… Aucune parano de sa part : le type la fixait toujours. Qu'est-ce qu'il lui voulait, celui-là ?

Cordie fouillait dans son sac en reniflant. Regan lui tendit un mouchoir.

— Encore cinq minutes, annonça Shields. Ensuite, je passerai parmi vous pour voir vos listes.

Aïe ! Regan se mit à écrire. Shields, garde du corps numéro un et garde du corps numéro deux, furent les premiers sélectionnés. Qui d'autre ? Mlle Patsy, la vendeuse grossière de chez Dickerson's ? Ah oui ! il ne fallait pas oublier ce répugnant inspecteur Sweeney. Le monde ne pourrait qu'être plus plaisant sans lui. Elle voulut ajouter le lieutenant Lewis pour sa méchanceté envers le jeune policier, mais le temps était écoulé.

Elle s'étonna d'être d'humeur aussi sanguinaire. Shields frappa dans ses mains.

— On pose les stylos et on lève les calepins. OK. C'est bien. Parfait. Parfait ! les félicita-t-il. Tout le monde a participé. À présent, voilà ce que vous allez faire. Chacun de vous va venir à la cheminée, déchirer son papier, le jeter au feu et regarder les flammes dévorer les noms. On y va ?

— Est-ce que ça va nous débarrasser de nos blessures et du poison ? demanda une femme.

— C'est un geste symbolique, expliqua Shields, destiné à ouvrir votre esprit à toutes les possibilités.

— Qu'est-ce qu'il baratine ? s'enquit Cordie.

— Nous devons ouvrir notre esprit à la possibilité de tuer tous nos ennemis, répondit Regan en feignant l'enthousiasme.

— Bon, qui commence ? demanda Shields.

Sophie fut la première. Elle sourit à Shields quand elle passa à côté de lui.

— Regarde, Sophie lui fait du gringue, chuchota Cordie. J'ai l'impression que ça plaît à notre gourou.

— Comment arrive-t-elle à faire ça ? Il est si… repoussant.

— Comment ose-t-il demander de l'argent pour un pipeau pareil ?

— Shields a annoncé que cinq cents personnes allaient participer au séminaire. Multiplie ce nombre par les mille dollars de frais d'inscription et…

— … et il empoche une véritable fortune.

— Je n'en reviens pas qu'on se soit engagées tout un week-end pour ça.

— Allons faire la queue, qu'on puisse s'en aller ensuite. Je meurs de faim.

Regan venait de ramasser son sac à main quand son portable sonna. Le bruit lui valut des regards noirs de la part des gorilles.

Elle répondit, rassembla vite ses affaires et quitta la salle.

C'était Emily Milan. Une fois de plus d'humeur massacrante, celle-ci ne se perdit pas en courtoisies.

— Tu ne m'as pas transmis les derniers mémos d'Aiden, lâcha-t-elle sèchement. Résultat, la réunion a été un vrai désastre. Comment veux-tu que je fasse mon travail si tu continues ces enfantillages, Regan ?

— Je suis persuadée qu'Henry a imprimé tous ceux que j'avais reçus par courrier électronique. Je n'en ai supprimé aucun et je te promets de vérifier dès mon retour à l'hôtel, mais…

— Il me faut ces documents sur mon bureau demain.

— Je t'assure que tout ce que m'a envoyé mon frère a été imprimé, répéta-t-elle.

— Tu veux que j'en réfère à Aiden ?

Regan prit une inspiration et compta jusqu'à cinq.

— Vas-y, je t'en prie.

Elle referma son portable d'un geste rageur et resta un instant à le fixer d'un œil fielleux.

— Puisque c'est ça, je te rajoute sur ma liste ! bougonna-t-elle.

Elle aurait adoré pouvoir licencier Emily sur-le-champ, par téléphone. Hélas ! c'était impossible : elle n'en avait pas le pouvoir. Le tonnerre gronda non loin de là et l'arracha à ses ruminations. Elle fourra son portable dans son sac à main et retourna à l'intérieur retrouver Sophie et Cordie : il lui fallait quitter les lieux avant que les dégâts sur son humeur soient irrémédiables. Pendant qu'elle refermait la lourde porte, elle remarqua qu'un des gardes du corps, agenouillé devant la cheminée, éteignait les jets de gaz. Apparemment, elle avait manqué le rituel de la purification par le feu…

Elle ne vit pas Sophie, mais Cordie se trouvait toujours sur sa chaise pliante. Elle s'assit à côté d'elle et murmura :

— On peut s'en aller, maintenant ?

— Une minute. Shields est en train de raconter une anecdote sur un de ses étudiants qui devrait selon lui être une grande source d'inspiration pour nous.

— Ses étudiants ? Il est professeur ?

Cordie secoua la tête.

— Ses étudiants, c'est nous. Tous ceux qui ont assisté à ses séminaires deviennent ses anciens étudiants. Comment peut-on gober son petit numéro dès lors qu'on a un chouïa de cervelle ? Quel charlatan !

— Regarde autour de toi : la salle est pleine de gens malheureux, prêts à tout pour changer de vie. Il leur raconte ce qu'ils veulent entendre, rien de plus.

— Il les pousse aussi à désigner un bouc émissaire plutôt qu'à assumer leurs responsabilités. Sophie avait raison : son fonds de commerce repose sur la vulnérabilité.

— Je vais demander à Aiden de renvoyer Emily, déclara Regan.

Cordie se redressa d'un coup.

— Ah bon ? fit-elle, ravie.

Regan lui rapporta leur conversation.

— Qu'est-ce que tu ferais, à ma place ?

— Je la ferai virer illico par Aiden, répondit Cordie. D'ailleurs, c'est toi qui devrais lui choisir sa prochaine assistante. Il les sélectionne dans la mauvaise catégorie, c'est clair comme de l'eau de roche.

— De quelle catégorie tu parles ?

— Jeune, belle, blonde et mince...

— En quoi c'est gênant ?

Cordie haussa les épaules.

— C'est toi qui te plains, pas moi.

Regan soupira.

— Je n'ai pas le pouvoir de la licencier, elle ne travaille pas pour moi. En plus, Aiden a besoin d'aide...

— Et alors ? Trouve-lui quelqu'un d'autre.

Shields, dont le récit touchait à sa fin, se mit à parler plus fort. Suivit une salve d'applaudissements. Il attendit que le bruit s'estompe, annonça que cette séance improvisée était terminée et invita les participants à faire connaissance. En quelques secondes à peine, il fut entouré de femmes qui se donnaient un mal fou pour attirer son attention.

— Il pleut ? demanda Cordie, qui souleva une mèche de ses longs cheveux, poussa un soupir et la coinça derrière son oreille. Oui, il pleut, aucun doute. Je suis déjà en train de friser.

— N'importe quoi ! rétorqua Regan. Tu ne frises pas, tu boucles.

Cordie plongea la main dans son sac, en sortit une barrette et entreprit de se faire un chignon.

— Je vais chercher la voiture et je vous attends devant, déclara Regan. Toi, va prendre Sophie et traîne-la par les oreilles s'il le faut.

Sa pochette sous le bras, elle prit le chemin de la sortie. Dans la salle, l'atmosphère était joyeuse ; de nombreux participants riaient timidement et discutaient. Tout cet enthousiasme, tout cet espoir, songea-t-elle. Elle eut la certitude d'entendre le rire très singulier de Sophie. Comment pouvait-elle supporter d'approcher Shields d'aussi près ?

Regan semblait la seule à être pressée de partir. Autour de l'immeuble, l'éclairage était exécrable : elle voyait à peine sa main levée devant ses yeux.

Eût-elle été de nature pessimiste, elle aurait pensé que la pluie la guettait, car à l'instant où elle mit le pied dehors le léger crachin se transforma en pluie torrentielle.

Le visage battu par les trombes d'eau, elle traversa le parking en courant. N'ayant pas apporté de parapluie, elle se servit de sa pochette pour se protéger.

En atteignant le parc, elle sentit des élancements dans son genou. Elle envisagea de retirer ses escarpins, mais, n'étant plus qu'à une cinquantaine de mètres de la voiture, elle ne voulut pas s'arrêter. La chaînette de sa clé de contact passée à son poignet, elle serrait fermement son sac à main.

Elle aurait pu couper par la pelouse, mais voilà qui aurait sonné le glas de ses magnifiques chaussures en cuir souple. Bon sang, quelle imbécile d'avoir mis des talons aussi hauts !

Alors qu'il ne lui restait plus qu'une petite trentaine de mètres à parcourir, elle crut entendre quelqu'un l'appeler et pivota machinalement. Au même instant, son genou flancha et elle s'effondra. Poussant un cri de douleur, elle lâcha sac à main et pochette pour se réceptionner.

La moitié de son sac se répandit sur le trottoir. Elle se redressa sur son genou valide, ramassa son rouge à lèvres et son portefeuille. Quelqu'un cria encore dans sa direction. La voix était stridente – à moins que ce ne fût le vent qui lui jouait des tours ? L'oreille tendue, elle fourra ses affaires dans son sac et se releva maladroitement.

Rien. Ce n'était que son imagination. Elle ne devait garder qu'une idée en tête : se mettre au sec.

Elle l'entendit arriver avant de le voir.

11

Une semaine s'était écoulée depuis l'incident avec la joggeuse sans que la police ne vienne tambouriner à sa porte. Durant sept jours, son humeur n'avait cessé d'alterner entre terreur violente et euphorie absolue. Il lui arrivait de se réveiller en pleine nuit et de se demander : « Mon Dieu, qu'est-ce que j'ai fait ? » ; alors il entendait le démon lui chuchoter :

Tu as tué en toute impunité.

On était vendredi, et la bête commençait à s'animer. Il lui fallait repartir en chasse. Sa dernière sortie avait manqué se solder par un désastre, mais il espérait avoir tiré les enseignements de ses erreurs et faire mieux cette fois : il ne pouvait se permettre un nouvel échec. Oui, ce soir, il serait mieux préparé. Il avait mis dans son sac des vêtements de jogging de couleur foncée, une nouvelle casquette – l'ancienne, couverte de sang, avait fini à la poubelle – et des chaussures de course noires. Après avoir ajouté à sa panoplie d'épaisses lunettes non correctrices à monture d'écaille, une perruque brune – qui lui tombait aux épaules et qu'il attachait en queue-de-cheval à l'aide d'un bandana rouge et blanc – et son indispensable paire de gants noirs tout neufs, il avait fourré le tout sous la banquette arrière de sa voiture. Il avait même acheté dans une boutique de gadgets une fausse barbe, avec la colle pour la fixer, et l'avait ensuite taillée de façon à ne pas trop ressembler à Charles Manson.

Il se sentait capable d'avoir le dessus sur une femme, mais il avait préféré glisser un couteau dans sa poche… au cas où. Ne négligeant aucune possibilité, il avait passé plusieurs heures à réfléchir à une façon d'approcher sa proie. Avant de partir, il avait pris une minute pour se regarder dans le miroir de la salle de bains. Ce qu'il avait vu lui avait plu : même sa mère ne le reconnaîtrait pas.

Le démon allait approuver, lui aussi.

En tout cas, une chose était sûre : il ne pouvait plus se permettre de rentrer chez lui le visage et les bras couverts d'égratignures. Même s'il avait su être convaincant, les marques sur sa peau avaient attiré l'attention sur lui. La solution s'imposait d'elle-même : il lui fallait redoubler de prudence. Chaque fois qu'il repensait à cette première rencontre fatale, il en avait froid dans le dos.

Ce soir serait différent. Il avait eu de la chance, certes, mais il refusait de compter sur sa bonne fortune pour lui sauver la mise une nouvelle fois. Il avait appris sa leçon. Règle numéro un : se fondre dans le décor ! Donc se faire passer pour un joggeur. Bien sûr, il avait une condition physique irréprochable. Toutes ces soirées passées à la salle de musculation… S'était-il préparé dans cette perspective sans le savoir ? Depuis quelque temps, son entraînement revêtait une dimension quelque peu obsessionnelle, mais il se rendait compte que celui-ci avait en fait commencé le jour où il avait soulevé son premier poids de cinq kilos.

Trouver l'élue se révéla d'une facilité déconcertante. Elle vint presque cogner à la vitre de sa voiture. Elle était sortie de l'hôtel accompagnée d'une amie au moment même où il tournait à l'angle de la rue.

— Parfaite, murmura-t-il. Absolument parfaite.

Un véhicule, déboîtant d'une ruelle en marche arrière, lui avait coupé la route et lui avait permis ainsi de s'arrêter pour l'observer sans attirer l'attention. Il avait poussé l'audace jusqu'à baisser sa vitre dans l'espoir de sentir une trace de son parfum.

Alors qu'il s'apprêtait à la suivre dans l'attente d'une occasion, la chance lui sourit une fois de plus. Il entendit un des chasseurs demander à un autre le chemin le plus court pour se rendre au Liam House. Quand la voiture de sa proie s'éloigna, il essaya de la filer mais la perdit lorsqu'elle quitta Michigan Avenue. Il continua jusqu'au Liam House, trouva une place quatre cents mètres plus loin, puis retourna au centre de conférences en courant.

Après avoir rajusté sa casquette sur sa perruque, il fit deux fois le tour de l'immeuble, prenant le temps d'examiner discrètement les alentours. Il avait espéré qu'une piste de course se trouvait à proximité, mais il n'y avait que des rues, des parkings, et au milieu un petit parc.

Les environs immédiats du centre étaient très mal éclairés, ce qui n'était pas pour lui déplaire. Tapi dans l'ombre des arbres, il craignait que l'élue soit entrée pendant qu'il courait.

Il attendit environ une demi-heure de plus et commença à paniquer. Était-elle bien là ? Il rebroussa chemin, traversa le parking en courant, et finit par repérer sa voiture de l'autre côté du parc.

— Bingo ! dit-il à mi-voix.

Parfait. Elle était à l'intérieur.

Il n'eut pas à patienter très longtemps : pendant qu'il cherchait un meilleur emplacement d'où surveiller l'entrée du bâtiment, il leva les yeux et elle apparut. Un halo de lumière l'enveloppa jusqu'à ce que la porte se referme derrière elle. Il fut subjugué par tant de beauté. Il cligna des paupières ; l'espace d'un instant, le visage de l'inconnue se transforma comme par magie et il y reconnut sa Nina adorée. Il cilla de nouveau et la femme reprit ses traits réels. Comment son imagination avait-elle pu lui jouer un tel tour ? Peut-être était-ce dû à ses cheveux châtains. À moins que ce ne fût parce qu'elle était la candidate idéale, l'élue.

Sa poitrine se comprima sous l'effet de la nervosité. Il entendit soudain un bruit derrière lui. Il s'empressa de s'agenouiller, faisant semblant de lacer sa chaussure le temps que l'inconnu, chargé d'un sac de provisions, le dépasse. Il garda la tête baissée jusqu'à ce que l'homme ait disparu. Un coup de tonnerre déchira la nuit et un vent violent se leva. Il lui fallait agir au plus vite. Il enfonça sa casquette davantage sur ses yeux et prit une profonde inspiration au moment même où les nuages crevaient.

Elle marchait devant lui, à présent ; le mouvement cadencé de ses longues jambes valait le détour. Il émergea de sa cachette et, sans prêter la moindre attention aux gouttes qui s'écrasaient contre ses joues, l'observa, savourant le spectacle. Sa jupe était courte, mais pas assez pour être vulgaire. Sous la lueur vaporeuse des réverbères, sa peau semblait dorée.

Une fille faite d'or, voilà ce qu'il voyait en elle, la récompense qu'il allait décrocher dans quelques secondes à peine. Il s'efforça de s'imprégner d'elle jusque dans les moindres détails. Il voulait tout se rappeler : son maintien, son odeur, sa peur quand il l'empoignerait.

Quelles jambes de rêve ! Incroyable ce qu'elle pouvait ressembler à sa Nina d'avant l'accident... Comme sa femme, elle se mouvait avec grâce et élégance, la tête haute, les hanches animées d'un balancement discret.

Son esprit se refusa à cette comparaison – ou était-ce le démon qui le mettait en garde contre ces pensées délétères ? Non, elle n'arriverait jamais à la hauteur de Nina. En tout cas, il était temps de se mettre au travail. C'était la contrepartie nécessaire. Poussé par cette seule idée, il glissa la main dans sa poche et la referma sur le couteau... au cas où.

Il fit enfin un pas dans sa direction et la héla : « Attendez ! » Voyant qu'elle ne ralentissait pas, il se mit à courir vers elle et cria de nouveau. Cette fois, il perçut la fureur qui résonnait dans sa voix. Elle se détourna et le vit.

Il s'arrêta si brusquement qu'il manqua perdre l'équilibre. Glacé d'effroi, il la regarda tomber. Sa jambe s'était tordue comme si son os avait fondu. Elle s'écroula sur le trottoir en poussant une plainte. Il plaqua les mains sur ses oreilles pour ne pas l'entendre. La scène lui sembla se dérouler au ralenti, exactement comme l'accident qui les avait frappés des années plus tôt. Il crut tout revivre à l'identique – l'expression de frayeur qui avait déformé le beau visage de Nina avant que le métal s'enfonce dans ses jambes…

Cette vision lui fut insupportable. Que s'était-il passé, au juste ? Il recula d'un pas puis s'immobilisa. La pauvre ! Elle souffrait, sa jambe ne la portait plus et… Dieu ce qu'elle ressemblait à Nina !

Il fallait quand même l'aider, non ? Il avait conscience de l'incohérence de son raisonnement. Pourquoi ce besoin quasi irrépressible de secourir celle qu'il avait la ferme intention de détruire ?

Comme paralysé, il resta là à l'observer. Il recula un peu plus tout en continuant à la regarder lutter pour se relever. À deux reprises elle faillit réussir mais retomba à terre. Pauvre petit animal blessé ! Il crut l'entendre pleurer mais le vent emporta ses sanglots.

Il se sentait incapable de détacher son regard de cette femme qui, de son côté, le fixait aussi. Un lien les unissait, il le sentit en son âme, au plus profond de son être, là où le démon était tapi.

Ce fut elle qui rompit le contact ; elle se détourna et s'en alla en claudiquant vers sa voiture, son sac à main ouvert pendillant à son bras.

Le démon se mit à lui scander à l'oreille : *Saisis-toi d'elle ! Allez ! Saisis-toi d'elle !* Le souffle court, il se lança à sa poursuite.

Alors qu'il allait la rattraper, il fut aveuglé par des phares puissants. Qu'est-ce que… ? Il baissa la tête, se détourna et chercha à tout prix à rejoindre l'obscurité.

Il marcha sur quelque chose de glissant, partit en avant et alla heurter un arbre. Son épaule droite absorba le plus gros du choc. Pestant contre sa maladresse, il regarda par terre et vit ce qui lui avait valu une telle chute : une pochette d'où débordaient des papiers. Il s'en empara et les rangea en hâte : il allait s'en servir d'appât pour la faire sortir de sa voiture.

Il cria une troisième fois à son intention, mais elle ne s'arrêta pas. Trop tard. Il s'était fait distancer. Elle quittait déjà sa place de parking.

Il se répandit en un flot d'injures, d'obscénités – presque étonné de les connaître. Incapable d'endiguer ce torrent de vulgarités, il perdait la maîtrise de soi, se sentait lâcher prise et laissait le démon prendre le dessus.

Peinant à se concentrer, il essaya de toutes ses forces de se ressaisir. Le conducteur du véhicule qui l'avait ébloui avait enclenché son clignotant et attendait qu'elle s'en aille. Sa magnifique proie dorée s'était arrêtée. Pourquoi ne partait-elle pas ? Qu'est-ce qu'elle fichait ?

Les yeux plissés pour supporter la lumière des phares, il s'éloigna en courant sans perdre de vue la voiture de sa cible. Il voulut abaisser davantage la visière de sa casquette, mais celle-ci avait disparu.

L'élue pouvait-elle lire en lui malgré son déguisement ? Pouvait-elle percevoir sa haine ? Elle ne bougeait toujours pas. Que pouvait-elle fabriquer ? Nom de Dieu, son téléphone portable ! Elle était sans doute en train d'appeler les secours.

Pris de panique, il continua sa course et se retrouva à décrire une boucle. Quelle décision prendre ? Si elle contactait la police, combien de temps mettrait-elle à arriver ?

Quel idiot ! Il devait impérativement récupérer sa casquette – elle était couverte de ses empreintes – et fuir ce parc.

Il retourna près de l'arbre contre lequel il s'était cogné, se laissa tomber à genoux et se mit à tâtonner dans le noir. Tiens, c'était quoi, ça ? Quand ses doigts se refermèrent sur un portable gris métallisé, son cœur se mit à palpiter de joie. Elle n'avait pu appeler personne car elle avait perdu son téléphone en même temps que sa pochette.

Le soulagement faillit lui faire oublier qu'il devait toujours retrouver sa casquette. Où était-elle ? Gagné par l'affolement, il entendait une voix dans sa tête lui crier de se dépêcher. Lorsqu'il la trouva enfin, il laissa échapper un sanglot grave et plaintif. Il se releva d'un bond et s'enfuit, en proie au trouble le plus total.

Le rugissement du démon le rendait incapable de la moindre pensée.

12

Sorti de nulle part, il courut vers elle. Alors qu'elle se détournait, elle entendit des pas marteler le trottoir. C'était un homme de forte carrure, tout en muscles, et la colère déformait ses traits. Que faisait-il ? Pourquoi était-il si furieux ?

Regan tâcha de trouver une raison logique à sa présence. Sans doute s'agissait-il d'un joggeur qui, surpris par la pluie, se dépêchait comme elle de regagner sa voiture et s'était arrêté en la voyant tomber.

Non, quelque chose clochait. Sans comprendre pourquoi, elle sut que sa colère était dirigée contre elle.

Son instinct lui soufflait de décamper au plus vite. La peur la stimula et lui permit de surmonter sa douleur, de se relever.

Sa clé de contact pendait toujours à son poignet – un vrai miracle que la chaînette n'en ait pas glissé pendant sa chute. Dans sa voiture elle serait en sécurité. Fonce ! lui hurlait sa conscience. Fonce !

La pluie tombait à seaux, à présent. Tête baissée, elle se mit à trotter d'une démarche trébuchante.

Était-il à ses trousses ? Regan prit le risque de jeter un coup d'œil derrière elle. Oh non ! Il la poursuivait et gagnait du terrain.

Une seconde : il brandissait quelque chose et lui criait de l'attendre.

Non, elle ne devait pas l'écouter. C'était trop étrange. Plus vite, il fallait courir plus vite. Le conseil de son frère lui revint à l'esprit. Spencer lui disait toujours qu'en cas de doute elle devait se fier à son instinct, et à cet instant son instinct lui ordonnait de se mettre à l'abri.

Elle atteignit enfin sa Chevrolet. La clé manqua lui filer entre les doigts quand elle ôta le bracelet de son poignet, mais elle la rattrapa juste à temps. Les mains mouillées, secouée de violents frissons, elle dut s'y reprendre à deux fois pour actionner la serrure.

Dans quelques secondes, il l'aurait rattrapée. Elle ouvrit la portière, plongea à l'intérieur, jeta son sac à main loin d'elle et s'enferma, enfonçant le bouton de fermeture d'un coup de poing.

Sans s'accorder le temps de reprendre son souffle, elle mit le contact, alluma ses phares et passa la marche arrière. Son pied dérapa sur la pédale.

— Et merde ! pesta-t-elle.

Son poursuivant ne se trouvait plus qu'à une petite dizaine de mètres. La lumière inonda soudain son visage, et l'expression qu'elle y lut la terrifia. Il resta immobile. D'un geste précipité elle essuya l'eau qui coulait encore sur ses paupières.

Le temps qu'elle ferme les yeux, il avait disparu.

Elle s'empara de son sac à main et chercha son téléphone. Où était-il ?

Derrière elle on klaxonna. Cordie et Sophie... elles attendaient qu'elle passe les prendre. Et l'autre cinglé qui traînait dans les parages !

Regan agrippa le volant et retourna au centre de conférences en conduisant à toute vitesse. Aiden avait raison, se dit-elle. Il fallait vraiment qu'elle s'achète une nouvelle voiture, un modèle équipé d'une alarme et de la fermeture centralisée. S'accrocher à ce vieux tacot dans le seul but de contrarier Aiden avait été puéril.

Ses amies l'attendaient bien au sec sur le perron de l'immeuble. Regan se gara et se glissa du côté passager pour ouvrir la portière arrière à Sophie, puis baissa sa vitre.

— Tu prends le volant, annonça-t-elle à Cordie.

— Qu'est-ce qui t'est arrivé ? demanda Sophie qui, une fois à l'intérieur, se dépêcha d'aller débloquer la portière conducteur. Tu es toute grise.

— Je suis tombée. En fait, je…

— Tu t'es encore fait mal au genou, pas vrai ? Il t'a lâché, c'est ça ?

— Oui, mais…

— Il faut vraiment que tu te fasses opérer, déclara Cordie en réglant le rétroviseur.

— Arrêtez de m'interrompre ! Il m'est arrivé quelque chose. Passe-moi ton téléphone, Sophie. Je ne retrouve plus le mien et je veux appeler la police.

La voix tremblante, Regan leur relata l'épisode du parking. À son grand étonnement, le raconter s'avéra presque aussi effrayant que le vivre, car elle se rendait compte à présent qu'il s'en était fallu de très peu pour qu'elle ait à se défendre contre un fou.

Cordie fut tellement ébranlée qu'elle lui prit la main pour la réconforter.

— Heureusement, tu as réussi à t'enfuir, dit-elle.

Sophie voulut connaître plus de détails.

— Tu serais capable de le reconnaître ?

— Je n'en sais rien. Oui… peut-être. J'étais terrorisée. Je me suis retournée et il était là, juste derrière moi. Il portait de grosses lunettes.

Cordie tendit son portable à Regan.

— Appelle tout de suite et préviens-les qu'un dingue rôde autour du centre de conférences.

— Il doit déjà être loin, à mon avis, répliqua Sophie.

— Tu estimes que ce n'est pas la peine d'appeler la police ? demanda Cordie, prête à la contredire.

— Si, bien sûr, mais quand tu auras donné son signalement, dis à l'agent qu'on est en route pour le poste. Il y en a un à trois kilomètres, environ.

— Tirons-nous d'ici, déclara Cordie.

Elle passa la première et démarra pendant que Regan composait le numéro.

— Il faut vite lui mettre de la glace sur le genou, conseilla Sophie.

Regan leur fit signe de se taire. Elle redoutait de tomber sur un inspecteur du genre de Sweeney, mais par chance l'agent qui prit l'appel se montra efficace et courtois. Dès qu'elle lui eut expliqué ce qui était arrivé, il envoya une patrouille au centre de conférences pour rechercher l'inconnu.

— Il m'a crue, mais je me demande pourquoi, déclara Regan quand elle eut raccroché. J'ai l'air d'une hystérique, non ?

— Un peu, lui confirma Cordie.

— Prends la prochaine à gauche, lui indiqua Sophie. On pourra acheter de la glace à la station-service, et le poste de police se trouve un kilomètre plus loin.

— Comment se fait-il que tu saches où se trouvent tous les commissariats ? s'étonna Regan.

— Pas tous, certains seulement. N'oublie pas que je serai bientôt journaliste d'investigation. C'est utile de connaître ce genre de trucs.

— Il m'a bien plu, cet agent Martinez, déclara Sophie une heure plus tard quand elles quittèrent le poste.

Regan se remémorait sa déposition et secouait la tête d'un air déçu.

— Je suis passée pour une idiote. « Il y avait un homme… en tenue de joggeur », se cita-t-elle. « Il a surgi de nulle part, je suis tombée, et j'ai eu l'impression qu'il me pourchassait. Mais bon… j'ai pu me tromper. »

— Tu as bien fait de t'enfuir, Regan, la rassura Sophie. C'est ce qu'a dit l'agent Martinez. Tu t'es fiée à ton instinct.

— Il a dit aussi que depuis plus d'un an il n'y avait jamais eu le moindre problème au centre de conférences.

— Tu as quand même eu raison, insista Cordie. Tu as signalé l'incident, et si c'est un barjot, ce dont je suis convaincue, ils vont essayer de le coincer.

— On pourrait arrêter d'en parler ? demanda Regan. Si on allait plutôt dîner à l'hôtel ? Je vous installerai à une table du restaurant, je filerai me changer et on se fera un bon petit repas.

— À mon avis, tu n'arriveras à « filer » nulle part, rétorqua Cordie. Et puis, il faut que tu gardes la glace sur ton genou.

— Dans ce cas, montez dans ma suite et on fera venir le service d'étage.

Ses deux amies acceptèrent et le reste de la soirée fut merveilleusement calme. En ce qui concernait Regan, l'affaire était close.

13

Il s'était planté ! En dépit de tout le mal qu'il s'était donné, des longues heures de préparation et d'entraînement, il l'avait laissée filer. Il s'était mis en quatre, pourtant. Quelle injustice ! Lui prendre la vie, c'était son droit, et même son devoir.

En tombant, elle avait réussi à le troubler et à l'attendrir. Elle l'avait berné, oui.

Il alla se ranger contre le trottoir et se mit à donner des coups de poings sur le tableau de bord de sa Jeep. Il avait conscience de se comporter comme un enfant capricieux, mais il s'en fichait. Il avait échoué. Il continua à cogner jusqu'à ce que ses tremblements se soient calmés. Quand il eut enfin repris ses esprits, il avait les articulations à vif.

La panique ne l'abandonna qu'au moment où il pénétra dans le sanctuaire de son garage. Il attendit dans sa voiture que la porte s'abaisse. Alors, en sécurité dans son cocon glacial, il n'en resta pas moins immobile. Il s'enfonça dans son siège et ferma les yeux, les idées se bousculant dans sa tête tandis qu'il réfléchissait à sa situation. Ce n'était qu'une question de temps avant que la police découvre le cadavre qu'il avait enterré l'autre jour. Allait-on faire le lien avec lui ? Si oui, il passerait le restant de ses jours derrière des barreaux, et sa Nina, sa douce et chère Nina… comment pourrait-elle subsister sans lui ?

Garde ton calme, se dit-il. D'autres occasions se présenteront... On ne va pas t'arrêter. La bête ne le permettrait pas. Tout allait bien se passer.

Sans cesser son monologue intérieur, il traversa la maison à pas de loup et jeta un coup d'œil dans la chambre. Nina dormait à poings fermés. Il referma la porte avec précaution et se rendit dans la buanderie, qui jouxtait la cuisine. Il se déshabilla, jeta ses vêtements dans la machine et saisit le paquet de lessive.

Incapable de se calmer, il analysa sa médiocre performance : consternant. Il devait impérativement faire mieux la prochaine fois.

Il ne pouvait s'empêcher de penser à elle. Il la revoyait sans cesse, elle, son magnifique ange à l'aile brisée, tomber et s'écrouler avec une grâce inouïe. L'avait-il vraiment entendue crier de douleur ou n'avait-ce été que le fruit de son imagination ? Son élue – son joyau – était innocente, autant que sa Nina adorée.

Il ferma les yeux et baissa la tête. Il l'avait vue pleurer et ressentait un vif chagrin. En proie au trouble le plus profond, il était déchiré entre son inquiétude pour elle et la rage de l'avoir laissée partir.

— Il va falloir choisir, chuchota-t-il.

Il sut qu'il devait satisfaire le démon.

Nu comme un ver, il retourna dans le garage. Le torse et les bras couverts de chair de poule, il s'arrêta près de la porte pour s'admirer dans le petit miroir posé sur une des étagères. Il tirait une immense fierté de son corps, qu'il estimait digne d'un dieu grec. Ce qu'il avait pu travailler dur pour obtenir ce résultat ! Il banda ses muscles et sourit à son reflet.

Il resta là une bonne minute avant de se détourner, soudain pris par l'envie, non, par le besoin irrépressible de s'assurer que les affaires de la fille morte étaient toujours là. La petite caisse en bois, recouverte de chiffons et casée dans un coin, n'était pas une cachette très ingénieuse ; il projetait de la déplacer dès le lendemain.

Le marteau, le permis de conduire et la bombe lacrymogène de sa victime n'avaient pas bougé. Il ne savait toujours pas très bien pourquoi il les avait emportés, mais, pour l'instant, il se sentait incapable de s'en débarrasser. Il prit le permis et lut le nom : Haley Cross. Sur la photo d'identité, elle souriait. L'image qu'il gardait d'elle était celle d'un visage déformé par la terreur. Il laissa tomber la carte et empoigna le marteau.

La sonnerie toute proche d'un téléphone le fit sursauter. Le marteau levé comme une arme, il fit volte-face. Il lui fallut une seconde pour comprendre que le bruit provenait de sa Jeep. Mais oui, bien sûr ! Le téléphone de l'élue. Il attendit, grelottant, le bras toujours en l'air, que la sonnerie cesse, puis alla chercher l'appareil et la pochette sur la banquette arrière.

Il retourna en hâte à la cuisine, posa son butin sur la table, alla nettoyer les plaies de ses jointures, puis se servit un verre.

Il s'installa sur une chaise, étala devant lui le contenu de la pochette et en commença la lecture.

14

Alec Buchanan fut l'un des derniers passagers à descendre de l'avion. Une hôtesse de l'air avait dû le réveiller. Il s'était endormi à peine dix secondes après avoir bouclé sa ceinture et étendu les jambes dans l'espoir vain de se mettre à l'aise.

Alec était capable de dormir partout et à tout moment, au grand dam de Nick, son frère aîné, qui de son côté avait peur en avion et déployait des trésors d'ingéniosité pour éviter de le prendre – ce qui lui valait pléthore de moqueries de la part de ses proches. Alec, au contraire, trouva le trajet Boston-Chicago trop court à son goût. Ayant passé presque toute la nuit à discuter avec ses sept frères et sœurs lors de leur dernière réunion familiale, une sieste un peu plus longue n'aurait pas été pour lui déplaire.

Il avait une mine de déterré. Non seulement il était fatigué, mais il ne s'était pas rasé depuis son entretien au FBI quatre jours plus tôt. S'il le voulait, le poste était à lui. Ward Dayborough, le directeur de la division anti-criminalité, se donnait beaucoup de mal pour le débaucher ; il lui avait presque garanti une affectation dans la région de Boston.

Il s'agissait là d'un des nombreux arguments alléchants de cette offre, mais, même s'il la refusait, il devait trouver le temps de retourner plus souvent là où il avait grandi. Sa famille lui manquait.

Le clan Buchanan s'était réuni tout le week-end pour fêter l'anniversaire de leur père dans leur immense demeure bâtie sur une île de la Nathan's Bay. Nick et sa femme Laurant y avaient emmené leur petite fille pour la première fois.

Nick et Theo, l'aîné de la fratrie, avaient travaillé Alec au corps pour qu'il accepte la proposition de Dayborough – de toute façon, il y était tenu par obligation familiale. Theo était procureur pour le ministère de la Justice, et Nick travaillait depuis de nombreuses années comme agent au sein d'une unité spéciale du FBI. Alec vouait un amour sans borne à Boston, et Nick, qui avait besoin d'un logement plus grand depuis l'arrivée du bébé, promettait de lui revendre sa petite maison de ville à bon prix.

Le temps était venu de passer à autre chose, et Alec devait beaucoup réfléchir. Son séjour dans le Massachusetts l'avait enchanté, même s'il avait reçu quelques mauvais coups en jouant au football. L'ironie, c'est qu'il devait sa blessure la plus douloureuse à Jordan, l'une de ses sœurs cadettes. Il sourit en pensant à elle. Jeune femme extrêmement brillante, elle leur avait permis d'empocher une fortune en investissant dans la puce de sa conception qui avait révolutionné l'industrie informatique. Si géniale fût-elle, Jordan souffrait d'un manque total de bon sens. C'était aussi une empotée de première : elle avait provoqué leur collision en se faisant un croche-pied toute seule. Par chance pour elle, l'épaule de son frère avait absorbé le plus gros du choc, et il l'avait rattrapée avant qu'elle se casse quelque chose.

Il quitta l'aéroport O'Hare sous la pluie et se retrouva pris dans les embouteillages, mais la circulation était moins exécrable qu'à Boston aux heures de pointe. Il rentra chez lui en empruntant des raccourcis, défit sa valise et enfila son jean préféré. Alors qu'il s'apprêtait à écouter son répondeur, son ancien équipier Gil Hutton appela. Ce dernier avait pris sa retraite depuis peu mais se tenait toujours au courant des potins de la police. Aux yeux d'Alec, Gil était extralucide, semblant connaître les faits avant même qu'ils aient eu lieu.

Hutton ne se perdit pas en civilités :

— Je me suis rencardé sur Lewis.

— Ouais ?

Alec s'esclaffa, ouvrit son réfrigérateur, en sortit une canette de bière dont il avala une grande gorgée. Il voyait d'ici Gil se gratter le crâne – un tic qui autrefois lui tapait sur les nerfs – en exultant. Il devait avoir un scoop.

Alec se sentait coupable de ne pas lui avoir confié son intention de quitter le service. Il avait pourtant de bonnes raisons : il savait Gil incapable de garder le secret sur son entretien au FBI.

— Ç'a a mis Lewis drôlement en rogne quand tu lui as tenu tête pour l'empêcher de virer le bleu. Tu sais comment il compte se venger ?

Alec fut soudain gagné par la lassitude. Bon sang, ce qu'il détestait la basse politique !

— Comment ?

— Si tu demandes ta mutation, il s'y opposera.

— Je n'ai pas demandé de mutation.

— Ah bon ? Je croyais que…

Gil était aux aguets. Il ne lui faudrait pas longtemps pour comprendre qu'Alec s'en allait.

— Je n'ai pas eu le temps de remplir la paperasse.

Voilà au moins qui était vrai, il n'avait pas eu le temps.

— Eh bien, Lewis s'y opposera. Je voulais te prévenir.

Alec ne chercha même pas à savoir d'où Gil tenait ses renseignements, mais il devina que celui-ci devait passer ses journées au téléphone.

— T'as vraiment rien de mieux à faire ?

Son ancien équipier ignora sa remarque.

— Quel blaireau, ce Lewis.

— Oui, convint Alec. Un blaireau qui ne pense qu'à placer ses pions.

Pire, pensa-t-il, le lieutenant ne soutenait pas ses hommes. Il clouait au pilori tous ceux qui rencontraient des difficultés, comme ce jeune policier qui n'avait eu d'autre tort que de se trouver au mauvais endroit au mauvais moment.

— Il a perdu le respect de ses inspecteurs, commenta Gil.

— Il ne l'avait jamais gagné. Bon, dis-moi, est-ce qu'il a empêché la mutation du gosse ?

— Ce gosse, comme tu dis, n'a que quatre ans de moins que toi.

— Ouais, mais il n'a ni mon expérience ni mon cynisme.

— Lewis n'a pas réussi à la bloquer. Dis voir, ça te branche d'aller boire une bière au Finnegan's ?

— Pas ce soir.

— Demain, alors ? J'aimerais bien connaître tes hypothèses sur l'inspecteur Sweeney.

— Qu'est-ce qu'il a, Sweeney ?

— T'es pas au courant ?

Alec commençait à s'impatienter.

— Au courant de quoi ?

— Oh merde ! je croyais que tu savais, mais bien sûr c'est pas possible vu que tu as passé le week-end à Boston. Tu ne consultes jamais tes messages ?

— J'étais sur le point de le faire quand tu m'as appelé. Alors, qu'est-ce qu'il a, Sweeney ?

— On l'a retrouvé assassiné hier soir.

15

Depuis sa chute, Regan avait vraiment le genou en piteux état. Malgré ses réticences, elle savait qu'elle ne pouvait repousser plus longtemps l'opération. Dès le lundi matin elle appela le service de chirurgie orthopédique, convaincue qu'on ne lui proposerait rien avant un mois ou deux, ce qui lui laisserait le temps de se préparer. En fin de compte, un créneau venait de se libérer pour le lendemain à cause d'une annulation de dernière minute. Afin d'épargner toute inquiétude à ses proches, elle n'en parla qu'à Henry, son assistant.

Le médecin l'ayant opérée sous arthroscopie, sa période de convalescence fut très courte. Elle dut marcher deux jours à l'aide de béquilles, et après deux autres journées de repos elle commença la rééducation.

Elle venait justement de terminer une séance de kinésithérapie quand Sophie et Cordie passèrent la voir à l'hôtel.

— Je t'en veux encore, Regan, déclara la première. Tu aurais quand même pu nous dire que tu allais à la clinique.

— Qu'est-ce qu'on entendrait si Sophie ou moi on te faisait ce coup-là ! renchérit Cordie.

— D'accord, j'ai eu tort. Je ne voulais pas que vous vous fassiez du souci, et puis c'était trois fois rien.

— Ça, je m'en fiche ! Tu aurais dû nous prévenir, c'est tout, rétorqua Sophie.

— Je ne sais pas ce qui m'agace le plus, déclara Cordie. Le fait que tu sois allée te faire soigner en douce ou le fait que tu te sois défilée pour ce séminaire où on a dû se farcir le bla-bla de ce charlatan. Je n'ai jamais passé un week-end aussi nul.

— C'est vrai, ç'a été affreux, reconnut Sophie. À la fin, je suis allée demander qu'on te rembourse. J'ai expliqué aux employés de Shields que tu t'étais blessée au genou, mais ils n'ont rien voulu savoir. La femme nous a répondu que Shields observait une politique stricte : zéro remboursement. Je t'avouerai que ça ne m'a pas étonnée.

— De mon côté, j'ai exigé de parler au docteur en personne, poursuivit Cordie, qui, ayant repéré un bocal de bonbons posé sur le buffet, fouillait dedans à la recherche de pastilles de menthe. Alors on a appris que Shields était parti dans sa résidence secondaire. Il a besoin de passer du temps seul pour se régénérer, nous a dit Debbie. Traduction : il a besoin de temps pour inventer d'autres exercices débiles.

Regan hocha la tête.

— À mon avis, il ne fera jamais plus fort que la « liste de ceux dont vous souhaitez la mort ».

— Ça, c'était marrant, déclara Sophie avec un sourire espiègle.

— Qui as-tu mis, toi ? s'enquit Regan. Des gens que je connais ?

Sophie ouvrit des yeux ronds.

— Bien sûr que non. J'aurais trouvé ça… barbare. J'ai inventé des noms qui rimaient.

— Et toi, Cordie ?

— Les Sept Nains.

Regan s'empourpra, ce que Cordie ne manqua pas de remarquer.

— Toi, tu as joué le jeu, pas vrai ?

Regan n'eut pas à répondre. Toutes deux savaient qu'elle avait dressé une liste réelle. Lorsqu'elles eurent fini de rire, elle dit :

— D'accord, c'est officiel, je suis la reine des imbéciles. Je n'ai pas songé un seul instant à tricher. Il faut croire que j'étais un peu trop stressée à ce moment-là.

— Justement, voilà ce que je vous propose, déclara Sophie, qui avant de poursuivre adressa un sourire malicieux à son amie. Je pense qu'on devrait partir en vacances. J'ai loué un appartement qui donne sur la plage. Ça nous ferait un bien fou à toutes les trois. Surtout à toi, Regan.

— Et où est-ce ?

— Aux Caïmans. Alors, tu es partante ? J'ai déjà appelé la compagnie aérienne et on peut prendre un vol ce soir.

Regan jeta un coup d'œil à Cordie, qui affichait un air penaud, puis reporta son attention sur Sophie et vit à son regard qu'elle avait une idée derrière la tête.

— Quelle est la vraie raison, Sophie ? Tu mijotes quelque chose, je le sais.

— Eh bien… j'ai fouiné un peu, avoua Sophie. Et devine où se trouve la résidence secondaire de Shields ?

Regan fit tout de suite le rapprochement.

— Aux Caïmans. Et toi, tu es de la partie ? demanda-t-elle à Cordie.

Cette dernière hocha la tête.

— Je sais. Je n'en reviens pas de tout laisser en plan pour filer sous les tropiques.

— D'après mon père, beaucoup de gens ont des comptes dans ces îles pour cacher leur argent à leur conjoint ou à leurs créanciers…

— Ou au fisc ? ajouta Regan.

— Surtout au fisc ! confirma Sophie.

— Et tu es sûre que Shields y est en ce moment ?

— On l'a aperçu sur la plage derrière chez lui, affirma Sophie.

— Comment ça, « on l'a aperçu » ?

— Papa m'a donné les coordonnées d'un type qui a accepté d'aller vérifier. Shields est là-bas, c'est sûr.

— Combien de temps comptez-vous partir ?

— On a l'appart pour deux semaines. Après, ça dépend…

— Vous pouvez vous le permettre ?

Ce fut Cordie qui répondit :

— Pourquoi pas ? Sophie a deux bons mois d'avance sur son délai pour la remise de son article, quant à moi, je ne donne plus de cours au lycée avant la rentrée. J'ai tout l'été pour plancher sur ma thèse – mais pas question d'emmener de travail. Mes seuls projets, c'est m'allonger à l'ombre et me détendre. Cette pluie incessante, ça me déprime. Et quand je déprime, je me goinfre.

— J'aurais voulu vous accompagner, mais là, c'est impossible, annonça Regan. La vente aux enchères approche. Je ne peux pas la manquer, et je dois me préparer pour la réunion de famille annuelle.

— Je me demande bien pourquoi tu t'en soucies, dit Sophie. Ta voix compte pour du beurre. Spencer soutient toujours Aiden, Walker s'abstient et toi tu es la seule à oser affirmer ton désaccord. Tu n'as aucun pouvoir…

— C'est faux, la coupa Cordie. Aiden a besoin des quatre signatures pour ouvrir un nouvel hôtel. Elle a un droit de veto sur tous les projets d'expansion. Sans son vote, tout reste au point mort.

— Mais je ne m'opposerai à rien, répondit Regan. Je veux obtenir davantage de crédits pour la fondation d'aide à l'enseignement artistique qu'Henry et moi avons mis sur pied l'année dernière. Vous avez vu l'accueil qu'elle a reçu : ç'a été un succès phénoménal.

Elle soupira.

— Bref, on s'égare. Je dois écrire un rapport pour justifier l'augmentation de budget demandée, ça va me prendre du temps. J'aurais vraiment préféré que vous choisissiez une autre destination de vacances.

— Ce ne sont pas des vacances, dit Sophie.

— Pour moi si, rétorqua Cordie.

— Méfie-toi, Shields pourrait se révéler dangereux. S'il a envoyé ses gardes du corps chez Mary Coolidge…

— Je sais, l'interrompit Sophie, mais je ne compte pas me dégonfler. D'une façon ou d'une autre je le coincerai.

— Oh là là, tu m'inquiètes, commenta Regan. Ne tente rien d'illégal. Et par pitié sois prudente.

Sophie haussa les épaules.

— Il m'a posé un lapin, tu sais.

— Pardon ?

— L'autre jour, au séminaire, il m'a invitée à dîner. J'ai accepté. On devait se retrouver au restaurant du Hyatt, et je l'ai attendu une heure. Il n'est jamais venu.

— Tu as accepté de sortir avec cette enflure ? s'exclama Regan.

— Ça va, je n'ai pas couché avec lui, alors ne prends pas cet air dégoûté. Puisque nous n'avions pas réussi à fouiller dans son ordinateur ni à trouver le moindre registre sur place, je voulais l'approcher afin de pouvoir…

— … accéder à ses registres ? demanda Cordie. Sophie, un peu de jugeote, s'il te plaît.

— Tu as une meilleure idée, peut-être ?

— Que vas-tu faire quand tu lui auras mis la main dessus ? s'enquit Regan.

— Je ne sais pas encore, répondit Sophie, mais je saurai bien me débrouiller.

16

Regan entamait sa première journée de travail complète depuis son opération et Henry, à trop vouloir être aux petits soins pour elle, lui tapait sur les nerfs. Il s'affairait autour d'elle sans même lui laisser la possibilité d'attraper un crayon toute seule. Par chance, il avait un emploi du temps bien rempli et plusieurs commissions à effectuer dans la matinée. Comme il s'apprêtait à partir, elle lui demanda de faire un crochet par le parking et de lui rapporter son téléphone portable, qu'elle pensait avoir oublié dans sa voiture.

Dès que la porte se fut refermée, Regan retourna à son ordinateur, résolue à se débarrasser au plus vite du courrier électronique qui s'était amassé.

Après avoir lu trente e-mails d'affilée, elle s'interrompit pour répondre à quelques appels téléphoniques et déjeuner, puis reprit sa besogne.

Le message suivant venait d'Henry. Ce dernier transférait toujours à Regan ceux qu'il jugeait susceptibles de l'intéresser. Aucun objet n'était précisé et quand elle fit défiler la page elle ne trouva qu'une pièce jointe, sans un mot d'explication. Voilà qui était singulier – son assistant avait dû être pressé par le temps.

Elle cliqua sur l'icône du document et attendit.

Henry entra à l'instant même où l'image s'affichait.

— Je n'ai pas trouvé votre téléphone. J'ai cherché sous et entre les sièges, mais... Regan, ça ne va pas ? Vous ne vous sentez pas bien ?

— Mon Dieu, c'est...

Ce qu'elle voyait l'horrifiait tant qu'elle fut incapable de terminer sa phrase.

Henry fit le tour du bureau et s'arrêta net. À l'écran apparaissait la photo d'un mort, pendu par une corde épaisse à une poutrelle de sous-sol, au visage affreusement gonflé. Il avait les yeux grands ouverts et sa peau flasque était d'un gris crayeux.

— C'est crade, chuchota Henry. Il faut être malade pour envoyer un...

— Cet e-mail vient de toi.

— Impossible, jamais je n'enverrais un truc pareil.

Elle hocha la tête.

— Quelqu'un a dû pirater nos adresses électroniques privées.

— C'est un canular, déclara-t-il en pointant l'écran du doigt. Quelqu'un vous joue un mauvais tour, c'est tout. Effacez ça, ajouta-t-il en voulant presser la touche « Supprimer ».

Elle l'en empêcha.

— Je le connais, ce type.

— Pardon ?

— Je le connais.

— On peut faire à peu près tout ce qu'on veut avec une photo et un ordinateur.

— Il se peut qu'il ne soit pas mort, en fait ?

— C'est possible. On devrait appeler la police et lui laisser le soin de le découvrir.

Elle désigna l'écran à son tour.

— La police, il en fait partie, justement.

17

Alec se rendit à l'hôtel Hamilton pour s'entretenir avec Regan Madison, la foldingue qui avait appelé et voulu parler à l'inspecteur Sweeney. Quand la standardiste lui avait répondu que Sweeney n'était pas disponible, elle avait demandé s'il s'agissait d'une situation provisoire ou définitive. Ce fut à ce moment-là que les inspecteurs John Wincott et Alec Buchanan étaient entrés en scène.

La standardiste lui avait expliqué que Madison, ou son assistant, l'accueillerait du côté sud du hall, devant les ascenseurs. Voyant qu'un jeune homme vêtu d'un pantalon en toile et d'un blazer bleu marine attendait d'un air impatient à l'endroit convenu, Alec se dirigea vers lui. L'assistant avait une carrure de garde du corps, voire d'ancien *line-backer* des Bears ou de toute autre équipe de football professionnel, mais en s'approchant de lui Alec fut stupéfait. C'était encore un gamin !

— Inspecteur Buchanan ?

— Lui-même.

Le jeune homme fit un pas en avant et, tout en se présentant, lui tendit la main.

— Henry Portman, je suis l'assistant de Regan… je veux dire, de Regan Madison.

Le môme était nerveux ; Alec ne fit aucun effort pour le mettre à l'aise.

— Alors, où est Mme Madison ?

— C'est Mlle Madison, rectifia Henry. Elle nous attend dans son bureau, au troisième. Si vous voulez bien me suivre…

Henry portait une clé au bout d'une longue chaîne en argent. Dès qu'ils furent dans la cabine d'ascenseur, il l'inséra dans une petite serrure et pressa le bouton de l'étage voulu.

— Tous les bureaux sont au troisième, expliqua-t-il. Personne ne peut y accéder sans clé. Question de sécurité. Il y en a pour une fortune en équipement, là-haut.

Alec enregistrait tous ces renseignements dans un coin de sa mémoire. Malgré son mètre quatre-vingt-dix, il se sentait écrasé à côté d'Henry. Alec avait beau avoir les épaules larges et un bon tour de biceps, Henry pesait bien vingt-cinq kilos de plus que lui. L'inspecteur se sentait tout de même capable d'avoir le dessus en cas de confrontation.

Henry était visiblement mal à l'aise.

— Quel âge avez-vous ? demanda Alec.

— Dix-neuf ans.

— Toujours au lycée ?

— Non, monsieur. Je suis à la fac de Loyola, ici à Chicago.

— Il n'y a pas d'équipe de foot, là-bas, pensa tout haut Buchanan.

— On n'arrête pas de me demander à quel poste et pour quelle équipe je joue. Juste parce que je suis noir et que j'ai cinquante centimètres de tour de cou. Les gens se font des idées : on me prend souvent pour un footballeur, et parfois même pour un rappeur. En tout cas, j'ai payé ma dette.

C'était donc ça... Alec fut à deux doigts de sourire.

— Ah ouais ? fit-il au moment où les portes s'ouvraient.

— Vous finirez bien par découvrir ce que j'ai fait, lâcha Henry.

Quand ils sortirent de la cabine, Henry déclara :

— Mon casier judiciaire a beau être scellé, vous trouverez un moyen de le consulter, comme dans les séries télé, alors autant vous faciliter la tâche. J'ai eu quelques petits ennuis quand j'étais gosse et j'ai fait un séjour dans une prison pour mineurs. Je fréquentais les mauvaises personnes. Je ne cherche pas d'excuse, je vous expose les faits, c'est tout.

— D'accord, mais pourquoi tu es aussi nerveux, dans ce cas ?

— À cause de… vous, bégaya-t-il. Enfin, pas vous plus qu'un autre. Tous les flics me mettent mal à l'aise. Ça n'a rien d'exceptionnel. Mon copain Kevin est comme moi, et pourtant il n'a pas de casier.

— C'est ta chef qui nous a fait venir, lui rappela Alec. Alors calmos.

Henry sourit.

— Nos bureaux se trouvent au bout de ce couloir.

Alec le suivit sans se presser, marquant une pause devant chaque salle pour regarder à l'intérieur. Quand Henry s'en aperçut, il revint sur ses pas.

— Ici, c'est le bureau de Spencer, le frère de Regan, mais il n'est presque jamais là.

— Et là ? s'enquit Alec en désignant la porte d'en face.

— Celui de Walker.

Alec fit le rapprochement.

— Walker Madison, le pilote automobile ?

— Oui.

Lorsqu'ils tournèrent au bout du couloir, Alec s'immobilisa de nouveau.

— Là, c'est le bureau d'Aiden, l'aîné de la famille. Ils sont quatre en tout : trois frères et une sœur.

La décoration de cet étage était aussi luxueuse que celle du hall ; on avait en outre disposé de splendides vases de fleurs fraîches sur toutes les consoles du couloir. La moquette était d'un rouge profond et les murs tapissés de damas blanc.

— Parlez-moi un peu de votre patronne.

— Que voulez-vous savoir ?

— C'est comment de travailler pour elle ?

— Ah oui, super.

— Comment avez-vous obtenu ce poste ?

— Une prof de mon lycée m'a fait remplir un dossier pour devenir stagiaire ici, en maintenance informatique. J'ai cru à une plaisanterie parce qu'à l'époque je ne savais même pas envoyer un e-mail ! On avait des ordinateurs, au lycée, mais la plupart du temps ils ne fonctionnaient pas. Bref, c'est moi que Mlle Madison a choisi, et elle m'a fait bosser jour et nuit tout l'été. J'ai même logé à l'hôtel pendant ma formation jusqu'à ce qu'on me trouve une famille d'accueil. Depuis, je travaille ici.

Alec se disait que l'enseignante et Regan Madison avaient dû œuvrer de concert pour lui sauver la mise.

— Vous vivez toujours chez cette famille ?

— Oui, monsieur.

Ils arrivèrent devant une double porte en verre.

— Voici mon bureau, déclara Henry d'une voix qui transpirait la fierté. Celui de Mlle Madison est juste derrière.

— Donc, si l'on veut la voir, il faut d'abord passer par vous.

— Exact. Sauf quand je suis en cours. Là, elle doit se débrouiller seule. On forme une bonne équipe.

— Qu'est-ce que vous faites pour elle, au juste ?

— Un peu de tout.

— Je vois. Et elle ?

— Elle distribue de l'argent, répondit Henry, un sourire aux lèvres, avant d'éclater de rire. J'adore dire ça !

— Tiens donc ?

— Le pire c'est que c'est la vérité. Son boulot consiste à attribuer des donations. Elle dirige la fondation de la famille.

Alec ouvrit la porte et fit signe à Henry de passer devant lui. Le gamin s'assit aussitôt.

— Mon bureau, annonça-t-il fièrement. Mon domaine, quoi. C'est encore un peu en désordre, je suis en train de tout réorganiser.

Le plan de travail était recouvert de papiers. Henry en écarta une pile et brandit une coupure de journal.

— Voici une photo des Madison. Je l'ai découpée il y a un moment et je compte l'encadrer. Elle a été prise lors d'une inauguration au Conrad Park. Vous savez où c'est ?

Sans attendre de réponse, il poursuivit :

— Les Madison ont fait don de tout le terrain à la municipalité et ont payé les travaux pour un nouveau parcours de course à pied. En fait, il existait déjà, mais ils l'ont réaménagé et agrandi. Ils ont aussi offert un magnifique terrain de jeux avec plein d'équipements pour les petits. Comme on l'explique dans l'article, Mlle Madison allait y courir tous les jours, avant, mais depuis qu'on a installé une piste à l'étage, elle n'a même plus à quitter l'établissement.

Il désigna la coupure d'un signe de tête.

— C'est un beau portrait de famille. Je le garde parce qu'il est plutôt rare de les voir tous réunis.

Alec daigna à peine regarder le cliché. Pour l'instant, savoir que les Madison étaient philanthropes ne lui semblait pas d'un grand intérêt.

Dans la pièce d'à côté, tournant le dos à la porte vitrée, une jeune femme parlait au téléphone. Au bout d'un moment elle raccrocha et vint vers lui d'un pas hâtif.

Ça alors ! Ces jambes de rêve, il les reconnaissait. Elle ouvrit la porte et resta immobile, le visage empourpré, une inquiétude flagrante pesant sur ses yeux magnifiques. Oh que oui ! Pas de doute, c'était bien elle.

Tandis qu'Henry faisait les présentations, Regan s'avança et tendit la main à Buchanan. Elle avait une poigne franche et un sourire désarmant, qu'il choisit de lui rendre. Autant commencer tout de suite l'entreprise de séduction. S'il avait affaire à une folle, ce dont il doutait après son entretien avec Henry, se montrer charmant pourrait faire la différence pour la suite de leur collaboration. Noah Clayborne, un ami de la famille qui appartenait aussi aux forces de l'ordre, avait expliqué un jour qu'on attrapait plus facilement les dingos avec du miel qu'avec du vinaigre. Bien entendu, Noah, aussi délicat qu'un éléphant dans un magasin de porcelaine, ne s'était jamais donné la peine de mettre cette théorie en pratique. À l'instar d'Alec, il préférait de loin tabasser les suspects qui lui donnaient du fil à retordre plutôt que bavarder avec eux.

Regan ne semblait pas le remettre. Après un moment de réflexion, Alec décida de passer sur le fait qu'une semaine plus tôt il avait failli la projeter à terre. Si elle s'en était souvenue, elle aurait sans doute abordé le sujet. À l'évidence, il n'était pas de ceux qui marquaient les esprits ; elle si.

— Ça ne vous évoque peut-être rien, inspecteur, mais nous nous sommes rentrés dedans, la semaine dernière, juste devant le poste de police.

Tiens ! Elle se le rappelait !

— Vous le connaissez ? demanda Henry à Regan.

— En quelque sorte. En tout cas, nous nous sommes percutés en pleine rue, et s'il ne m'avait pas rattrapée à temps je me serais étalée sur le trottoir.

Alec eut un sourire espiègle.

— Je me souviens aussi que vous vous êtes moquée de moi.

— C'est vrai. Vous m'avez fait penser à...

— Oui ?

Elle rougit légèrement.

— Au zoo. Vous m'avez fait penser au zoo.

— Ah bon ?

— Vous sentez bien meilleur, aujourd'hui.

— Espérons ! s'esclaffa-t-il.

Henry lança à Regan un regard intrigué. Elle se tourna vers lui et lui demanda :

— As-tu expliqué à l'inspecteur Buchanan...

— J'ai préféré vous laisser vous en charger. Je ne savais pas trop ce qu'il fallait dire.

Alec fixait Regan du regard.

— Alors, qu'est-ce qui vous arrive ?

Avant qu'elle ait eu le temps de répondre, Henry intervint avec empressement :

— Nous ne savons rien de cet inspecteur. Pas vrai, mademoiselle Madison ?

— Tu me donnes du « mademoiselle Madison », maintenant ? s'étonna-t-elle.

Henry sembla confus.

— Il m'a semblé plus correct de ne pas vous appeler « Regan » en présence de la police.

— Et si vous retourniez à votre bureau pendant que je m'entretiens avec votre chef ? suggéra Alec.

— Mais j'espérais…

— Quoi donc ? s'impatienta Buchanan.

— … rester le temps de savoir si la photo est vraie ou si c'est un photomontage. À mon avis, elle est bidon, mais Regan est moins catégorique que moi.

Alec n'avait pas la moindre idée de ce qu'il racontait.

— Laissez-nous, ordonna-t-il. Bien, mademoiselle Madison…

— Je vous en prie, appelez-moi Regan.

— OK. Allons-y, Regan, je vous écoute.

— J'étais en train de consulter mes e-mails, dit-elle en se dirigeant vers son PC.

Regan remua la souris sur son tapis pour faire disparaître l'écran de veille.

— Et voilà ce qui est apparu.

Elle s'écarta pour lui faire de la place. Alec grimaça intérieurement. Le spectacle n'était pas beau à voir. Regan était appuyée contre la console, dos à l'ordinateur afin d'éviter de regarder l'image une nouvelle fois.

— Je ne savais pas comment m'y prendre, déclara-t-elle. J'avais peur de la sauvegarder ou de l'envoyer, au cas où l'expéditeur y aurait incorporé une sorte de virus qui l'aurait effacée, alors je n'ai plus touché à rien.

— Sage décision.

— Quel est votre avis, inspecteur : vraie ou fausse ?

— Une vraie de vraie, répondit-il sans la moindre hésitation.

— Vous n'avez pas l'air très surpris… ni très choqué.

— Avant, j'appartenais à la brigade des mœurs. Des cadavres, j'en ai vu d'autres, rétorqua-t-il en s'approchant du moniteur.

— Bien sûr, je n'en doute pas, mais…

Elle montra l'écran du doigt. Ébranlée par tant de décontraction de la part de Buchanan, elle tâcha de recouvrer son sang-froid.

— … il était inspecteur de police lui aussi, c'était un des vôtres, un…

Elle laissa sa phrase en suspens.

— C'est juste.

D'après ce qu'Alec avait entendu à son sujet, Sweeney était aussi un enfoiré qui passait le plus clair de ses journées à se soûler – un ripoux notoire qui allait se faire pincer d'un jour à l'autre.

— Vous le connaissiez bien ? s'enquit-elle.

— Non.

Voilà qui expliquait – du moins elle l'espérait – pourquoi la mort de Sweeney semblait ne lui faire ni chaud ni froid. Dans le cas contraire, l'inspecteur Buchanan avait autant de compassion qu'un glaçon. Elle se sentit soudain gênée de se tenir aussi près de lui, coincée contre bureau, et à moins de sauter par-dessus ce dernier, elle allait devoir attendre qu'il se déplace. Oui, il sentait meilleur, aujourd'hui, il sentait même très bon, comme l'air pur au printemps...

— Pourquoi vous a-t-on adressé ça ? l'interrogea-t-il en s'écartant de l'ordinateur.

— Je l'ignore, répondit-elle d'un ton las en se frottant les bras. En haut de page, il est indiqué que ça vient du poste d'Henry, ce qui, bien sûr, est faux. Quelqu'un a piraté nos adresses. J'ai beau me creuser la tête depuis tout à l'heure, impossible de comprendre à quoi ça rime. Quelle est la procédure, maintenant ?

— Il nous faut un technicien.

Alec sortit son portable et s'éloigna pour passer un coup de téléphone. Après une conversation discrète avec son interlocuteur, il fit signe à Regan de le rejoindre de l'autre côté de la pièce. Devant la fenêtre qui donnait sur Michigan Avenue, deux fauteuils faisaient face à un canapé dans lequel Regan se blottissait souvent pour s'occuper de la paperasse.

— En attendant l'arrivée du spécialiste en informatique, racontez-moi donc quelle relation vous entreteniez avec l'inspecteur Sweeney.

— Ce sera très bref : aucune.

Cette seule pensée suffisait à l'écœurer. On ne devrait jamais parler en mal d'un mort, mais

Sweeney était un des types les plus odieux qu'elle eût jamais rencontrés. Pourtant, si répugnant fût-on, nul ne méritait de mourir ainsi.

— Très bien, dit Alec avant de s'adosser à la fenêtre et de croiser les bras sur sa poitrine. Expliquez-moi comment vous l'avez connu, alors.

Rien n'échappait à son regard. La façon dont il la dévisageait mettait Regan mal à l'aise, mais elle avait la ferme intention de ne pas le lui montrer. Elle n'avait rien fait de mal, que diable !

Elle alla s'installer sur le canapé.

— Je ne le connais pas, en fait. Je ne l'ai rencontré qu'à une seule occasion, quand je suis allée au poste de police... le jour où nous nous sommes percutés.

S'efforçant de paraître détendue, elle déplaça un coussin qui lui rentrait dans le dos.

— Je me suis présentée au poste à la demande d'une amie qui désirait savoir comment progressait une enquête dont l'inspecteur Sweeney était censé s'occuper.

Alec s'arrêta sur le mot clé de sa phrase.

— Comment ça, « *censé* s'occuper » ?

— Avant de lui parler, je ne savais pas s'il y travaillait ou pas, mais au cours de notre entretien il m'a donné la nette impression de ne pas du tout se soucier de cette affaire... ni d'aucune autre, à vrai dire.

— Quelle est cette enquête ?

Tout en tirant sur sa jupe, elle croisa les jambes.

— Avez-vous déjà entendu parler du Dr Lawrence Shields ?

— Non. Qui est-ce ?

— C'est un charlatan, lâcha-t-elle. Du moins, je le crois. Deux fois par an, il organise des séminaires de développement personnel qui doivent vous changer la vie. Vous n'avez jamais vu une de ses publicités ?

Il secoua la tête.

— Qu'est-ce qu'il a, ce Shields ?

Regan lui expliqua en détail qui était le personnage et ce qu'il avait fait à Mary Coolidge, lui raconta que la fille de cette dernière était allée porter plainte contre lui et qu'on avait confié le dossier à l'inspecteur Sweeney.

— L'inspecteur ne lui a été d'aucune aide et elle a préféré en rester là, mais mon amie Sophie, qui a eu le journal intime de Mary entre les mains, a décidé de s'y intéresser. Elle a envoyé Cordie, une autre de mes amies, se renseigner auprès de Sweeney, sans succès.

— Et ensuite, ç'a été votre tour d'aller le relancer ?

— Voilà. Attendez un peu… mais bien sûr, c'est forcément ça !

Soudain trop enflammée pour rester assise, Regan se leva et se mit à arpenter la pièce tout en échafaudant son hypothèse.

— Tout se tient, déclara-t-elle. Le voilà, le lien.

— Je peux savoir à quoi vous pensez ?

— Shields et Sweeney. Shields a pu découvrir que mes amies et moi, on s'intéressait à lui. Ayant appris que nous poussions Sweeney à enquêter, il aura décidé de le faire tuer pour nous mettre en garde ; puis il m'aura envoyé la photo pour m'effrayer.

Elle s'immobilisa devant Alec, les mains sur les hanches, attendant avec enthousiasme de connaître son avis. Il ne réagit pas assez vite à son goût.

— Qu'est-ce que vous en pensez ? C'est possible, non ? Shields a réussi à manipuler Mary et à lui soutirer plus de deux millions de dollars. À ses yeux, une telle somme justifie peut-être qu'on tue pour la garder. La fille de Mary pense que Shields a poussé sa mère au suicide ou qu'il l'a fait assassiner parce qu'elle l'avait menacé de le dénoncer. S'il a déjà tué une fois, pourquoi hésiterait-il à recommencer ? Shields doit craindre que mes amies et moi nous rapprochions un peu trop de la vérité. Alors ?

Alec ne répondit rien.

— Ça tient la route, non ?

Il ne put résister à la tentation.

— Peut-être.

Elle ne se rendit pas compte qu'il la flattait et eut l'air extrêmement contente d'elle.

— Bon, eh bien... Parfait, fit-elle avec un hochement de tête décidé. Et maintenant ?

Il sortit un petit calepin fatigué de sa poche de veston.

— Reprenons depuis le début, déclara-t-il.

— Oh, bon sang ! Cordie et Sophie... est-ce que je peux passer un coup de téléphone, d'abord ? Mes amies sont aux Caïmans avec Shields. Il faut que je les prévienne.

Regan fonça jusqu'à son bureau.

— Avant de tirer des conclusions hâtives, il faudrait déjà établir quelques faits, la mit-il en garde.

Regan fut redirigée vers la boîte vocale de Cordie et une voix lui expliqua que Cordie était en communication ou qu'elle avait éteint son portable.

— Cordie, rappelle-moi dès que tu auras eu mon message, quelle que soit l'heure. C'est urgent, et surtout ne vous approchez pas de Shields.

Elle raccrocha et revint auprès de l'inspecteur. Il ne lui demanda pas la raison de ce coup de téléphone et elle ne lui donna aucune explication.

— Donc, on reprend depuis le début, c'est ça ?

— C'est ça, lui confirma-t-il en l'invitant à s'asseoir. Commençons par Mary Coolidge.

Il lui posa toute une série de questions. Alors que Regan s'apprêtait à lui raconter la réception d'accueil du séminaire, un homme et une femme, accompagnés d'Henry, entrèrent. La femme portait ce qui ressemblait à une boîte à outils.

Alec sourit quand il reconnut la technicienne : Melissa Hill, alias « la grognasse ». Et ce n'était là qu'un des nombreux petits noms dont l'avaient baptisée plusieurs inspecteurs. Hill était une femme trapue toujours en colère, avec une coupe à ras et des rides d'expression précoces – dues sans doute à sa manie de ne jamais défroncer les sourcils. Travailler avec elle était quasi impossible, mais, en contrepartie, c'était un crack en informatique.

L'inspecteur qui marchait sur ses talons était Matt Connelly. Ce dernier lançait des regards noirs en direction de Hill : il avait sans doute fait le trajet jusqu'à l'hôtel en sa compagnie. Il adressa un signe de tête à Buchanan, puis fixa son attention sur Regan.

— Alors, qu'est-ce qui se passe ?

— Je vous laisse le soin de le découvrir par vous-même, répondit Alec. Jetez un coup d'œil sur l'écran. Salut, Melissa, ajouta-t-il.

Pour toute réponse, il n'obtint qu'un grognement. Bavardage et échange de civilités n'étaient pas le fort de l'informaticienne.

— C'est cette bécane de merde que je dois démonter ?

— C'est la seule bécane de merde dans la pièce, alors à ton avis ? lui répondit Connelly

— Va te faire foutre !

Alec fit rapidement les présentations. L'inspecteur salua Regan, mais Hill l'ignora.

Tous deux allèrent voir l'écran. Hill ne montra pas la moindre réaction mais Connelly blêmit.

— La vache, Sweeney à poil ! Ça c'est rude, je vais en faire des cauchemars.

Regan les rejoignit.

— Vous allez devoir démonter mon ordinateur ? demanda-t-elle.

Hill s'affala dans le fauteuil de Regan. Un instant plus tard, ses doigts voletaient sur le clavier.

— Si j'estime que c'est nécessaire, oui, en effet. Maintenant, posez-vous dans un coin et laissez-moi bosser.

Offusquée par tant de grossièreté, Regan eut envie de prendre son ordinateur dans ses bras pour le protéger de cette femme.

— J'ai tous mes fichiers dedans et mes…

Alec se posta devant elle.

— Ne vous inquiétez pas. Melissa ne va pas démolir votre PC. Elle sait qu'elle n'a pas le droit d'y toucher sans votre autorisation et connaît les conséquences légales que lui vaudrait une détérioration délibérée. N'est-ce pas, Melissa ?

— Va te…

Sur le point de lui décocher sa réplique favorite, elle se ravisa quand elle vit la façon dont Buchanan la regardait. Elle savait qu'il s'était forgé une réputation de dur à cuire lors de son passage à la brigade des mœurs et doutait fort qu'il se soit adouci depuis.

— Ouais, ça va, bougonna-t-elle d'une voix proche d'un grognement de pitbull. Bon, si on me fiche la paix, je pourrais essayer de percer les systèmes de défense ?

— Faisons-lui un peu de place, qu'elle puisse respirer, suggéra Alec.

Regan passa outre son conseil : elle tendit la main à la technicienne et se présenta de nouveau. Difficile pour Melissa d'ignorer cette main qui se trouvait à quelques centimètres à peine de son visage. Elle finit par s'arrêter de taper.

— On nous a déjà présentées, grommela-t-elle.

De nature très anxieuse, Melissa avait les ongles rongés jusqu'à la pulpe. Elle donna à Regan une poignée de main franche mais brève.

— Ça y est, je peux me remettre à bosser ?

Regan fit semblant de ne pas avoir entendu sa question.

— Qu'entendez-vous par « percer les systèmes de défense » ?

Melissa eut l'air résignée.

— Celui qui vous a envoyé la photo de Sweeney est loin d'être un imbécile. L'informatique, ça le connaît. Il a dressé des barrières pour qu'on ne puisse pas remonter jusqu'à lui. Enfin bon, n'ayez crainte, pas une seule barrière ne peut me résister.

— Même avec une bécane de pacotille comme la mienne ? demanda Regan en souriant.

Melissa pouffa.

— En fait, j'ai dit « bécane de merde », mais j'exagérais. Votre ordi est un peu dépassé, c'est tout. Vous devriez passer à un modèle plus récent.

Alec n'en revenait pas. C'était la première fois qu'il voyait Melissa sourire, et l'entendre discuter avec Regan lui paraissait surréaliste. Sans trop d'effort, Regan avait brisé l'armure de l'informaticienne. Très impressionnant !

La photo de Sweeney apparut de nouveau à l'écran. Melissa la montra du doigt et dit :

— C'est comme ça qu'ils l'ont retrouvé.

— Pardon ? fit Regan.

— Il paraît que c'est comme ça qu'ils l'ont retrouvé, dans son sous-sol, pendu de cette façon-là. Un type les a appelés pour les prévenir que Sweeney serait à cet endroit, et c'était pas une blague. La scène était pas jolie à voir, à ce qu'on m'a dit. Sweeney avait pas mal d'ennemis, estima-t-elle judicieux d'ajouter. On dit qu'il faisait chanter certains dealers. Vous savez pourquoi on vous a envoyé la photo ?

— Non, je l'ignore, répondit Regan. Elle est affreuse.

— J'ai vu pire.

— Ton ancien mec, par exemple ? railla Connelly.

— Je t'emmerde.

Regan s'éloigna et regarda par la fenêtre.

— Quelqu'un d'autre l'a-t-il reçue, ou bien suis-je la seule à qui…

— J'y suis, la coupa Melissa.

— Où ça ? demanda Connelly qui, accroupi, contemplait l'écran vide.

Son portable sonna et il répondit d'un air agacé en se rendant dans le bureau d'Henry.

— On a envoyé cette photo depuis un téléphone mobile, annonça Melissa.

Elle en dicta le numéro, et Alec sortit de nouveau son calepin.

Regan devint livide.

— Oh non ! murmura-t-elle.

Alec l'entendit.

— Quoi « oh non » ?

— Le numéro de téléphone… c'est le mien.

18

Regan voyait son hypothèse faire eau de toutes parts. Si Shields était vraiment le responsable du meurtre de Sweeney, comment avait-il mis la main sur son portable ? Elle devait se tromper, en fin de compte. Tandis qu'elle se perdait en conjectures, Buchanan attendait patiemment qu'elle lui explique comment la photographie de Sweeney avait pu se retrouver sur son téléphone. Encore une question dont elle aurait bien voulu connaître la réponse…

— C'est votre numéro.

— D'accord, mais ce n'est pas moi qui ai pris cette photo, je peux vous l'assurer.

Ils furent interrompus par l'inspecteur Connelly qui revenait dans la pièce.

— La négociation de peine a échoué, annonça-t-il. Il faut que je sois au tribunal dans dix minutes. Tu veux que je t'envoie de l'aide, Alec ?

— Merci, ça ira.

— Le lieutenant veut te voir dans son bureau quand tu en auras terminé ici, ajouta Connelly.

Cette nouvelle mina le moral d'Alec. Dès que la porte se fut refermée derrière son collègue, il reporta toute son attention sur Regan.

— Bon, parlez-moi de ce téléphone.

Pensant qu'il voulait en connaître le modèle ou l'aspect mais ne se souvenant ni de l'un ni de l'autre, Regan lui énuméra la liste de ses fonctionnalités.

— Il est équipé d'un appareil photo intégré et contient un gros répertoire bourré d'adresses e-mail personnelles et professionnelles. Il permet aussi de se connecter à Internet, ajouta-t-elle en esquissant un sourire.

— Vous ne vous rappelez pas où vous l'avez perdu ?

Elle secoua la tête.

— Je croyais l'avoir laissé dans ma voiture, mais quand Henry est descendu voir il ne l'y a pas trouvé. J'ignore ce que j'ai pu en faire.

Henry, qui suivait d'une oreille la conversation, se précipita pour intervenir.

— C'est la vérité, vous pouvez vérifier auprès des employés du parking. Ils m'ont tous vu et je leur ai expliqué ce que je venais chercher. Ça ne les a pas étonnés. Ne le prenez pas mal, Regan, mais vous oubliez sans cesse votre téléphone. Comme c'est un tout petit appareil, il arrive qu'il tombe de son sac. Une fois, je l'ai retrouvé coincé entre le fauteuil de bureau et la console. Aujourd'hui, par contre, impossible de mettre la main dessus. J'ai fouillé partout dans la voiture, et il n'y était pas.

Il s'approcha de Regan d'un air protecteur et demanda :

— Elle ne va pas avoir d'ennuis parce que quelqu'un s'est servi de son portable, j'espère ? Vous n'allez pas l'accuser, hein ?

La loyauté que ce gamin témoigne à Regan est admirable, songea Alec, mais pour l'instant il me casse les pieds plus qu'autre chose.

— Aux dernières nouvelles, perdre un téléphone n'est pas un délit, rétorqua-t-il. Dites-moi, vous n'auriez pas du travail à finir ?

Regan attendit que son assistant soit hors de portée de voix et chuchota :

— Henry est du genre anxieux. À ses débuts, c'était encore pire. Il a beau s'améliorer, il s'en fait toujours trop.

Ils furent distraits par un grommellement sonore de Melissa. Pas de doute, la technicienne était dans son élément. Ses doigts voltigeaient sur le clavier et de temps à autre elle poussait un soupir ou un grognement peu élégant.

— Dois-je appeler l'opérateur pour bloquer la carte SIM ou signaler le vol ? demanda Henry, qui avait passé la tête par la porte.

— Non, surtout pas, répondit Alec. Avec un peu de chance, il essaiera de contacter Regan.

— Pas avec cet appareil, déclara Melissa. C'est un bon, ce gars-là, et il sait sans doute qu'on pourrait localiser l'appel. Son message électronique date d'il y a cinq jours et il n'a plus rien envoyé depuis.

Ses doigts s'immobilisèrent soudain sur les touches.

— Voilà, j'ai tout transféré sur mon ordinateur et j'imprime aussi la photo de Sweeney pour l'emporter. Jusqu'à nouvel ordre, tous les e-mails qu'elle recevra me seront transmis automatiquement. Ça ne pose pas de problème, n'est-ce pas ? Allez, on va faire comme si.

Regan ne lui prêtait guère attention. Debout devant la baie vitrée, contemplant la circulation en contrebas, elle se creusait la tête pour se rappeler la dernière fois qu'elle s'était servie de son portable. Elle savait que Buchanan allait demander à son opérateur téléphonique une liste de ses appels entrants et sortants, mais si elle s'en souvenait tout de suite elle lui éviterait de perdre un temps précieux. Depuis son opération, cependant, elle confondait les jours et avait omis de noter ses rendez-vous dans son agenda électronique. Pour couronner le tout, cet horrible cliché de Sweeney l'empêchait de se concentrer. Cette image du mort, l'aspect affreux de son visage gonflé, l'obsédait.

N'ayant pas entendu Henry arriver derrière elle, elle sursauta quand il lui posa la main sur l'épaule.

— Excusez-moi, dit-il à mi-voix, si je vous ai fait peur.

Après s'être assuré d'un coup d'œil que Buchanan était toujours occupé avec l'informaticienne, il déclara :

— Je voulais juste vous prévenir que j'ai de nouveau vérifié sur mon ordinateur si on m'avait envoyé la photo du cadavre, mais je ne l'ai pas reçue. Pourtant, ça m'aurait rassuré si on l'avait adressée à tous les contacts de votre répertoire. Ce n'est pas bon signe qu'on ne l'ait envoyée qu'à vous.

— Je sais.

— Il était malin de faire croire que ça venait de mon poste.

— Je n'aurais jamais ouvert la pièce jointe si je n'avais pas reconnu l'expéditeur. Il n'a pas voulu prendre le risque que je l'efface.

— S'il vous a choisie, c'est pour une bonne raison, déclara Henry. Mais laquelle ?

Alec entendit sa remarque.

— C'est ce que nous allons élucider.

Il fouillait dans sa poche à la recherche d'une carte de visite à remettre à Regan quand son portable sonna. C'était le troisième appel du bureau qu'il recevait en quinze minutes. L'assistant de Lewis tentait de le joindre pour exiger qu'il rentre au poste au plus vite. Le lieutenant désirait s'entretenir avec lui. Alec savait pourquoi : à l'évidence, Lewis avait découvert qu'il était allé plaider auprès du grand patron pour sauver la peau du jeune policier responsable de l'échec de leur opération d'infiltration.

— Vous ne répondez pas ? s'enquit Regan.

— Il va bien falloir.

Alec ouvrit son téléphone d'un coup sec, écouta un instant puis dit :

— Je termine ici et j'arrive.

Avant que l'autre ait eu l'occasion de protester, il coupa la communication et se tourna vers Regan. Il trouva un de ses bristols et le lui tendit. Elle lui adressa un sourire reconnaissant. Quelle femme magnifique, pensa-t-il. Et sexy, en plus. En d'autres circonstances, il n'aurait pas manqué de l'inviter à sortir, mais pour l'instant c'était impossible. Pas pendant une enquête. En outre, même s'il ne décrochait pas son poste au FBI, il comptait démissionner et quitter Chicago dans les deux mois ; entamer une liaison avec une femme était hors de question. À moins que l'intéressée ne donne dans les aventures d'un soir… Mais Regan Madison n'était pas de celles-là – une demi-heure passée en sa compagnie lui avait suffi pour s'en rendre compte.

Allez, ce n'était vraiment pas le moment de s'égarer de la sorte. Amusant comme l'esprit pouvait s'emballer… Son frère Dylan avait sans doute raison quand il le traitait d'obsédé.

— C'est l'inspecteur Wincott qui est chargé de l'enquête sur l'assassinat de Sweeney. Je suis là pour lui filer un coup de main, mais c'est lui le plus gradé et il viendra bientôt vous interroger. En attendant, vous ne devez pas quitter l'hôtel.

— Oui, bien sûr.

— Si jamais un détail vous revient entre-temps, dit-il en indiquant la carte qu'elle tenait entre ses doigts, vous avez mon numéro.

— J'ai une séance de kiné pour mon genou dans une heure, mais je peux annuler.

— Je me disais bien que cette cicatrice avait l'air récente. Vous ne l'aviez pas, l'autre jour. Que vous est-il arrivé ?

Regan fut surprise qu'il se soit aperçu d'un tel détail. L'incision n'était pas large mais la marque était encore rouge et la peau toujours plissée là où on l'avait suturée.

Elle lui fit part de son étonnement :

— Vous l'aviez remarquée ? Impressionnant, inspecteur.

Pas tant que ça, songea-t-il. Seul un être asexué n'aurait pas eu l'œil attiré par de telles jambes.

— Je me suis blessée au base-ball, l'été dernier, expliqua-t-elle. Je me suis déchiré les ligaments en glissant pour atteindre la troisième base.

— Au base-ball ? fit-il en souriant.

Il peinait à l'imaginer en tenue, munie d'une balle et d'une batte. Elle paraissait trop douce pour un tel sport.

— Oui, lors d'un match de charité. Qu'y a-t-il de drôle ?

Plutôt que de lui répondre, il demanda :

— Vous avez laissé traîner cette blessure pendant un an ?

— Je n'ai pas cessé de remettre l'échéance à plus tard, mais je me suis de nouveau fait mal…

Brusquement elle s'interrompit et s'exclama :

— Quelle imbécile !

— Je vous demande pardon ?

— Non, pas vous. L'imbécile c'est moi, bafouilla-t-elle. Je sais qui m'a pris mon téléphone. Du moins, je crois, et je n'en reviens pas d'avoir mis autant de temps à m'en souvenir. C'est quand j'ai fait tomber mon sac à main que je l'ai perdu. Je suis désolée. D'ordinaire j'ai plus la tête sur les épaules. Il y avait cet homme, là. Il m'a poursuivie jusqu'à ma voiture, et il a…

Cette dernière phrase piqua l'intérêt de Buchanan, qui interrompit Regan d'un geste.

— Oh là ! une seconde ! Reprenez depuis le début.

— Oui, pardon. C'était il y a une semaine, le vendredi soir. C'est la dernière fois que j'ai utilisé mon téléphone. J'en suis sûre.

Il ressortit son calepin et chercha son stylo dans ses poches.

— Où étiez-vous à ce moment-là ?

— À la réception.

— Je suis censé savoir de quoi il s'agit ?

— Excusez-moi, je croyais vous en avoir parlé quand je vous ai expliqué le lien entre Sweeney et Shields.

— Eh bien, recommencez, ordonna-t-il d'un air agacé.

Regan ne comprenait pas comment elle avait pu omettre de parler du fou du parking, mais il fallait dire à sa décharge qu'on ne l'avait pas ménagée : d'abord le message électronique, puis Buchanan, la technicienne et l'inspecteur Connelly – le tout en moins d'une heure.

Elle lui relata le plus brièvement possible la réunion d'accueil au Liam House.

— Sophie nous avait inscrites à un séminaire du Dr Shields qui devait durer le week-end. Je suis sûre de vous en avoir parlé.

— Qu'espériez-vous, au juste ?

— Il nous paraissait évident que nous ne pouvions rien attendre de l'inspecteur Sweeney, alors nous avons décidé...

— Je vous écoute.

— ... de faire le travail à sa place.

Elle vit au froncement de ses sourcils qu'il n'aimait guère ce qu'il entendait.

— Et comment comptiez-vous vous y prendre ?

— Nous voulions enquêter sur Shields, en espérant récolter assez de preuves à transmettre au procureur. Sophie devait se charger de l'investigation, et Cordie et moi l'accompagnions pour lui prêter main forte. En fait, nous cherchions un moyen d'accéder à son ordinateur, de façon à obtenir les noms des femmes qui avaient assisté auparavant à ses séminaires. Nous pensions pouvoir recouper ses dépôts à la banque avec...

Alec cessa d'écrire.

— Vous avez conscience que c'est illégal, n'est-ce pas ?

— Bien sûr, mais nous n'avons pas fouillé dans son PC, en fin de compte. C'était la tactique prévue mais nous ne sommes pas passées à l'acte.

Cette femme était d'une franchise déconcertante.

— Un tantinet bâclée, votre tactique, non ?

Elle en convint d'un hochement de tête.

— Oui. C'était une idée de Sophie, qui a tendance à foncer sans réfléchir. Elle compte sur sa bonne étoile, et en général ça fonctionne.

Regan croisa les bras et se mit à faire les cent pas tandis qu'elle se remémorait cette soirée effrayante.

— Je me souviens d'avoir pris mon portable. Nous étions en retard... Bref, à notre arrivée, la réception battait son plein et Shields était en train de s'adresser au groupe. C'est un charlatan de première, et qui plus est très imbu de sa personne. Son petit cinéma ne m'a pas impressionnée, mais les autres participants avaient l'air fascinés. C'est là qu'il nous a fait faire un exercice incroyablement malsain...

— Et votre téléphone ?

— J'avais oublié de l'éteindre et il a sonné au beau milieu du discours de Shields. Je me suis dépêchée de sortir avant qu'un de ses gardes du corps essaie de me le confisquer.

— Des gardes du corps ?

— Il y en avait deux. Shields les présente comme ses assistants, mais, en réalité, ce sont des gorilles. De véritables hommes de main.

— D'accord. Donc, vous pensez avoir oublié votre téléphone dans le centre de conférences ?

— Non, je suis sûre de l'avoir rangé dans mon sac. À mon avis, il est tombé par terre quand j'ai chuté.

Alec luttait pour ne pas perdre patience.

— Et c'est arrivé quand, ça ?

— Quand je retournais à ma voiture. Il pleuvait, alors j'ai dit à Cordie de m'attendre avec Sophie devant l'entrée. En courant, en dépit du vent et de l'averse, j'ai cru entendre quelqu'un m'appeler. Je me suis retournée pour regarder derrière moi, et c'est là que j'ai vu cet homme...

L'incident lui paraissait déjà si loin.

— Tout s'est passé très vite. En pivotant, je me suis tordu le genou.

— Et ce n'est que maintenant que vous m'en parlez ? demanda-t-il d'un ton destiné à bien montrer son exaspération.

— Je ne pensais pas que... je n'ai pas fait le rapprochement. J'ai eu de la chance de lui échapper.

— Il vous a pourchassée ?

— Oui. Vous ne croyez quand même pas que...

— Que quoi ? fit-il, voyant qu'elle hésitait.

— Et si c'était Shields qui l'avait engagé ? Si ça se trouve, il attendait devant l'immeuble parce qu'il savait que je me trouvais à l'intérieur. Peut-être qu'on l'avait chargé de m'effrayer. Pour le coup il a réussi...

— Vous ne démordez pas de l'idée que Shields se cache derrière tout ça, pas vrai ?

— Ça paraît cohérent, non ?

— Je ne veux pas me perdre en conjectures, pour l'instant. Je manque d'éléments suffisants pour me faire une opinion, mais je vous tiendrai au courant. À présent, je veux savoir en détail ce qui s'est passé depuis la seconde où vous êtes sortie du Liam House.

— Je viens de vous le raconter.

— Recommencez.

— D'accord : quand je suis tombée, tout le contenu de mon sac s'est répandu par terre. Sur le moment, je croyais avoir tout ramassé. En fait, mon téléphone a dû y rester. Je n'avais qu'une idée en tête : m'enfermer dans ma voiture. Le type brandissait un truc et me criait de m'arrêter, mais j'ai continué. Je lui trouvais quelque chose de bizarre.

— C'est-à-dire ?

— Son visage.

Regan se frotta les bras pour réprimer un frisson.

— Rien que d'y penser, ça me fait froid dans le dos. J'ai appelé la police, ajouta-t-elle. Ensuite, je suis allée au poste le plus proche faire une déposition.

— Vous avez eu raison. Revenons à son visage, si vous voulez bien.

— De la haine… Je n'ai jamais vu autant de haine dans un regard. Pourtant, il s'est passé quelque chose d'incroyable.

— Oui ?

— Ce n'est peut-être que le fruit de mon imagination. Mon genou me faisait souffrir et j'étais trempée, mais une fois dans la voiture, je l'ai vu là, immobile sous un lampadaire, qui me fixait toujours. Je pleurais, avoua-t-elle, et je pense qu'il a pu voir mes larmes. D'un seul coup, l'expression de son visage a changé.

Buchanan inclina la tête d'un air sceptique.

— En quel sens ?

— J'y ai lu de la compassion. Oui, je crois que je lui ai fait de la peine.

19

Le moment n'aurait pu être mieux choisi. Alec revenait au poste entamer un deuxième round avec le lieutenant Lewis lorsque son portable sonna. Ward Dayborough l'appelait pour lui souhaiter la bienvenue au Bureau.

Il cachait à peine sa jubilation.

— Je savais que je vous aurais, se vanta-t-il. La ténacité, dit-il de son épais accent du Sud en détachant les syllabes, voilà le secret. Et moi, j'en ai à revendre. Combien d'années il m'a fallues pour vous convaincre ?

Ward n'attendait visiblement pas de réponse car il continua sur sa lancée :

— La formation ne sera pas du gâteau, mais je ne m'inquiète pas pour vous. Vous allez réussir les épreuves haut la main. Vos résultats aux derniers tests étaient impressionnants. Vous allez passer dix-sept semaines à l'Académie, ajouta-t-il. Malgré toute l'expérience que vous avez acquise dans la police, vous ne pouvez pas y couper.

— Vous essayez de me faire changer d'avis, c'est ça ?

— Non, non, bien sûr que non !

— Je commence quand ?

— Un nouveau cycle débute toutes les deux semaines, mais j'ai pris les devants et je vous ai inscrit pour dans deux mois. Ça vous fait huit semaines jour pour jour, à compter d'aujourd'hui. J'ai voulu vous laisser assez de temps pour préparer votre déménagement, régler ce qu'il faut à Chicago et vous reposer.

— Oui, c'est parfait. Ça me permettra de m'organiser.

Tu parles ! se dit-il en raccrochant. S'il était méticuleux à l'extrême dans sa vie professionnelle, chez lui, c'était tout le contraire. Dans sa famille, il traînait la réputation d'être bordélique. Quand il était plus jeune, sa chambre donnait toujours l'impression d'avoir subi les assauts d'un cyclone. Cependant, il avait fait beaucoup de progrès : il avait embauché un commando d'aides ménagères pour nettoyer son appartement du sol au plafond une fois par semaine. Une des femmes se chargeait même de ses courses et s'assurait que son réfrigérateur soit rempli de ses aliments préférés. Un luxe qui lui coûtait très cher mais dont il ne se serait passé pour rien au monde.

Hélas, ces fées du logis ne pouvaient l'accompagner à l'Académie, et pendant dix-sept semaines il allait devoir se débrouiller seul. Voilà qui lui semblait plus dur que n'importe quel parcours d'entraînement.

Alec se réjouissait de sa décision, même si Chicago allait lui manquer, et que rien ne lui garantisse qu'à l'issue de sa formation on l'affecterait à l'antenne de Boston. Certes, Ward lui soutenait que c'était presque acquis, mais Alec préférait ne pas compter dessus.

Il décida de passer à la DRH donner son préavis avant d'aller voir Lewis. L'employée qui le reçut était une femme adorable travaillant dans le service depuis près de vingt ans. Ses épaisses lunettes à double foyer faisaient paraître ses yeux ternes et deux fois plus gros que leur taille normale.

Dès qu'elle le vit, elle secoua la tête en souriant.

— Oh non !

— Quoi ?

— Vous ne pouvez pas demander votre mutation. Enfin, si, mais elle n'aboutira pas. Lewis a bien fait comprendre qu'il avait besoin de vous.

Elle ajouta à mi-voix :

— Traduction : il veut vous avoir sous sa coupe. Je suis désolée, Alec. Tout le monde sait que c'est une vermine, mais ici, c'est lui qui commande, et sa femme a des relations, si vous voyez ce que je veux dire. Il faudrait qu'il commette une sacrée bourde pour qu'on nous débarrasse de lui.

— Je comprends. Quoi qu'il en soit, c'est de moi que vous allez être débarrassée. Je donne mon préavis. Qu'est-ce que je dois remplir comme papiers ?

— Je suis triste de vous voir partir, dit-elle, les larmes aux yeux. Je vous aime bien.

Elle tira un mouchoir de la boîte qu'elle gardait sous son bureau et se tamponna les paupières.

— C'est comme dans cette vieille chanson de Billy Joel. Vous savez : ce sont les meilleurs qui partent les premiers.

Il leva les yeux au ciel.

— N'exagérons pas, je ne suis pas encore mort.

— En tout cas, vous vous en allez.

Elle sortit les documents nécessaires d'un tiroir.

Démissionner s'avéra bien plus compliqué que prévu. Il devait remplir tout un tas de formulaires et passer un long entretien avec le commandant, qui chercherait par tous les moyens à le convaincre de rester. Ce qu'Alec pensait naïvement pouvoir expédier en quelques minutes lui prit plus d'une heure.

Lorsqu'il regagna enfin son service, il trouva Lewis dans une colère noire. Ce dernier était au téléphone, mais, à la seconde où il aperçut Alec, il se leva d'un bond et lui fit signe de venir dans son bureau.

Alec n'était plus qu'à quelques mètres quand la sonnerie de son portable retentit. Ça ne pouvait être l'assistant de Lewis, qu'il venait de croiser dans l'escalier.

C'était Gil. Dès qu'il entendit la voix d'Alec, il s'écria :

— Dis-moi que c'est pas vrai !

— Comment es-tu déjà au courant ?

— Tu me connais, j'ai mes sources. Alors comme ça, c'est pas du chiqué ? Tu quittes le service pour de bon ?

— Oui. Je suis justement sur le point de prévenir Lewis. Je te rappelle.

Il mit fin à la communication et entra. Le lieutenant serrait son combiné si fort que ses doigts avaient blanchi. Alec mit les mains dans les poches et attendit que son supérieur termine sa conversation.

— Oui, mon commandant, fit Lewis d'une voix pincée.

Lorsque Lewis raccrocha violemment le combiné sur son socle, Alec demanda d'un air décontracté :

— Vous vouliez me voir ?

— Vous vous foutez de moi ? hurla Lewis. Ça fait plus d'une heure que je vous attends. Sauf que, maintenant, ce n'est plus pour la même raison.

Il resta à fixer Alec d'un air furibond. Impassible, celui-ci se contenta de lui rendre son regard.

— Vous avez démissionné.

— Oui.

La veine qui traversait le front de Lewis se mit à palpiter.

— Et vous ne croyez pas que j'aurais été en droit de l'apprendre le premier ? Il a fallu que ce soit mon supérieur qui me prévienne par téléphone !

Il termina sa phrase en beuglant. La veine sur son front paraissait sur le point de se rompre. Alec ne parvenait pas à en détacher les yeux. Si Lewis faisait un arrêt cardiaque et s'arrêtait soudain de respirer, devrait-il lui faire du bouche-à-bouche ? Hmm… délicat, comme situation, songea-t-il.

Il considérait ce cruel dilemme pendant que Lewis déversait sa bile.

— De quoi j'ai l'air, moi ? Emmett est furieux contre moi, se plaignit-il, faisant référence au commandant du secteur.

Alec haussa les épaules.

— Je ne sais pas quoi vous dire, répondit-il d'une voix traînante.

Ce n'était pas demain la veille qu'il s'excuserait pour avoir mis ce guignol en mauvaise posture.

Les trois semaines qui lui restaient à passer sous les ordres de Lewis lui parurent soudain la mer à boire, au point qu'il se demanda s'il arriverait au bout. Ce type lui sortait par les yeux. Quel blaireau ! Et vaniteux. Il était toujours très bronzé, sans doute grâce au lit à UV dans lequel la rumeur voulait qu'il dormît. Ses dents couronnées et blanches à l'excès conféraient à sa mine renfrognée un aspect d'autant plus outrancier.

— J'ai donné un préavis de trois semaines, mais si vous préférez que je m'en aille tout de suite, ça me va.

— Vous m'avez mis dans une sacrée panade.

— Comment ça ?

— Emmett m'a ordonné de vous convaincre de rester. Apparemment, il vous considère comme un atout. Inutile de préciser que je ne partage pas son opinion.

Alec secoua la tête.

— Ma décision est prise.

Lewis frappa son bureau du plat des mains et se pencha en avant.

— Vous savez quel est votre problème, Buchanan ? Vous ne jouez pas collectif.

Si le but de l'équipe est de mettre Lewis en valeur, aucun risque, songea Alec.

— Vous voulez que je fasse mes trois semaines ou vous voulez que je parte tout de suite ? Moi, ça m'est égal.

— Vous restez, lâcha sèchement Lewis.

Il se laissa tomber dans son fauteuil et se mit à manipuler des dossiers, s'efforçant à l'évidence de donner l'impression qu'il était très occupé. Il en ouvrit un et le referma aussitôt.

— Allez débarrasser votre poste. Remettez-moi toutes les enquêtes que vous avez en instance. Je les répartirai entre les inspecteurs qui me restent fidèles.

Alec eut envie de demander de qui il pouvait bien s'agir, mais il ne lui parut pas judicieux de se mettre Lewis davantage à dos, car le lieutenant avait le pouvoir de lui mener la vie dure et n'allait pas s'en priver.

Sans daigner relever la tête, le lieutenant annonça :

— Vous passerez les trois semaines à venir à votre bureau. Vous ferez le standard pour Wincott.

— Faire le standard pour Wincott ? Qu'est-ce que ça signifie, au juste ?

— Que vous répondrez au téléphone, et si Wincott a besoin d'aide, vous l'aiderez. Sans bouger d'ici.

L'envie de lui coller son poing dans la figure devenait de plus en plus forte.

— Vous avez trouvé autre chose ? lui demanda Lewis alors qu'il sortait.

— Oui.

— À Chicago ?

— Non.

Il ne s'étendit pas, et Lewis n'insista pas. Alors qu'Alec commençait son rangement, John Wincott fit irruption dans la salle. Alec et lui se connaissaient depuis un bout de temps. Ils sortaient de la même promotion de l'académie de police, où ils étaient devenus bons amis, mais ils ne travaillaient ensemble que depuis peu. Autrefois, Wincott aurait été capable de le faire rouler sous la table en premier – c'était peut-être encore possible.

— Mon vieux, t'as une mine à faire peur.

Alec n'exagérait pas. Wincott paraissait ne pas avoir dormi depuis des années. Il avait d'énormes poches sous les yeux, et de profondes rides lui creusaient les joues. Même s'il n'avait que deux ans de plus qu'Alec, à cet instant, il paraissait beaucoup plus vieux.

Wincott ne releva pas son commentaire.

— Tu as eu mon message concernant l'e-mail qu'a reçu Regan Madison ? demanda Alec.

— Oui, et j'en discuterai volontiers dans une minute, mais je veux d'abord te demander un truc. C'est vrai que tu quittes le service ?

— Oui, répondit Alec en hochant la tête.

Il se renversa dans son siège.

— J'allais t'appeler pour te prévenir, mais j'ai l'impression que Gil m'a coupé l'herbe sous le pied.

Wincott jeta un coup d'œil vers le bureau du lieutenant.

— Je ne peux pas t'en vouloir. Je me tirerais aussi si l'occasion se présentait.

— J'avais envie de changement.

Cette réplique commençait à ressembler à une réponse toute prête. Alec décida de s'y tenir et se demanda combien de fois il allait y recourir au cours des vingt et un jours à venir.

— Du changement, hein ? Où ça ?

— À Boston, j'espère. J'ai le mal du pays.

Wincott se pencha vers Alec et lui demanda à mi-voix :

— Des bruits de couloir disent que tu passes chez les Fédéraux.

Alec se contenta de sourire.

— Il faudra que tu viennes dîner à la maison avant ton départ, alors. Suzie va être triste. Ça fait des années qu'elle en pince pour toi.

— Est-ce que ta femme hurle toujours mon nom quand vous êtes au pieu ?

Wincott s'esclaffa.

— Comment veux-tu que je le sache ? Je ne me souviens même pas à quand remonte la dernière fois. Il y a toujours au moins un des mômes collé dans notre lit, et maintenant que le bébé se réveille toutes les deux heures, je n'ai qu'une idée : dormir.

— En voilà des paroles d'homme marié !

Wincott grimaça.

— Revenons à Sweeney, dit-il. On est en train de s'apercevoir que pas mal de monde voulait sa mort, alors, les suspects ne vont pas manquer. On a fouillé ses affaires. Impossible de mettre la main sur son portefeuille. Tiens, au fait, tu sais quoi ? Sweeney tenait un journal.

Alec haussa un sourcil.

— C'est plutôt un truc de nana, ça. Pas trop le genre de Sweeney de se confier à un carnet.

Wincott rit. À ce moment, on lui donnait dix ans de moins.

— Ce n'est pas un journal de ce genre-là. Ce crétin conservait des notes sur tous ceux qu'il comptait faire chanter. Attention, ce ne sont pas des conjectures de ma part. Il consignait tout par écrit. Devine qui on retrouve parmi les maquereaux et les dealers ?

— Je t'écoute.

Wincott s'approcha encore.

— Lewis.

— Sans déconner ? fit Alec, dont l'intérêt avait été piqué au vif.

— Je te mens pas. Sweeney projetait de prendre des photos et de les envoyer à sa femme.

— Quel genre de photos ?

— Lewis en compagnie de sa maîtresse.

— C'est du propre !

— Ça ne me choque pas plus que ça, rétorqua Wincott. Tu en connais beaucoup, toi, des types qui n'aimeraient pas voir Lewis se planter ?

— Non, ce qui me choque, c'est qu'il ait trouvé deux femmes disposées à coucher avec lui.

— L'une d'elles est plate comme une planche à pain mais pleine aux as, raison pour laquelle il l'a épousée, et l'autre n'a pas un rond mais des arguments convaincants pour compenser, si tu vois ce que je veux dire.

— Qui d'autre figure sur la liste ?

Wincott énuméra quelques victimes des extorsions de Sweeney.

— Il tenait même les comptes des sommes qu'il empochait et de celles qu'il allait exiger, un peu comme un banquier. Faut être idiot pour écrire tout ça, non ?

— Il devait se croire intouchable.

— Comme je te l'ai dit, on a un paquet de suspects, mais on essaie de resserrer le champ de recherche. Apparemment, un des dealers refusait de payer la facture. Si ça se trouve, Sweeney les faisait déjà cracher au bassinet.

— Et Regan Madison ? Comment elle cadre là-dedans ?

— Aucune idée. Je n'ai pas encore eu l'occasion de l'interroger. Il a fallu que je retourne sur les lieux du crime et je suis resté coincé là-bas. On a retrouvé son portable, en tout cas.

Alec se redressa brusquement.

— Ah bon ? Où ça ?

— Dans les buissons derrière le taudis qui servait de maison à Sweeney. On est en train d'analyser ce qu'il en reste, mais, à mon avis, on ne trouvera rien. Le sous-sol a été nettoyé jusque dans les moindres recoins, et les seules empreintes qu'on a pu relever appartiennent à Sweeney. Le tueur savait forcément ce qu'il faisait, et c'est un costaud. Vu comment il a hissé Sweeney à l'aide d'une simple corde… Ah oui, au fait, on a reçu le rapport d'autopsie. Il était déjà mort quand on l'a déshabillé et pendu.

— Comment l'a-t-on tué ?

— Par asphyxie. Du coup, je me demande pourquoi l'assassin s'est donné tout ce mal. Bradshaw me soutient que c'est pour la mise en scène, dit-il en parlant de son équipier.

— Et toi, tu en penses quoi ?

— Je crois qu'il a voulu frimer devant sa copine imaginaire… l'impressionner, quoi.

— La copine étant Regan Madison ?

Wincott haussa les sourcils.

— Il paraît qu'elle est canon.

Alec ne fit aucun commentaire.

— Tu les connais, les cinglés. D'après Bradshaw, il a pu la repérer par hasard et faire une fixation sur elle. Il va en discuter avec Matlin, ajouta-t-il, en faisant cette fois-ci référence au psychiatre du département.

— Bonne idée.

Sur quoi, Alec relata à Wincott son entretien avec Regan Madison et lui parla de l'homme qui l'avait pourchassée jusqu'à sa voiture. Il mentionna aussi l'hypothèse qu'elle lui avait soumise concernant Sweeney et le Dr Shields.

— Elle est sûre d'avoir perdu son téléphone en tombant.

Wincott réfléchit un instant pour tenter de dresser un tableau cohérent.

— Donc, ce type trouve le téléphone, découvre qu'il est équipé d'un appareil photo et décide de faire joujou avec. L'adresse e-mail de Madison y est. Il ne lui reste plus qu'à prendre le cliché et à le lui envoyer.

— Ça n'explique toujours pas le lien avec Sweeney.

— Personnellement, je ne vois pas un dealer s'amuser à ce petit jeu. J'ai d'ailleurs du mal à en imaginer un supprimer Sweeney, mais…

Il haussa les épaules puis reprit :

— Pour l'instant, ça ne rime à rien.

— On va relever les empreintes sur ce qui reste du téléphone ?

— Il l'a démoli à coups de marteau dans la cave. L'équipe scientifique en a retrouvé quelques fragments sur le banc de musculation.

— Et, bien sûr, rien sur le marteau ?

— Non. Que dalle. En tout cas, je te remercie de nous prêter main forte. On va avoir un max de boulot sur le terrain. Puisque cet e-mail a été envoyé à Madison, nous allons devoir nous renseigner sur tout son entourage. Il s'agit peut-être d'une vengeance – un amant qu'elle a plaqué ou un employé mécontent. Toute aide sera la bienvenue. Ça va être sympa de bosser enfin avec toi, et de te donner des ordres par-dessus le marché. Je sens que je vais prendre mon pied.

— Ouais, eh bien, avant de t'emballer, il faut que tu saches quelque chose.

— Quoi donc ?

Wincott leva les yeux puis bougonna :

— Et merde ! Lewis me fait signe.

— Il va t'annoncer qu'il me veut hors du coup. Je pourrai passer des coups de fil pour toi, mais c'est tout.

— Wincott ! cria Lewis de l'encadrement de sa porte. J'ai à vous parler.

— Trou du cul, marmonna Wincott.

— Tiens-moi au courant, dit Alec.

Son collègue hocha la tête et se faufila entre les bureaux pour rejoindre le lieutenant. Alec l'entendit pousser un soupir.

20

— Je vous réintègre.

Lewis se tenait sur le seuil du bureau de Buchanan.

— Vous m'écoutez, Buchanan ? Je vous réintègre.

Alec ne prit pas la peine de se lever. Il se contenta de pivoter sur son fauteuil.

— Qu'est-ce que ça veut dire ? demanda-t-il.

Lewis vint vers lui à grands pas.

— Je viens d'avoir le préfet au téléphone. Vous avez bien entendu, dit-il, fier comme un coq, le préfet en personne.

— Et alors ? fit Alec.

— Quand vous avez interrogé Regan Madison, saviez-vous à qui vous aviez affaire ?

Jusqu'alors occupé à gribouiller sur son sous-main en regardant tourner la grande aiguille de la pendule, Alec n'était pas d'humeur à jouer aux devinettes. Deux heures s'étaient écoulées depuis que Lewis lui avait retiré ses enquêtes, et déjà il s'ennuyait à mourir. Supposant que Lewis attendait qu'il se présente à huit heures du matin et passe la journée à se tourner les pouces, il doutait de pouvoir supporter cette situation très longtemps. Si le lieutenant projetait de le rendre maboul, il n'aurait pas pu mieux s'y prendre. Trois semaines d'ennui absolu ! Que ça lui plaise ou non, il allait devoir s'en accommoder.

— Alors, vous le saviez ?

— OK, vous avez gagné. Qui est-ce ?

— Une Hamilton.

Lewis se lécha presque les babines en prononçant ce nom. Il se posta devant le bureau d'Alec et posa ses mains moites sur le buvard.

— C'est Regan Hamilton Madison.

— Mais encore ?

— Sa famille est à la tête d'un immense empire hôtelier, expliqua-t-il en fronçant les sourcils, à l'évidence agacé qu'Alec ne soit pas dûment impressionné. Le Hamilton de Chicago n'est qu'un de leurs nombreux établissements, tous des palaces. Cette femme est l'héritière d'une fortune ancienne et colossale.

— Et ?

— Ça ne figurait pas dans votre rapport. J'ai vérifié. Vous auriez dû le mentionner. Pourquoi n'est-ce pas le cas ?

Alec ne sut que répondre à une question aussi absurde.

— Bon alors, qu'est-ce qu'elle a, Regan Madison ?

— Elle a des frères.

— Je sais.

— Trois, pour être précis, poursuivit-il. L'aîné vient d'appeler le préfet, qui connaît apparemment très bien les Madison. Ils fréquentent le même country-club, ajouta-t-il. Le Clairmont Country-Club, en l'occurrence. Cela fait plus de cinq ans que ma femme et moi tentons d'y être admis.

— Et ? fit Alec pour qu'il cesse de tourner autour du pot.

— Aiden est l'aîné des Madison. C'est quelqu'un de très puissant.

Voilà qu'il semblait prêt à se prosterner, à présent. Alec en était écœuré.

— Et ?

— Et il se soucie de la sécurité de sa sœur.

— Pourquoi venir me voir, moi ? C'est Wincott qui est chargé de l'enquête. Les frères Madison n'ont qu'à s'adresser à lui.

— Wincott a déjà assez de travail comme ça. Qui plus est, Regan Madison n'est pas suspecte…

— Vous le tenez de Wincott ?

— Non, *je* vous le dis, rétorqua sèchement Lewis.

Alec n'avait pas l'intention de discuter. Accouche, pensait-il. On ne va pas y passer la nuit.

— Je veux que vous assuriez sa protection jusqu'à ce que l'assassin de Sweeney ait été arrêté.

Alec en laissa tomber son stylo.

— Vous voulez que je sois son garde du corps ? C'est pas mon métier, bordel ! grommela-t-il avant que Lewis ait pu ouvrir la bouche.

— Maintenant si. Vous savez pourquoi je vous ai choisi ?

— Pour m'emmerder ?

— Aussi, répondit Lewis avec un sourire carnassier. Mais surtout parce que vous êtes une crapule, Buchanan. Voilà pourquoi vous excellez dans les affaires de mœurs : vous êtes comme un poisson dans l'eau au milieu de tous ces pervers et tarés.

Ses insultes glissèrent sur Alec.

— Merci pour le compliment.

— Vous ne lâcherez pas Regan Madison d'une semelle, et ce sept jours sur sept, vingt-quatre heures sur vingt-quatre. Compris ?

Qu'est-ce qui lui importe le plus, se demanda Alec : rassurer cette femme fortunée ou résoudre le meurtre de Sweeney ? Difficile à dire.

— S'ils roulent sur l'or à ce point, ils peuvent bien les engager eux-mêmes, leurs gardes du corps, non ?

— Ils le pourraient, bien sûr. Et ce n'est d'ailleurs pas exclu.

Chaque fois qu'il ouvrait la bouche, il postillonnait sur le bureau d'Alec. Bon sang ! les trois semaines qui lui restaient à tirer prenaient soudain un goût de condamnation à perpétuité.

— Mais je veux quelqu'un de ce service avec elle en permanence, et surtout qu'Aiden Madison me soit redevable. Pigé ?

Sa question n'en étant pas une, il se redressa et repartit vers son bureau. Alors qu'il fermait sa porte, il cria :

— Buchanan ? Cette affaire, c'est mon ticket d'entrée pour Clairmont. Vous n'avez pas intérêt à merder. Qu'il n'arrive rien à Regan Madison.

— OK, j'ai compris.

21

À cause de la pluie incessante, les hommes de l'équipe d'entretien des espaces verts ne purent s'attaquer avant plusieurs jours au déblaiement du tas de branches et d'arbustes morts qui s'élevait sur presque deux mètres. Vêtus de bottes de caoutchouc noires et de cirés jaunes, ils furent bientôt couverts de gadoue. Après avoir jeté une dernière branche noueuse dans une brouette, Vernon, le plus énergique des trois, regagnait leur abri pour faire une pause, le temps de fumer au moins deux cigarettes, quand soudain un de ses collègues, un geignard du nom de Sammy, se mit à hurler comme une fillette en montrant quelque chose du doigt et en s'éloignant à reculons. Ses yeux noisette semblaient sur le point de lui jaillir des orbites.

Harry, le nouveau, portait de grandes lunettes à double foyer toutes éclaboussées de boue et de crachin. Quand il s'approcha pour voir ce qui se passait, il se mit à hurler à son tour. En ce qui le concernait, ses cris ressemblaient plutôt à ceux d'un oiseau.

— Qu'est-ce qui vous prend, tous les deux ? demanda Vernon lorsqu'il les eut rejoints.

Puis il vit ce qui avait provoqué leur frayeur : un orteil dépassait de la terre.

Il s'accroupit, remarqua le vernis rouge écaillé sur l'ongle, et tomba sur son large derrière.

— Touchez à rien, ordonna-t-il d'une voix étranglée tout en se relevant avec maladresse. Faut rien déranger : maintenant, c'est une scène de crime, ici.

Harry ne quittait pas l'orteil des yeux, comme s'il s'attendait à le voir remuer.

— Comment tu le sais, Vernon ?

— Parce que c'est ici que le crime a été commis, ou au moins qu'on a enterré le corps, crétin.

Il s'interrompit pour désigner l'orteil d'un geste théâtral.

— Et ça, ça en fait une scène de crime. C'est toujours comme ça à la télé. Sammy, par pitié, arrête de gueuler.

Sammy sortit un mouchoir détrempé de sa poche et s'essuya les yeux.

— On devrait faire quelque chose pour elle... Vous croyez pas ?

Étant donné les circonstances, Vernon fit preuve d'un calme surprenant.

— Personne ne peut plus rien pour elle.

— C'est un vrai doigt de pied, tu crois, Vernon ? demanda Harry.

— Comment ça, un vrai ?

— Je me disais que c'en était peut-être un en caoutchouc ou en plastique. Si ça se trouve, c'est un petit con de la fac qui nous fait une blague.

C'était en effet une possibilité. Vernon se pencha pour vérifier.

— Non, c'est un vrai. Le caoutchouc ne se décompose pas aussi vite, et le plastique est plus luisant.

Sammy eut un haut-le-cœur. Harry lui lança un regard sévère et lui fit signe de s'écarter.

— Les flics seront pas contents si tu gerbes partout. Respire un bon coup, lui conseilla-t-il. T'es sûr qu'il y a un corps au bout de l'orteil ? demanda-t-il à Vernon.

— T'as vraiment des questions à la con. Comptez pas sur moi pour le toucher. La police s'en chargera. Tu ferais mieux d'aller au centre de conférences et de te servir de leur téléphone pour prévenir les flics. Sammy et moi, on t'attend ici.

— Ça irait plus vite si je les appelais de mon portable, non ?

Il déboutonna son imperméable, en sortit un téléphone rouge vif et composa le 911.

22

Regan n'avait ni l'envie ni le besoin que quelqu'un la suive comme son ombre en permanence. Malheureusement pour elle, l'inspecteur Buchanan ne se souciait guère de son avis : il entra d'un pas tranquille dans son bureau, toujours aussi décontracté et séduisant, s'appuya contre sa table de travail et lui annonça calmement qu'il allait lui servir de garde du corps au cours des trois semaines à venir, ou, du moins, jusqu'à ce qu'on ait arrêté l'expéditeur de la photo de Sweeney.

— Vous ne feriez pas mieux d'aller traquer le meurtrier plutôt que de me coller aux basques toute la journée ?

— On m'a chargé de votre protection, déclara-t-il. La traque, c'est l'inspecteur Wincott qui s'en occupe.

Regan se sentait lasse et contrariée. Et même si elle refusait de l'admettre, elle avait très peur. Cordie ne l'ayant toujours pas rappelée, elle se faisait un sang d'encre pour ses amies.

— Je le sais, vous me l'avez déjà expliqué. Il ne m'a pas encore rendu visite. On ne peut pas dire que je ne me sois pas montrée coopérative, n'est-ce pas ? En tout cas, c'est comme si vous veniez à peine de partir. Ç'a été un tel remue-ménage ici, depuis… J'ai besoin de me poser un peu pour réfléchir… Tout se bouscule dans ma tête. J'ai du travail à terminer, et ensuite j'ai envie de…

— … réfléchir ? demanda-t-il en réprimant un sourire.

— Voilà.

— Aucun problème.

Il ôta sa cravate et la fourra dans la poche de son veston, qu'il retira aussi et posa sur le dossier d'un siège.

Elle le regarda s'installer dans le canapé et retrousser ses manches.

— Que se passe-t-il dans trois semaines ?

— Pardon ? fit-il en se tournant vers elle.

— Vous avez dit que vous me serviriez de garde du corps pendant trois semaines. Et après ?

Il défit le dernier bouton de son col avant de lui répondre.

— Je rends ma plaque et je quitte Chicago, mais n'ayez crainte, si le tueur est toujours en liberté, on affectera quelqu'un d'autre à votre sécurité. En attendant, vous allez devoir me supporter.

— Qui en a décidé ainsi ?

— Est-ce important ?

— Tout à fait.

— Très bien.

— Très bien, qui ? insista-t-elle, résolue à ne pas baisser les bras.

— Le lieutenant Lewis.

— Ai-je mon mot à dire ?

Il lui décocha un sourire et prit le dernier numéro du magazine *Forbes* sur la table basse.

— Pas vraiment. Que ça vous plaise ou non, je ne vous quitterai pas d'une semelle.

Justement, ça ne plaisait pas le moins du monde à Regan. L'inspecteur Buchanan allait la perturber dans son travail. Elle dut remettre ses protestations à plus tard car il reçut un appel sur son portable. Le téléphone fixe de Regan se mit à sonner au même instant.

C'était Peter Morris, l'homme à qui elle avait refusé une deuxième bourse, et il ne cachait pas sa joie d'être parvenu à la joindre.

— C'est formidable. Votre assistant n'a pas arrêté de me répondre que vous n'étiez pas disponible, alors je suis ravi de pouvoir enfin vous parler. Je sais que vous n'êtes pour rien dans la réponse négative qui m'a été adressée concernant le renouvellement de mon aide. Il s'agit d'un fâcheux malentendu, n'est-ce pas ?

Avant qu'elle ait eu le temps de répondre et de le remettre à sa place, il poursuivit :

— Mon projet est très important. J'ai besoin de cet argent, et on m'a garanti qu'après acceptation de ma demande – que j'ai obtenue l'année dernière – le renouvellement s'accomplirait automatiquement tous les ans. Et si je passais dans la soirée chercher mon chèque ?

— C'est impossible, monsieur Morris. C'est moi qui vous ai refusé cette subvention, et les clauses que nous adressons à tous les candidats sont très claires : il n'est question nulle part d'une reconduction automatique.

Refusant de la croire, il insista d'une voix qui avait cependant perdu de son entrain.

— Non, c'est faux. Vous n'avez pas pu rejeter mon dossier. Vous connaissez l'importance de mes travaux.

— Monsieur Morris…

Il lui coupa de nouveau la parole.

— Je sais ce que vous allez me répondre. Votre assistant m'a déjà conseillé de réitérer ma candidature l'année prochaine, mais le centre d'accueil a un besoin urgent de cet argent. Nous couper les vivres de la sorte, c'est... c'est tout bonnement injuste. À présent, pour en revenir au chèque…

Résolue à mettre un terme à cet échange le plus vite possible, elle l'interrompit à son tour :

— Vous ne recevrez aucune bourse. Votre dossier a été rejeté, et ce serait une perte de temps, pour vous comme pour moi, de nous le soumettre à nouveau l'année prochaine.

Tout en raccrochant, elle l'entendit suffoquer de stupeur. Elle remarqua qu'Alec n'était plus au téléphone.

— Henry avait raison : Peter Morris est buté, dit-elle.

Elle lui répéta leur conversation. Lorsqu'elle eut terminé, Alec déclara :

— J'en parlerai à Wincott et je m'assurerai qu'il se penche sur son cas.

Il se leva, étira ses épaules et enfila son veston.

— Vous partez ? s'enquit-elle.

— Oui, et vous aussi. Le dessinateur de la police nous attend. Il faut y aller. Espérons qu'à vous deux vous parviendrez à dresser un portrait-robot assez ressemblant de l'homme qui vous a poursuivie.

— D'accord.

— Vous ne protestez pas ?

Elle secoua la tête.

— Non, c'est trop important.

Alors qu'elle se dirigeait vers la porte après avoir pris son sac à main dans le tiroir, son fax se mit à bourdonner.

— Est-ce que ça peut attendre notre retour ? demanda Alec.

— Ce n'est sans doute qu'une publicité, dit-elle, tout en ayant déjà rebroussé chemin. C'est tellement rare de recevoir un fax, de nos jours. On envoie tout par courrier électronique.

Elle jeta un bref coup d'œil sur Buchanan. Occupé à reboutonner son col de chemise, il n'avait pas l'air contrarié.

— Vous permettez ? Ça ne prendra qu'une minute. La page de garde est en train de s'imprimer.

— Je vous en prie.

Il cherchait sa cravate, à présent.

— Elle est par terre, à côté du canapé.

— Comment ?

— Votre cravate. Elle est tombée de votre poche.

— Merci.

Tandis qu'il allait la ramasser, Regan revint à sa machine. La page de garde s'était déposée dans le bac de sortie. Le champ où aurait dû figurer le nom de l'expéditeur était vierge, mais la ligne de titre comportait une inscription, qu'elle ne parvint pas à bien lire. Elle s'empara de la feuille et l'approcha de la lumière. Les trois mots qu'elle y vit alors lui glacèrent le sang : *Ta liste macabre.*

— Liste macabre ? Oh non…

Regan prit une inspiration rapide et recula comme si un simple pas en arrière pouvait tenir la réalité à distance.

Elle secoua la tête.

— Non… ça ne peut pas être… c'est impossible…

Alec décela la panique dans sa voix. Il lui prit doucement la feuille des mains, au moment même où le fax se mettait de nouveau en marche. La page deux arrivait.

L'intitulé avait tant ébranlé Regan qu'elle en avait manqué le message griffonné en bas de page. Alec le lut à voix haute : « Navré, je ne peux pas revendiquer celle-là. Je suis arrivé trop tard. Elle était déjà à la morgue, terrassée par une crise cardiaque, mais je ne me suis pas démonté et je l'ai quand même comptée dans ta liste. »

Alec appela Wincott et lui dicta d'une voix rauque le numéro du fax de Regan.

— Tous les autres messages entrants sont bloqués, ajouta-t-il.

— On s'y met tout de suite. Je te retrouve au poste, déclara son collègue avant de raccrocher.

Alec se tourna vers Regan.

— Une liste macabre ? De quoi s'agit-il ?

Elle ne répondit pas tout de suite. Les mains toujours pressées l'une contre l'autre, elle attendait avec anxiété que le fax termine sa tâche. Ces quelques instants lui parurent des heures.

Enfin, la page glissa dans le bac.

Oh pitié, non ! Encore une photo, cette fois-ci d'une femme allongée sur ce qui semblait être une table métallique. Sa figure blême paraissait paisible.

Il fallut plusieurs secondes à Regan pour se rappeler où elle l'avait déjà vue.

— Ce n'est pas possible, je nage en plein cauchemar !

— Expliquez-moi tout, ordonna-t-il.

— Je connais cette femme. Elle travaille à la boutique Dickerson sur Michigan Avenue. J'y suis passée il y a quelques jours pour acheter un flacon de lotion pour le corps. Elle y est vendeuse.

Regan avait l'impression que ses jambes n'allaient plus pouvoir la porter. Elle s'appuya contre le bureau et respira à fond. La tête lui tournait.

— Elle portait un badge avec son nom... Mlle Patsy.

— Vous vous souvenez de ça ?

— Oui. Elle s'est montrée très grossière envers moi. Sans doute parce qu'elle avait passé une journée difficile, et j'ai eu tort de la juger si durement. Et maintenant, elle est morte.

— Vous allez être malade ? demanda Alec qui du regard cherchait déjà une corbeille.

— Non, ça va. Tout est ma faute.

— Comment est-ce possible, voyons ? Si ce taré raconte la vérité, elle a succombé à une crise cardiaque.

Elle l'écoutait à peine. Qu'avait-elle fait ? Mais qu'avait-elle fait, bon sang ?

— Regan ?

— Vous avez lu le message, dit-elle après avoir pris une autre inspiration. L'homme écrit qu'il est arrivé trop tard, qu'elle était déjà morte. À l'évidence, il l'a traquée pour la tuer.

— Ce n'est pas vous qui l'avez tuée.

Regan avait pris un teint cireux. À présent, Alec craignait qu'elle s'évanouisse devant lui. Il s'approcha afin de pouvoir la rattraper.

— Peut-être, mais c'est moi qui l'ai inscrite sur la liste.

Il releva brusquement la tête.

— Vous avez quoi ?

— La liste macabre… c'est moi qui l'ai dressée.

23

Regan fut surprise qu'il ne lui passe pas les menottes et ne l'informe pas de ses droits. À vrai dire, l'inspecteur Buchanan enregistra la nouvelle avec un calme étonnant – pourtant, elle devait à présent figurer en tête de sa liste de suspects.

Il excellait dans l'art de dissimuler ses réactions. Si elle ne l'avait pas regardé dans les yeux, elle n'aurait jamais remarqué que son attitude envers elle s'était durcie.

Quoi qu'il en soit, Regan était trop ébranlée pour se soucier de ce que l'inspecteur pouvait penser d'elle. Effrayée et inquiète, elle ne supportait pas d'être dans un tel état. Elle consulta la pendule, calcula qu'Henry reviendrait dans quinze minutes, lui laissa un mot pour lui expliquer où elle allait. Elle lui donna aussi pour instruction de contacter Sam Baldwin, l'avocat qui, épaulé par trois autres juristes surchargés de travail, se consacrait à plein temps aux questions légales touchant aux hôtels Hamilton et/ou aux membres de la famille. Par plaisanterie, Spencer les surnommait « l'équipe personnelle de Walker », car c'était ce dernier qui avait le plus souvent besoin de leur aide. Sam allait tomber des nues en apprenant que, cette fois-ci, c'était Regan qui faisait appel à lui.

Dans la voiture de l'inspecteur, Regan tâcha d'expliquer en détail l'exercice spontané que Shields avait exigé des participants pendant la réunion d'accueil.

Zigzaguant d'une voie à une autre, Buchanan manqua percuter plusieurs véhicules. Il conduisait comme un fou, aussi Regan estima-t-elle de son devoir de le lui dire.

— Vous vous moquez de moi ? s'exclama-t-il. Vous êtes bien la sœur de Walker Madison, non ? Si quelqu'un roule comme un dingue, c'est lui, pas moi.

Il se tut pour réfléchir à ce qu'elle venait de lui raconter et lui demanda :

— Vous m'avez dit que le garde du corps vous observait. Qu'entendiez-vous par là ? Est-ce que quelque chose avait attiré son attention sur vous, auparavant ?

— Non. Dès que je suis entrée dans la salle, il ne m'a plus quittée des yeux. Je n'avais rien fait de particulier, pourtant.

Alec n'y voyait rien d'extraordinaire. Grossier, certes, mais pas extraordinaire. Lui-même ne devait-il pas se faire violence pour ne pas la reluquer ? Le garde du corps était un homme comme un autre.

— Je peux tout prouver, déclara-t-elle.

— Prouver quoi ?

— Que je n'invente rien… au sujet de cet exercice, je veux dire. Sophie l'a enregistré. Elle avait un magnétophone dans son sac à main et était assise très près de Shields. Vous pourrez écouter la bande.

— Je n'y manquerai pas.

— Vous savez, je n'avais aucune intention de me prêter au jeu, mais Shields a annoncé qu'une fois le temps écoulé nous devions tous brandir nos listes et qu'il passerait parmi nous pour vérifier que nous avions tous participé. Du coup, j'ai décidé de lui faire savoir ce que je pensais de lui. Après tout, c'est lui qui nous avait demandé de faire cette liste.

— Son nom figurait sur votre liste ?

— Oui.

— Combien en avez-vous inscrit ?

— Six… non, cinq.

— Vous en êtes sûre ?

— Oui, j'en ai mis cinq.

Elle espérait de tout son cœur ne pas se tromper.

— D'accord. Donc, il y avait Shields, la fameuse Patsy et l'inspecteur Sweeney. Qui étaient les deux derniers ?

— Les gardes du corps.

— Tiens donc.

— D'habitude, je ne suis pas sanguinaire à ce point.

Il lui fit un grand sourire.

— Je ne le pensais pas.

— Cette réception me paraît si loin. Je me suis fait opérer peu après, et depuis les jours se confondent. Quant à la liste…

— Oui ?

— Je comptais la déchirer et la jeter au feu comme tout le monde, mais j'ai dû sortir pour prendre un appel. À mon retour, Shields était passé à ce que Cordie nomme son discours « je me passe la pommade », une anecdote censée nous inspirer.

— Qu'est-ce que ça donnait ?

— Je l'ignore, je ne l'ai pas écouté. J'ai préféré aller chercher la voiture. C'est là que l'autre m'a poursuivie et que j'ai chuté. J'ai fait tomber toutes mes affaires par terre. Je ne me suis pas rendu compte que j'avais oublié mon téléphone et ma pochette.

— Que contenait cette pochette ?

Le regard dans le vague, elle tâcha de s'en souvenir. L'image de la chemise bleue remplie de pages en papier glacé se précisa.

— Il y avait le calepin sur lequel j'ai écrit ma liste… une plaquette de témoignages vantant les mérites de Shields… des photos… j'en ai pris une pour m'en servir de pense-bête… Sinon, des notes à moi, des trucs pour le bureau, du travail que j'avais à terminer… des trucs, quoi.

— Il va falloir vous les rappeler en détail, ces « trucs », comme vous dites, et quand on sera au poste vous noterez tout ça pour l'inspecteur Wincott.

— Pourquoi ?

— Vous avez laissé ces notes dans le dossier. Il voudra savoir de quoi elles traitent.

Regan se mit à y réfléchir et ne prononça plus un mot de tout le trajet.

Alec se gara dans le parking voisin du poste de police, ouvrit la portière à Regan et la prit par le bras pour traverser la rue.

— L'après-midi va être long, déclara-t-il. Tout ce que vous m'avez raconté, il va falloir le répéter à mon collègue.

Encore et encore et encore, songea-t-il. Wincott était un maniaque de la répétition.

— Et vous, que ferez-vous pendant ce temps-là ?

— J'ai des coups de fil à passer et de la paperasse à finir. Wincott me préviendra quand vous en aurez terminé.

— Je n'ai pas besoin de garde du corps.

— Je ne suis pas de votre avis.

— Dans ce cas, je vais en enga…

— Écoutez, vous pourriez en embaucher une armée que vous ne vous débarrasseriez pas de moi. Ce choix ne vous appartient pas.

Regan jugea inutile de se disputer avec lui. Son accablement dut toutefois transparaître, car il lui dit :

— Allez, courage ! Ça pourrait être pire.

— Comment ?

— Vous auriez pu inscrire dix noms sur votre liste, ou vingt, ou trente...

Ils prirent l'escalier.

— Combien votre amie Cordie en a-t-elle inscrit, elle ?

— Sept.

Ils atteignirent le palier et Alec la conduisit par un couloir étroit.

— Alors, vous voyez ! Votre copine est encore plus sanguinaire que vous.

— Pas vraiment, elle a mis les Sept Nains.

— Vous plaisantez ? s'esclaffa-t-il.

Regan secoua la tête.

— Qu'est-ce qu'elle leur reproche ?

— Rien du tout, répondit-elle avec un pâle sourire.

— C'est impressionnant, ajouta-t-il alors qu'il ouvrait la porte et s'écartait pour la laisser passer.

— De quoi ? Que Sophie et Cordie aient été assez malignes pour ne pas désigner de vraies personnes ?

— Non, que Cordie connaisse par cœur les noms des Sept Nains. Moi, je ne m'en rappelle que quatre. Il y a Prof, Dormeur, Simplet et Glouglou...

— Ah non, Glouglou n'est pas un des nains. C'est une onomatopée.

— Euh... Barjo alors ?

— Non plus, désolée, dit-elle en riant. Mais vous ne seriez pas en train d'essayer de me remonter le moral ?

— Peut-être bien.

— Pourquoi ?

— À vous voir, on a l'impression que je vous conduis devant un peloton d'exécution. C'est une pratique qu'on a abolie depuis au moins un mois, vous savez ? Et puis, comme je vous l'ai dit tout à l'heure, l'après-midi sera long.

Le poste de police semblait n'être qu'un dédale de couloirs. Alec lui ouvrit une autre porte. Regan allait avoir besoin de miettes de pain pour retrouver le chemin de la sortie.

— Où allons-nous, maintenant ?

— Dans la salle de repos. J'ai prévenu Wincott que nous l'y attendrions.

— Et le dessinateur ?

— Nous irons le voir après.

Alors qu'il lui proposait une chaise, il huma son parfum. Bon sang ! ce qu'elle sentait bon.

— Vous voulez boire quelque chose ? lui demanda-t-il.

— De l'eau, s'il vous plaît.

Regan examina les lieux avec intérêt. La salle de repos ne ressemblait en rien à celles des séries télé, que l'on représentait toujours de la même façon : murs à la peinture écaillée et fenêtres à barreaux crasseuses. Spacieuse et propre, celle-ci venait vraisemblablement d'être rénovée car une légère odeur de peinture y flottait. Les murs étaient lumineux – presque trop, d'ailleurs – et d'une nuance de turquoise assez hideuse. Les deux tables carrées et les chaises qui s'y trouvaient paraissaient neuves.

Alec remarqua qu'elle contemplait les murs.

— Ça donne envie de mettre des lunettes de soleil, non ?

— Qui a choisi cette couleur ?

— Personne ne voudra l'avouer.

Le réfrigérateur, neuf lui aussi, regorgeait d'eau et de boissons gazeuses. Il lui tendit une bouteille puis s'assit en face d'elle.

Au milieu de la table se trouvaient un bloc à spirale et un stylo-bille. Alec les poussa vers elle.

— Autant prendre de l'avance et noter les noms qui figurent sur votre… liste macabre.

Sa liste macabre… Quel cauchemar ! Elle se mit à écrire en vitesse. Ne connaissant pas les noms des gardes du corps, elle utilisa les lettres A et B pour les désigner. Lorsqu'elle eut terminé, elle rendit le bloc à Alec.

Ce dernier y jeta un coup d'œil puis le poussa de nouveau vers elle.

— Bon, maintenant, retranscrivez toutes les notes que vous avez prises pendant le discours de Shields.

Plus facile à dire qu'à faire. Très concentrée, Regan se mit à taper du pied sur le linoléum. Elle pensa à Emily Milan et se souvint d'avoir noté son intention de la licencier. Ah oui, il y avait aussi Peter Morris. Comment avait-elle pu l'oublier ? Elle voulait s'entretenir avec la sécurité à son sujet. Mais qui d'autre ? Oubliait-elle quelque chose ?

Son trépignement se fit plus fort.

— Inutile de stresser, dit-il.

— Je ne suis pas stressée.

Regan se rendit compte qu'elle secouait la table avec son genou et produisait un vacarme d'enfer avec sa chaussure.

— D'accord, je le suis peut-être un peu.

Elle posa le stylo et soumit le résultat de sa réflexion à Alec, qui ne fit aucun commentaire.

Le regard fixé sur la table, Regan fouilla sa mémoire pour retrouver ce qu'elle avait pu noter d'autre. Avait-elle omis un des noms de sa liste ? Elle se rappela avoir eu envie d'y ajouter Emily à la dernière minute, mais ne pas en avoir eu le temps.

Lorsqu'elle leva les yeux vers Alec, elle perdit un instant sa concentration. Il lui fallait avouer que l'inspecteur Buchanan était quelqu'un de très intéressant – et plein de contradictions. Malgré son côté débraillé – cravate de guingois, veste froissée et barbe d'au moins trois jours –, il avait des manières impeccables, à l'évidence un bon niveau d'études, et un grand sens de l'humour, lequel devait pourtant se perdre très vite quand on exerçait un tel métier. Lorsqu'il lui accordait son entière attention, elle ressentait une attirance presque magnétique.

Oh là là ! je déraille, pensa-t-elle. Elle s'éclaircit la gorge et dit :

— Je vous ai vu dans le bureau de Lewis quand je suis venue ici parler à l'inspecteur Sweeney.

— Je vous ai vue aussi.

Elle fut un instant désarçonnée par cet aveu.

— Ah bon ?

— Hum…

— Oui, eh bien, voyez-vous… le lieutenant était en train de crier après un agent de police. En fait, dans mon souvenir, il hurlait. Je n'avais jamais vu personne se comporter de la sorte. Personne qui occupe un tel poste à responsabilité, en tout cas. J'ai trouvé son attitude déplorable.

— Il voulait faire renvoyer ce policier.

— Et vous l'avez défendu.

Il sourit.

— Ça aussi, vous l'avez remarqué ?

— Oui. Je vous ai vu vous échanger des mots avec le lieutenant, mais je n'ai pas entendu ce que vous lui disiez. Contrairement à votre supérieur, vous n'avez jamais élevé la voix. Je me rappelle avoir pensé que ce… que Lewis voulait humilier cet agent.

— Il a essayé, en effet, mais n'y est pas parvenu. Le policier savait qu'il n'avait commis aucune erreur. Comment en sommes-nous venus à discuter de ça, au fait ?

Incapable de soutenir son regard, Regan préféra fixer un point derrière Buchanan.

— J'ai failli mettre le lieutenant Lewis sur ma liste.

Alec se donnait beaucoup de mal pour ne pas sourire.

— Mais vous ne l'avez pas fait.

— Non. J'en ai été empêchée par un coup de téléphone. Je voulais que vous le sachiez, c'est tout.

— À votre place, je n'en parlerais pas à l'inspecteur Wincott.

— Pourquoi ?

Il haussa les épaules.

— Ce serait cruel de lui donner de faux espoirs.

— Mais je n'ai pas inscrit son nom !

— C'est bien pour ça.

24

Regan osa enfin lui poser les questions qui la taraudaient.

— Pourquoi quittez-vous Chicago ?

— Oh, c'est une longue histoire, répondit-il succinctement.

— Où allez-vous ?

— Je retourne à Boston. C'est là que j'ai grandi.

— Nous avons un hôtel, là-bas.

— Je sais.

Voyant qu'il ne comptait pas entrer dans les détails, elle n'insista pas. Tous deux se détournèrent quand la porte s'ouvrit. L'inspecteur John Wincott entra puis se baissa pour ramasser les papiers qu'il avait fait tomber, leur offrant ainsi une vue plongeante sur le sommet de son crâne dégarni et brillant. Bradshaw, son coéquipier, ayant crié sur les toits qu'il était chatouilleux sur ses problèmes de calvitie, on sautait évidemment sur la moindre occasion pour le taquiner. Un des surnoms que Wincott détestait le plus était « Frère Tuck » – par chance, il avait le sens de l'humour.

Regan lui trouva un air de comptable, sans doute parce qu'il portait une sorte de grand livre dont des feuilles débordaient de toutes parts – impression vite balayée à la vue de l'étui à pistolet sanglé contre son flanc.

— Désolé de vous avoir fait attendre.

— Tu as toujours une tête de déterré, lui fit remarquer Alec après l'avoir présenté à Regan.

Regan le jugea plutôt bel homme, mais il avait en effet le teint gris et des poches brunes sous les yeux.

— Ouais, qu'est-ce que tu veux, j'ai pas eu droit à ma journée de cure thermale, cette semaine.

Alec se mit à rire.

— Au fait, j'ai oublié de te demander comment va la petite ?

Wincott se tourna vers Regan pour lui expliquer sa situation.

— Notre bébé est en train de faire ses dents et ça ne lui plaît pas. Du coup, ça nous retombe dessus, à ma femme et moi. On ne dort pas, en ce moment.

— Il paraît que le whisky est efficace, déclara Alec.

— J'ai déjà essayé, mais j'ai juste gagné un vilain mal de crâne le lendemain matin.

— Le truc, c'est de t'en servir plutôt pour masser les gencives du gamin. Comme anesthésiant.

— Jamais entendu parler de ça. Et puis, imagine qu'elle y prenne goût. Je ne me vois pas conduire ma fille de deux ans aux Alcooliques Anonymes. Trop risqué, répondit-il sans perdre son sérieux.

Alec se leva.

— J'ai dit à Regan que tu n'étais pas trop mauvais, comme inspecteur, ne me fais pas mentir.

— Tu ne restes pas avec nous ?

— Non, j'ai des coups de fil à passer. Regan, si vous avez besoin de moi, je suis à mon bureau, d'accord ?

Il se montre très gentil, pensa-t-elle. Et il paraît sincèrement inquiet pour moi.

— Oui, d'accord.

Dans le couloir, Alec tomba nez à nez avec Lyle Bradshaw. Comme à l'accoutumée, l'équipier de Wincott était vêtu de façon très soignée : cravate rayée parfaitement nouée, costume sombre dépourvu du moindre faux pli, chemise immaculée et chaussures flambant neuves. À côté de lui, Alec donnait l'impression de sortir d'une rixe.

— Elle est en salle de repos ? demanda Bradshaw en guise de salut.

— Oui, avec Wincott.

— Alors, il bave ?

— Pardon ?

— Il paraît qu'elle est canon.

— Ah ouais ? Tu tiens ça d'où ?

— C'est ce qui se raconte dans le *pool*, expliqua-t-il, faisant référence à la grande pièce sans cloisons où travaillaient tous les inspecteurs. On ne parle que d'elle depuis votre arrivée. Je me suis laissé dire qu'elle avait un visage de rêve, et le corps qui va avec.

Alec s'étonna de la décharge de colère qui, sortie de nulle part, le traversa.

— Laisse tomber, tu n'as aucune chance avec elle.

Fraîchement divorcé, Bradshaw se prenait pour un don Juan. Les femmes le trouvaient séduisant et attentif, et il ne manquait jamais de compagnie féminine, mais Alec le jugeait un peu trop arrogant – parfois carrément puant. Seules ses qualités d'inspecteur le rachetaient à ses yeux.

Bradshaw s'apprêtait à ouvrir la porte de la salle de repos quand Alec l'interpella.

— Hé, Bradshaw !

— Oui ?

Alec manqua lui interdire de draguer Regan, mais se retint à temps.

— Vas-y mollo avec elle, lui conseilla-t-il plutôt. Elle est morte de peur.

Il alla prendre ses messages et retourna à son bureau. Lewis avait distribué ses enquêtes à plusieurs inspecteurs déjà débordés et, dans une tentative infantile de le punir, lui avait retiré son ordinateur. Sa table de travail était à présent complètement nue.

Si ses collègues n'avaient pas dû prendre en charge ses dossiers, il aurait ri du comportement de Lewis. Alec s'assit et appela son frère Nick de son portable.

— Ça y est, je fais partie du sérail, déclara-t-il.

— Salut Alec. Le sérail, c'est le FBI, n'est-ce pas ?

— On dirait que tu es déjà au courant.

— Oui. J'ai reçu un coup de téléphone de Ward cinq minutes après ton admission à l'Académie. Tes résultats sont impressionnants.

— Meilleurs que les tiens ?

— Si c'était le cas, tu crois que je l'avouerais ?

— Sans doute pas. Tu pourras prévenir Theo ? demanda Alec, qui ignorait s'il aurait le temps de joindre son frère aîné, souvent introuvable.

— Il est déjà au courant. Ward l'a contacté aussi. Tu t'es décidé pour mon pavillon ? Laurant passe tous ses dimanches à visiter des maisons avec un agent immobilier. Avec le bébé, on manque de place et Laurant veut un autre enfant.

Alec sourit. En épousant Laurant, Nick avait décroché le gros lot. Elle était adorable et parfaite pour lui. Décontractée, facile à vivre, elle était exactement ce dont il avait besoin quand il rentrait le soir. Theo disait qu'au travail Nick était plus sous pression que dans une cocotte-minute. Son équipier Noah Clayborne et lui appartenaient à une brigade du FBI spécialisée dans la recherche d'enfants disparus. Le métier était difficile et très éprouvant.

— Je vais te le racheter, ton pavillon. Même si je ne suis pas affecté dans la région de Boston.

— D'après Ward, ce sera le cas.

— Il promettrait n'importe quoi pour me convaincre de signer, mais ce n'est pas lui qui décide. En tout cas, ta maison m'intéresse. C'est un bon investissement.

— Attends, ne quitte pas. Je t'entends à peine. Je suis sur deux conversations à la fois.

— Qui est avec toi ?

— Noah.

— Tu es où, là ?

— À Dallas. On vient de boucler une affaire. Et elle s'est bien terminée.

— Tant mieux.

Noah fut soudain en ligne pour féliciter Alec.

— Tu vas en voir de toutes les couleurs, à l'Académie, mais tu t'en tireras comme un chef. Quand quittes-tu Chicago ?

— Pas avant trois semaines, peut-être même quatre. Si ça te botte toujours d'aller voir un match des Cubs, tu ferais mieux de ne pas trop tarder à venir ici. Je dois prévenir Gil à l'avance pour qu'il puisse me dégoter des places.

Un instant plus tard, Nick reprenait la communication pour lui rappeler que leur sœur Jordan prévoyait toujours de lui rendre visite à Chicago.

— Je sais, mais elle est incapable de fixer une date. De mon côté, je ne pourrai pas commencer à faire mes valises avant d'être libéré de mes obligations. On m'a confié une mission qui va accaparer une bonne partie de mon temps au cours des trois semaines à venir, ensuite, je mets les voiles. Si Jordan attend trop longtemps, elle se retrouvera coincée chez moi à faire les cartons.

— Quelle est cette nouvelle mission ?

— Je préfère ne pas en parler.

— À ce point-là ?

Un jeune policier vint déposer un épais dossier sur son bureau. Alors qu'il s'apprêtait à repartir, Alec lui fit signe de rester.

— Bon, je dois te laisser, Nick.

Il rangea son portable dans sa poche.

— C'est quoi, tout ça ? demanda-t-il.

— Des formulaires à remplir. Ça vient de la DRH.

— C'est une plaisanterie ?

— Non, inspecteur. Je ne plaisante jamais.

— J'ai déjà rempli tout ce qu'il fallait.

— Non, inspecteur, vous n'avez complété qu'une partie des documents. Il les leur faut pour ce soir.

— Partir d'ici est plus difficile qu'y entrer.

— C'est aussi l'avis de nombreux criminels, rétorqua sèchement le policier.

Ayant décidé qu'il ferait aussi bien de s'en débarrasser vite, Alec ouvrit la chemise et s'attaqua au premier formulaire. Il lui fallut près d'une heure pour tout finir, et il venait juste d'apposer sa signature au bas de la dernière page quand il vit Bradshaw lui faire signe. Il prit le dossier avec lui afin de le déposer en chemin. Bradshaw l'attendait devant l'escalier.

— Vous avez fini d'interroger Regan ?

— Pour l'instant. Wincott l'a conduite à l'étage chez son dessinateur fétiche.

— Ça ne devrait pas être très long.

Bradshaw ricana.

— On voit que tu ne connais pas Tony ! Il est capable de la retenir toute la journée s'il le faut, jusqu'à ce qu'elle lui affirme que la ressemblance de son portrait-robot est parfaite. Tu vas devoir retourner auprès d'elle. Ce lèche-cul d'assistant de Lewis vient de m'appeler pour me prévenir que le frère de Regan et son avocat sont en route.

— Tu lui as expliqué qu'elle n'était pas suspecte ?

— Bien sûr. J'ai failli l'inviter à sortir, aussi, mais j'ai réussi à me retenir.

— Nom d'un chien, Bradshaw, tâche de rester concentré.

— C'est difficile à côté d'une pépée comme ça, répondit-il avec un sourire.

— Tu sais qui a appelé son frère et l'avocat ?

— Non. Ils ont rendez-vous avec Lewis.

Tous deux se tournèrent en même temps pour regarder le lieutenant remettre son bureau en ordre.

— Il se prépare à recevoir ses hôtes, commenta Alec.

— Des hôtes de marque, ajouta Bradshaw. Les Madison ont du fric.

Le fric. Voilà tout ce qui compte pour Lewis, songea Alec en se dirigeant vers le bureau d'accueil afin de remettre son dossier de démission. Alors qu'il repartait, il croisa Melissa et la salua. Elle grommela une réponse inaudible, puis s'arrêta pour l'appeler.

— Eh, Buchanan !

— Oui ?

— Dites à Regan qu'en bossant sur son PC je l'ai retirée du circuit et que j'ai oublié de l'y remettre.

— Vous me parlez chinois, là.

— Elle est reliée en réseau à deux autres postes.

— Melissa, je ne comprends toujours rien à ce que vous me racontez.

Elle parut agacée.

— Vous y connaissez quelque chose, à l'informatique ?

— Pas autant que vous le voudriez, visiblement, alors expliquez-moi tout en termes simples.

— Il y a deux autres personnes qui lisent son courrier électronique.

— Eh bien, vous voyez, on y arrive !

Elle ignora son sarcasme.

— Il y a plusieurs ordinateurs, à l'hôtel, et tous sont sur le même réseau. Représentez-vous ses e-mails comme des bonbons. Ouais, c'est ça, des bonbons. Quand elle en reçoit un, il est distribué aussi à d'autres. Il parvient à son assistant au même moment. Ç'a été configuré ainsi pour gagner du temps. Vous suivez, jusque-là ? lui demanda-t-elle en plissant les yeux.

— Vous m'avez dit que deux autres personnes avaient accès à ses e-mails, répondit Alec, résolu à ne pas s'énerver. Son assistant en est une. Qui est l'autre ?

— C'est quelqu'un de l'hôtel.

— Vous pouvez remonter jusqu'à cet ordinateur ?

— C'est déjà fait. Je ne me souviens pas du numéro d'identification, mais il est dans le bureau d'un de ses frères. Je ne me rappelle plus lequel. Tout ça figure dans mes notes, que j'ai transmises à Wincott. Vous n'aurez qu'à les lui demander.

— Envoyez-moi un exemplaire de votre rapport.

Alors qu'elle s'éloignait, il l'arrêta de nouveau.

— Regan ne serait donc pas au courant que quelqu'un d'autre accède à son courrier électronique ?

— Possible, répondit-elle en haussant les épaules.

Lorsqu'il tourna au bout du couloir, Alec vit Regan par la porte vitrée. Assise devant un ordinateur à côté du dessinateur, elle dut se sentir observée car elle se retourna et le regarda, puis lui fit un sourire. Alec le lui rendit.

Tony tapota le bras de Regan pour la rappeler à l'ordre ; elle reporta à contrecœur son attention sur l'écran. Homme entre deux âges, dont l'exigence avec les témoins confinait à la tyrannie, Tony ressemblait à un comique qu'elle avait vu jouer dans un cabaret, deux mois plus tôt. En fait, Tony n'était pas du genre à plaisanter. Après lui avoir serré la main, il l'avait prévenue qu'il était perfectionniste et qu'ils travailleraient ensemble aussi longtemps que nécessaire pour aboutir au portrait fidèle de celui qui l'avait poursuivie dans le parc.

L'entreprise se révéla étonnamment difficile. Avant de commencer, Regan pensait avoir gardé en mémoire une image précise de son agresseur, or elle se rendit vite compte de son erreur. Elle dut fermer les yeux à plusieurs reprises pour tenter de se remémorer son visage. Décrire son nez, ses yeux et son menton avec exactitude fut une véritable gageure.

Lorsqu'ils eurent enfin terminé, le croquis lui parut assez ressemblant. En outre, quand Tony en retira les lunettes et la barbe, l'apparence du suspect changea complètement, et elle fut incapable de dire si le résultat était précis ou pas.

Alec l'attendait dans le couloir. Elle lui tendit la feuille imprimée et dit :

— D'après Tony, les cheveux, les lunettes et la barbe pourraient être un déguisement.

Elle lui donna la deuxième version du portrait-robot.

— Voilà quel pourrait être son véritable visage.

— Ça vous rappelle quelque chose ?

Regan secoua la tête.

— Il est très… commun, non ?

— C'est vrai, reconnut-il. Donc, voici peut-être le…

Il fut sur le point de dire « salopard » mais se reprit.

— … le cinglé que nous recherchons. Un type banal que rien ne distingue dans une foule.

— Pas forcément, répondit-elle. Il était grand, autant que vous, et de carrure aussi robuste. Sa taille pourrait suffire à le faire remarquer. Je ne sais pas.

Elle prit une profonde inspiration.

— C'est peut-être lui qui m'a volé mon téléphone, et qui a assassiné l'inspecteur Sweeney, et…

Regan était trop démoralisée pour continuer.

— Bon, je crois que les inspecteurs Wincott et Bradshaw ont fini de m'interroger, alors je vais rentrer au bureau. Si l'un de vous a besoin de me parler, téléphonez, ou passez à l'hôtel.

Alec lui barra le chemin.

— Écoutez, nous en avons déjà discuté et je sais que vous êtes plus maligne que ça, mais je vais faire comme si vous n'aviez pas compris. On m'a chargé de votre protection, ce qui signifie que je dois vous suivre partout.

Regan croisa les bras sur la poitrine et fronça les sourcils. Cette journée était en effet longue et pénible.

— Et comme moi je vous l'ai expliqué, si j'estime avoir besoin d'un garde du corps, je l'engagerai moi-même.

Elle trouvait son sourire déstabilisant ; quand il s'approcha d'elle – si près qu'elle dut pencher la tête pour le regarder dans les yeux –, elle en eut la chair de poule.

— C'est la dispute assurée, alors ?

— J'en ai l'impression.

— Vous n'aurez jamais le dernier mot.

— Pourquoi ? Parce que vous êtes armé ?

Il hocha la tête sans prononcer un mot.

— Et parce que vous êtes plus grand ?

Nouveau hochement de tête.

— Et… plus fort ?

Alec sourit et elle leva les yeux au ciel.

— Vous remarquerez que je n'ai pas dit « plus intelligent ».

Cette fois-ci, il rit franchement.

— Inspecteur…

— Ni vous ni moi ne pouvons partir pour l'instant, annonça-t-il afin de mettre un terme à ce petit jeu.

— Pourquoi ? s'enquit-elle, laissant leur contentieux de côté.

— Votre frère et votre avocat sont dans le bureau de Lewis avec Wincott et Bradshaw. Je suis venu vous chercher. Ils désirent s'entretenir avec vous.

— Mon frère ? Lequel ? demanda-t-elle en s'efforçant de dissimuler sa colère.

— Je l'ignore. C'est important ?

— Oui. Pourvu que ce ne soit pas Aiden…

Elle ne lui expliqua pas le fond de sa pensée, mais elle espérait de tout cœur que Spencer était rentré à Chicago et que c'était lui qui l'attendait en bas. Traiter avec lui était beaucoup plus facile.

Secouant la tête, elle tenta de forcer le passage.

— Bon, il faut y aller, alors.

Il continua à lui bloquer la route.

— Qu'est-ce qui ne va pas, Regan ?

Il se comportait comme un vieil ami capable de déceler son malaise.

— Si seulement je n'avais pas dressé cette liste débile…, dit-elle en donnant des signes de nervosité.

— Vous n'avez tué personne, pas vrai ?

— Non, mais…

— Vous n'avez fait que participer à un exercice.

— J'ai dressé une liste de personnes à éliminer, nom de Dieu !

— Vous étiez loin d'être la seule, souligna-t-il. La seule différence avec les autres, c'est que vous n'avez pas pu la jeter au feu.

Il s'écarta pour la laisser passer.

— J'ai hâte de le rencontrer, ce M. Shields. Il m'a tout l'air d'un véritable charmeur de serpent.

— Il n'est pas charmeur, juste serpent. J'aimerais ne jamais avoir entendu parler de lui.

— Alors, que lui reprochez-vous, à votre frère ?

Toutes ces questions finissaient par agacer Regan.

— Rien du tout. C'est un frère formidable.

— Ah ouais ?

— C'est juste qu'il est un peu… coincé.

Alec n'eut pas à lui demander lequel des deux inconnus assis dans le bureau de Lewis était Aiden Madison. L'air de famille sautait aux yeux. Même si Aiden dépassait Regan d'une quinzaine de centimètres, ils avaient tous deux le même teint et les mêmes traits patriciens. Tiré à quatre épingles, Aiden portait un costume foncé de bonne coupe, sans doute griffé. Alec penchait pour Calvin Klein. Ou peut-être Armani.

Petit et rond comme un œuf, l'homme corpulent qui accompagnait Aiden avait le visage aussi fripé qu'une chemise pas repassée. Lui aussi était vêtu d'un costume de luxe. Alec conclut qu'il s'agissait de l'avocat.

Les inspecteurs Wincott et Bradshaw, debout près des fenêtres, observaient. Ils paraissaient s'ennuyer à mourir.

Aiden leva les yeux et vit Regan ; l'espace d'un bref instant, Alec lut le soulagement dans son regard. Peu importait les nombreux défauts qu'il pouvait avoir, de toute évidence, il aimait sa sœur.

25

Sam Baldwin, l'avocat des Madison, ferma son calepin et se leva quand Regan entra.

— Vous n'êtes pas sur la liste des suspects, lui annonça-t-il aussitôt.

— Bien sûr que non, confirma Lewis.

Celui-ci se mit debout à son tour et se pencha au-dessus de son bureau pour serrer la main de Regan. Sans la lâcher, il se présenta et déclara :

— Je sais combien cette épreuve doit être terrible pour vous.

Avant qu'elle ait eu le temps de lui répondre, Sam prit la parole :

— Je te rappelle dans l'heure, Aiden.

Il adressa un signe de tête à Regan, qui essayait de se libérer de la poigne de Lewis, et sortit.

— Ça va, Regan ? demanda Aiden.

— Je vais bien.

Dès que Lewis l'eut relâchée, elle rejoignit son frère et se chargea de lui présenter Alec.

De taille égale – bien qu'Aiden fût moins large d'épaules –, l'un comme l'autre tenaient une excellente condition physique. Néanmoins, son frère paraissait fatigué. Fatigué et inquiet.

— Le lieutenant m'a expliqué que vous êtes chargé de la protection de ma sœur jusqu'à ce qu'on ait arrêté l'expéditeur de ces photos.

— C'est exact, intervint Lewis.

Wincott en profita pour interpeller le lieutenant.

— Qui d'autre allez-vous mettre sur l'affaire ? À moins que Buchanan, Bradshaw et moi ne devions nous en sortir seuls ? Connelly est déjà sur un autre coup, non ?

— En effet. Vous aurez du renfort, mais ce ne sera pas Buchanan.

Il se rassit et lança un regard noir à Wincott.

— Compris ? Buchanan est en mission de protection, point final.

— C'est Sam qui t'a appelé ? demanda Regan à son frère en chuchotant. Tu es venu pour ça ?

Occupés à se quereller avec Lewis, Wincott et Bradshaw ne prêtèrent pas attention à elle. Alec, en revanche, si.

— Non, répondit Aiden. Henry a contacté Sam pour le prévenir qu'on t'emmenait au poste de police. Il l'a aussi mis au courant pour l'e-mail et le fax que tu as reçus. J'ai vu les photos.

— Ah bon ?

— J'en ai trouvé des tirages sur mon bureau à mon retour et j'ai tout de suite téléphoné à Sam. C'est seulement en arrivant ici que nous avons appris cette histoire de liste. Bon sang, Regan, quelle mouche t'a piquée ?

— Pardon ? fit-elle d'une voix chargée de colère.

— Tu m'as bien entendu. J'ai du mal à comprendre ce qui a pu te pousser à faire une chose pareille.

Elle ne chercha même pas à s'expliquer, car quoi qu'elle puisse avancer pour sa défense, Aiden l'accablerait de reproches. Et au bout du compte la jugerait coupable.

Elle respira à fond et demanda à mi-voix :

— Comment as-tu obtenu ces photos ? Henry n'aurait jamais rien déposé sur ton bureau sans me consulter d'abord.

— Elles y étaient, en tout cas. J'ai cru que ça venait de ton assistant. Bref, ça n'a pas grande importance, si ?

Justement si, pensa-t-elle, mais elle savait que le moment était mal choisi pour en discuter.

— Je préférerais que tu n'ennuies pas Spencer et Walker avec ça. Je ne veux pas qu'ils s'inquiètent.

— Trop tard. On leur a transmis les photos par e-mail.

— De Sweeney et de la vendeuse ? Ils ont vu ces photos ? demanda-t-elle en essayant de comprendre.

— Pourquoi, il y en a d'autres ?

— Non, aucune.

— Dans ce cas, la réponse est oui.

— J'aurais préféré le contraire. Ils vont se faire du souci, et…

Colère et dépit l'envahissaient.

Aiden, lui, gardait le visage aussi fermé qu'à l'accoutumée.

— Du souci ? Ils se rongent les sangs, oui ! Spencer veut qu'on te garde sous haute surveillance jusqu'à son arrivée, que tu repartes à Melbourne avec lui et que tu y restes tant que ce cinglé ne sera pas sous les verrous.

— Sûrement pas.

— Il pense pouvoir te convaincre. Walker aussi compte t'emmener avec lui.

— Où est-il, cette semaine ?

— À Paris pour encore deux jours. Il veut que tu l'accompagnes dans ses déplacements, ce qui bien sûr est hors de question.

— Je n'ai pas besoin de toi pour prendre mes décisions, Aiden.

— Tu ne veux même pas monter en voiture avec Walker !

— Je n'accompagnerai pas Walker, et je n'irai pas à Melbourne.

Aiden hocha la tête et se tourna vers Alec.

— Comme je l'expliquais à l'inspecteur Wincott, nous disposons à l'hôtel d'un service de sécurité très efficace. Par précaution, je vais tout de même renforcer les effectifs.

Était-il en train de le relever de ses fonctions ? Cette possibilité amusa vaguement Alec. Aiden croyait-il qu'il travaillait pour lui ? Même si son rôle de garde du corps lui semblait dévalorisant, il comptait assurer la protection de Regan tant que Lewis ne l'aurait pas fait remplacer.

L'inspecteur Wincott se joignit à la discussion. Aiden l'assura que ses frères et lui, et bien entendu Regan, mettraient tout en œuvre pour les aider dans leur enquête.

— Puisqu'elle vit et travaille à l'hôtel, désormais, elle n'a pas besoin de sortir. Voilà qui devrait vous faciliter la tâche, dit-il à Alec.

Regan secouait la tête.

— Je ne peux pas annuler mes engagements comme ça. J'ai promis de participer à des événements qui auront lieu bientôt, comme le dîner caritatif pour l'hôpital, par exemple.

— Si, tu devras tout annuler, déclara Aiden. Si tu insistes pour rester à Chicago, alors tu ne bougeras pas de l'hôtel. Quant à moi, je reporte mes voyages.

— Mais Aiden…, commença-t-elle à protester.

Son frère s'était déjà tourné vers Wincott et discutait avec lui des mesures à prendre pour la protection de Regan. Ni l'un ni l'autre ne lui demanda son avis. Aiden n'en démordait pas : elle monterait dans le jet privé de la famille et partirait quelque temps à l'écart du monde.

Regan quitta le bureau au beau milieu de leur conversation, Alec sur les talons.

— Vous voulez bien me reconduire à l'hôtel ? Si ça pose problème, je peux rentrer à pied ou prendre un taxi.

— Mais qu'est-ce que vous avez, vous et votre frère ? Je ne vous lâcherai pas, alors inutile d'essayer de me renvoyer, OK ?

— Oui, compris, répondit-elle sans se détourner.

— Une minute. Et votre frère ?

Elle ne ralentit même pas.

— Quoi, moi frère ?

Alec la suivit dans l'escalier, s'attendant presque à ce qu'Aiden Madison rattrape Regan en courant.

— Pourquoi ne vous êtes-vous pas défendue, tout à l'heure, au sujet de votre liste ? J'ai l'impression que votre frère vous juge responsable de ce qui se passe.

— D'une certaine manière je le suis, pas vrai ?

— Non.

Il la retint par le bras pour l'empêcher de sortir la première et de s'exposer, puis ils regagnèrent le parking. Alec lui ouvrit la portière passager ; Regan remarqua que ses yeux étaient sans cesse en mouvement. Comme s'il s'attendait à essuyer les tirs d'un tireur embusqué, il parcourut du regard les toits alentour et la rue voisine.

Lorsqu'il eut pris place au volant, il enfonça le bouton de fermeture centralisée. Le bruit des verrous modifia le fil des pensées de Regan.

— Je vais changer de voiture, aujourd'hui, dit-elle.

— Ah bon ? Qu'est-ce que vous reprochez à la vôtre ? Vous en possédez une, n'est-ce pas ?

— Bien sûr.

S'imaginait-il qu'elle se déplaçait toujours en limousine avec chauffeur ?

— Alors, qu'est-ce qui ne va pas ?

Alec se représentait Regan au volant d'une Mercedes, peut-être même d'une Porsche, en tout cas d'un modèle à la mode et très coûteux.

— Elle est vieille.

— Vieille de combien ? Un an ? Deux ?

— Vous me prenez pour une petite fille gâtée, n'est-ce pas ?

— Vous vous souciez de ce que je pense de vous ?

— Non.

Elle avait menti de façon convaincante et était certaine qu'il la croyait. Cependant, l'image qu'il avait d'elle lui importait, en effet, dans une certaine mesure en tout cas.

La circulation était très dense. Quand Alec donna un coup de volant pour éviter une voiture qui avait déboîté juste devant eux, Regan tressaillit, et lorsqu'il accéléra pour s'insérer sur l'autoroute, elle se crispa de nouveau.

— Bon, déclara-t-il, j'en ai assez que vous vous agrippiez au tableau de bord à chaque virage. Tâchez de vous détendre, si ce n'est pas trop vous demander.

— Non, ce n'est pas trop me demander. Ralentissez et je vous le prouverai.

— Je sais ce que je fais, dit-il d'un ton soudain plus agressif.

Regan n'en fut pas intimidée.

— Walker aussi sait ce qu'il fait, et pourtant il collectionne les accidents.

— Je ne suis pas votre frère. D'ailleurs, mon prénom, c'est Alec.

Elle remarqua qu'il avait ralenti.

— Pardon ?

— Autant que vous m'appeliez Alec. Vous et moi, nous allons être inséparables pendant quelque temps.

— Si le lieutenant Lewis savait que j'ai failli l'inscrire sur la liste, il vous retirerait cette mission et m'abandonnerait à mon triste sort. C'est comme ça que je réagirais, moi, en tout cas.

Il rit.

— Mais non. Vous êtes bien trop sensible pour ça.

— Ça, vous n'en savez rien.

— Oh que si ! Je suis détective.

— Et alors ?

— Je détecte, répondit-il avec un sourire malicieux.

— Vous êtes marié ?

Mais qu'est-ce qui lui prenait ? Ça ne la regardait absolument pas.

— Non.

— Moi non plus.

— Oui, je sais.

Regan tâcha d'inventer une raison valable pour justifier une telle indiscrétion.

— Simple curiosité, dit-elle.

Un peu juste comme excuse.

Ils arrivèrent à l'hôtel quelques instants plus tard. Le portable d'Alec sonna au moment même où le voiturier ouvrait la portière de Regan. C'était Wincott.

— Je voulais discuter avec toi de ton emploi du temps, annonça-t-il alors que Regan et Alec pénétraient dans le hall.

— Je t'écoute.

— Malgré ce que Lewis a l'air de croire, tu ne peux pas rester avec Madison vingt-quatre heures sur vingt-quatre. Il va bien falloir que tu dormes. Remarque, tu pourrais coucher avec elle. Ça serait un bon moyen de garder l'œil sur elle pendant la nuit.

— Pas bête, répliqua sèchement Alec.

— Bien sûr, il n'est pas acquis qu'elle soit d'accord.

— Qu'est-ce que tu suggères, alors ? C'est toi le chef.

Regan s'était arrêtée à la réception et examinait les papiers qu'un des membres du personnel venait de lui remettre. À quelques mètres, Alec observait clients et employés.

— Son frère veut qu'on la garde entre quatre murs. Ça nous faciliterait la tâche, certes, mais tu sais aussi bien que moi qu'à un moment donné elle sera forcée de sortir de l'hôtel, alors voilà ce que je te propose : tu restes avec elle la journée, à l'extérieur comme à l'intérieur. Où qu'elle aille, tu la suis, mais quand le soir elle rentre pour de bon, on la laisse entre les mains des agents de sécurité.

— Ça ne me plaît pas.

— À moi non plus.

— Alors pourquoi tu m'en parles ? s'exclama Alec.

— Parce que Bradshaw me l'a demandé.

— Tu suis les conseils de ton équipier, maintenant ?

— Non, presque jamais, mais je lui ai promis de te soumettre son idée. Le frère de Regan a renforcé les équipes de surveillance.

— Ouais, je sais, mais ça me déplaît quand même. Je ne veux déléguer le travail à personne qui ne soit pas de la maison.

Wincott acquiesça.

— Quel enfoiré… il cherche à lui pourrir la vie.

— J'en ai l'impression.

— J'ai le pressentiment qu'à un moment donné il va vouloir prendre de ses nouvelles.

— Moi aussi. C'est normal, quand tu fais une gentillesse, tu t'attends à ce qu'on te remercie.

— Matlin partage ton avis, dit Wincott. D'après lui, notre type voudra la contacter de nouveau, mais il choisira un moyen plus personnel qu'un fax ou un e-mail.

— Qu'a-t-il dit d'autre ?

— Bradshaw vient tout juste de lui remettre le dossier, mais il a déjà remarqué que le mot « ta » était souligné deux fois. Tu vois de quoi je parle ? Dans l'intitulé du fax, il a écrit « *Ta liste macabre* ».

— Je sais.

— Matlin pense que ça a une signification particulière.

— Il a expliqué laquelle ?

— Non.

— Nous voilà bien avancés.

— Je dois l'appeler dans deux heures. Il devrait avoir eu le temps de consulter nos notes, d'ici là.

— Tiens-moi au courant.

— OK. J'envoie quelqu'un te relever dès ce soir, et demain, on se mettra d'accord sur un emploi du temps qui convient à tout le monde.

— Dis à mon remplaçant de me téléphoner avant de se présenter à l'hôtel.

Alec mit fin à la communication et se tourna vers Regan. Celle-ci tendit des papiers à l'employée de la réception et lui dit quelque chose qui la fit sourire.

— Vous êtes prêt ? demanda-t-elle à Alec.

— Fin prêt. Qu'avez-vous en tête ?

— J'aimerais essayer deux ou trois voitures, cet après-midi.

— Il va falloir remettre ça à plus tard, répondit-il en secouant la tête.

— Je suis coincée ici, alors ?

— Oui. Avez-vous beaucoup de travail ?

Ils allèrent jusqu'aux ascenseurs.

— En fait, une fois que j'aurai rattrapé mon retard, je serai assez tranquille pendant quelque temps. C'est notre période creuse, en ce moment, ou plutôt notre période d'accalmie.

— Comment ça se fait ?

— Toutes les lettres d'attribution de bourse ont été expédiées. Le processus d'allocation est terminé pour cette année et ne reprendra qu'en août, date à laquelle Henry et moi commencerons à examiner les nouvelles candidatures.

Fouillant dans son sac à la recherche de sa clé d'ascenseur, Regan tendit à Alec son portefeuille, un stylo, un tube de rouge à lèvres, un paquet de mouchoirs, un inhalateur et un carnet avant de mettre la main dessus.

— Elle tombe toujours au fond, expliqua-t-elle en souriant.

Elle l'inséra alors dans la fente prévue à cet effet et pressa le bouton du troisième étage, puis ouvrit son sac assez grand pour qu'Alec puisse tout y remettre en vrac.

— Si je comprends bien, personne ne peut accéder aux bureaux sans clé.

— Exact.

— Ça ne doit pas être très compliqué d'en voler une, je parie.

Regan réfléchit un instant.

— C'est vrai. Beaucoup de membres du personnel en possèdent une, et il arrive qu'on les égare.

— Il va falloir y remédier. Touchez-en un mot à la sécurité.

— Oui, bien sûr. Je mettrai un pense-bête afin d'en parler demain à la responsable.

— C'est une femme ?

— Ça vous dérange ?

— Pas si elle est compétente.

Henry avait dû les entendre car il se précipita à leur rencontre.

— J'ai de bonnes nouvelles, annonça-t-il, si enthousiaste qu'il en paraissait essoufflé. Aiden a appelé et laissé un message. Il va poster un agent au rez-de-chaussée devant les ascenseurs et l'escalier, et un autre à cet étage. Personne ne pourra passer sans montrer patte blanche, c'est-à-dire une pièce d'identité avec photo. Un garde va surveiller la porte de votre suite, aussi.

— Quand doivent-elles prendre effet, ces mesures ? s'enquit Regan.

— Tout de suite. Ils devraient arriver d'un moment à l'autre, expliqua Henry, qui marchait à reculons devant eux cependant qu'ils se dirigeaient vers leurs bureaux. Bref, ce n'est pas tout…

— Quoi, encore d'autres agents ?

— Non. Il y a du nouveau. Vous n'allez pas en revenir.

— Que se passe-t-il ?

— Rien de grave, précisa-t-il pour ne pas l'inquiéter. C'est juste que… je vous jure, vous n'allez pas…

— Vas-y, je t'écoute.

— Ça risque de vous mettre en colère.

— Pour l'amour du ciel, Henry, dépêche-toi ! le pressa-t-elle sans cacher son agacement.

Ils étaient arrivés et Alec passa devant Henry pour leur tenir la porte.

— Avant de se rendre au poste de police avec l'avocat, Aiden est passé me voir.

— Pourquoi ?

— Il m'a dit de vous prévenir qu'il avait fait enlever votre voiture et m'a chargé de vous remettre ça, expliqua-t-il en prenant une enveloppe matelassée sur son bureau.

Regan paraissait abasourdie.

— Ma voiture ? Il l'a fait…

— … enlever, oui, lui confirma Henry.

— Où l'a-t-on emmenée ?

— À la casse, mais il n'a pas précisé laquelle, répondit Henry d'un air accablé.

Sentant le sang lui monter aux joues, Regan fit un pas en arrière. Elle s'efforçait de garder son calme devant Alec et Henry, mais en son for intérieur elle bouillait de colère. Elle respira à fond, sans résultat – le feu qui la consumait devenait brasier.

— Vous ne l'ouvrez pas ? demanda Henry.

— Si, si.

Elle déchira le rabat et en sortit un jeu de clés.

— Aiden t'a expliqué de quoi il s'agit ?

Henry s'emballa de nouveau.

— Il vous a acheté une nouvelle voiture.

Alec discerna un infime tressaillement dans la paupière de Regan. À l'évidence, elle fournissait de gros efforts pour se maîtriser. Et il devait reconnaître qu'elle s'en sortait plutôt bien.

— Votre frère vous a offert une voiture neuve, commenta Alec d'un ton enjoué. C'est sympa de sa part, vous ne trouvez pas ? ajouta-t-il afin de tester sa réaction.

Nouveau tressaillement de paupière.

— Si, répondit-elle d'une voix étranglée.

— C'est une BMW, claironna Henry en voyant le sigle qui figurait sur le porte-clé.

N'étant pas certaine de pouvoir se dominer si elle ouvrait la bouche, elle se contenta de hocher la tête. De toute façon, les mots lui manquaient ; elle était si furieuse contre son frère qu'elle avait envie de hurler. Un tel culot la consternait. Pourquoi tenait-il tant à régenter sa vie ?

— Ça va, Regan ? Vous avez l'air bizarre, fit observer Henry.

— À mon avis, elle est encore sous le choc, commenta Alec, s'efforçant de se montrer diplomate.

En réalité, Regan donnait l'impression de vouloir commettre un meurtre.

— Remarquez, je serais sous le choc, moi aussi, dit Henry, incapable de contenir son exaltation. Une BMW, ça coûte une petite fortune.

Puis il se tourna vers Regan et ajouta :

— Aiden n'a pas précisé de quelle couleur elle était, et je n'ai pas pensé à le lui demander.

— Je me moque de la couleur.

— Vous voulez que j'aille l'essayer pour vous ? proposa Henry. Histoire de voir si tout fonctionne comme il faut. Aiden m'a expliqué qu'elle est déjà assurée, et j'ai le temps de m'en occuper. Je suis à jour dans mon travail et je n'ai plus rien à faire pour aujourd'hui.

Le gamin brûlait de faire un tour avec la voiture ; quant à Regan, à en juger par son regard, elle avait plutôt envie d'étrangler son frère.

Quoi qu'il en soit, Alec ne put qu'être impressionné par sa maîtrise de soi. Refouler toute cette colère ne pouvait être bon pour son estomac, en revanche. Et puis, qu'est-ce qui ne tournait pas rond chez Aiden ? Alec le trouvait drôlement gonflé d'avoir envoyé la voiture de Regan à la casse, si délabrée fût-elle.

Ça ne me concerne pas, se dit-il.

Dans moins d'un mois, il serait loin, et il ne comptait s'impliquer auprès de personne avant son départ. À chacun ses soucis, certes, mais le frère de Regan donnait cependant un sens nouveau au terme « problèmes familiaux ». Alec n'imaginait pas un de ses proches oser lui faire un coup pareil. Si cela arrivait, il lui faudrait ruer dans les brancards. En tout cas, se mêler de la vie de sa sœur ne semblait pas gêner Aiden Madison. Ses autres frères se comportaient-ils de la même manière ? Trois hommes qui voulaient gouverner ses actes... Si c'était le cas, il la plaignait – comme il plaignait tout homme qui désirerait la fréquenter de façon plus intime.

Enfin, ça ne me concerne pas, se répéta-t-il. Oh que non ! Pas de complications, pas de tracas : voilà sa devise pour le temps qui lui restait à passer à Chicago. Il allait remplir sa mission avec le plus grand sérieux puis prendre le large. Rien de sorcier, a priori.

— Alors, qu'en pensez-vous, Regan ? demanda Henry.

Elle tâcha de se reprendre.

— Excuse-moi. Qu'est-ce que je pense de quoi ?

— Voulez-vous que j'aille essayer la voiture ?

Regan s'efforça de sourire. Henry n'y pouvait rien si son frère était un emmerdeur.

— Oui, vas-y.

Elle lui remit les clés, le pria d'être prudent, puis se rendit d'un pas lent dans son bureau et s'enferma.

Henry se dirigea vers la porte en enfilant son blazer.

— Je n'en ai pas pour longtemps, annonça-t-il à Alec.

— Attendez.

— Oui ? fit Henry, la main sur la poignée.

Alec désigna le bureau de Regan d'un signe de tête.

— Est-ce qu'elle va se mettre à balancer des trucs contre les murs, ou est-ce que je peux entrer en toute sécurité ?

Henry s'esclaffa.

— Regan, balancer des trucs ? Pour se défouler, vous voulez dire ? Non, impossible. Elle ne perd jamais son sang-froid, et jamais elle ne jetterait le moindre objet. Ce n'est pas son genre. En tout cas, elle est en rogne, mais vous avez dû vous en apercevoir.

— En effet.

— N'ayez pas peur. Elle ne passera pas ses nerfs sur vous.

Cette idée ne l'avait même pas effleuré. Alec se targuait d'être juste appréciateur du caractère des autres, et il ne lui avait pas fallu plus de cinq minutes pour conclure que Regan ne portait pas une once de violence en elle et serait incapable de blesser quelqu'un délibérément. À la façon dont son personnel s'adressait à elle, on la devinait gentille et bienveillante. Le problème, d'après lui, c'était que sa bonté la perdrait. Elle devrait plutôt aller remonter les bretelles à Aiden, mais il doutait qu'elle oserait se dresser contre lui. Elle était trop douce pour laisser libre cours à sa colère.

Alec se répéta que ce n'était pas son rôle de lui apprendre à se défendre. Quoi qu'il en soit, il trouvait étrange que grandir avec trois frères aînés ne l'ait pas davantage endurcie.

Il frappa à la porte du bureau mais n'attendit pas la permission d'entrer. Le canapé l'appelait. Il se souvenait avec délice du moelleux des coussins et comptait faire une sieste pendant que Regan travaillerait. Il ne craignait pas qu'elle en profite pour lui fausser compagnie car il l'entendrait avant qu'elle ait pu atteindre le couloir.

Regan était au téléphone. À l'évidence très énervée, elle faisait les cent pas derrière son bureau.

— Qu'il me rappelle dès son retour, dit-elle juste avant de raccrocher.

— Ça va comme vous voulez ? demanda-t-il, bien qu'il connût pertinemment la réponse.

— Oui, tout va bien.

Il se pencha de côté pour regarder derrière elle.

— Qu'est-ce que vous cherchez ?

— Je voulais juste voir si vous cachiez du matériel d'arracheur de dents…

— Bon d'accord, tout ne va pas comme je le voudrais, reconnut-elle en souriant. J'aimerais m'entretenir avec mon frère en privé et…

Alec retira sa veste sans quitter Regan du regard.

— Et quoi ?

Elle ne répondit rien.

— Comment parvenez-vous à évacuer ? s'enquit-il alors.

Elle tira son fauteuil et s'assit.

— Évacuer quoi ?

— La tension, la colère. Si vous gardez tout pour vous, je vous conseille de trouver un moyen de vous en débarrasser, ou vous ne ferez pas de vieux os. Le stress va finir par vous tuer.

— Je suis inscrite à un cours de yoga.

— Avec les frères que vous avez, c'est un peu léger, à mon avis, rétorqua-t-il en riant. Est-ce qu'ils se mêlent tous de vos affaires comme Aiden ?

Regan choisit de ne pas se dérober.

— Tous les trois, oui. Et ça commence à être pénible.

— J'imagine.

— Qu'est-ce que vous me conseillez ?

Il jeta son veston sur le dossier d'un fauteuil et s'attaqua au nœud de sa cravate.

— À propos de vos frères ?

— Non, pour le stress, les tensions…

Alec se rendit soudain compte qu'il était en train d'enfreindre la règle de réserve qu'il voulait s'imposer, mais il fut incapable de s'en empêcher.

— Cessez d'être aussi gentille.

Elle parut à la fois surprise et flattée.

— Vous me trouvez gentille ?

— La gentillesse peut desservir, parfois.

Elle se renversa dans son siège et croisa les bras sur sa poitrine.

— Et vous ? Vous êtes soumis à beaucoup de stress dans votre métier, vous aussi. Comment vous y prenez-vous ?

— Je flingue des bandits, et je cogne sur pas mal de types… des fois je fracture des nez et des bras.

Regan éclata de rire et secoua la tête.

— Vous mentez. Je ne pense pas que vous soyez aussi dur que vous le croyez. En fait, vous seriez plutôt un tendre.

Ce fut au tour d'Alec de rire.

— Moi, un tendre ? C'est la meilleure, ça ! Je vous jure que je n'ai rien d'un tendre. À ce qu'on m'a dit, je peux même être un sacré fils de…

— Oui ?

— Je vous assure, quand je veux, je peux devenir très très méchant.

Regan choisit de ne pas insister. Elle comprenait, bien sûr, qu'Alec devait se cuirasser pour son travail, mais elle devinait aussi une bonté et une pudeur profondément ancrées en lui.

Alec s'étira le haut du dos et roula la tête sur ses épaules pour détendre sa nuque nouée. Regan fut troublée par sa carrure. Bigre, cet homme était sexy en diable !

Reprends-toi, ma fille, se dit-elle. Sur quoi, elle s'éclaircit la gorge, se redressa et croisa les mains sur son bureau.

— Inutile de rester, inspecteur.

— Alec, lui rappela-t-il.

— D'accord. Inutile de rester, Alec. Je suis en sécurité, ici. Vous avez sans doute mieux à faire que de jouer les nounous.

— Vous êtes vraiment butée, vous, non ? Vous ne vous débarrasserez pas de moi comme ça. Le seul endroit où je compte aller, c'est dans votre canapé. Et pour que ce soit clair une bonne fois pour toutes, je reste avec vous jusqu'à ce que vous soyez couchée.

— Vous allez me border ?

Cette saillie se voulait sarcastique, mais Alec l'interpréta autrement.

— Ça dépend de vous, répondit-il, les yeux pétillant d'espièglerie.

— Ah ? fit-elle.

Elle se maudit en silence. C'était tout ce dont elle était capable ? Un simple « Ah » ? Sophie, elle, aurait trouvé la réplique adéquate et la lui aurait renvoyée d'une voix aguichante.

Alec vint s'appuyer contre son bureau.

— Depuis quand habitez-vous ici ?

— Un petit bout de temps.

Voulant éviter le sujet, elle prit une pile de papiers – apparemment des messages – et se mit à les consulter.

— Pour quelle raison ?

Sa décision de l'ignorer n'avait pas porté ses fruits. Elle le regarda dénouer sa cravate et la laisser tomber sur un coin du plan de travail. Se fût-il mis par la suite à retirer ses chaussures qu'elle n'en aurait pas été surprise.

— Vous ne voulez pas vous mettre plus à l'aise, tant que vous y êtes ?

— Ça ne me déplairait pas. Alors, pour quelle raison ?

À l'évidence, il n'avait pas l'intention de baisser les bras.

— J'avais un appartement à moi…

— Et ?

Elle soupira.

— Je suis revenue m'installer dans la maison familiale quand ma mère est tombée malade.

— Elle était seule ? demanda-t-il en fronçant les sourcils.

— Non. Des infirmières et toute une équipe d'employés de maison étaient là pour pourvoir à ses besoins, et Emerson, mon beau-père, vivait toujours avec elle, mais elle me voulait auprès d'elle... jusqu'à la fin.

— Quand est-elle décédée ?

— Il y a onze mois.

— Et votre beau-père ?

Regan se raidit.

— Quoi, mon beau-père ?

Alec sut qu'il avait touché un point sensible. Il la sentait aussi tendue qu'un ressort d'horlogerie.

— Je me demandais juste ce qui lui était arrivé.

— Rien du tout. Il habite toujours la maison.

— Avec les employés ?

— Oui.

— Il doit se sentir seul.

— Il n'est pas seul, répondit-elle d'un ton grinçant.

— Comment... ?

— Il s'est remarié.

— Ah.

Voilà qui expliquait son irritabilité. Il remarqua l'évidence :

— Il ne l'a pas pleurée longtemps.

Regan choisit de ne pas mâcher ses mots.

— À vrai dire, il ne l'a pas pleurée du tout. Il a trompé ma mère dès le début de leur courte vie commune, et il couchait déjà avec Cindy quand la maladie l'a frappée.

— Et il a épousé Cindy.

— Exact.

— Quand ça ?

Elle redevint aussi raide qu'un piquet.

— Trois jours après l'enterrement.

Bon sang, c'est rude, songea-t-il.

— Ça doit vous être pénible d'en parler.

— C'est un peu tard pour vous en soucier, vous ne croyez pas ? Pourquoi tant de curiosité à l'égard de ma famille ?

— Ce n'est pas votre famille qui m'intéresse.

— Ah bon ? Alors pourquoi me poser toutes ces...

— C'est à vous que je m'intéresse, la coupa-t-il.

Ce fut moins sa remarque elle-même que sa façon de la dire – avec une lueur dans le regard qu'elle ne sut interpréter – qui la troubla. Lui faisait-il du charme ? Non, bien sûr que non. Quel intérêt pourrait-il lui trouver alors qu'il pouvait avoir, et devait avoir eu, toutes les femmes qu'il désirait ? Collet monté comme elle était... et gourde pour couronner le tout. Regan estimait que tout chez elle était d'un commun assommant.

Elle avait de l'argent, certes, ce que Spencer et Walker ne manquaient d'ailleurs jamais de souligner, et elle savait qu'il s'agissait là de la motivation essentielle chez la plupart des hommes qui l'approchaient. Lors des diverses réceptions auxquelles elle assistait, ils s'agglutinaient autour d'elle telles des abeilles affamées. Spencer les traitait de parasites. Alec, lui, n'appartenait pas à cette catégorie – il ne paraissait nullement impressionné par sa fortune. S'il lui posait autant de questions personnelles, c'était par simple professionnalisme.

— On vous a chargé d'assurer ma protection, dit-elle. C'est pour ça que vous vous intéressez à moi ?

— Oui, aussi, répondit-il du tac au tac avant de se détourner et de traverser la pièce.

Regan pivota sur son fauteuil et, feignant d'être occupée à son ordinateur, observa Alec du coin de l'œil. Il regonfla deux coussins et s'assit sur le canapé en poussant un gros soupir.

— Nom de Dieu, ce qu'il est confortable ! s'exclama-t-il. Dites-moi, Regan, combien de temps votre beau-père a-t-il été marié à votre mère ?

— Assez longtemps pour penser avoir le droit d'hériter de la moitié de ses biens, expliqua-t-elle sans le regarder.

— Il y a de la bataille juridique dans l'air ?

— Je sais qu'il a consulté deux avocats dans l'espoir de rompre le contrat de mariage. Il a dû finir par apprendre que ma mère ne possédait pas grand-chose, pas même sa demeure.

— La maison où il vit avec Cindy ?

— Oui.

— Ah bon ? À qui appartient-elle, alors ?

Sans lui laisser le temps de répondre, Alec ajouta :

— À Aiden ? Ou à vous et vos frères ?

— Elle est à nous quatre.

Il se pencha en avant.

— Et pourtant, c'est vous qui avez déménagé.

— Exact.

Elle revint à son écran en espérant qu'il changerait de sujet. Ç'aurait été trop beau.

— Pourquoi ? demanda-t-il.

Regan se mit à rire.

— Quand vous avez une idée en tête ! Pas étonnant que vous soyez bon inspecteur.

— Comment le savez-vous ?

— Je le sais, c'est tout.

— Je ne suis pas bon, déclara-t-il, je suis excellent.

Elle rit de nouveau.

— J'aimerais posséder votre assurance.

— Vous n'avez toujours pas répondu à ma question, lui rappela-t-il.

Il ôta ses mocassins, posa les pieds sur une ottomane et croisa les mains sur son torse.

— Pourquoi j'ai quitté la maison ? Parce que j'ai promis à ma mère de la laisser un an à Emerson. Elle espérait que ça lui donnerait le temps de se retourner.

— Vous voulez dire : de trouver du travail ?

— Oui. Elle n'a jamais su qu'il la trompait, du moins je crois. Ce qui est sûr, c'est qu'elle n'imaginait pas qu'il se remarierait aussi vite.

— Aiden a accepté cet arrangement ?

— Bien sûr. C'était la volonté de notre mère. Pourquoi aurait-il refusé ?

— Il m'a tout l'air d'être celui qui mène la barque, ici.

— C'est le plus ambitieux de la famille, et sans aucun doute le plus entreprenant. En tout cas, vous avez raison, ajouta-t-elle en fronçant les sourcils. C'est sûr qu'il aime diriger son monde. Si seulement…

— Quoi ?

— Si seulement je comprenais pourquoi il pense être en droit de régenter ma vie.

— Ça me paraît évident, à moi.

— Ah bon ? Pourquoi, alors ?

— Parce que vous le laissez faire.

26

Plus la moindre tâche n'attendait Regan. Chaque document avait été signé, posté ou classé ; elle avait traité ou effacé tous ses messages électroniques et passé tous ses coups de téléphone.

D'après ses calculs, il aurait dû lui falloir plusieurs jours de plus pour tout régler, mais ses estimations s'étaient révélées erronées, et se retrouver à jour si tôt ne la réjouissait guère. Elle aurait préféré s'abrutir de travail. L'oisiveté est la porte ouverte à l'inquiétude, du moins dans son cas. Elle se mit à pianoter sur son bureau.

Regan n'avait toujours pas admis qu'elle courait un grand danger et qu'elle avait besoin d'un garde du corps, car le reconnaître la forcerait à aborder ce problème de front. Certes, elle se savait irresponsable, voire lâche, mais, pour le moment, elle n'en souffrait pas outre mesure. Tenaillée par la peur et un sentiment d'impuissance, la situation lui paraissait déjà assez pénible comme ça.

Alec referma le magazine qu'il était en train de lire, prit une télécommande qu'il avait trouvée près de lui et se tourna vers Regan.

— Un souci ? demanda-t-il en percevant sa détresse.

— Non, ça va.

Conscient que Regan, dont on surveillait les moindres faits et gestes, devait se sentir oppressée, il préféra ne pas insister.

— OK. Où est cachée la télé ?

— Pressez le bouton du haut.

Intrigué, il obéit. Aussitôt, un panneau du mur adjacent à la fenêtre coulissa lentement, dévoilant l'objet de ses rêves : un ensemble home-cinema dernier cri. La taille du téléviseur à écran plasma lui arracha un sifflement d'admiration.

Tout en s'installant pour regarder les informations, il jeta un coup d'œil sur Regan et s'aperçut que son air contrarié ne l'avait pas quittée.

— Allez, dites-moi ce qui vous tracasse.

— Rien. Je réfléchissais, c'est tout.

— À quoi ?

Elle ne comptait pas lui raconter la vérité – son angoisse de manquer de courage en cas de nécessité –, ni admettre que la simple idée d'avoir peur la terrorisait, car elle savait qu'il ne la comprendrait pas. Comment le pourrait-il, lui qui passait sa vie à être confronté à des situations périlleuses ? Rompu au danger, il savait forcément faire face au moment opportun.

Lui arrivait-il de connaître la peur ? Probablement, mais elle doutait que celle-ci puisse l'empêcher de faire son travail. N'était-ce pas là la définition même du courage – ne pas laisser l'angoisse vous paralyser ?

— Regan ?

Elle se rendit compte qu'elle ne lui avait pas répondu.

— Je réfléchissais à ce proverbe qui dit : « L'oisiveté...

— ... n'a pas d'odeur » ?

— Je ne crois pas que ce soit ça, dit-elle en souriant.

Soudain, Alec perdit tout intérêt pour la conversation. La séquence sport du journal commença et il fut irrémédiablement attiré par ce chant des sirènes. Regan en fut exaspérée. Mais qu'est-ce qu'ils avaient tous, ces hommes ? Ceux qui peuplaient sa vie, du moins. Alec se comportait à l'identique d'Aiden et de Spencer. Si occupés fussent-ils, ils laissaient tout en plan à la vue de la moindre image de base-ball, de football, américain ou européen. Tous les sports d'équipe les fascinaient. Accros à la chaîne sportive, il leur était impossible d'aller se coucher sans connaître les derniers résultats. De toute évidence, son garde du corps souffrait du même mal.

Regan épousseta son sous-main et se mit à feuilleter son calendrier tout en étudiant discrètement Alec. Il a un beau profil, conclut-elle. Joli nez droit, bouche superbe. Un passage chez le coiffeur semblait urgent, car des mèches de son épaisse tignasse foncée lui tombaient sans cesse sur le front. Elle fut prise d'une envie folle de lui toucher les cheveux. D'autres femmes éprouvaientelles pour lui la même attirance ? Sans doute. Vu son physique et son charisme, elles devaient tomber comme des mouches. Les types dans son genre, elle connaissait. Il avait tout du goujat qui collectionne les conquêtes et les abandonne aussitôt. Combien de larmes avait-on versé pour lui ? Combien de cœurs avait-il brisés ?

— Vous avez bientôt terminé ? demanda-t-il sans détacher son regard de l'écran.

Zut ! L'observait-il depuis longtemps ?

— Dans un instant, oui, répondit Regan, qui, baissant vite les yeux sur son bureau, se mit à remuer des papiers.

Son téléphone sonna et la dispensa d'avoir à s'expliquer. Dans sa précipitation à décrocher, elle manqua tomber de son fauteuil.

C'était Cordie. Au simple son de sa voix, Regan se sentit mieux.

— Tu vas bien ? lui demanda-t-elle. Et Sophie aussi ?

— Oui, nous allons très bien toutes les deux.

— Tu en as mis du temps pour me rappeler. Je me suis fait un sang d'encre, moi.

— À quel sujet ? Tout se passe à merveille ; c'est juste que je viens seulement de consulter mes messages. Sophie et moi avons été très occupées, et j'ai un paquet de nouvelles à t'annoncer, mais procédons par ordre. Il faut d'abord que je te fasse regretter de ne pas être venue.

Regan sourit. Quel soulagement de les savoir saines et sauves ! À présent, elle allait pouvoir mettre Cordie au courant des derniers événements.

— Comment comptes-tu t'y prendre ?

— Grâce à la météo. C'est magnifique, ici, et tu sais pourquoi ?

— Vas-y, je t'écoute.

— Il ne pleut pas. Et comment c'est, chez vous ?

— Il fait vingt-sept degrés, pas un seul nuage à l'horizon, pas une once d'humidité, et une petite brise qui…

— La vérité, s'il te plaît, la coupa Cordie.

Regan se mit à rire.

— Ils ont encore prévu de la pluie pour ce soir, et il fait frisquet. Et tu as gagné, je regrette de ne pas vous avoir accompagnées. Satisfaite ?

— Oui. Puisqu'il fait toujours aussi moche à Chicago, je vais rester ici, en tout cas jusqu'à ce que je tombe à court de crème solaire.

— Si tu as fini de parler de la pluie et du beau temps, j'ai quelque chose à te raconter.

— Ah oui ? Tu paries combien que ce n'est rien comparé à ce que je te réserve ?

— J'en doute, mais vas-y, à toi l'honneur.

— Nous sommes déjà en train d'accumuler des preuves contre Shields.

Regan se redressa dans son fauteuil.

— Ah bon ? Déjà ?

— Oui, répondit Cordie, débordante d'enthousiasme. Remarque, ç'a été facile, parce que Shields loge toutes les femmes qu'il invite ici dans le même hôtel. Ça s'appelle le Murdock, c'est une petite affaire familiale pleine de charme. La plupart des membres du personnel y travaillent depuis des années.

— Et alors ?

— Ils se souviennent de leurs anciens clients.

— D'accord, continue.

— Nous avons obtenu les noms de deux femmes que Shields a amenées ici, et devine quoi ? Elles étaient veuves et très riches. Ah oui, nous avons aussi dégoté des copies de ses relevés bancaires.

— Quoi ?

Cordie répéta sa dernière phrase.

— Mais c'est illégal ! s'exclama Regan.

Alec la regardait. Il l'avait sûrement entendue. Elle lui sourit, se tourna face au mur et poursuivit à mi-voix.

— Comment avez-vous fait, nom de Dieu ? Si vous ne faites pas attention, vous allez vous retrouver en prison.

— Ne t'inquiète pas, nous sommes très prudentes. Pas d'effraction ni rien de ce genre : quelqu'un les a photocopiés pour nous.

— Qui ça ?

— Un ami du père de Sophie. Nous savons d'ores et déjà avec certitude que Shields a extorqué d'énormes sommes d'argent à ces deux femmes.

— Comment le savez-vous ?

— Grâce aux copies des chèques. Les banques conservent des traces des paiements, figure-toi, surtout quand il s'agit de montants aussi conséquents.

— Et d'où sortent ces photocopies ? Non, ne me dis rien. Je préfère ne pas le savoir.

— Le père de Sophie a beaucoup d'amis, par ici.

— Ça ne me dit rien qui vaille.

— Je sais, mais ne t'inquiète pas, je veille sur Sophie.

— Et qui veille sur toi ?

— Cesse donc de t'inquiéter, Regan.

— Où est Sophie, en ce moment ?

— Au Murdock. Nous possédons déjà les noms et les adresses des deux victimes dont je t'ai parlé, mais Sophie voulait s'assurer qu'il n'y en avait pas d'autres. Alors ? On s'en sort comme des chefs, non ?

— Apparemment, mais…

— Nous n'avons pas encore croisé Shields, mais nous savons qu'il loge dans sa maison de bord de mer car nous avons vu ses gardes du corps, Huey et Louie, sur la plage, toujours avec leur costume noir, leur cravate et leurs lunettes de soleil. Je te jure, on dirait des mecs du FBI.

— Huey et Louie ?

— Il faut bien leur donner un nom, pas vrai ?

— Ouais… Ils passent leur journée à la plage ?

Elle les imaginait en train de cuire sous un soleil de plomb.

— Non, ils respectent un emploi du temps. Pendant la journée, ils sortent toutes les heures, dix minutes montre en main, pour examiner les alentours. De toute évidence, Shields ne se sent pas en sécurité. D'après Sophie, ses crimes le rendent parano.

— Mais vous ne l'avez pas vu ?

— Non.

— Dieu merci, chuchota Regan.

Cordie ne l'entendit pas.

— Il y a un truc bizarre, cependant. Le voisin de Shields surveille pour nous les allées et venues des gorilles et...

— Comment Sophie s'est-elle débrouillée pour qu'il vous rende ce service ?

— Elle le lui a demandé, c'est tout. Les gens sont très sympas, dans le coin. Bref, Huey et Louie ont arrêté leurs rondes. Nous sommes certaines qu'il se passe quelque chose, mais nous n'avons pas encore découvert quoi.

— C'est bon ? tu m'as tout raconté ? À mon tour maintenant.

— Une dernière chose. Une femme a rendu visite à Shields à deux reprises. Sophie me certifie qu'elle l'a vue au séminaire. Moi, je ne me souviens pas d'elle, mais Sophie est beaucoup plus physionomiste que moi. Quoi qu'il en soit, cette femme est descendue au Murdock et nous sommes quasi sûres que c'est la prochaine cible de Shields.

— Il n'aura pas perdu de temps.

Regan retira ses chaussures du bout du pied, croisa les jambes et balança nerveusement son pied.

— Non, en effet. Sophie cherche à tout prix à le débusquer, ça vire à l'obsession. Elle a été faire un footing sur la plage à deux reprises, mais sans succès. Demain, nous allons louer un bateau et essayer de le repérer chez lui à la jumelle. L'arrière de sa maison donne sur la mer et la façade entière est en verre. S'il est là, on le verra. Connaissant

Sophie, si elle ne le trouve pas bientôt, elle ira cogner à sa porte.

Regan se redressa si brusquement qu'elle manqua lâcher son téléphone.

— Il ne faut surtout pas qu'elle fasse ça !

— Ça y est, j'ai terminé. À ton tour. Tu crois toujours que tu as mieux à m'offrir ?

— Tu te rappelles le petit exercice auquel on a participé pendant la réunion d'accueil du séminaire ?

— Celui où il fallait dresser une liste de ceux dont on souhaitait la mort ?

— Voilà.

— Eh bien ?

— Un dingue s'est emparé de la mienne et s'est mis à tuer ceux qui y figurent.

Au bout d'un long silence, Cordie déclara :

— OK, tu as gagné.

— Je m'en doutais.

— Attends une seconde. Tu te moques de moi, pas vrai ?

— Je te jure que j'aimerais bien. Hélas ! c'est la vérité.

— Vas-y, raconte.

Cordie ne prononça pas un mot pendant son récit, mais elle ne fut pas avare en manifestations d'étonnement. Quand Regan eut terminé, elle lui demanda en chuchotant :

— Qui d'autre as-tu inscrit sur cette liste ?

Regan le lui expliqua puis dit :

— J'aurais mis ma main à couper qu'il existait un lien entre Shields et le meurtre de Sweeney.

— Maintenant, tu n'en es plus sûre ?

— Je ne suis plus sûre de rien. Tant que nous ne serons pas fixées, Sophie et toi devez rester le plus loin possible de Shields.

— Pas étonnant qu'on ne parvienne pas à le débusquer et que ses gardes du corps aient cessé de patrouiller sur la plage. Je te parie que la police les a avertis et qu'ils sont partis se cacher.

Sophie rentra alors que Regan s'apprêtait à raccrocher. Quand Cordie lui cria qu'elle avait Regan au téléphone, elle décrocha le combiné de la cuisine.

— Salut ! Devine quoi ? Shields et ses gardes du corps ont quitté l'île, annonça-t-elle sans laisser à Regan le temps de répondre. Personne, pas même la police, ne sait où ils sont partis.

— Comment tu l'as su ? s'enquit Cordie.

— Par l'ami d'un ami.

— Tu veux lui raconter, Regan, ou je m'en charge ?

Regan attendit pendant que Cordie mettait Sophie au courant de la situation. Cette dernière en resta muette.

— Que t'ont dit les policiers ? finit-elle par demander.

— D'après l'inspecteur Buchanan, celui qui m'a envoyé l'e-mail et le fax essaiera de me contacter de nouveau. L'inspecteur Wincott partage son avis.

— Qui est l'inspecteur Wincott ?

— Le responsable de l'enquête.

— Et Buchanan ? Son équipier, c'est ça ? l'interrogea Cordie.

— Non, c'est mon garde du corps provisoire.

— Nom de Dieu…

— Ça va, Cordie.

— On rentre par le premier avion.

— Non, restez là-bas. Puisque Shields a déjà quitté l'île, vous y serez sans doute plus en sécurité.

— D'après elle, Shields a joué un rôle dans ce qui s'est passé parce que Sweeney enquêtait sur lui, expliqua Cordie.

— Je dois avouer que le lien n'est pas établi, précisa Regan.

— Sweeney ne s'était pas encore penché sur son cas, alors comment Shields aurait-il pu connaître son existence ? demanda Sophie.

— Moi, je pense quand même qu'on devrait faire nos valises et rentrer à Chicago, dit Cordie. Il faut qu'on soit à tes côtés, Regan.

— Non. Finissez ce que vous avez commencé. Vos recherches sont importantes, et j'ai l'impression que vous progressez à pas de géant.

— C'est juste, confirma Sophie. Par contre, nous allons devoir rester ici encore une semaine, voire deux. Il y a déjà des tas de noms et de dates à recouper, et maintenant que j'ai en ma possession les registres de l'hôtel, qui remontent à très loin, je…

— C'est encore l'ami d'un ami qui te les a dégotés ?

— Non. Je les ai demandés, tout bêtement, et on me les a remis.

— C'est vrai que nous progressons vite, intervint Cordie. À ce sujet, Sophie, n'oublie pas qu'en plus tu voulais t'entretenir avec la femme qui loge au Murdock. Tu ferais bien d'aller la voir avant qu'elle découvre que Shields a disparu. C'est l'occasion rêvée de l'approcher pour savoir ce que Shields lui avait promis.

— Ce serait formidable si elle nous aidait.

— On pourrait le coincer.

— Rappelez-moi dès que vous avez du nouveau, d'accord ?

— Attends, Regan. Tu es sûre que ça va aller ? demanda Cordie.

— Oui, ne t'inquiète pas.

Elle contempla son bureau vierge et décida de mentir pour rassurer son amie.

— J'ai une montagne de travail. Je n'aurai pas le temps de me faire du souci, et dans mon bureau je suis à l'abri de tout danger.

— Très bien. Quoi qu'il en soit, nous rentrerons à temps pour assister au machin de charité du country-club, ce qui nous laisse deux bonnes semaines.

— D'ici là, le taré sera sans doute derrière les barreaux, déclara Sophie.

Regan le souhaitait de tout son cœur. Lorsqu'elle eut enfin raccroché, Alec avait éteint la télévision. Elle se leva, s'étira, puis lui relata une partie de sa conversation téléphonique.

— La police locale a confirmé que Shields et ses gardes du corps ont quitté l'île. Vous pensez que Cordie et Sophie sont en sécurité ?

— Oui, je pense, tant que…

— Tant que quoi ?

Il préféra lui parler en toute franchise.

— … tant qu'elles ne s'approchent pas de vous.

27

Regan se sentait sur le point de craquer. Deux semaines entières s'étaient écoulées depuis qu'elle avait reçu la photo de Sweeney, et elle avait les nerfs à fleur de peau. Les jours se succédaient lentement. Rester cloîtrée dans l'hôtel allait finir par la rendre folle. De temps en temps, l'inspecteur Wincott lui rendait visite pour la tenir au courant des avancées de l'enquête. La police avait exclu tout lien entre Shields et Sweeney, ce qui signifiait qu'un assassin non identifié était toujours dans les parages. À force d'attendre que quelque chose se passe, Regan devenait de plus en plus soucieuse.

S'occuper lui changerait les idées, aussi décida-t-elle de s'attaquer à la réorganisation complète de son bureau. Dans un placard qui occupait tout un pan de mur s'alignaient des classeurs débordant de papiers qui avaient besoin d'être triés.

Regan s'absorba à cent pour cent dans son entreprise. Certains dossiers ayant déjà été numérisés, elle pouvait les envoyer à la broyeuse. D'autres devaient être regroupés, et elle avait la ferme intention de s'y atteler aussi. Sa réorganisation obéissait à une logique connue d'elle seule. Des piles de documents et de chemises cartonnées jonchaient la pièce, si bien que se rendre au bureau d'Henry relevait du parcours d'obstacles ; néanmoins, elle avait le sentiment de progresser.

En revanche, elle ne faisait aucun progrès en ce qui concernait ses frères, avec qui elle développait une véritable relation amour-haine. Retenu à Melbourne, Spencer l'appelait au moins trois fois par jour. Walker lui téléphonait souvent, lui aussi. Ses messages avaient toujours le même sujet : il refusait d'abandonner son projet de l'emmener avec lui dans ses déplacements en attendant que toute menace soit écartée.

Au bout de deux semaines, Regan en eut assez de devoir les rassurer à longueur de temps. Elle demanda à Henry de filtrer leurs appels et de ne plus les lui transmettre.

Pour ce qui était de lui taper sur les nerfs, Aiden n'était pas en reste. Ne supportant plus qu'il se mêle sans cesse de ses affaires, elle voulait s'expliquer avec lui, déterminée à lui mettre les points sur les *i* une bonne fois pour toutes. Ensuite, elle s'occuperait des deux autres. Peu lui importait que le moment fût mal choisi ou pas. Si elle voulait que les choses changent, il lui fallait s'attaquer d'abord au plus agressif des trois. Si elle parvenait à convaincre Aiden de la laisser en paix, les deux autres s'aligneraient.

Voilà le projet qu'elle s'était fixé – en tout cas, si Aiden parvenait à rester en place assez longtemps pour écouter ses revendications. Lui qui, pourtant, avait annulé un voyage d'affaires pour rester à Chicago et qui passait la voir cent fois par jour ne trouvait jamais le temps de s'arrêter pour discuter avec elle. Il savait en permanence où elle se trouvait, et lorsqu'il ne pouvait lui rendre visite personnellement, il recevait des rapports réguliers des agents de sécurité. Regan avait conscience qu'il se faisait un sang d'encre, et, dans ce cas précis, comprenait pourquoi il se montrait aussi protecteur. Ce qui la stupéfiait, c'était le don qu'il avait de disparaître à chaque fois qu'elle lui demandait de lui accorder quelques minutes.

Emily lui fit savoir par Henry qu'Aiden n'avait simplement pas le temps d'écouter ses menues doléances. Lorsque Henry lui apporta le message, il fulminait.

— Je viens de comprendre sa tactique, déclara-t-il. Elle veut vous chasser d'ici, et elle va tout tenter pour arriver à ses fins.

— Ôte-moi d'un doute : elle est bien au courant que je suis la sœur d'Aiden, non ? plaisanta Regan pour signifier à Henry qu'elle n'était pas contrariée.

— Bien sûr, mais quand elle a commencé son petit manège, elle l'ignorait. Elle a été odieuse. Puisqu'elle ne peut pas revenir en arrière et qu'elle sait que vous ne l'appréciez pas, il lui faut vous faire passer pour une incompétente. Ainsi, Aiden n'écoutera rien de ce que vous aurez à lui dire, y compris l'opinion que vous avez d'elle. Elle veut l'épouser, et vous, Regan, vous lui mettez des bâtons dans les roues.

— Aiden va se rendre compte de ses manigances. Il n'aurait jamais employé les termes « menues doléances ».

Aiden n'en évitait pas moins Regan délibérément. Il devait se douter qu'elle enrageait au sujet de sa voiture – elle était en effet ébahie par le culot dont il avait fait preuve –, mais il savait aussi que, s'il attendait assez longtemps, elle finirait par s'en remettre et passer l'éponge, cette fois encore.

Elle connaissait l'origine du problème : elle adorait ses frères et était prête à tout pour eux. Elle se mettait en quatre pour qu'ils soient heureux, au point d'aller à l'encontre de sa propre personnalité.

Enfant, c'était toujours à Aiden qu'elle confiait ses soucis, sans doute parce que étant l'aîné il incarnait plus que les autres la figure paternelle qui lui manquait. En contrepartie, c'était lui le plus rigide. Il ne supportait pas qu'elle pleure – elle qui semblait capable de fondre en larmes pour un oui ou pour un non, à l'époque –, et, au fil des ans, elle s'était donné beaucoup de mal pour apprendre à contenir ses émotions. Parfois, pourtant, il leur arrivait de remonter à la surface.

Regan tenait du côté Hamilton où, de l'avis de Spencer, on avait une fâcheuse tendance à la sensiblerie. Les Madison, eux, étaient du genre stoïque et très disciplinés. C'étaient aussi, à l'instar d'Aiden et Spencer, des bourreaux de travail. Quant à Walker, nul ne savait d'où lui venait son tempérament. On évoquait un arrière-grand-oncle qui s'était mis à faire les quatre cents coups dès les premiers jours de sa puberté et ne s'était arrêté que sur son lit de mort. La légende voulait qu'il fût en train de demander en mariage une jeune et jolie infirmière lorsqu'il rendit son dernier souffle.

Pour l'instant, Regan ne tolérait pas qu'on la compare à quiconque. Les clauses de la succession l'avaient mise dans une situation d'où elle ne pouvait sortir gagnante, et comme l'avait dit Alec, le stress finirait par la tuer si elle n'y trouvait pas un exutoire.

Ses frères n'étaient pas la seule cause de ses soucis. Ses sentiments pour Alec étaient eux aussi contradictoires. Elle appréciait beaucoup sa compagnie – elle le trouvait intelligent, drôle et gentil –, mais la raison de son omniprésence à ses côtés lui déplaisait tout autant.

Alec et elle ne se quittaient plus. Il refusait de prendre le moindre jour de congé et ne rentrait pas chez lui avant qu'un policier soit posté à son étage entre l'ascenseur et l'escalier, seuls moyens d'accéder à sa suite. Alec était la dernière personne qu'elle voyait le soir avant de fermer sa porte à clé, et la première le matin quand elle sortait de chez elle.

Il lui plaisait de plus en plus, c'était indéniable, mais elle ne pouvait s'empêcher de se demander s'il aurait daigné lui adresser la parole si on ne l'avait pas chargé de la protéger. Se serait-il intéressé à elle en d'autres circonstances ? L'aurait-il invitée à sortir ?

Henry l'appréciait beaucoup, lui aussi. Tous deux semblaient passer des heures à discuter de sport et de groupes de rock, et quand Henry butait sur un devoir à rendre pour son cours d'été de sciences politiques, Alec se proposait de l'aider. Très vite,

Henry prit l'habitude de lui demander conseil pour les filles, et même pour son avenir.

En soirée, tous trois passaient leur tenue de jogging et allaient s'entraîner ensemble. Sur la piste, Alec les battait à plate couture. Il était en bien meilleure forme que Regan, ce qu'il prit un malin plaisir à lui faire remarquer. Regan prétexta qu'elle ne devait pas forcer à cause de sa récente opération, mais elle accélérait la cadence chaque jour un peu plus. Une course de charité annuelle approchait, lui expliqua-t-elle, et elle voulait pouvoir rester en lice le plus longtemps possible.

Consciente qu'elle ne pouvait suivre son rythme de vie habituel, Regan coopérait au maximum, mais deux événements lui paraissaient trop importants pour être annulés ou reportés. L'un d'eux allait se dérouler à l'hôtel, ce qui faciliterait la tâche à Alec.

Vers la fin de la deuxième semaine, Regan se préparait pour la réception qu'elle organisait ce soir-là. Elle tenait à ce que tout se déroule au mieux. Alec l'aida à mesurer l'espacement entre les crochets à tableau sur les murs du couloir qui menait du hall à la boutique de cadeaux, puis la suivit dans l'atrium, où elle prit d'autres mesures. Elle avait déjà chargé les électriciens de s'occuper de l'éclairage de la galerie, et Frank, de l'entretien, se fit une joie de leur prêter main forte.

— Vous allez m'expliquer ce qu'on fabrique et pourquoi, oui ou non ? demanda Alec en lui tendant le mètre.

— Nous vérifions une dernière fois la distance entre les tableaux pour nous assurer que la disposition est correcte. Je n'ai pas envie qu'ils aient l'air d'être les uns sur les autres.

— Où sont-ils, ces tableaux ?

— Vous verrez, dit-elle en souriant.

Sentir Regan aussi excitée attisa sa curiosité. La perspective de devoir porter son costume un peu plus longtemps ne le dérangea même pas.

Regan enfila une robe noire toute simple qu'elle agrémenta d'un collier ras du cou. Elle brossa ses cheveux et les vaporisa de laque, se passa du brillant à lèvres et du blush, puis prit l'ascenseur avec cinq minutes d'avance.

La réception commença à dix-neuf heures. Alec vit d'un mauvais œil la foule rassemblée dans l'atrium. Regan, elle, jubilait. Lorsqu'elle essaya de s'éloigner, il l'attrapa par la main et l'attira de force près de lui.

Il se pencha vers elle et chuchota :

— Restez à côté de moi.

Elle hocha la tête pour lui indiquer qu'elle l'avait entendu.

L'assistance leur lançait des regards spéculatifs. Regan avait beau présenter Alec comme un de ses amis, on accablait Henry de questions. Regan vivait-elle une relation sérieuse avec cet homme ? Qui était-il, au juste, et que faisait-il dans la vie ?

Convié lui aussi, Kevin, le meilleur ami d'Henry, aida ce dernier à régler les ultimes détails.

Après que Regan eut accueilli les invités, elle prit Alec par la main et l'emmena admirer le premier des douze tableaux magnifiquement encadrés. Les murs crème semblaient prendre vie grâce à toutes ces couleurs éclatantes et joyeuses. Oui, joyeuses, songea Alec en contemplant une audacieuse peinture abstraite. Sous chaque œuvre, les noms des artistes apparaissaient en capitales noires sur une plaque blanche.

— Je n'ai jamais entendu parler d'aucun d'eux, avoua-t-il.

— Vous allez avoir la chance de les rencontrer avant qu'ils ne deviennent célèbres. Y a-t-il un tableau que vous préférez aux autres ?

— Non, tous me plaisent.

Henry et Kevin restaient à l'écart en attendant un moment plus calme pour pouvoir parler à Alec. Les mains enfoncées dans les poches, Kevin semblait incapable de tenir en place.

— Ne panique pas, lui dit Henry à mi-voix. Alec va t'aider, j'en suis sûr.

— T'inquiète pas, je suis bien décidé. À ton avis, quand est-ce que…

— Après le discours de présentation, mais avant qu'il raccompagne Regan à l'étage. Ils vont bien ensemble, tu ne trouves pas ? commenta Henry en les observant.

Tous deux bavardaient d'un air enjoué ; Henry remarqua que Regan tenait Alec par le bras. Ils semblaient très à l'aise l'un avec l'autre. Kevin et lui les interceptèrent alors qu'ils regagnaient l'atrium. Quand Henry le lui présenta, Alec serra la main de Kevin. Il ne fut pas surpris de le sentir trembler, car il avait déjà vu à son regard qu'il avait peur.

— Votre visage me dit quelque chose, déclara-t-il, pensant qu'il avait dû le coffrer un jour.

— Je travaille au Palms, répondit Kevin. C'est peut-être là que vous m'avez vu.

— Possible, oui.

Regan ne parut pas remarquer le malaise qui s'était installé. Une femme lui adressa un signe de tête.

— Ça y est, ils sont là, dit-elle à Henry.

— Plus tard, si vous avez le temps, euh... j'aurais un truc à vous demander, dit Kevin à Alec.

— Pas de problème. Tout à l'heure.

— Tu es prêt, Henry ? demanda Regan.

— On y va.

Sous l'escorte d'Alec, Regan se fraya un chemin à travers l'assistance jusqu'à l'estrade. On avait servi petits fours et boissons en abondance, ce qui contribuait à la gaieté de l'ambiance.

Mêlé aux convives, l'intrus observait Regan en attendant le moment opportun. Pas à pas, il entreprit de s'avancer vers elle. Il se tint un instant à quelques mètres de distance, feignant d'admirer un tableau tandis qu'il épiait sa conversation avec celui qu'elle appelait Alec. Si seulement il pouvait l'approcher assez pour la toucher, l'isoler de la foule et se retrouver seul avec elle... Hélas !

l'homme qui l'accompagnait ne la quittait pas des yeux et se mettait en travers de son chemin chaque fois qu'il tentait de passer à l'action. Elle était au centre de toutes les attentions, la reine de la soirée. Où qu'elle aille, quelqu'un s'empressait de lui adresser la parole pour obtenir un peu de son temps. Il lui fallut vingt minutes pour se faufiler de nouveau jusqu'à elle, mais alors qu'il s'apprêtait à venir lui serrer la main et demander à lui parler en privé, Alec l'entraîna dans la direction opposée. Sa frustration croissait. Impossible de l'aborder. Ce soir, il ne parviendrait à rien. Il lui faudrait encore patienter, mais l'occasion finirait par se présenter, et ce jour-là, il serait prêt. Sans qu'on fasse attention à lui, il s'en alla.

Henry fit signe aux musiciens du quatuor à cordes de prendre une pause. Il se tint à côté de Regan le temps qu'elle souhaite de nouveau la bienvenue à tout le monde. Puis elle le présenta et s'écarta pour lui laisser le micro.

Alors qu'il soulignait l'importance de l'enseignement de l'art et de la musique dans les écoles publiques, les douze artistes s'alignèrent devant le podium. D'une voix débordante de fierté, Henry les présenta un à un.

Alec fut impressionné et quelque peu abasourdi. Aucun des artistes ne dépassait quinze ans. Il comprit alors pourquoi Regan lui avait dit qu'il allait les rencontrer bien avant qu'ils soient célèbres, car leur talent stupéfiant commençait à peine à s'épanouir. Les tableaux étaient à vendre, tous à un prix faramineux, mais chaque dollar qu'ils rapporteraient serait reversé aux départements artistiques des établissements scolaires d'où venaient les jeunes prodiges. Henry présenta aussi les enseignants impliqués dans ce nouveau projet et annonça que les artistes allaient recevoir une bourse et des fournitures de beaux-arts.

À neuf heures, il ne restait plus un seul tableau à vendre. Regan était aux anges et si fière d'Henry qu'elle le serra dans ses bras. Elle mettait un point d'honneur à lui attribuer tout le mérite, mais Henry expliqua à Alec qu'à l'origine l'idée venait de Regan. Lui n'avait fait que la concrétiser.

La réception se termina aux alentours de dix heures, et bien qu'il ne fût pas tard, Regan tombait de fatigue et voulait regagner sa suite pour prendre une douche et se coucher.

Ils traversaient le hall, suivis de près par Kevin et Henry. Regan expliquait à Alec ce qui motivait leur action :

— Dès qu'un collège ou un lycée rencontre des problèmes financiers, on y supprime les crédits pour les arts plastiques et la musique. Les proviseurs... ils ont tendance à oublier.

— Quoi donc ?

Ce fut Henry qui répondit.

— Que l'éducation ne doit pas seulement enrichir l'esprit. L'art et la musique permettent aussi de nourrir le cœur et l'âme.

Alec partageait leur opinion. Henry ajouta :

— Il y aura des tableaux accrochés aux murs en permanence, ici, et dès qu'on en vendra un, il sera remplacé – un renouvellement perpétuel. Une idée géniale, non ? Notre but, c'est d'étendre l'opération à tous les hôtels Hamilton.

Kevin sollicita l'attention d'Henry et chuchota :

— J'aimerais pouvoir lui toucher un mot, maintenant.

— Hé, Regan, si on allait prendre un pot, tous les quatre ? proposa alors Henry.

Le bar de l'hôtel donnait directement sur le hall et seuls deux clients s'y trouvaient. Alec fut d'accord pour aller boire un verre – des boissons sans alcool, précisa-t-il.

Il pressa la main de Regan.

— Si vous voulez que je vous raccompagne à l'étage, je suis sûr que le policier de garde a déjà pris son poste. Je vais inspecter votre suite et m'assurer que vous vous enfermiez bien à clé, et je rejoindrai Henry et Kevin. Ils ne verront pas d'inconvénient à m'attendre.

— C'est bon, dit-elle, je reste avec vous.

Dans le bar, lumière tamisée, lambris de noyer chaleureux et chandelles à toutes les tables assuraient une ambiance intime. Henry se précipita et choisit une place dans le coin qui faisait face à la sortie secondaire. Lorsqu'il tira une chaise pour Regan, Alec protesta : il préférait qu'elle soit assise dos au mur. Regan s'attendait à ce que ses trois compagnons se joignent à elle, mais ils n'en firent rien. Henry et Kevin restaient tête baissée, l'air très mal à l'aise.

— Que se passe-t-il ? s'enquit-elle.

Henry jeta un bref coup d'œil sur Alec avant de répondre.

— Ce qui se passe…, dit-il avant de donner de petites tapes sur le bras de Kevin.

— Je t'écoute, dit-elle.

Elle s'étonna du changement qui s'opéra en lui. Sur l'estrade, il avait fait preuve à la fois d'élégance et d'éloquence ; à présent, il se comportait comme un adolescent timide.

— Je crois que Kevin aimerait bien discuter deux minutes avec l'inspecteur Buchanan, qui est d'accord, alors… c'est pour lui parler d'un truc, quoi…

Comme Henry semblait attendre son approbation, Regan dit :

— Oui, pas de problème.

Alec posa la main sur l'épaule d'Henry.

— Reste avec Regan pendant que Kevin et moi nous allons bavarder.

Puis il se tourna vers Regan.

— Ne bougez pas d'ici.

Vu qu'il ne la quittait jamais des yeux, elle trouva cet ordre superflu. Kevin et Alec descendirent les trois marches qui menaient dans le couloir et s'écartèrent un peu pour ne pas gêner le passage. Bien plus grand que Kevin, Alec se pencha pour écouter ce qu'il avait à lui dire.

Regan ne décelait aucune expression sur le visage d'Alec, mais à l'évidence le pauvre Kevin perdait tous ses moyens. Son teint alternait entre le blanc cireux et le rouge pivoine, et il s'exprimait très vite en gesticulant beaucoup. Il essuya d'un geste rageur une larme qui coula sur sa joue, puis lança un bref regard à Regan. Celle-ci se tourna vite vers Henry :

— Kevin a des ennuis ?

— Non, pas lui, quelqu'un d'autre. C'est un peu privé, mais il m'a autorisé à vous en parler.

Le serveur leur apporta une coupelle de noix de cajou. Henry commanda des boissons gazeuses pour tous et poursuivit :

— Il est mort de peur. Sa mère… vous savez, elle est partie il y a deux ans, comme ça, du jour au lendemain.

— Je sais, oui.

— Son père a divorcé, ce qui a été une bonne chose, et il a obtenu la garde totale des enfants. Et puis, il n'y a pas très longtemps, la mère de Kevin est revenue comme une fleur, sauf qu'elle n'était pas seule… et qu'avec ses copains ils ramènent de la came chez eux… de la drogue, quoi.

— Pourquoi le père de Kevin ne les a-t-il pas…

— Fichus à la porte ? Il a essayé, mais ils refusent de partir. Du coup, il a confié les enfants à des amis, et Kevin s'est dit qu'Alec pourrait peut-être l'aider.

— Le pauvre, chuchota-t-elle. Ça doit être très dur.

— Il se la joue décontracté, mais tu parles…

Henry observa son ami un instant puis reporta son attention sur Regan.

— Comment vous faites, vous ?

— Quoi donc ?

— Pour rester calme. Parce que… bon, vous avez affaire à un malade qui vous envoie des trucs de dingue. Et puis, vous avez un garde du corps et des agents de sécurité qui…

— Ça ne m'amuse pas du tout, expliqua-t-elle, mais je m'efforce de ne pas trop y penser.

— Attendre qu'il se passe quelque chose… c'est ça le plus flippant. Rien que l'idée, ça me fout la trouille. S'il vous arrivait un truc, je ne sais pas comment je réagirais. Je veux dire…

Elle posa la main sur la sienne.

— Ça va aller, tu verras.

Malgré son air sûr d'elle, la situation l'effrayait, elle aussi. Puis elle regarda Alec et se détendit. Tant qu'elle était avec lui, elle ne craignait rien.

Le serveur leur apporta leurs consommations. Regan le remercia et but une gorgée de son verre. Son regard ne cessait de se déporter vers Alec, ce qu'Henry ne manqua pas de remarquer.

— Qu'est-ce que vous allez faire quand il ne sera plus là ?

— J'imagine qu'on va m'envoyer quelqu'un d'autre.

— Ce n'est pas de ça que je voulais parler. Allez, Regan, on est entre nous, pas la peine de faire semblant. Je vous ai observés, tous les deux. Le courant a l'air de bien passer, vous voyez ce que je veux dire ?

Oh ! que oui, elle le voyait.

— Je l'aime bien, c'est vrai. Plus on le connaît, plus on l'apprécie, mais il n'est pas du tout mon genre.

— Le genre aseptisé, vous voulez dire ?

— C'est quoi, ça ? demanda-t-elle en souriant.

— Tous les boutons fermés, toujours en costard-cravate, jamais un cheveu de travers. Avant, je croyais qu'Aiden en était l'incarnation même, mais un jour j'ai joué au rugby avec lui pour un match de charité, et j'ai tout de suite changé d'avis. Il était couvert de boue et il n'avait pas peur de foncer dans le tas. Pas du tout aseptisé, ça c'est sûr. Et l'inspecteur Buchanan non plus... enfin, Alec. Il m'a dit que je pouvais l'appeler Alec – je parie que lui non plus n'hésiterait pas à foncer dans le tas.

— Je suis persuadée qu'il jouerait pour gagner, reconnut-elle. Et c'est certain qu'il est un peu plus... débraillé, ajouta-t-elle, en prononçant presque le mot comme un compliment.

Henry termina son soda, puis prit celui qu'il avait commandé pour Kevin et le vida en deux gorgées. Il donnait l'impression de ne pas savoir quoi faire de ses mains. Il fit tourner les glaçons dans son verre et le reposa. Regan lui tendit le sien, qu'il avala d'un trait.

— J'ai soif, déclara-t-il.

— Tu es plutôt nerveux, je dirais.

— Aussi, reconnut-il.

Regan éprouvait de la compassion pour Kevin. Le jeune homme s'était écarté d'Alec, mais ce dernier lui attrapa le bras en secouant la tête et se mit à lui parler en agitant l'index d'un air professoral. Regan n'entendait rien de ce qu'il lui racontait, mais Kevin semblait boire ses paroles. Il paraissait moins anxieux.

Alec Buchanan était quelqu'un de bien. Alors qu'elle l'observait, Regan sentit sa gorge se serrer et comprit soudain que l'attirance qu'elle éprouvait à son égard s'était muée en un sentiment beaucoup plus complexe.

— Les voilà, dit Henry à voix basse.

Kevin entra dans le bar le premier. Il avait les yeux rougis.

— On ferait mieux d'y aller, annonça-t-il à Henry.

— Oui, nous aussi, ajouta Alec. Il se fait tard.

Regan se leva sans attendre et souhaita une bonne soirée à Kevin et Henry. Quelques minutes plus tard, Alec la reconduisait à sa suite.

— Écoutez, j'aurai un peu de retard, demain matin. J'ai des trucs à faire… préparer mes cartons et compagnie. Je vais demander au policier en faction de rester jusqu'à mon arrivée.

Même si elle pressentait que les « trucs » en question avaient un rapport avec Kevin, elle ne comptait pas l'interroger à ce sujet.

— Très bien, répondit-elle.

— Bonne nuit alors.

Tandis qu'il s'apprêtait à partir, elle l'arrêta :

— Attendez.

— Oui ?

— Demain, soyez prudent… en préparant vos cartons. D'accord ?

— Promis.

Après avoir tiré le verrou, Regan s'adossa à la porte. Elle savait que cette nuit elle allait rêver de lui, mais elle se jura de se ressaisir dès le lendemain et de se montrer plus raisonnable. Un seul petit problème : elle ignorait comment.

28

Henry entra précipitamment dans le bureau de Regan et referma la porte.

— Comme je sais que vous vous inquiétiez pour Kevin, je voulais vous annoncer que tout s'est arrangé.

Regan abandonna la recherche de sa réserve de M&M's et lui accorda immédiatement toute son attention. En le regardant, elle vit combien il était soulagé.

— Je suis contente de l'apprendre.

Henry était d'humeur bavarde.

— Kevin va arriver. Ça ne vous dérange pas, j'espère.

— Bien sûr que non.

— Il m'a raconté qu'à un moment ç'a été superchaud.

— Ah bon ?

— Alec avait tout organisé. Il a demandé au père de Kevin d'emmener les enfants. Kevin, lui, il n'a pas voulu partir avec eux, alors il a assisté à toute la scène.

— Il se trouvait dans la maison ?

— Non, il est resté de l'autre côté de la rue pour ne pas gêner. Je crois même qu'il se cachait pour éviter qu'Alec le chasse. Il m'a dit qu'à un moment Alec lui a fait peur. Il paraît que certains ont résisté, alors Alec et les autres policiers ont dû… euh, employer la force pour leur passer les menottes. Je regrette d'avoir manqué ça. Il paraît qu'Alec avait un regard à faire peur.

— Je suis bien contente que tu n'aies pas été là-bas.

Il écarta quelques documents pour s'asseoir au bord du bureau.

— Je parie qu'ils savaient que Kevin était dans le coin. Alec a dit à sa mère qu'elle aurait la possibilité de suivre une cure de désintoxication, mais elle a refusé.

— Et comment va Kevin ?

— Bien. Je crois qu'il a fini par accepter la situation.

— Tu es un ami précieux, Henry.

— C'est normal, il m'a soutenu lors d'épreuves difficiles.

Il aperçut Kevin qui attendait dans la pièce d'à côté.

— Kevin voulait bien que je vous raconte, mais…

— Je ne dirai rien, ne t'inquiète pas.

Alors qu'il s'éloignait, Regan se pencha pour vérifier que ses M&M's ne se trouvaient pas dans son tiroir du bas. Quand elle se redressa, elle vit Alec qui discutait avec Henry près de son bureau.

De toute évidence, Alec n'était pas passé chez lui se changer après l'intervention. Il entra dans le bureau de Regan, lui demanda de ses nouvelles, puis lui annonça qu'il avait donné congé au policier et reprenait sa charge de garde du corps.

— Ça va ? lui demanda-t-elle à son tour.

— Oui.

Vêtu d'un jean et d'un T-shirt, il paraissait très à l'aise, mais son étui à pistolet se voyait comme le nez au milieu de la figure. Il la surprit en train de fixer son arme.

— Ça fait partie du boulot, Regan.

— Je le sais.

— Tant mieux, parce qu'il va falloir vous y habituer.

Pourquoi montait-il sur ses grands chevaux ?

— Qu'est-ce qui vous arrive ?

Il jeta un coup d'œil sur Kevin et secoua la tête d'un air navré.

— Oh rien. Il y en a qui mériteraient d'être un peu plus épargnés, c'est tout. Sale façon de commencer la journée.

— Tout s'est bien passé, pourtant ?

Il haussa les épaules et ce fut la fin de la conversation.

Alec pouvait se fermer plus vite qu'une huître, et Regan en fut exaspérée.

En milieu d'après-midi, ils avaient repris leur train-train. Alec fit une sieste sur le canapé pendant qu'elle classait ses dossiers.

Dans la soirée, ils regagnèrent la suite de Regan, commandèrent pizzas, pop-corn et bière, et regardèrent un film. C'était un vieux classique, une comédie sentimentale qui la fit pleurer et le fit rire. Elle l'accusa de ne pas posséder une once de sensibilité, ce qu'il prit comme un compliment.

Le soir suivant, ce fut Alec qui choisit un autre film ancien. Pas une histoire à l'eau de rose, cependant, mais un film plein d'effets spéciaux et d'extraterrestres où l'on s'éventrait, se mitraillait et se trucidait à foison. Alec adora.

Alors que le générique de fin défilait, il lui demanda :

— On se le refait ?

Elle crut qu'il le lui proposait sérieusement.

— Non merci, c'est trop violent à mon goût.

— Ah bon, vous avez trouvé ça violent ? fit-il en feignant la surprise.

— Alec, j'ai compté trente-deux cadavres.

— Ça n'a rien de terrible.

— Trente-deux au cours de la première demi-heure. Après, j'ai arrêté le décompte.

— Mais c'étaient des extraterrestres qui se nourrissaient d'humains. À quoi vous vous attendiez ?

— Moins de visages arrachés à coups de dents, ç'aurait été mieux.

— Certes, mais beaucoup moins effrayant. Ce que je pouvais adorer ce genre de film quand j'étais gamin !

— Ça vous plaisait d'avoir peur ?

— Bien sûr.

— Vous ne faisiez pas de cauchemars ?

— Je partageais ma chambre avec mon frère Dylan, et je me disais que, si des monstres nous attaquaient, à nous deux on pourrait leur filer la raclée. Je ne manquais pas de culot, à l'époque, ajouta-t-il avec un sourire.

— À l'époque ? Désolée de vous décevoir, terreur, mais c'est toujours le cas.

Il s'esclaffa.

— Terreur ? Je viens d'une famille de huit frères et sœurs, et nous avons tous été des terreurs à un moment ou un autre.

— Vous vous situez où dans tout ça ?

— Je suis le troisième. Avant moi il y a Theo, l'aîné, puis Nick. Ensuite il y a Dylan, Myke, mes deux sœurs, Jordan et Sydney, et enfin Zack, le petit dernier. Lui est toujours un casse-cou.

— Vous avez dû en faire voir de toutes les couleurs à vos parents. Enfin bon, je crois que niveau bêtises je n'ai pas été en reste.

— Et en plus, vous vous en vantez !

Voyant qu'elle ne répondait pas, il lui donna un petit coup de poing dans l'épaule.

— Je parie que j'étais aussi turbulente que vous, déclara-t-elle enfin.

Sur quoi, ils passèrent l'heure suivante à énumérer les âneries dont ils s'étaient rendus coupables pendant leur enfance. Alec remporta la compétition haut la main.

— Comment se fait-il qu'il soit question d'outils électriques dans chacune de vos anecdotes ? s'enquit-elle.

— Pas toutes, certaines seulement, répondit-il d'un air goguenard. Et vous, pourquoi n'évoquez-vous jamais vos parents ?

— Je vous ai expliqué que j'ai perdu mon père toute petite, et ma mère n'était jamais à la maison. Je me souviens qu'elle me souhaitait bonne nuit au téléphone.

— C'est triste.

— Non, c'était comme ça, rien de plus.

— Ce n'est pas une façon de grandir. Je suis étonné que vous soyez devenue si équilibrée.

— Qui vous dit que je le suis ?

— Moi. Je vous parie que je sais tout de vous, déclara-t-il d'un ton arrogant pour la taquiner. Vos goûts n'ont aucun secret pour moi.

— Ça m'étonnerait.

— Vous détestez le saumon, vous êtes allergique aux fraises, et vous éternuez dès qu'il y a une rose dans les environs.

— Et vous, vous êtes un obsédé du ketchup, répliqua-t-elle. Vous en mettez partout, même dans les sandwichs au beurre de cacahuète. Vous détestez les pizzas à pâte fine et vous ne souffrez d'aucune allergie.

— À mon tour. Vous avez un esprit de compétition démesuré, vous êtes une progressiste coincée dans une famille conservatrice, et je me demande comment ç'a pu arriver. Vous vous estimez à tort capable de dissimuler vos sentiments, vous n'avez aucune confiance dans les hommes et vous ne croyez pas au mariage.

Il venait de toucher un point sensible, aussi fut-elle sur la défensive quand elle rétorqua.

— Vous, vous avez encore plus l'esprit de compétition que moi, vous vous croyez progressiste tout en étant en réalité ultraconformiste, vous êtes attaché à des valeurs dont vous ne dérogeriez pour rien au monde, et, voyez-vous, mon cher Alec, je vous assure que j'ai toute confiance dans les hommes.

— Et le mariage ?

— Ma mère s'est mariée deux fois, et ses deux maris l'ont trompée. Je refuse de commettre les mêmes erreurs qu'elle, et j'ai appris qu'en amour rien n'est éternel.

— À moins d'épouser le bon.

— C'est là le secret, n'est-ce pas ? Distinguer le bon du mauvais. Au fond, tout n'est qu'un jeu de devinettes.

— Pas du tout, mais ce n'est pas une science exacte pour autant.

— Ah non ? Alors, comment allez-vous trouver celle qu'il vous faut ?

— Vous voulez que je vous décrive ma femme idéale, c'est ça ?

— Elle n'existe pas.

— Bien sûr que si.

— Tiens donc. Et à quoi ressemble-t-elle ?

Leurs bras se touchaient mais ni l'un ni l'autre ne s'écarta.

— Elle est brune.

— Et ?

— Elle a les yeux bleus, de la couleur des violettes. Des yeux magnifiques.

Il était penché vers elle, à présent, et elle pensa qu'il allait peut-être l'embrasser. Elle l'espérait.

— Elle a un corps splendide.

— Évidemment.

— Vous vous moquez de la femme de mes rêves ?

— Non, répondit-elle en souriant. Poursuivez. Possède-t-elle des pouvoirs magiques ?

Il s'avança un peu plus.

— Ce qui sera magique, c'est quand nous serons tous les deux.

Ça y est, il allait l'embrasser ! Elle retint son souffle.

— Et de longues jambes, ajouta-t-il d'une voix proche du murmure.

Il lui caressa le visage. Regan dut fournir un effort pour rester immobile et ne pas presser la joue contre sa main. Pourquoi ne l'embrassait-il pas ? Pourquoi tardait-il tant ?

— Et cette femme parfaite, elle a une cervelle, où est-ce justement l'absence de cervelle qui la rend parfaite ?

— Bien sûr qu'elle en a une. Elle est très intelligente, très vive, et elle me fait rire. Il y a en elle un mélange exquis de vulnérabilité et d'opiniâtreté. La voilà, la femme de mes rêves, Regan.

Les lèvres d'Alec n'étaient plus qu'à quelques centimètres des siennes. Elle ferma les yeux et attendit son baiser.

Il lui pinça le bout du nez.

— Faut que j'y aille.

Elle battit des paupières, interloquée.

— Vous… quoi ?

— Il faut que j'y aille.

Le temps qu'elle reprenne ses esprits, il avait déjà lacé ses baskets et se dirigeait vers la porte.

Elle se leva, rattrapa de justesse le saladier de pop-corn qu'elle avait oublié sur ses genoux et le posa sur la table basse.

— Ça vous amuse de vous moquer de moi, hein ?

— Il faut dire que vous me facilitez la tâche.

Il s'apprêtait à sortir.

— Approchez, Regan.

Troublée par sa façon de la regarder, elle le rejoignit.

— Oui ?

— Poussez bien le verrou.

— Oh ! D'accord.

— Allez, bonne nuit.

Elle aurait pu jurer l'avoir entendu rire.

29

Lorsque Regan se réveilla le samedi matin, la météo s'annonçait encore exécrable pour la journée. Il pleuvait tellement depuis trois semaines qu'elle finirait par moisir. En outre, ses allergies lui tapaient sur les nerfs. Elle éternua au moins cinq fois avant de se lever, et son reflet dans le miroir de la salle de bains la fit grimacer. Ses yeux étaient injectés de sang, on aurait dit qu'elle avait pris une cuite la veille. Devant assister dans la soirée à une grande réception de bienfaisance, elle espérait pouvoir dompter ses allergies pour éviter qu'on croie qu'elle venait de pleurer.

Une bonne douche lui fit du bien. Une fois habillée, elle dut quand même recourir à son trio fétiche : gouttes oculaires, spray nasal et inhalateur. Dépendre de médicaments lui déplaisait, mais au moins ces pathologies ne duraient pas toute l'année. Le printemps et l'automne étaient terribles, mais en hiver et en été elle parvenait à se passer de traitement.

Elle releva ses cheveux en queue-de-cheval et fut prête à descendre.

L'inspecteur Wincott avait insisté pour qu'Alec prenne sa journée, et lorsque Regan quitta sa suite, elle fut escortée par un agent de sécurité, un ancien policier du nom de Justin Sheppard. Wincott approuvait cette solution pour l'unique raison que Justin connaissait le métier. Regan vit l'inspecteur affalé dans un fauteuil installé en face des ascenseurs. À leur approche, il se leva et rajusta sa cravate. À en juger par son allure débraillée, le bébé l'avait encore empêché de dormir.

— Nous sommes samedi, déclara-t-elle. Vous devriez être chez vous, auprès de votre petite famille.

— Je reviens de l'aéroport, et ma petite famille, comme vous dites, va passer quelques jours chez ma belle-mère. De toute façon, si j'étais resté à la maison, ma femme m'aurait tanné pour que je répare tout un tas de trucs, et je ne suis pas très bricoleur.

Lorsque les portes de l'ascenseur s'ouvrirent, il s'écarta.

— Je vais assurer l'intérim pendant une heure, expliqua-t-il. Le policier chargé de votre sécurité aujourd'hui ne pourra pas venir. Son épouse est en salle de travail. Un autre de mes hommes va le remplacer.

Wincott examina Regan et fronça les sourcils en voyant sa tenue de jogging.

— Je croyais que nous étions convenus d'un accord : on vous laisse vous rendre au country-club pour cette histoire d'hôpital, mais aller courir à l'extérieur… c'est hors de question.

Le pauvre semblait se préparer à la confrontation. Regan se rendit compte que, si elle insistait pour faire son footing dans le parc, il serait obligé de la suivre. Vu son état de fatigue et les mocassins qu'il avait aux pieds, il ne tiendrait pas dix minutes.

— Je n'ai pas l'intention de sortir. La salle de sport que nous possédons à l'étage dispose d'une piste, alors, quand je veux m'entraîner – ce qui n'est pas le cas aujourd'hui –, c'est là que je vais.

— Où allons-nous, alors ? demanda-t-il, l'air soulagé.

— À mon bureau.

— Vous travaillez tous les week-ends ?

— En fait, je n'ai presque rien à faire, mais quitte à être coincée à l'hôtel, j'en profite pour revoir toute mon organisation. C'est notre période creuse, en ce moment. Nos actions caritatives et le processus d'attribution de subventions ne reprendront qu'en août.

— J'imagine que ça représente un travail monstre.

— Pas tant que ça. Henry pourrait s'occuper des bourses les yeux fermés. Dès qu'il aura obtenu son diplôme, il reprendra mon poste et travaillera à son mastère de gestion. Il engagera quelqu'un pour l'assister, bien sûr.

— Et vous, que ferez-vous ?

— Je continuerai, mais à l'échelle mondiale, répondit-elle en souriant. Je compte étendre nos programmes à tous nos hôtels.

Ils arrivèrent au rez-de-chaussée et traversèrent le hall pour gagner une autre rangée d'ascenseurs, devant lesquels était posté un agent de sécurité. Regan lui adressa un signe de tête, monta dans la cabine, inséra sa clé et pressa le bouton du troisième.

— Croyez-vous que tous ces gardes supplémentaires soient nécessaires, inspecteur Wincott ?

— Écoutez, si vous appelez Buchanan par son prénom, vous pouvez bien m'appeler John. En ce qui concerne les agents de sécurité, mes sentiments sont mitigés. Tant qu'ils ne nous gênent pas dans notre travail, je n'y vois pas d'inconvénient.

Le couloir était silencieux, tous les bureaux fermés à clé. Regan ouvrit la marche jusqu'au sien. Comme Alec, Wincott alla droit au canapé et s'installa.

Regan choisit une pile de dossiers et alla s'asseoir. Wincott repéra la télécommande tout en cherchant le poste de télévision.

— Euh, Regan…

— Bouton du haut, dit-elle en ouvrant la première chemise.

Il ne comprit pas ses instructions.

— Appuyez sur le bouton du haut de la télécommande.

Dès que les panneaux se mirent à coulisser, Wincott poussa un sifflement admiratif.

— Nom de Dieu ! Alec a déjà vu ça ?

— Oui, répondit-elle en riant.

— Pas étonnant qu'il refuse de partager cette affectation. Il veut tout pour lui, la télé et…

— Et quoi ?

Wincott secoua la tête. Il avait failli dire « et vous ».

— Et le canapé. Vraiment très confortable… Nom de Dieu, quelle télé ! Elle est plus grande que mon pavillon.

— C'est mon frère Spencer qui l'a fait installer il y a deux mois. Il ne peut pas vivre sans les braillements de la télévision en fond sonore.

— Je suis sûr qu'il me plairait, votre frère.

— Je n'en doute pas. C'est le plus coulant des trois.

— Il traîne par ici quand il est à Chicago ?

Elle hocha la tête.

— Assez souvent, oui.

— Le bruit ne va pas vous gêner ?

— Pas du tout.

Elle remarqua que son ordinateur était allumé. Avait-elle oublié de l'éteindre, ou bien quelqu'un s'en était-il servi plus tôt dans la matinée ?

Elle y réfléchit tout en tapotant sur son tapis de souris. Melissa, l'informaticienne de la brigade criminelle, avait expliqué à Alec qu'elle avait isolé le poste de Regan du circuit de messagerie.

Regan sortit de son tiroir la carte de visite de Melissa et composa le numéro. Elle n'escomptait pas trouver la technicienne à son bureau mais souhaitait lui laisser un message afin qu'elle la rappelle lundi.

Melissa décrocha à la deuxième sonnerie.

Après s'être présentée, Regan déclara :

— Je ne pensais pas que vous travailleriez un samedi.

— Alors, pourquoi vous m'avez appelée ?

Le ton grincheux de Melissa ne découragea pas Regan.

— Je pensais vous laisser un message, en fait. Mais puisque je vous ai au téléphone, j'aimerais savoir si vous avez le temps de répondre à quelques questions. Je peux vous rappeler plus tard, si ça vous arrange.

— Quel genre de questions ?

— Sur l'informatique.

— Oui, bien sûr, répondit-elle d'un ton soudain presque enjoué. C'est mon sujet préféré.

— J'avais cru comprendre... Selon l'inspecteur Buchanan, vous avez découvert que mes e-mails parvenaient à d'autres PC de l'hôtel.

— C'est exact : celui de votre assistant, et un autre dans le bureau de votre frère. Vous voulez que je localise le poste exact ?

— Ce ne sera pas nécessaire, merci. Je suis quasi sûre que mon courrier électronique arrivait chez l'assistante d'Aiden.

— Qu'est-ce que vous voulez, alors ?

— En arrivant à mon bureau, ce matin, j'ai remarqué que mon PC était allumé.

— Vous soupçonnez l'un d'eux de pirater votre messagerie ?

— C'est ça.

— Allons-y, alors, dit Melissa d'un ton empressé.

Pendant les cinq minutes qui suivirent, elle lui transmit toute une série d'instructions. Regan dut lui demander de ralentir à deux reprises, mais elle finit par trouver le lien indiquant qu'on détournait ses e-mails privés et professionnels.

Quelques manipulations plus tard, Regan savait exactement où allaient ses messages, et le lien fut supprimé.

— Et voilà, adieu la fouineuse ! déclara Melissa. Maintenant, je vais vous dicter ce qu'il faut faire pour bloquer l'accès de votre compte utilisateur aux intrus.

L'informaticienne se remit à débiter commande après commande.

— OK, on a fini. Si vous oubliez votre mot de passe, appelez-moi et je vous le transmettrai. Donnez-le à Henry, qu'il le mémorise lui aussi.

Regan la remercia.

— Si jamais vous envisagiez de changer de travail, prévenez-moi. On aurait sans doute besoin de vous, au Hamilton.

— C'est vrai ? Vous ne dites pas ça par simple politesse ?

— Non, je suis sincère.

— On m'enverrait en déplacement dans les autres hôtels, comme celui de Londres ou celui que vous allez ouvrir à Melbourne, par exemple ?

— Tout à fait.

— Ce serait bien payé ?

— Très bien, oui.

— On verra, dit Melissa avant de raccrocher brusquement.

Regan se demandait ce qu'elle entendait par « on verra », mais elle espérait que la technicienne réfléchirait sérieusement à sa proposition. Elle constituerait pour eux un atout très précieux, Regan en était convaincue ; qui plus est, elle éprouvait de la sympathie à son égard. Melissa paraissait incapable de la moindre hypocrisie, et traiter avec quelqu'un qui n'avait aucune idée derrière la tête se révélait très agréable.

Ayant travaillé dos à la porte pendant toute la durée de l'intervention, Regan eut la surprise de découvrir, lorsqu'elle pivota sur son fauteuil, qu'Alec se trouvait à quelques pas de son bureau. Elle ignorait depuis combien de temps il l'observait.

Transportée de joie, elle espéra néanmoins que son visage ne trahissait pas son émotion.

Alec donnait l'impression de s'apprêter à vidanger sa voiture ou d'accomplir son troisième voyage jusqu'au magasin de bricolage. Son sweat-shirt gris avait connu des jours meilleurs.

Regan le trouva magnifique… à la limite de la perfection. En cherchant bien, elle lui trouverait sans doute un défaut. Il est trop débraillé, songea-t-elle, et ça, ce n'est pas terrible, pas vrai ? Concentre-toi sur le défaut, s'ordonna-t-elle. Avait-il fait l'effort de se peigner ? Apparemment pas. Encore un défaut sur lequel se fixer. Bon sang, c'était une blague ? Débraillé, certes, mais sexy en diable, canon et…

— Qu'est-ce que tu fais ici ? demanda Wincott depuis le canapé.

— Contrôle de routine, répondit Alec sans quitter Regan des yeux. En arrivant, j'ai cru que tu dormais.

— Qu'est-ce que tu racontes ? Je suis en service. Je t'ai entendu et je t'ai vu.

— Ouais, c'est ça.

— Si, je t'assure. Qu'est-ce que ça veut dire, « contrôle de routine » ? Contrôle de quoi ?

Ce fut Regan qui détourna le regard la première. Elle se renversa dans son siège et lança un coup d'œil à Wincott qui, il fallait le reconnaître, paraissait endormi. Il avait le regard absent de l'homme absorbé par les programmes sportifs.

— Alors, qu'est-ce qui vous amène, Alec ? demanda-t-elle.

— Je passais dans le quartier.

— Tu y vis, dans le quartier, Buchanan, répliqua Wincott sans se détourner de la télévision.

— Ouais, eh ben, je me demandais s'il y avait du nouveau.

— Non, rien de spécial, répondit Regan. J'étais juste en train de finir quelques bricoles.

— Je croyais que tu devais préparer tes cartons, aujourd'hui, commenta Wincott, qui coupa le son et se leva. Je ne vois pas de quoi tu te plains, ça n'a rien d'une punition, ici. J'ai l'impression d'avoir rendu l'âme et d'être monté au ciel. Pouvoir passer des commandes au service d'étage et mater la télé sans avoir les gamins qui me grimpent dessus… ouais, c'est le paradis !

— C'est une punition d'être avec moi ? demanda Regan.

Elle ne paraissait pas blessée, seulement intriguée.

— Non, c'est Lewis qui m'a chargé de cette mission pour me punir. Il croyait que ça me serait insupportable.

— Et c'est le cas ?

Alec eut un sourire carnassier.

— À votre avis ?

Sans lui laisser le temps de répliquer, il se tourna vers Wincott et demanda :

— Tu veux bien m'expliquer pourquoi le responsable de l'enquête joue les gardes du corps ?

— J'assure l'intérim en attendant que le remplaçant arrive.

— Qui est prévu pour la réception de ce soir ?

— C'est Lyle qui l'y emmène. À tous les coups, il est parti louer un smoking.

— Appelle-le et dis-lui qu'il n'est plus de corvée d'escorte. C'est moi qui accompagne Regan.

— Corvée d'escorte ? répéta cette dernière, ne sachant pas si elle devait se sentir insultée ou amusée.

Alec l'ignora et lança un regard noir à Wincott parce qu'il n'avait toujours pas sorti son téléphone.

— Appelle-le, insista-t-il.

— En quel honneur ?

— Comment ça « en quel honneur » ? Je viens de te le dire : c'est moi qui l'accompagne.

— Et moi, je te demande quand même « en quel honneur » ?

Alec fulminait. Wincott faisait exprès de le chercher – son sourire idiot indiquait qu'il y prenait un malin plaisir. Alec eut soudain envie de lui coller son poing dans la figure.

— Parce que c'est comme ça, c'est tout, et que j'ai déjà un smoking dans ma penderie.

— Peut-être, mais Lyle se fait une joie de cette soirée.

— Tu m'étonnes, lâcha sèchement Alec. Tout le monde sait que Bradshaw est un...

Il laissa sa phrase en suspens.

— Un quoi ?

— Écoute-moi bien, déclara Alec à voix basse de façon à ce que Regan ne l'entende pas. Arrête de m'emmerder, tu veux ?

— Aux dernières nouvelles, c'est toujours moi qui dirige cette enquête, Alec.

— C'est exact, John, répondit-il en insistant sur le prénom de son collègue. Alors lâche-moi et va enquêter. Moi, je suis chargé de sa protection, et tu sais ce que ça signifie ?

— Ouais, ouais, je vois le topo. Tu vas la protéger.

— Allez, appelle.

Alec se tourna vers Regan et sut à son air intrigué qu'elle avait suivi leur discussion et que, vraisemblablement, elle n'y avait rien compris. Elle devait croire qu'il avait perdu la tête, ce qui était peut-être vrai. Pour le moment, il s'en moquait. Il ne laisserait personne s'approcher d'elle – surtout pas Lyle Bradshaw, Monsieur Je-saute-sur-tout-ce-qui-bouge.

— À quelle heure voulez-vous qu'on parte d'ici ? demanda-t-il à Regan d'un ton bougon.

— J'aimerais arriver un peu en avance.

— D'accord. À quelle heure je viens vous chercher, alors ?

— Sept heures et demie.

Wincott reconduisit Alec dans le bureau d'Henry.

— Tu as des pistes, ou toujours rien ? s'enquit Alec.

— Nous nous sommes renseignés sur presque tout l'entourage de Regan, et nous nous sommes penchés de très près sur Shields et ses sbires. Ça n'a rien donné. Tous les trois bénéficient du programme de protection de témoin, et il paraît que Shields est mort de trouille.

— Pas de suspect, alors ?

— Pas encore. Nous nous rencardons sur Peter Morris. Tu sais, celui à qui Regan a refusé une bourse. On n'a pas grand-chose sur lui, pour l'instant.

— Et ses anciens employés ? C'est peut-être un type qu'elle a licencié qui cherche à se venger.

— Alec, je me doute que ça te bile de ne pas pouvoir enquêter toi-même, et je te préviendrai dès que j'aurai du nouveau.

— Et le personnel, tu cherches de ce côté-là ?

— Oui. Son frère Aiden est en train d'en dresser une liste.

Les deux inspecteurs restèrent une dizaine de minutes à discuter. Regan, elle, était au téléphone, mais on l'avait mise en attente et elle essayait d'entendre ce qu'ils se disaient. Alec la surprit en train de les épier. Il ne montra aucune réaction, ni sourire ni froncement de sourcils, mais il lui adressa un clin d'œil avant de partir. Malgré sa résolution à lui rester indifférente, Regan en fut toute remuée.

Jamais elle ne ferait part de ces sottises à ses amies. Sophie tenterait de la pousser à faire le premier pas, ce dont elle n'avait nullement l'intention.

Cordie, elle, déclarerait qu'elle ne craignait rien avec Alec parce que, étant inaccessible, il offrait un objet de fantasmes idéal. C'était un homme qui avait une mission à accomplir et qui s'en acquitterait avec professionnalisme, mais qui partirait sans se retourner dès qu'il en aurait terminé.

Quoi qu'il en soit, Regan fut soulagée d'entendre des messages de chacune d'elles ; elles lui annonçaient qu'elles étaient rentrées à Chicago à temps pour assister au dîner de charité. Sophie expliquait qu'elle serait accompagnée et qu'elle avait des tonnes de nouvelles à lui raconter concernant leur enquête.

Cordie lui avait laissé deux messages : le premier pour la prévenir qu'elle se rendrait seule au country-club – elle prévoyait de prendre un taxi et de rentrer avec Sophie – et qu'elle l'attendrait devant la porte de la salle de bal. Le second n'avait qu'un seul sujet : sa tenue vestimentaire. Après lui avoir décrit par le menu la robe bleu saphir qu'elle allait mettre, elle terminait en lui suggérant d'arrêter de jouer les mijaurées et de choisir sa robe « T » – comme « tentatrice ».

Regan ne pouvait s'en prendre qu'à elle-même : Cordie et Sophie l'avaient persuadée d'acheter cette robe-là et la harcèleraient jusqu'à ce qu'elle la porte. Il lui fallait cependant reconnaître que c'était un modèle époustouflant, taillé dans une étoffe soyeuse d'un bordeaux intense qui lui allait à merveille.

Il s'agissait d'une simple robe à bretelles, au décolleté bien trop profond au goût de Regan. En général, elle faisait tout pour cacher ce que ses amies appelaient ses atouts, et dans cette robe elle se sentirait si voyante qu'elle passerait la soirée à la rajuster.

Regan choisit de prendre sa décision quand viendrait le moment de se préparer. En attendant, elle avait mieux à faire. Elle éteignit son ordinateur. Le policier en uniforme qui avait remplacé Wincott l'accompagna à la salle de sport. Il lui fallut une heure et demie pour venir à bout de la série d'exercices de rééducation que son kiné lui avait prescrite, puis, ayant encore une bonne quantité de tension nerveuse à évacuer, elle enfila sa genouillère de maintien et alla marcher sur la piste. D'ordinaire, elle parvenait à faire le vide et à fixer son attention sur sa respiration et le martèlement de ses pieds contre le revêtement souple, mais ce jour-là elle en fut incapable.

Au cours des deux dernières semaines, sa vie s'était retrouvée sens dessus dessous. Où qu'elle regarde, elle voyait un agent de sécurité ou un policier. Tout le monde attendait qu'il se produise quelque chose. Wincott partageait la conviction d'Alec que le *cinglé* – comme ils le nommaient entre eux – tenterait de la contacter de nouveau.

Regan nourrissait la quasi-certitude qu'elle réussissait à tromper son monde, y compris Henry, et à faire croire qu'elle prenait ces événements avec détachement. En réalité, elle était au bord de la crise de nerfs : elle ne se sentait en sécurité qu'en présence d'Alec.

L'attente lui pesait. Elle avait perdu l'appétit et le sommeil, et elle peinait à se concentrer. Elle craignait que le tueur ne se soit envolé, ou, pire, qu'il ne reste tapi en attendant qu'ils baissent leur garde. Combien de temps les inspecteurs continueraient-ils à la suivre comme son ombre avant que le lieutenant Lewis estime qu'il gâchait des compétences précieuses ? Que se passerait-il alors ?

Alec pourrait peut-être lui fournir des réponses ; si dans la soirée ils disposaient d'un moment d'intimité, elle lui demanderait quelle devait être la prochaine étape.

Wincott lui rendit de nouveau visite. Venu prendre quelques dossiers concernant les employés de l'hôtel dans le bureau d'Aiden, il décida de tenir compagnie à Regan en attendant l'arrivée d'Alec. N'ayant guère envie de rentrer chez lui dans une maison vide, Wincott releva le policier en faction.

Il paressa dans le canapé pendant qu'elle prenait une longue douche. Sur l'instance de Regan, il avait commandé un dîner qu'il mangeait à présent devant la télévision. Elle n'avait pas pris la peine de verrouiller les portes vitrées qui séparaient la chambre du salon ; toutefois, malgré les voilages qui auraient sans doute empêché Wincott de voir autre chose qu'une silhouette, elle préféra n'enlever son peignoir qu'une fois dans son dressing.

Elle décrocha la robe « T » de son cintre et la contempla. Vraiment adorable. Lorsqu'elle la passa et en remonta la fermeture Éclair, le tissu léger comme l'air, au contact très agréable, tomba à merveille sur les contours de son corps.

Beaucoup trop affriolant pour ce soir, se dit-elle.

Elle l'ôta à contrecœur, la rangea et parcourut plusieurs fois sa garde-robe avant d'arrêter son choix sur ce que Cordie appelait « sa robe de vieille dame en deuil ». Un véritable sac à patates. D'ordinaire peu soucieuse de son apparence, Regan fut si horrifiée par son image dans la psyché qu'elle eut un mouvement de recul.

Aucun doute, ses frères approuveraient ce choix.

— C'est très bien, dit-elle tout haut en essayant de se persuader que cette atrocité conviendrait mieux que le modèle « Ce-soir-je-ne-repars-pas-seule », dans lequel elle se sentait si sensuelle et féminine.

— Oui, vraiment très bien, répéta-t-elle avant de soupirer. Pour une femme de quatre-vingts ans.

Lasse de se montrer si prude, elle enfila de nouveau sa robe de tentatrice. Puis elle fouilla dans ses tiroirs jusqu'à trouver le châle de soie noire frangé qu'elle avait rapporté d'Italie deux ans plus tôt. En le posant sur ses épaules de la façon adéquate, il lui couvrait élégamment le dos et la poitrine.

Ses seuls bijoux étaient un pendentif en diamant monté sur une chaîne en platine et une paire de clous d'oreilles assortis.

Elle plia son châle sur le dos d'une chaise, respira un grand coup et retourna dans le salon. Quand il la vit, Wincott se figea ; la frite qu'il portait alors à sa bouche resta suspendue dans le vide.

Regan attendit qu'il fasse un commentaire, mais voyant qu'il demeurait muet elle lui demanda :

— Ça va, ma robe ? Elle est... assez correcte ?

Consciente de l'avoir mis dans l'embarras, elle regrettait de lui avoir posé la question. Même si, au fond, ça n'avait guère d'importance. Et Wincott qui restait bouche bée... Oh, ce n'est pas vrai ! se dit-elle. Il venait de la lorgner de la tête aux pieds, et son regard s'était fixé sur ses sandales à talons et à lanières.

— D'accord, je vais me changer.

— Non, non, c'est très bien. Je vous jure. C'est juste que vous m'avez pris au dépourvu. Vos jambes sont...

Il s'arrêta juste à temps pour ne pas commettre une bévue.

— Oui ? fit-elle en regardant ses mollets.

Le bas de sa robe était découpé de façon irrégulière, et à certains endroits le tissu lui découvrait largement les genoux.

— Qu'est-ce qu'elles ont, mes jambes ?

— Elles sont longues, déclara-t-il en hochant la tête. Oui, voilà, elles sont longues… enfin non, bronzées, plutôt. Vous êtes partie au soleil, dernièrement ?

Il s'éclaircit la gorge, laissa tomber sa frite sur son assiette et bégaya :

— Votre robe est… très jolie.

— Merci.

Attendez un peu qu'Alec vous voie comme ça, eut-il envie de lui dire, mais il se retint. Elle se sentait déjà bien assez embarrassée, ce qui, d'ailleurs, le dépassait complètement. Regan était une vraie bombe. Comment pouvait-elle l'ignorer ?

Les coups à la porte arrachèrent Wincott à sa rêverie. Pendant qu'il allait ouvrir à Alec, Regan partit chercher son châle et sa pochette dans sa chambre.

Elle éteignit la lumière et retourna dans le salon. Lorsqu'elle entra dans la pièce, Wincott observa attentivement son collègue.

— Vous devriez prendre un imperméable, déclara simplement Alec.

— Oui, d'accord.

Wincott fixait Alec du regard, dans l'attente d'un commentaire. Il ne parvenait pas à se départir d'un sourire narquois. Aucun doute, Alec était très fort : pas la moindre réaction, pas même un clignement de paupière. D'ailleurs, en y songeant bien, il n'avait pas respiré non plus.

— Qu'est-ce que tu regardes comme ça ? demanda Alec.

— Toi.

— Et ?

— Et je me demande comment tu arrives à ne pas baver d'envie. Quelle discipline !

— Nous sommes ici pour le boulot et ça s'arrête là.

— Tu veux dire que tu ne vas pas essayer de te la…

Sachant où il voulait en venir, Alec lui coupa la parole.

— Encore un mot de travers et je te jure que je te descends.

— Attends, je n'allais rien dire de désobligeant. Je pensais plutôt : « Amusez-vous bien ce soir, les enfants, mais restez sages. » Un truc dans ce genre-là, tu vois ?

30

En smoking et gabardine noire, Alec était à tomber. Il ouvrit la porte de la suite et s'écarta pour laisser passer Regan.

— Le remplaçant est arrivé, annonça-t-il à Wincott, dont le portable se mit à sonner.

— J'ai deux ou trois bricoles à voir avec lui. Allez-y, vous deux, déclara-t-il avant de prendre l'appel.

Alec et Regan ne prononcèrent pas un mot avant d'avoir pris la route pour le nord de Chicago. Elle lui indiqua l'itinéraire du country-club – qu'elle avait noté sur une fiche cartonnée –, mais il savait déjà comment s'y rendre.

— Vous êtes toujours aussi organisée ? lui demanda-t-il.

— J'essaie.

Elle sortit une poignée de bristols, les feuilleta et les remit dans son sac.

— Qu'est-ce que c'est que tout ça ?

— Des notes pour ce soir.

— Vous allez faire un discours ?

— Quelques mots, rien de plus.

Elle ne s'expliqua pas davantage, et Alec supposa qu'il découvrirait de quoi il retournait une fois sur place. Il éprouvait quelque difficulté à se concentrer sur la conduite. Troublé par le parfum de Regan, il n'avait d'autre envie que de se remémorer combien il l'avait trouvée séduisante quand elle était entrée dans le salon.

Ah oui ? Qui croyait-il tromper ? En réalité il l'imaginait nue, voilà ce qui le troublait.

Ils continuèrent ainsi sans se parler pendant trois kilomètres, et le silence devint gênant. Regan désirait de tout son cœur qu'il dise quelque chose, ne serait-ce qu'une banalité. Il avait un air des plus renfrognés. À quoi pouvait-il bien penser ?

— Tout va bien ? finit-elle par lui demander.

— Hein ? Oh, oui. Ça va.

— Vous fronciez les sourcils.

— Ah bon ?

— À quoi pensiez-vous ?

À vous. Toute nue.

— À l'instant ? fit-il, cherchant à gagner du temps.

Il prit la bretelle d'accès à l'autoroute et s'inséra derrière un pick-up. La densité de la circulation était inhabituelle, même pour un samedi soir, mais il n'eut malgré tout aucun mal à garder un œil sur le véhicule qui les filait.

— On a de la compagnie.

— Vous en êtes sûr ?

— La berline grise, deux voitures derrière nous. Ces types nous suivent depuis que nous avons quitté l'hôtel, et ils se fichent apparemment de se faire repérer. Je ne m'inquiète pas de leur présence, ça m'agace, c'est tout.

Elle essaya de les apercevoir dans son rétroviseur, mais n'y parvenant pas elle se contorsionna sur son siège pour se retourner. La ceinture de sécurité mordit dans la peau de son cou.

— Je ne les vois pas.

Alec passa sur la voie médiane et accéléra ; aussitôt, la berline l'imita.

Regan écarquilla les yeux.

— Ça y est, je les vois. Ils sont deux. Et ça ne vous inquiète pas ? lui demanda-t-elle en pivotant vers lui.

— Ce sont des agents de sécurité.

— Alors, maintenant, il y a carrément des agents qui me suivent partout ? Même quand je suis avec vous ? Qui a donné cet ordre, à votre avis ?

— Votre frère.

Elle reprit place, rajusta son imperméable et fixa la route, silencieuse. Alec lui lança un bref regard et lut l'inquiétude sur son visage.

— Qu'est-ce qui vous tracasse ? s'enquit-il.

— Je me demandais pourquoi il ne s'est toujours pas manifesté. Pourquoi n'a-t-il pas essayé d'entrer en contact avec moi ? Ça fait déjà deux semaines, Alec. Vous pensez toujours qu'il va le faire ?

— Oui.

— Mais s'il fait exprès d'attendre ?

— Alors, on attend aussi.

— Combien de temps le lieutenant vous laissera-t-il sur cette mission, vous, l'inspecteur Wincott et les autres ? demanda-t-elle d'une voix anxieuse. Vous croulez tous sous le travail, et je sais que la police manque déjà d'effectifs. Si rien ne se passe, que vous quittez Chicago et que le tueur se tapit...

Elle se tut brusquement, inspira à fond et tenta de se calmer. Alec n'était pas devin et par conséquent ne pouvait pas avoir réponse à tout.

— Écoutez, Regan. Wincott et Bradshaw ne restent pas là à se tourner les pouces. Ils se donnent un mal de chien pour mettre la main sur ce type, d'accord ?

— Oui, répondit-elle, à présent assaillie par la culpabilité. Excusez-moi, c'est juste que plus j'en saurai...

— Moins vous aurez peur.

— Oui, ça aussi.

— Qu'alliez-vous dire ?

— Que plus j'en saurai, plus je garderai mon sang-froid. Comment puis-je trouver une tactique pour vous aider à l'arrêter si je n'ai pas tous les éléments en ma possession ?

— Cette idée ne m'emballe pas, et Wincott n'approuvera pas non plus. Ne vous mêlez pas de ça.

— J'y suis déjà mêlée.

— Je voulais parler de l'enquête. N'allez pas tout compliquer avec des projets fantaisistes…

— Vous croyez que je vais tenter quelque chose d'inconsidéré ?

Une main sur le tableau de bord, elle se tenait prête à s'accrocher s'il accélérait ou faisait une embardée.

— Vous voulez prendre le volant ?

La question désarçonna Regan.

— Non, ça va.

— Je ne roule qu'à quatre-vingt-dix.

— Est-ce que je vous ai fait des reproches ?

— Détendez-vous, alors, dit Alec en l'attrapant par le poignet. Plus un mot sur l'enquête pour ce soir, d'accord ?

— D'accord.

Elle s'enfonça dans son siège et croisa les mains sur ses genoux.

— En ce qui concerne les agents de sécurité qui nous suivent…

— Oui ?

— Je ne veux pas qu'ils entrent dans le club, et je préfère qu'on ne sache pas que vous êtes mon garde du corps. Ce n'est pas moi qui dois être le clou de la soirée, et je n'ai pas envie qu'on m'assomme de questions.

Le seul moyen pour qu'elle ne soit pas le clou de la soirée, ce serait qu'elle garde son imperméable sur les épaules et que personne ne puisse voir sa robe. Ou plutôt le corps caché sous cette robe, rectifia-t-il.

— J'irai leur toucher un mot et je leur demanderai de rester discrets.

— Merci.

Soudain, les nuages se déchirèrent, et quelques secondes plus tard, de grosses gouttes s'écrasaient sur le pare-brise. Alec mit les essuie-glaces en marche et déclara :

— Je crois qu'on est en passe de battre le record du nombre de jours de pluie consécutifs.

— Voilà notre sortie.

— Je sais.

— Wincott sait-il où est caché Shields ?

— C'est à lui qu'il faudra poser la question.

— Aiden voudrait que je me cache, moi aussi, mais je n'en ai aucune intention. Je refuse de fuir. Je veux vous aider à l'arrêter.

— Aiden cherche à vous protéger, rien de plus. Moi qui ai deux sœurs cadettes, j'aurais sans doute la même réaction.

— Il a appelé des renforts.

— Hein ?

— Spencer va arriver. Si ça se trouve, il est déjà à l'hôtel.

— De toute façon, il devait venir à Chicago pour la réunion dont vous m'avez parlé, non ?

— Oui.

— Mais vous pensez qu'ils vont se liguer pour vous forcer à vous planquer ?

— Exact, mais ils n'y parviendront pas. Je vous le répète, je n'irai nulle part. Et s'il y en a un qui se planque en ce moment, c'est bien Aiden.

— Ah bon, pourquoi ? demanda-t-il en s'efforçant de ne pas sourire.

Il s'amusait de la voir d'une humeur soudain massacrante.

— Qui cherche-t-il à fuir ?

— Moi.

— Il a peur de vous à ce point ?

— J'aimerais bien.

Cette fois-ci, il ne se retint pas de rire.

— J'imagine que ça veut dire non ?

— Aiden n'a peur de personne, et surtout pas de moi. Il ne cherche pas vraiment à me fuir, avoua-t-elle. Ce qui est sûr, c'est qu'il me tape sur les nerfs. J'ai l'impression de le voir en permanence derrière mon dos, et pourtant il n'a même pas le temps de m'accorder cinq minutes. Et puis, il n'arrête pas d'engager de nouveaux agents de sécurité. Impossible de faire un pas sans en croiser un.

— Il est très inquiet pour vous. Lui avez-vous demandé des explications pour votre voiture ?

— Pas encore, mais j'y compte bien.

— Et Walker ? Est-ce qu'il va prendre parti contre vous, lui aussi ?

— Non, il est focalisé sur sa petite personne et je ne m'en plains pas. Je peux tenir tête à deux frères, mais à trois contre une ça devient difficile.

Ils avaient pris la sortie et s'arrêtaient à un feu rouge. Le country-club ne se trouvait plus qu'à trois kilomètres.

— Vous êtes plus coriace qu'on ne pourrait le croire.

— J'espère que c'est un compliment, répondit-elle avec un sourire.

— C'en est un. La famille, c'est parfois très compliqué. Croyez-moi, j'en sais quelque chose.

— D'après ce que vous m'avez raconté, vous étiez un sacré loustic.

— J'ai envie de passer aux choses sérieuses, maintenant.

Avec les femmes ? eut-elle envie de demander.

— Comment se fait-il que vous ne soyez pas marié ?

Il haussa les épaules.

— Je n'ai rien contre le mariage. Mes frères Nick et Theo sont mariés et très heureux de l'être. C'est juste que je n'ai pas eu le temps de me lancer dans une relation construite.

— Les femmes, c'est comme les chips.

— Pardon ?

Il n'en croyait pas ses oreilles.

— Comme les chips, répéta-t-elle. C'est ce que m'a expliqué un type à la fac, un jour.

— Un petit ami ?

— Non, il sortait avec une de mes copines, et il la trompait à tour de bras.

— Et qu'entendait-il par là ?

— Il disait qu'une seule ne lui suffisait jamais.

Alec trouva la comparaison hilarante. Parmi tous les prétextes que pouvaient invoquer les hommes qui trompaient leur femme, celui-ci remportait la palme du ridicule.

— Ça n'a rien de drôle, déclara-t-elle.

— Oh que si !

Il tourna au croisement. Sous une pluie à présent torrentielle, ils passèrent les grilles de la propriété à la suite d'une limousine. Des réverbères bordaient les huit cents mètres d'allée qui traversaient le majestueux domaine. Le concepteur du club avait, semblait-il, voulu impressionner son monde, et il fallait reconnaître qu'il y était parvenu. L'excès d'opulence de l'édifice de deux étages qui se dressait au faîte du tertre se révélait presque embarrassant. Fixés au sommet d'imposantes colonnes blanches, des spots diffusaient une lumière douce. Aux yeux d'Alec, le bâtiment de brique ressemblait à une plantation des États du Sud bâtie par un architecte fou.

31

La pluie ne cessait pas. Alec remit ses clés au voiturier et suivit Regan sur les marches du perron. Elle comprit qu'il se tenait juste derrière elle pour la protéger d'un éventuel tireur.

— Vous êtes membre de ce club ? demanda-t-il.

— Non, ce n'est pas le genre d'endroit que j'affectionne.

La réponse de Regan le surprit.

— Ça ne me plaît pas non plus. C'est trop…

— Prétentieux ? chuchota-t-elle.

— Voilà.

À leur approche, deux hommes en queue-de-pie rouge leur ouvrirent l'imposante porte à double battant. Alors qu'ils entraient, Alec prit Regan par le bras et dit :

— N'allez nulle part sans moi. Même pas aux toilettes.

— Vous allez m'y accompagner ? s'étonna-t-elle.

— Non, mais je m'assurerai qu'elles sont vides.

Il l'aida à retirer son imperméable, ôta le sien, puis donna les deux à l'employée du vestiaire. Regan sut au froncement de ses sourcils qu'il n'approuvait pas son choix vestimentaire. Elle manqua faire une remarque à ce sujet mais se ravisa. Elle se couvrit les épaules de son châle et le noua ; aussitôt, l'air désapprobateur d'Alec s'atténua.

Alec était resplendissant. Son nœud papillon était cependant de travers et une mèche de cheveux lui tombait sur le front. Sans réfléchir, Regan s'approcha pour y remédier.

Elle commit l'erreur de le regarder dans les yeux. À la façon dont ils se plissaient aux coins, elle comprit qu'il avait envie de se moquer d'elle. Elle aurait pu passer la soirée à l'admirer. Il va falloir te reprendre, se dit-elle.

— Je ne voulais pas… vous savez…, fit-elle en s'écartant.

— Non, je ne sais pas. Vous ne vouliez pas quoi ?

— Vous toucher, répondit-elle dans un murmure.

— Ça me plaît que vous me touchiez.

— Je n'aurais quand même pas dû…

Quelqu'un l'appela et lui évita ainsi d'avoir à s'enfoncer davantage. Elle fit volte-face, trébucha et tomba en arrière contre Alec. Il l'attrapa par la taille et la tint ainsi jusqu'à ce qu'elle ait retrouvé l'équilibre. Quelle idée d'avoir choisi des talons aussi hauts ! Alec devait la prendre pour une véritable empotée.

Par chance, elle n'eut pas à s'attarder sur cette considération déprimante : elle sourit en voyant Cordie qui venait à sa rencontre. Comme à l'accoutumée, son amie était ravissante. Le long jupon et le corsage ajusté de sa robe saphir soulignaient à merveille sa silhouette de rêve.

— Ça fait longtemps que tu attends ? demanda Regan.

Elle aurait pu ajouter : « Hé ! je suis là ! » ; Cordie fixait Alec du regard et peinait à garder la bouche fermée. Regan aurait été mal placée pour lui jeter la pierre.

— Arrête de mater, lui dit-elle à voix basse.

— Je ne mate pas...

C'était faux, et elle ne semblait pas disposée à s'arrêter. Regan la secoua par le bras.

— Je t'ai demandé si tu étais là depuis longtemps. Cordie, regarde-moi !

— Quoi ? Ah, non, je viens d'arriver.

Comme l'exigeaient les règles de politesse, Regan fit les présentations. Le sourire aux lèvres, Cordie serra la main à Alec.

— Vous n'avez pas l'air d'un inspecteur... Pas avec ce smoking, en tout cas. Vous êtes équipé ? s'enquit-elle en jetant un coup d'œil à sa taille.

— Équipé de quoi ? demanda Regan.

— D'une arme, expliqua-t-elle. D'un calibre, quoi.

— Vous, vous regardez beaucoup la télévision, non ? commenta Alec, amusé.

— Oui, je le reconnais. Du moins quand je n'ai pas de copies à corriger. Je mène une existence très ennuyeuse.

— Tu racontes n'importe quoi ! la contredit Regan. Cordie est bourrée de talent. Elle a retapé tout le moteur de sa voiture, vous vous rendez compte ?

Alec crut à une plaisanterie. À l'instar de Regan, Cordelia était très féminine, et il l'imaginait davantage chez la manucure que les mains dans le cambouis. Puis il se rappela son nom et fit le rapprochement : Cordelia Kane, comme Kane Automotive.

— Votre famille possède quelques garages dans la région, c'est ça ?

— Beaucoup plus que ça, dit Regan. Ils en ont dans tout le pays.

Elle se souvint soudain qu'elle n'avait pas raconté à son amie le dernier coup d'éclat de son frère.

— Aiden a fait enlever ma voiture par une dépanneuse.

— Non !

— Si, je te jure.

— Ben, récupère-la.

— Impossible, il l'a envoyée à la casse. On l'a sans doute déjà désossée, à l'heure qu'il est. En échange, il m'a acheté une BMW. Quel culot, tu te rends compte ?

Alec avait envie de rire, mais il savait que Regan prenait la chose très au sérieux et était vraiment en colère. Son amie aussi, d'ailleurs.

— Je n'en reviens pas d'avoir perdu un week-end entier à changer le radiateur et les amortisseurs...

— Et le pot d'échappement.

— C'est juste, et le pot d'échappement. De quel droit a-t-il...

Cordie cessa de fulminer et respira à fond.

— Il commence à y avoir du monde. Si on allait s'installer ?

Alec, qui depuis leur arrivée bloquait tout accès à Regan, voulait lui aussi l'amener dans la salle de réception et lui trouver une place à une table protégée.

Les deux agents de sécurité qui les suivaient entrèrent dans le vestibule et s'arrêtèrent juste à l'entrée. Avec leurs uniformes, ils attiraient déjà les regards des convives. Alec posa la main sur le bras de Regan pour obtenir son attention.

— Restez ici, dos au mur, lui chuchota-t-il à l'oreille. Je reviens tout de suite.

Dès qu'il fut hors de portée de voix, Cordie s'exclama :

— Waouh, le mec !

— Pardon ? fit Regan en souriant.

— Tu m'as entendue. Tu ne m'avais pas dit qu'il était si...

— Si quoi ?

— Si… tout ce qu'il faut ! Ce côté ténébreux et sexy…

— Vraiment ?

— Tu n'avais pas remarqué ?

Regan s'esclaffa.

— Bien sûr que si, idiote !

Cordie et elle observaient Alec qui parlait aux agents. Ces derniers se mirent à donner des signes de malaise. L'un d'eux tirait sur son col d'une façon comique.

— Qu'est-ce qu'ils font ici, ces types ?

— Eux ? C'est Aiden qui les a engagés pour me protéger.

— Ils ne sont pas très discrets, hein ?

— En effet. J'espère qu'Alec va les renvoyer, déclara Regan en se tournant vers Cordie. J'aimerais que personne ne sache qu'Alec est inspecteur. Je n'ai pas envie qu'on m'assaille de questions, et tout ce qui compte ce soir, c'est la collecte.

— Motus et bouche cousue.

— Tu peux le dire à Sophie, bien sûr.

— Entendu.

Cordie, Sophie et Regan ne se cachaient jamais rien.

— Pour en revenir à l'inspecteur…, reprit Cordie.

— Oui ?

— Je crois que tu lui plais.

— Comment pourrais-tu le savoir ? Tu n'as passé que deux minutes avec lui.

— Le langage du corps ne ment pas, déclara-t-elle d'un ton catégorique. Tu lui plais, je le vois à la façon qu'il a de te regarder. Tu peux me croire sur parole, Regan. Remarque, tous les hommes te trouvent à leur goût.

— Mais non. Bon, on pourrait changer de sujet, s'il te plaît ?

— Pas tout de suite. Tu es un vrai canon, Regan. Sophie et moi serions prêtes à nous damner pour avoir un physique comme le tien, et je t'assure que si tu n'étais pas ma meilleure amie, la jalousie me pousserait à te détester. Tes frères, surtout Aiden, ont dû te jeter un sort drôlement puissant pour que tu restes aussi sage.

— N'importe quoi ! s'exclama Regan, exaspérée. Personne ne m'a jeté de sort.

Cordie préféra ne pas insister.

— Tes frères seront là, ce soir ?

— Peut-être.

— Alors vas-y, raconte. Il est célibataire, marié, divorcé ?

— Qui ça ? répondit Regan par provocation.

— Je t'en prie, tu le sais bien. Ton inspecteur au corps de rêve.

— Il est célibataire, mais il quitte Chicago dans une semaine.

— Pour combien de temps ?

— Pour toujours.

Cordie soupira.

— Tu sais ce que je pense ?

— Je ne sais jamais ce que tu penses, Cordie, répliqua Regan en souriant.

— Tu devrais enlever cette couverture de tes épaules et aller lui mettre le grappin dessus.

— Ce n'est pas une couverture, s'offusqua Regan. C'est un châle.

D'un air emprunté, elle resserra le nœud qui le maintenait en place.

— Et puis ce ne serait pas correct de ma part de le draguer. Alec est en service, et il est... contraint de rester avec moi.

— Le voilà, annonça Cordie, mettant ainsi un terme à leur conversation.

Regan vit que les agents de sécurité, l'air très mécontent, s'en allaient.

— Qu'est-ce que vous leur avez dit ? lui demanda-t-elle.

— Pas grand-chose.

— En d'autres termes, vous ne répondrez pas à ma question ?

Il sourit et ignora sa remarque.

— On va dans la salle de bal ?

— Les portes ne sont pas encore ouvertes, déclara Cordie. En attendant, on sert du champagne et des petits-fours. Je vais voir si je trouve Sophie, vous voulez venir avec moi ?

Regan ne lui répondit pas. Elle observait un couple qui entrait dans le vestibule. Dès qu'elle les reconnut, elle eut mal au ventre et fronça les sourcils.

— Qu'est-ce qui se passe ? demanda Cordie en se détournant pour suivre le regard de Regan. Ah ! je vois.

Le couple disparut dans le vestiaire.

— Qui est-ce ? s'enquit Alec, qui avait eu le temps de les entrapercevoir.

— Des gens sans intérêt.

Alec se tourna vers Cordie pour obtenir une réponse. Cette dernière soupira.

— L'homme aux cheveux gris a été marié à la mère de Regan, et la jeune personne qui a du mal à rester habillée, c'est sa femme. Comme l'a dit Regan, ils n'ont aucun intérêt.

Alec posa la main sur l'épaule de Regan.

— Je voudrais qu'on passe dans la salle de bal, maintenant. Cordie a raison, il commence à y avoir trop de monde, ici.

Cordie partit devant, et le temps qu'elle atteigne la porte, deux hommes l'avaient déjà abordée.

Alec prit Regan par la main.

— Je veux savoir où on vous a placée. En avant.

Ne tenant pas particulièrement à rester debout dans cette pièce bondée, elle ne protesta pas.

Un employé s'avança dans l'embrasure avec l'intention de leur bloquer le passage et de leur expliquer qu'ils devaient attendre l'heure d'ouverture officielle, mais, face à la noirceur du regard d'Alec, il changea d'avis et s'écarta.

La salle de bal était étonnamment vaste. Tout à gauche, les musiciens s'affairaient à installer leur équipement sur une large estrade carrée qui jouxtait la piste de danse. En face et à droite, on avait disposé des tables rondes de dix couverts drapées d'une nappe de lin blanc. Des housses du même tissu enveloppaient les chaises matelassées, au dos desquelles on avait attaché un gros nœud de satin bleu dont le ruban tombait en cascade jusqu'au sol. Les serveurs allumaient de hautes chandelles effilées soutenues par d'étincelants chandeliers.

Derrière chaque assiette se dressait un carton nominatif fiché dans un petit cube d'argent. Regan trouva leur table à côté de la scène, près du bord de la piste. Un des serveurs, qui tripotait le micro pour s'assurer de son bon fonctionnement, s'interrompit pour lui sourire.

Sans se soucier de l'intérêt qu'on lui portait, elle examina les bristols pour savoir qui allaient être leurs voisins. Alec n'aimait guère la façon dont le personnel lorgnait Regan, mais il savait qu'il n'y pouvait rien. À sa grande satisfaction, il parvint d'un seul regard assassin à décourager un employé trop zélé qui avait fait mine de vouloir s'approcher d'elle.

Regan secoua la tête.

— Un souci ? s'enquit-il tout en gardant un œil sur la porte.

— On s'installe ailleurs.

— Très bien. Qui est placé ici ?

— Aiden et son invitée, Spencer et la sienne, ce qui confirme qu'il est de retour, le directeur de l'hôpital et sa femme, et, pour finir, mon ancien beau-père, Emerson, et sa femme, Cindy. Hors de question de dîner à cette table.

Regan fournissait un effort immense pour qu'Alec ne vît pas l'ampleur de sa colère. Elle savait qu'elle devait à Aiden la présence de l'autre ordure. Les motivations de son frère étaient évidentes : Emerson avait déjà consulté plusieurs avocats dans le but d'obtenir l'annulation de son contrat de mariage, et Aiden tentait simplement de l'amadouer. Aux yeux de Regan, il ne faisait que repousser l'inévitable ; en outre, il trahissait le souvenir de leur mère.

Regan avait les joues écarlates. Pour être furieuse, elle était furieuse.

— D'accord, dit Alec. Où voulez-vous vous asseoir ?

— Partout sauf ici.

Alec prit leurs cartons, examina les alentours, repéra une table près du fond qui lui plaisait car proche du mur, et alla échanger leurs noms avec ceux d'un médecin et son épouse.

— Ça vous va, comme ça ?

— C'est parfait, répondit-elle.

Son front se décrispa. Elle posa son sac sur sa chaise et se redressa à l'instant même où l'on annonçait l'ouverture officielle de la salle. Accompagnée de son cavalier, Sophie fut la première à entrer. Elle fit un signe de la main à Regan et se dirigea vers elle en hâte. Elle était resplendissante. Regan guetta la réaction d'Alec, qui revenait de la table d'Aiden.

Il parut curieux, mais de façon raisonnable. Contrairement à la plupart des hommes, qui en présence de Sophie avaient tendance à perdre leur sang-froid, Alec paraissait en pleine possession de ses moyens. Étrange, songea Regan. Très étrange.

Sophie portait une robe Chanel noire et des barrettes en diamant. Regan reconnut l'homme qui l'accompagnait : c'était Jeffrey Otley. La famille de ce dernier possédait la société Otley Electronics, et Regan savait que Jeff et Sophie appartenaient au même country-club. C'était un homme sympathique et décontracté dont les vêtements, qu'il portait toujours de deux tailles trop petits, paraissaient en permanence sur le point d'exploser.

— Alec, voici ma grande amie Sophie Rose, déclara Regan.

Alors qu'elle lui présentait Jeff, elle remarqua que Sophie souriait à Alec. À l'évidence, elle aussi semblait fascinée par lui.

— C'est vous, le garde du corps, ou plutôt l'inspecteur chargé de protéger Regan ? Ne t'inquiète pas, ajouta-t-elle à l'intention de Regan. Cordie m'a tout expliqué, et crois-moi, je sais garder un secret.

— Quel secret ? demanda Jeffrey.

Ce fut Alec qui lui répondit :

— Regan sort avec un flic. Le voilà le secret.

— C'est qui, le flic ?

— C'est moi. Elle sort avec moi, dit-il en la prenant par la taille et en l'attirant contre lui.

Alec ne la lâcha pas et Regan se demanda s'il s'en rendait compte. Non pas qu'elle trouvât à y redire ; elle aussi se plaisait à faire semblant d'être avec lui et… Seigneur, c'était pitoyable !

— Voulez-vous qu'on se joigne à vous ? demanda Sophie.

Sans laisser à Regan le temps de répondre, elle se tourna vers son cavalier.

— Tu veux bien aller chercher nos cartons, s'il te plaît ?

Alors que Jeffrey s'apprêtait à partir, Sophie l'attrapa par le bras.

— Un instant. Prends tous ces bristols et mets-les ailleurs. Il doit bien y avoir des places vides, sinon demande au serveur d'installer une autre table. Je n'ai pas envie de dîner avec des inconnus, ce soir. Et puis, Jeff, trouve le carton de Cordie, aussi. Elle voudra être avec nous.

Regan se pencha vers Alec.

— Sophie et moi, nous nous connaissons depuis la maternelle, alors je suis habituée à sa manie de commander son monde.

Sophie entendit son commentaire et rit.

— Sauf Cordie et toi. Cela dit, il est vrai que j'ai tendance à être directive, surtout avec Jeff. C'est mon accompagnateur attitré.

— Votre « accompagnateur » ? répéta Alec.

— Nous sommes amis, rien de plus, expliqua-t-elle, mais quand j'ai besoin d'un cavalier pour une soirée, Jeff m'accompagne, et de mon côté je lui rends la pareille. C'est la solution idéale quand l'un de nous est célibataire. En tout cas, Jeff tenait beaucoup à venir ce soir, pour Regan.

— Pourquoi ? s'enquit Alec.

— Ça fait des années qu'il a le béguin pour elle. On s'assoit ?

Elle fit signe à un serveur, qui vint tout de suite vers eux.

— Voulez-vous ôter ces trois couverts, s'il vous plaît ? Merci.

Tandis que le serveur débarrassait l'argenterie et les verres, Sophie se pencha vers Regan.

— Cordie s'assiéra à la gauche d'Alec, et toi à sa droite.

— C'est vrai qu'elle commande son monde, commenta Alec.

Regan hocha la tête et garda un sourire aux lèvres jusqu'à ce que Sophie lui dise :

— Cordie a raison, tu devrais vraiment enlever cette couverture. Ça cache ta magnifique robe.

— Ce n'est pas une couverture, c'est un châle.

— Pas la peine d'être sur la défensive.

— Je ne suis pas sur la défensive, répliqua-t-elle tout en sachant que c'était faux. Je t'explique que je porte un châle, c'est tout.

— D'accord, répondit Sophie, qui à l'évidence cherchait à l'apaiser. Moi, je suggère juste que le moment serait venu de l'enlever. À propos de robes, la mienne te plaît ?

— Beaucoup. Elle est neuve ? demanda Regan d'un ton empreint de suspicion.

— Si l'on veut.

— Comment ça, « si l'on veut » ?

— Je l'ai achetée à la boutique Chanel il y a deux semaines, mais c'est la première fois que je la porte.

— Avec quoi l'as-tu payée ?

— J'ai fait une rechute, d'accord ? dit Sophie en se levant.

— Oh non ! Sophie…

— Je vais aider Jeff à trouver le carton de Cordie. Il est en train de tourner en rond, là. À mon retour, ne t'avise pas de me faire la morale. Je me sens déjà assez coupable.

Lorsque Sophie se fut éloignée, Alec posa le bras sur le dossier de la chaise de Regan. Les franges du châle lui couvraient la main, et lorsqu'il changea de position, ses doigts frôlèrent la peau de Regan. Elle ne s'écarta pas et lui non plus.

— De quel genre de rechute parle-t-elle ?

— Sophie nous a demandé, à Cordie et moi, de l'aider à cesser d'accepter l'argent de son père.

— Où est le problème ? S'il veut lui en donner et qu'elle en a besoin…

Regan se tourna vers lui.

— Il se trouve qu'elle n'en a pas vraiment besoin, justement. Qui plus est, elle tient à être tout à fait indépendante. Sophie adore son père et lui est très dévouée, dit-elle dans un soupir.

— En d'autres termes, rien que de très ordinaire.

Elle sourit. Rien chez Sophie et son père n'est ordinaire, songea-t-elle.

— Si vous voulez. Il y a peu, elle a décidé que c'était à elle d'essayer de le remettre dans le droit chemin, et que, si elle n'y parvenait pas, elle tâcherait de le convaincre de prendre sa retraite.

Alec eut un véritable mouvement de recul.

— Bon sang ! Rose, ce n'est pas son deuxième prénom, n'est-ce pas ? Mince alors, je n'avais pas fait le rapprochement. J'aurais dû, pourtant. C'est la fille de Bobby Rose, c'est ça ?

— Oui, c'est elle.

Alec en resta coi. Le FBI pistait Bobby Rose depuis des années afin de rassembler assez de preuves pour le mettre en examen. Nombreux étaient ceux qui le considéraient comme un génie de l'escroquerie, mais il ne dupait que ceux ou celles qu'il jugeait plus malhonnêtes que lui, et l'opinion publique s'était entichée de lui. Les patrons qui se servaient dans la caisse de leur entreprise et dépouillaient leurs employés de leurs fonds de pension avant de les abandonner à leur sort, Bobby Rose en faisait ses choux gras. Il adorait prendre pour cible ce genre de salauds, ce qui expliquait sa popularité. Hélas ! la triste réalité voulait qu'il ne manque jamais de gibier.

En outre, les autres aigrefins le considéraient comme une sorte d'idole. Ils n'aspiraient qu'à une chose : connaître la même réussite. Bobby vivait quelque part en Floride ; dans aucun des articles qu'on avait pu lui consacrer, on n'avait mentionné qu'il était père de famille.

— D'après Spencer, beaucoup de gens le comparent à un Robin des Bois des Temps modernes. Il ne vole qu'aux riches…

— Peut-être, mais il ne redistribue pas l'argent aux pauvres, que je sache. Il le garde pour lui.

Regan se raidit.

— Il donne à de nombreuses œuvres caritatives.

Au regard qu'il lui lança, on pouvait penser qu'il la prenait pour une folle.

— Un criminel, Regan, et sa place est derrière les barreaux.

— De toute évidence, vous avez déjà votre opinion, et aucun de mes arguments ne vous fera changer d'avis, je crois, commenta-t-elle d'un ton agacé.

— Un criminel, répéta-t-il.

— Si vous avez décidé de vous ériger en juge…

Il n'en croyait pas ses oreilles.

— Vous avez oublié comment je gagne ma vie ?

Elle se détourna et observa les convives qui cherchaient leur table.

— Je ne discute plus du père de Sophie avec vous.

— Croyez-moi, nous venons à peine de commencer.

Il tira sur le châle de Regan pour obtenir son attention et demanda :

— Sophie travaille pour un journal, c'est bien ça ?

Ne pas lui répondre aurait été mesquin.

— Oui. Son père a insisté pour qu'elle signe ses articles du nom de jeune fille de sa mère, mais je crois que ses collègues savent tous qui elle est. L'inspecteur Wincott l'a découvert, en tout cas, et je pensais qu'il vous aurait mis au courant.

Wincott devait plutôt se fendre la poire dans son coin.

— Non, il ne m'a rien dit. Ç'a dû lui sortir de la tête. Quelle genre d'enfance Sophie a-t-elle eu avec un père tel que Bobby Rose ?

— C'était un très bon père. Il n'a jamais manqué une seule réunion parents-professeurs, il a assisté à toutes ses pièces de théâtre et à tous ses matchs de tennis. Et puis, il a participé comme tout le monde au système de covoiturage pour accompagner les enfants à l'école.

— Certains parents refusaient-ils que leurs gosses côtoient Sophie ?

— Oui.

— Les vôtres ?

— Mes parents, m'interdire de la fréquenter ? Sophie et moi étions déjà copines quand Bobby Rose a commencé à…

— … défrayer la chronique ?

— À apparaître dans les journaux, rectifia-t-elle. Ma mère était trop accaparée par les mondanités et les voyages d'affaires. C'est ma grand-mère qui s'occupait de moi, et à sa mort Aiden a pris le relais. Je ne crois pas que ma grand-mère ait connu l'identité du père de Sophie, et Aiden ne lui a rien dit. Mon frère ne m'a jamais interdit d'être amie avec elle. Sophie était toujours la bienvenue chez nous, même si moi je n'avais pas le droit d'aller chez elle. Ce qui ne m'empêchait pas d'y être toujours fourrée, ajouta-t-elle en souriant.

— Vous êtes déjà descendue dans sa cave ? demanda-t-il pour plaisanter. Personne ne sait où Bobby Rose cache sa fortune. C'est peut-être là.

Elle posa la main sur la sienne.

— Alec, Sophie est mon amie.

Alors qu'il s'apprêtait à lui poser une autre question, elle le fit taire d'une pression des doigts.

— C'est mon amie, Alec.

32

Alec détestait les soirées habillées et n'aimait pas spécialement l'ambiance du country-club. Si, ce soir-là, il ne voyait pas d'inconvénient à porter le smoking, Regan y était pour beaucoup. Elle avait un côté fascinant et très vivant mais possédait aussi une vulnérabilité qu'il trouvait très touchante. Sophie venait de leur raconter l'histoire douloureuse qu'avait vécue un jeune homme de sa connaissance, et à la fin de son récit, Regan avait les larmes aux yeux.

— Ça s'est quand même bien terminé, conclut Sophie.

Gênée, Regan se tamponna les yeux avec sa serviette et rit.

— Je suis une vraie pleurnicharde.

— C'est le surnom qu'on lui donnait, autrefois, déclara Sophie.

— Quand j'ai découvert que certains enfants m'appelaient ainsi, j'ai pleuré comme une Madeleine. Enfin bon, ça remonte à l'école primaire. Je m'en suis remise, depuis.

— Elle est du genre à fleur de peau, ajouta Sophie.

Regan ne la contredit pas ; elle but une gorgée de son Perrier-citron.

Alec adorait observer les expressions de son visage car elle était d'une sincérité rafraîchissante. On lisait en elle comme dans un livre. Regan ne jouait pas un rôle ; elle ne recelait pas une once d'égoïsme ou d'égocentrisme. Voilà qui le changeait des femmes qu'il avait connues.

Regan avait un visage et un corps à poser pour des couvertures de magazines, mais ce qu'il préférait chez elle, c'était sa fidélité sans faille pour ses amies. Enfin, ce n'était pas tout à fait vrai. Elle avait vraiment un corps de déesse.

Quoi qu'il en soit, il n'était là que pour le travail, rien de plus. Il devait se le rappeler chaque fois qu'il regardait sa ravissante bouche.

Sophie et son cavalier allèrent saluer une de leurs connaissances. Alec refusa le vin qu'un serveur vint lui proposer.

— C'est bon, ça ? demanda-t-il à Regan en désignant son verre d'un signe du menton.

Elle le lui tendit et fut surprise de le voir l'avaler d'un trait.

— Vous étiez censé en prendre une gorgée, dit-elle en souriant.

— Ce n'est pas mon genre. Si je bois, ce n'est pas du bout des lèvres. Ça résume d'ailleurs assez bien ma vision de la vie.

— Pas de petite gorgée, toujours cul sec, c'est ça ?

Il hocha la tête et elle s'esclaffa.

— Je parie que vous apparteniez à une association d'étudiants, à la fac.

— Bien sûr. Et j'ai dévoré pas mal de chips, aussi.

Il posa le verre, en commanda deux autres et dit :

— Regardez qui arrive.

— Pardon ?

— Aiden est là.

Le frère de Regan entra seul dans la salle. Il ne la remarqua pas, car elle était presque cachée dans l'angle du fond. Il se dirigea vers l'estrade, où l'attendait Daniel O'Donnell, le directeur du Parksdale Hospital.

Sophie le vit aussi. Elle alla à sa rencontre, lui dit quelque chose qui le fit sourire, puis se hissa sur la pointe des pieds pour l'embrasser sur la joue.

Spencer arriva un instant plus tard en compagnie de Cordie. Lui aussi souriait. Regan lui trouva l'air détendu. En manque de sommeil, certes, mais détendu. Les effets du décalage horaire le rattraperaient sans doute le lendemain.

— L'homme avec Cordie c'est…

— … Spencer ?

— Oui.

— L'air de famille saute aux yeux, mais je l'ai aussi reconnu grâce à une photo de journal qu'Henry m'a montrée, sur laquelle on vous voit lors d'une cérémonie d'inauguration, vos frères et vous. Henry compte la faire encadrer, car, d'après lui, vous voir tous réunis est extrêmement rare.

— C'est vrai. J'ai l'impression que nous ne nous retrouvons qu'aux enterrements ou en cas de crise.

Alec posa les coudes sur la table et réfléchit aux propos de Regan.

Celle-ci reporta son attention sur Spencer et déclara :

— Je vais aller saluer mon frère.

— Ils sont deux, ici.

— Exact, mais je ne vais me montrer aimable qu'avec un seul d'entre eux.

— Ça, c'est parlé !

Son châle, qui s'était dénoué, tomba par terre lorsqu'elle repoussa sa chaise. Alec se leva d'un bond. La robe de Regan mettait un peu trop sa plastique en valeur à son goût. Enfin... ce n'était pas tout à fait vrai : la contempler lui plaisait beaucoup, et pour être honnête, ce qu'il ne supportait pas, c'était que d'autres puissent en faire autant.

Alors qu'il s'apprêtait à lui demander de remettre son étole, elle se tourna vers lui. Ils se tenaient tout près l'un de l'autre : s'il s'avançait ne fût-ce que de quelques centimètres, leurs lèvres se rencontreraient. Il se ravisa juste à temps. Que ça lui plaise ou non, il n'avait aucun droit de regard sur sa façon de s'habiller. Si par hasard il tentait de se mêler des choix vestimentaires d'une de ses sœurs, celle-ci lui rirait au nez et lui passerait un sacré savon.

Quoi qu'il en soit, Regan n'était pas sa sœur. Tu la fréquentes pour le boulot, c'est tout : il avait beau se le répéter en permanence, il peinait à l'accepter.

— Alec ? Vous disiez ?

— Ne quittez pas la salle, lui ordonna-t-il d'un ton bourru. Je vous surveille, mais restez dans les parages.

— Bien sûr.

Cordie conduisait Spencer à Regan, qui les rejoignit au milieu de la salle. Elle serra son frère dans ses bras et lui fit savoir qu'elle se réjouissait de son retour.

Tout en observant leurs retrouvailles, Alec sortit son téléphone portable et composa le numéro de Wincott. L'inspecteur répondit à la deuxième sonnerie.

Alec ne perdit pas de temps en civilités.

— Rencarde-toi sur les frangins.

— C'est si rasoir que ça, ta soirée ?

— Je suis sérieux. Rencarde-toi, s'il te plaît.

— C'est déjà fait. Et puis, tu n'es pas censé prendre la moindre part à cette enquête.

Alec éprouvait le plus grand mal à rester en retrait. Il ne voulait pourtant pas compromettre la carrière de Wincott, sur qui Lewis ne manquerait pas de se venger s'il apprenait qu'Alec s'immisçait dans l'investigation.

— Qu'as-tu derrière la tête ? s'enquit Wincott.

— Si ça se trouve, notre cinglé en veut à la famille entière, ou alors il se sert de Regan pour réunir les trois frères à Chicago. Je sais que tu t'es déjà renseigné sur eux, mais approfondis les recherches. C'est une piste à explorer.

— D'accord, on va fouiller.

— Écoute, je sais que tu es débordé et que tu manques d'effectifs, alors je vais téléphoner à Gil pour lui demander un coup de main.

— Donc, tu t'en mêles malgré tout…

— J'ai une intuition que je tiens à suivre.

— Moi, ça ne me dérange pas… si Gil est d'accord.

— Du nouveau, sinon ?

— Depuis ce matin ? Non. Les types à qui Regan a refusé une subvention sont les seuls qui éprouvaient de la rancune à son égard, mais même si parmi eux il y a quelques cinglés – des mecs qui voulaient de l'argent pour financer des inventions bizarres – on n'a rien trouvé à leur reprocher. Bizarres mais réglo. Je t'ai déjà expliqué qu'on se penche sur Peter Morris, ajouta-t-il. Sinon, rien à signaler du côté de ses copines. J'imagine que tu as compris qui est le père de Sophie Rose…

— Merci de m'avoir mis au parfum.

— J'ai failli tomber à la renverse quand je l'ai découvert, déclara Wincott en riant. Il semblerait que Regan et ses frères s'en moquent. Ils ne tiennent pas rigueur à Sophie des péchés de son père.

— C'est normal, non ?

— Bobby Rose ne fait pas partie des suspects. Bon, je te laisse, j'ai un autre appel.

Alec ferma son téléphone et le rangea dans sa poche. Dos au mur, bras croisés sur la poitrine, il observait l'assistance.

Aiden s'était joint à Regan et Spencer. Seule Cordie semblait intéressée par ce qu'il racontait. Non, « intéressée » n'était pas le mot juste. Elle avait l'air de boire ses paroles. Regan, elle, paraissait furieuse. Elle secoua la tête et revint à leur table. Plusieurs hommes tentèrent d'engager la conversation avec elle, mais elle ne leur accorda d'autre attention qu'un sourire poli.

De retour à leur table, Regan resta debout à côté d'Alec, le regard braqué sur la porte.

Cordie, qui l'avait suivie, sourit quand Alec lui tira sa chaise.

— Qui est-ce que tu cherches ? demanda-t-elle à Regan en posant sa serviette sur ses genoux.

Elle suivit le regard de Regan.

— Ah, je vois.

— Vous voyez quoi ? s'enquit Alec.

— M. et Mme Gerbants viennent d'arriver, expliqua Cordie.

Sans le moindre commentaire, Alec les observa tandis qu'ils allaient s'asseoir. Emerson avait le visage rougeaud, sans doute à cause de l'alcool. Sa femme rajustait son corsage et passait la main dans ses longs cheveux blond platine pour leur donner du volume. Intéressant, comme couple, songea-t-il en se demandant ce que Wincott avait découvert sur eux.

Sophie revint à table avec Jeff ; elle tendit le cou afin de pouvoir observer Emerson et Cindy. Lorsque ces derniers eurent pris place, elle se tourna vers Regan et déclara :

— La famille est au complet. Charmant, non ?

— Génial.

— Mais non, Walker n'est pas là, fit observer Cordie.

— C'était ironique, rétorqua Sophie.

Elle demanda à Regan et Alec s'ils comptaient rester debout toute la soirée, puis ajouta :

— Aiden n'avait pas le droit d'inviter Emerson. Il sait que Regan ne peut pas le souffrir. Je trouve que c'est une insulte à la mémoire de sa mère et je ne me suis pas privée de le lui faire savoir.

Cordie prit immédiatement la défense d'Aiden.

— Comment sais-tu que c'est lui qui l'a invité ?

— Il me l'a dit, rétorqua Sophie.

— Et quoi d'autre ?

— Que c'était moins coûteux qu'un procès et que je ferais mieux de garder mes réflexions pour moi. Il me traite toujours comme si j'avais dix ans.

On servit l'entrée. Au grand soulagement de Regan, ils abordèrent des sujets plus légers pendant le dîner. Jeff raconta plusieurs anecdotes amusantes à propos d'un tournoi de tennis auquel il avait participé, et Regan fit semblant de s'y intéresser. Elle n'avait pas faim. Voir Emerson lui avait coupé l'appétit, mais personne ne sembla remarquer qu'elle ne touchait pas à son assiette.

Entre le repas et le début du bal, Daniel O'Donnell monta sur l'estrade et tapota sur le micro pour obtenir l'attention de l'assemblée.

— Pitié, j'espère qu'on ne va pas devoir se farcir une dizaine de discours barbants, soupira Cordie.

— Il n'y en aura qu'un, la rassura Regan.

— À mille dollars l'assiette, on pourrait au moins nous épargner ça, ajouta Sophie.

— Chut ! fit Cordie. On va t'entendre.

Quelques instants plus tard, le directeur présenta Regan. Cordie et Sophie pouffèrent.

— Fais bref et sympa, lui demanda Sophie.

— J'avais pensé faire long et pénible, la taquina Regan.

Ayant décidé d'improviser, elle laissa ses notes dans son sac à main. Quand elle se leva, Alec l'imita mais ne la suivit pas. Examinant l'assistance et les portes pendant qu'elle se dirigeait vers le podium, il ne manqua pas de constater que tous les regards étaient braqués sur elle.

En tout et pour tout, il ne lui fallut qu'une trentaine de secondes pour ferrer son auditoire, et encore moins pour le captiver.

L'hôpital se trouvait au cœur des quartiers déshérités de la ville, et Regan souligna à quel point il était primordial qu'il reste ouvert. L'établissement manquait cruellement de fonds et de lits, d'où la nécessité de mener une importante campagne de financement.

— Et c'est pour cette raison que vous êtes ici ce soir, déclara-t-elle.

Tous souriaient. Alec était ébahi par la facilité avec laquelle elle avait mis son public dans sa poche. Lorsqu'elle termina, Alec était prêt à vider son compte d'épargne pour apporter son aide au projet. C'est dire qu'elle était douée.

On sentait chez elle une passion et une détermination immenses. Voilà un aspect de sa personnalité qu'Alec n'avait pas encore découvert, et il n'en fut que plus impressionné. Regan ne cessait de lui plaire davantage.

Elle reçut une *standing ovation* et se retrouva immédiatement entourée d'une nuée d'invités. Voir la foule se presser autour d'elle déplut à Alec. Il la rejoignit et la prit par l'épaule.

Il repéra Emerson qui, un verre à la main et l'œil mauvais, approchait d'elle en titubant.

— Venez, allons danser.

— Les musiciens ne jouent même pas.

— Je fredonnerai.

Il leur fraya un chemin jusqu'à la piste. Par chance, la musique commença à l'instant où il l'attira dans ses bras.

— Alec ?

— Oui ?

— Merci.

Jusqu'alors occupé à scruter les lieux, il la regarda et lui sourit.

— Vous l'aviez vu arriver ?

Regan hocha la tête. Ses doigts chatouillaient la nuque d'Alec, qui peinait à rester impassible. La sentir ainsi contre lui… Quand elle plongea son regard dans le sien, son imagination s'emballa.

Nom de Dieu, il était tout simplement en manque, voilà pourquoi elle lui faisait tant d'effet. Il lui fallait se vider la tête et cesser de l'imaginer au lit avec lui, son corps…

— On pourra partir bientôt, dit-elle.

Un des serveurs attira l'attention d'Alec. Muni d'un plateau ovale, il se tenait près de la porte et fixait Regan. Au bout d'un moment, un autre serveur vint lui taper sur l'épaule pour le rappeler à l'ordre.

— Je ne suis pas pressé.

— Qui regardez-vous ?

— Personne en particulier.

— Ça va ? Vous ne vous ennuyez pas à mourir ?

— Je respire encore, non ? rétorqua-t-il en souriant.

Le morceau se termina. Des hommes tentèrent d'approcher Regan, mais Alec s'interposa et parvint à la reconduire à leur table sans qu'ils aient eu à s'arrêter.

— Ce n'est pas très correct de votre part de m'entraîner de force comme ça. Je suis censée me montrer aimable avec ces gens afin qu'ils me donnent un peu de leur argent durement gagné pour le développement de l'hôpital.

— La plupart d'entre eux ne l'ont pas gagné, leur argent. Ils en ont hérité.

— C'est juste, mais il faut malgré tout que je…

— Rien ne vous empêche de vous montrer aimable en restant ici. Vous n'allez pas laisser Cordie toute seule, quand même ?

Il lui tira sa chaise. Qu'elle le veuille ou non, elle allait devoir s'asseoir.

— Avez-vous remarqué que Cordie est partie danser ?

— Oui, mais elle va revenir. J'ai l'impression que vous avez froid, dit-il en prenant place à côté d'elle. Pourquoi ne remettez-vous pas votre couverture ?

— Pour la dernière fois, ce n'est pas une couverture, répondit-elle d'un air agacé.

Lorsqu'il lui posa son châle sur les épaules, ses doigts s'attardèrent sur son cou. Regan resta plusieurs minutes à contempler les couples sur la piste, jetant de temps à autre un coup d'œil à Alec. Manquait-elle d'affection au point qu'un simple frôlement de sa main sur sa peau puisse lui donner le vertige ?

N'y pense pas, se dit-elle. Il fallait qu'elle se concentre sur autre chose. Sur ses amies, par exemple. S'amusaient-elles ? Sophie en donnait l'impression, en tout cas. Jeff et elle, qui participaient à une valse, semblaient en grande conversation ; Cordie, elle, dansait avec Aiden.

— Que pensez-vous de mes amies ?

— Je les aime bien, répondit-il en observant Cordie.

Regan sourit comme s'il venait de la complimenter.

— Quand nous étions petites, Cordie et moi étions persuadées que Sophie se marierait avant ses vingt ans, mais, maintenant, nous ne sommes même pas sûres qu'elle le fera un jour. Sa vie lui plaît trop ainsi. Quant à Cordie, c'est une vraie romantique : elle attend le grand amour.

Alec désigna la piste de la tête.

— Il est possible qu'elle l'ait déjà trouvé.

Elle éclata de rire.

— Vous plaisantez ! C'est avec Aiden qu'elle danse !

— Je sais, oui.

— Insinuez-vous que Cordie et Aiden…

L'idée lui semblait si ridicule qu'elle pouffa de nouveau.

Alec eut envie de lui suggérer de bien étudier le visage de son amie. À la façon dont Cordie regardait Aiden, on devinait qu'elle avait le béguin pour lui. En revanche, Alec doutait qu'Aiden en ait conscience.

— Je peux me tromper, dit-il, préférant se montrer diplomate.

— Bien sûr que vous vous trompez. Pour Aiden, Cordie est une de mes copines, rien de plus. Il l'a vue grandir, elle passait son temps chez nous. Elle, de son côté, ne voit en lui que mon frère…

— Ouais, j'ai compris. Et rien de plus, c'est ça ?

— Exact.

Ils continuèrent à observer les couples de danseurs.

— Daniel a l'air contrarié, commenta-t-elle.

— Qui ça ?

— Daniel O'Donnell, le directeur de l'hôpital, expliqua-t-elle. Il m'attend pour récolter les dons aux tables. Vous m'accompagnez ?

— Non, je vous surveillerai d'ici. Restez là où je peux vous voir, c'est tout.

Il faillit ajouter : « Et mettez votre bâche ou je ne sais quoi », mais se retint. Dos contre le mur, il la suivit des yeux. Au bout d'un moment, elle se retourna et lui adressa un sourire qui fit apparaître les fossettes qu'il feignait de ne pas voir depuis le début. Il adorait les fossettes.

Son portable se mit à vibrer. Il répondit sans même consulter l'identification du numéro :

— Buchanan.

C'était Noah Clayborne.

— Je suis coincé à Seattle, annonça celui-ci.

— Qu'est-ce que tu fabriques là-bas ?

— Je mange du poisson.

— Donc, tu ne viens pas à Chicago ?

— Sans doute pas. Et toi, où es-tu ? J'entends de la musique, derrière.

— Je suis dans un country-club, et ce que tu entends est l'orchestre. Je suis là pour le boulot, expliqua-t-il.

— Quel genre de boulot ?

Alec soupira et se prépara à se faire mettre en boîte.

— Garde du corps.

— Ouh là ! J'imagine que ça vaut toujours mieux qu'être suspendu. Où est-ce que tu as merdé ?

— Qui te dit que j'ai merdé ?

Noah rit.

— Tu rigoles ? Service de protection rapprochée, ça sent la bourde à plein nez.

— C'est vrai. J'ai fait passer le lieutenant pour un crétin.

— Comment tu t'y es pris ?

— J'ai donné ma démission. Écoute, c'est une longue histoire. Je te raconterai ça un de ces quatre devant une bière.

— Ça marche. On se verra peut-être à Boston. Je te tiens au courant.

— Attends, j'ai un truc à te demander.

— Quoi donc ?

— C'est un peu bizarre, mais je m'interrogeais sur…

— Sur quoi ? le pressa Noah quand il sentit Alec hésiter.

— Les femmes.

— Ah. Je pensais que ton père ou un de tes frères t'aurait déjà expliqué comment ça se passe, mais si tu…

— Mort de rire, rétorqua sèchement Alec. Ce que je me demandais…

— Vas-y, accouche !

— Tu as connu beaucoup de femmes, toi…

— J'adore les femmes.

— Tu as eu quelques relations sérieuses, n'est-ce pas ? Tu vois ce que je veux dire ? Des liaisons qui ont duré plus d'une nuit, parfois même au moins une semaine ? Rien de très long, mais des relations quand même.

— Oui.

— Bon, voici ce que je veux savoir : au cours d'une de ces liaisons, t'est-il arrivé de devenir possessif ? Est-ce que ça te dérangeait que d'autres types essaient de draguer ta copine ?

— Aïe aïe aïe. C'est qui ?

— Contente-toi de répondre à ma question.

— Non, je ne suis jamais devenu possessif, répondit Noah d'un ton amusé.

Ce n'était pas la réponse qu'escomptait Alec. Il regretta d'avoir interrogé Noah, qui à présent allait vouloir en savoir plus.

— Si j'ai bien compris, tu sors avec une fille et tu n'as pas envie qu'un autre la drague ?

Alec savait que Noah prenait un malin plaisir à l'asticoter.

— Mais non, bordel ! C'est faux. Je ne sors avec personne.

— Ah ! je vois.

— Tu vois quoi ?

— Tu ne couches pas avec elle, mais tu te sens quand même possessif.

Alec aperçut Emerson qui se dirigeait de nouveau vers Regan. Cette dernière discutait avec le directeur de l'hôpital, lequel semblait boire ses paroles.

— Écoute, je préférerais que Nick ne sache rien de notre petite conversation.

— Tu rêves, mon pote ! Ton frère est mon équipier. Obligé que je lui en parle. On passe énormément de temps en planque, nous deux, et ça, c'est un sujet rêvé pour faire passer le temps. Et ce n'est pas tous les jours que j'ai l'occasion de me payer la tête d'un de ses frères.

Alec sentait la colère le gagner.

— Il n'y a rien à raconter.

Il s'imagina en train de plonger la main dans son téléphone pour saisir Noah à la gorge et l'étrangler. Étrange réaction, mais ce fantasme le soulagea. Cependant, il regrettait d'avoir abordé ce sujet, et il savait qu'il allait falloir beaucoup de temps à Noah pour l'oublier.

— Méfie-toi, Alec, ou tu ne seras plus célibataire quand tu quitteras Chicago. Je sais de quoi je parle. J'ai vu la même chose arriver à Nick et Theo. Quand ils ont rencontré leur femme, ils sont passés tous les deux par la phase puérile où ils ne supportaient même pas qu'on la regarde.

— Ça ne t'arrivera jamais, à toi, pas vrai ?

— Jamais de la vie !

Alec retrouva sa bonne humeur. Il avait presque perçu un frisson d'horreur dans la voix de l'agent du FBI.

— Bon, tu en as terminé avec tes discussions de gonzesse ?

— Ouais.

Noah aborda ensuite un sujet qu'il jugeait beaucoup plus important : la virée de pêche qu'il organisait avec le père Tommy, un autre ami de la famille.

— On pense au Canada. Ça t'intéresse ?

— Si je peux me libérer, pas de problème.

Regan dansait à présent avec le cavalier de Sophie. Comment s'appelait-il, déjà ? Jeff quelque chose. Inoffensif, songea Alec. Contrairement à Emerson, en revanche, qui regardait Regan avec des yeux pleins de hargne. Appuyé contre une colonne, il vidait cul sec un grand verre en attendant que la musique s'interrompe. De toute évidence, il n'en avait pas fini avec elle.

— Faut que je te laisse, déclara Alec avant de raccrocher.

Emerson venait de coincer Regan alors qu'elle quittait la piste. Alec fit quelques pas dans leur direction puis s'arrêta. Il décida de ne pas intervenir : elle était assez grande pour s'en sortir seule.

Le visage de Regan se figea, mais elle ne chercha pas à éviter la confrontation. Elle écouta quelques instants son ex-beau-père déblatérer. Lorsqu'elle en eut assez et qu'elle tenta de s'éloigner, il l'attrapa par le poignet et refusa de la lâcher. L'attitude de Regan ne changea pas d'un iota, mais on ne put en dire autant d'Emerson. Elle posa la main sur la sienne pour se libérer, et, d'après l'expression de stupéfaction et de douleur qui se peignit sur le visage de l'ivrogne, Alec devina qu'elle lui avait tordu quelques doigts au passage.

Bien joué, pensa-t-il avec fierté. Grandir auprès de trois frères avait des bons côtés, après tout, même si ces frères se montraient autoritaires et envahissants.

Regan se lança ensuite dans la tournée des tables pour travailler les convives au corps. Le directeur la suivait pour récolter les chèques et les promesses de dons. Tout le monde semblait adorer Regan. Enfin, presque. Quand la femme d'Emerson n'était pas occupée à ranger sa poitrine siliconée dans sa robe léopard, elle la foudroyait du regard.

De temps à autre, Regan se tournait vers Alec et lui souriait. Peut-être s'assurait-elle qu'il était toujours là.

Trois bons quarts d'heure s'écoulèrent avant qu'elle cesse de prospecter les donateurs. Elle parcourut des yeux la salle jusqu'à trouver Aiden. Il lui fallut un certain temps pour arriver jusqu'à lui car on n'arrêtait pas de l'accrocher au passage, certains allant même jusqu'à lui prendre la main tandis qu'ils s'adressaient à elle. Lorsqu'elle rejoignit enfin son frère, celui-ci se mit à parler avant même qu'elle ait eu l'occasion de prononcer un mot, et les propos qu'il lui tint lui déplurent. Les joues empourprées, elle secoua la tête à plusieurs reprises.

Spencer se mêla alors à la conversation ; Alec comprit tout de suite que les frères faisaient corps contre elle sur un sujet de discorde. Alec était prêt à parier cent dollars que cette discussion orageuse concernait Emerson.

Lorsque Regan revint enfin à leur table, elle tremblait. Il savait que sa réaction était due à la colère et non à la fatigue. Trop furieuse pour s'asseoir, elle resta debout à côté de lui, tâchant de recouvrer son calme.

— Puis-je vous aider de quelque façon que ce soit ? lui proposa-t-il.

— Non, c'est gentil.

— En ce cas, je vous suggère de respirer à fond et de passer à autre chose.

Décidément, rien ne lui échappait.

— Vous avez tout vu ?

— Oui.

— Mes frères, ce qu'ils peuvent être…

— Quoi donc ? demanda-t-il en réprimant un sourire.

— … terre à terre.

À l'entendre, être terre à terre était un péché mortel.

— Est-ce vraiment insupportable ?

— Dans ce cas précis, oui. Arrêtez de vous moquer de moi.

Les poings serrés, elle avait le dos aussi raide que les colonnes de marbre du bâtiment. Alec la prit par l'épaule et la serra avec délicatesse.

Elle se tourna vers lui pour lui dire que plus rien ne les retenait ici, mais elle ne trouva pas ses mots. C'était la faute d'Alec, dont le regard – débordant de tendresse et d'un amusement évident – la troublait… jamais elle n'avait rencontré quelqu'un comme lui.

— Alec ?

— Oui ?

Elle se pencha vers lui et chuchota pour qu'on ne puisse surprendre ses paroles.

— Je me posais la question…

Alec resta silencieux et attendit qu'elle poursuive. Regan se sentit rougir.

— Si nous nous étions rencontrés ailleurs… en d'autres circonstances… est-ce que vous…

Il était inutile d'aller plus loin. Alec hocha la tête et répondit d'une voix douce :

— Oui, bien sûr.

Ni l'un ni l'autre ne prononça un seul mot pendant plusieurs minutes. L'orchestre jouait une vieille chanson de Roberta Flack. Regan prit son châle, le plia et le jeta sur son bras.

— À quoi pensez-vous ? lui demanda-t-elle enfin, incapable de se retenir.

Alec afficha un sourire à faire fondre de l'acier.

— Je vous le dirai plus tard.

— Non, tout de suite.

Il parcourut de nouveau la salle du regard et Regan crut qu'il cherchait à éluder sa question.

— Je suis en service, pour l'instant, dit-il.

— Et ?

Il eut un sourire espiègle.

— Tout à l'heure, je ne le serai plus.

33

Sur le chemin du retour, ils parlèrent peu. Après s'être assuré qu'on ne les suivait pas, Alec enclencha le régulateur de vitesse, se détendit et se mit à réfléchir à sa situation, résolu à déterminer pourquoi il éprouvait en ce moment tant de difficulté à séparer vie privée et vie professionnelle.

Il savait pourtant quelle était la meilleure marche à suivre : annoncer au lieutenant qu'il rendait son tablier, puis préparer ses valises et quitter la ville. Oui, c'était la seule solution.

Pourtant, il avait le sentiment qu'il ne l'appliquerait pas. Il était épris de Regan et ne parvenait plus à la chasser de ses pensées. Ne pas savoir comment c'était arrivé, ni ce qu'il pouvait y faire le rendait aussi nerveux qu'un animal en cage.

Auprès d'elle, en revanche, il ressentait un calme absolu. Depuis leur départ du country-club, elle n'avait pas quitté la route des yeux et se tenait très droite.

Regan se donnait beaucoup de mal pour paraître détendue et était convaincue de s'en sortir à merveille.

Jamais auparavant elle ne s'était sentie aussi nouée de l'intérieur. Tout chez Alec la troublait : son sourire, sa façon de se déplacer et surtout son regard séducteur. Cela pouvait sembler incroyable, mais sa seule présence à ses côtés suffisait à la mettre dans tous ses états.

Alec remarqua qu'elle avait croisé les bras sur sa poitrine et qu'elle fronçait les sourcils. Ses pensées, quelles qu'elles soient, devaient être très désagréables.

— Un souci ?

Et comment ! Je viens de me rendre compte que je suis la reine des imbéciles.

— Non, ça va.

— Tant mieux, dit-il, sachant pertinemment qu'elle mentait. À quoi pensez-vous, alors ?

— À l'attirance physique, lâcha-t-elle.

— Sans blague ? Je ne m'en serais jamais douté…

Elle feignit l'indifférence.

— Vous me posez la question, je vous réponds.

— Alors, l'attirance physique ?

— Je viens de comprendre qu'on ne la maîtrise pas. Elle peut être... immédiate. Oui, c'est ça, immédiate, dit-elle en hochant la tête pour appuyer son propos.

Elle ne s'aperçut qu'elle s'enfonçait les ongles dans la peau qu'au moment où Alec posa la main sur la sienne.

— Ce n'est que maintenant que vous comprenez ça ? s'étonna-t-il.

— Non, j'étais simplement en train d'y repenser, répliqua-t-elle, sur la défensive.

Il n'allait pas la laisser s'en tirer ainsi.

— C'est faux, vous avez dit que vous veniez de comprendre...

— D'accord, peut-être que c'est le cas. Je n'avais jamais pris le temps d'y réfléchir, voilà tout.

— À l'attirance physique ?

À son ton goguenard, elle sut qu'il la faisait tourner en bourrique.

— Oh, taisez-vous.

— C'est un vrai jeu d'enfant de vous pousser à bout.

— Parfois, oui, mais quand je veux je peux très bien dissimuler mes sentiments.

— Mon œil ! Vous en êtes incapable.

— Permettez-moi de vous contredire, répondit-elle. J'ai des années de pratique. Si je voulais cacher mes pensées, je vous assure que vous n'en sauriez rien.

— Je m'en fiche que vous vous entraîniez depuis des années, je vous dis que vous êtes incapable de dissimuler quoi que ce soit. On lit en vous comme dans un livre.

Elle refusa de continuer à se défendre. À quoi bon vouloir à tout prix avoir le dernier mot ?

Alec changea de sujet.

— Tous ces types, au club…

— Oui…

— Vous êtes déjà sortie avec l'un d'eux ?

— Non.

— Vous fréquentez quelqu'un, en ce moment ?

— Non.

— Tiens…

Elle sourit.

— Quoi, tiens ?

— Je ne m'en serais jamais douté.

— Et vous, vous fréquentez quelqu'un ?

— Non.

— Tiens…

Il se mit à rire.

— Quoi, tiens ?

— Je ne m'en serais jamais doutée. On ferait mieux de discuter d'autre chose, ajouta-t-elle.

— Pourquoi ?

— Parce que.

— Très bien. Avez-vous déjà vécu une relation durable ?

— C'est toujours le même sujet.

— Alors ?

— J'ai… j'ai plus ou moins eu une liaison avec un homme, Dennis, mais nous nous sommes séparés il y a quelques mois.

— Que veut dire « plus ou moins » ?

— J'avais envie que ça fonctionne. Je n'éprouvais aucune attirance physique pour lui, cependant, mais je pensais que ça finirait par venir.

— Ça ne se commande pas. On la ressent ou pas, point.

Elle hocha la tête sans faire de commentaire.

— On sort à la prochaine, annonça-t-elle.

— Je sais. Est-ce pour cette raison que vous avez mis fin à votre histoire avec ce Dennis ?

— Comment savez-vous que c'est moi qui y ai mis fin ?

Parce qu'il faudrait en tenir une sacrée couche pour vous larguer.

— Simple supposition.

— Oui, j'ai rompu. Ce qui l'intéressait, c'était mon argent, pas moi. Quand je me suis rendu compte du minable que c'était, j'ai ressenti plus de colère que de chagrin. Nous n'avons jamais…

— Jamais quoi ?

— Il n'y a jamais rien eu de physique entre nous.

Qu'est-ce qui lui prenait de lui faire une telle confidence ?

— Parce que vous n'éprouviez pas de désir pour lui.

— Exactement.

— Il vous en a voulu ?

— Au début, peut-être. Il m'appelait souvent, mais il a fini par passer à autre chose. Aux dernières nouvelles, il s'est fiancé.

— Il n'a pas perdu de temps.

— La promise est une riche héritière.

— En avez-vous parlé à Wincott ?

— Oui.

Plusieurs minutes passèrent en silence. Regan pensait à l'effet qu'Alec avait sur elle. Elle savait cette attirance dangereuse : il était là pour le travail, une fois sa mission terminée, il s'en irait. Si elle s'attachait trop à lui, elle allait souffrir.

De toutes les raisons pour lesquelles elle ne devait pas s'engager, elle connaissait la plus évidente de toutes : elle aurait le cœur brisé.

Le seul fait de l'embrasser serait contraire au bon sens, songea-t-elle, et la cause possible d'un procès pour harcèlement sexuel. Elle soupira. Quelle horreur, elle commençait à raisonner comme Aiden ! Néanmoins, l'éventualité n'était pas à négliger. Après tout, il n'était pas avec elle par choix. Et c'était elle qui se trouvait en position de pouvoir, n'est-ce pas ? D'une certaine manière, ne travaillait-il pas pour elle ? On l'avait chargé d'assurer sa protection, et à la moindre avance de la part de Regan, il serait en droit de la mener devant les tribunaux. (Elle imaginait déjà le scandale : sa photo placardée dans tous les journaux, journalistes et cameramen qui la poursuivaient dans le palais de justice...) Quel cauchemar !

Lorsqu'ils arrivèrent à l'hôtel, Regan s'était persuadée d'exercer un contrôle absolu sur ses émotions. Elle y avait mis de l'ordre. Oui, elle se maîtrisait parfaitement.

Alors qu'ils traversaient le hall, Alec adressa un signe de tête à l'agent de sécurité posté devant les ascenseurs.

— Désolée de ne pas vous avoir présenté à Spencer, dit-elle tandis qu'ils montaient.

— Ce n'est pas grave. J'ai l'impression que votre entrevue n'a pas été très joyeuse.

— Vous l'avez remarqué ?

— Vous voulez dire que vous dissimuliez vos sentiments et que je n'étais pas censé m'en apercevoir ?

— Vous vous moquez de moi ?

— Juste un peu.

Les portes s'ouvrirent. Alec sortit de la cabine le premier. Il salua le policier qui surveillait cette issue.

— C'est calme, ce soir ?

— Oui, inspecteur.

— Parfait.

Toutes les autres salles de l'étage étaient à présent vides et devaient le rester jusqu'à nouvel ordre. Encore une précaution qu'Aiden avait prise sans avoir consulté Regan.

— Ce policier ne m'est pas inconnu, dit-elle. Il n'a encore jamais travaillé ici, pourtant, non ?

— Non. C'est la première fois qu'il vient. Vous l'avez vu dans le bureau de Lewis.

— Exact. Vous étiez en train de le défendre. On ne l'a pas renvoyé, n'est-ce pas ?

— Non, la rassura-t-il. Il prend quelques services de nuit, histoire d'arrondir les fins de mois.

— Vous serez là, demain ?

— Oui.

— Pourtant, c'est dimanche.

— Je sais.

— Quand allez-vous faire vos cartons ?

— Ça, c'est à moi de m'en inquiéter.

— Je vous présenterai Spencer demain, alors. Et vous serez amené à revoir Aiden. Génial, non ? Mes frères vont essayer de vous apprendre votre métier.

— Si ça les amuse. Alors, comme ça, je vais les voir tous les deux ?

— Oh, oui. Vous comprenez, ce soir n'était que le premier round. Ils vont revenir à la charge.

— Comment ça ?

— Ils veulent me convaincre de conclure un accord à l'amiable avec Emerson. Que ce soit une décision commode ou non, je n'accepterai pas.

— Vous voulez dire qu'ils ont profité de la soirée pour vous coincer ?

Elle hocha la tête.

— C'était l'occasion idéale : ils savaient que je ne pourrais pas faire d'esclandre.

— Pourquoi, c'est dans vos habitudes ?

— Quand j'étais plus jeune, surtout.

Arrivés devant la suite, Regan voulut le remercier et lui souhaiter bonne nuit. L'air exaspéré, Alec lui prit la clé des mains et ouvrit la porte.

— Vous n'avez pas compris comment ça marche, depuis le temps ?

Comme l'exigeait la routine, Alec entra le premier. Regan le suivit puis attendit dans le salon qu'il ait examiné la chambre, la penderie et la salle de bains.

— R.A.S., annonça-t-il en ôtant son nœud papillon.

Regan posa ses affaires sur le dossier d'un fauteuil. Bien qu'elle eût conscience de lui bloquer le passage, elle était incapable de bouger.

Elle s'éclaircit la voix.

— Merci de m'avoir accompagnée, ce soir.

La pièce semblait rapetisser à mesure qu'il s'approchait d'elle. Lorsqu'il sourit, les genoux de Regan se mirent à flageoler.

— C'est vraiment très gentil de votre part, ajouta-t-elle.

Voilà qu'elle donnait l'impression de souffrir de laryngite aiguë. Si seulement il pouvait cesser de la fixer du regard et lui laisser le temps de mettre de l'ordre dans ses pensées, elle parviendrait peut-être à s'écarter pour lui permettre de partir.

— Je ne faisais que mon boulot, Regan.

Il fourra son nœud papillon dans sa poche et défit deux boutons de son col.

— Ah, c'est mieux. Je respire, maintenant. Bon, nous y sommes…

Il s'avança jusqu'à elle, ferma le verrou, puis plaqua les mains contre la porte de part et d'autre de son visage, lui interdisant ainsi tout mouvement. Ce qu'il sentait bon ! Elle ne s'était jamais rendu compte à quel point l'odeur d'un savon pouvait se révéler érotique.

Aïe ! Cette fois-ci, elle perdait vraiment la tête. Et ses yeux ! Ils étaient magnifiques, incroyablement séduisants, et elle ne parvenait pas à en détacher le regard.

Que venait-il de dire ? « Nous y sommes » ?

— Où ça ? murmura-t-elle.

Alec percevait son trouble. Il se pencha un peu plus en avant mais prit soin de ne pas la toucher.

— Vous savez…, dit-il d'une voix râpeuse.

Regan avait la chair de poule.

— … je ne suis plus en service.

Il s'écarta de quelques centimètres et attendit. Si elle montrait la moindre hésitation, il s'en irait et en resterait là. Il espérait cependant de tout son cœur qu'elle lui demanderait de rester.

Il fallut quelques secondes à Regan pour comprendre pourquoi il s'était interrompu : il lui laissait la main.

D'un geste lent, elle repoussa ses cheveux pour dégager son oreille et inclina la tête. Puis elle attendit. La balle était dans le camp d'Alec.

Elle sentit son souffle chaud sur sa peau une fraction de seconde avant ses lèvres. Un simple baiser et son cœur se mit à battre la chamade ; son corps tout entier fut parcouru de frissons.

Elle se demanda comment elle réagirait s'il l'embrassait sur les lèvres – elle se transformerait sans doute en guimauve. Il était temps de se reprendre et de le renvoyer avant de faire quelque chose qu'elle allait regretter.

Elle plaqua les mains contre son torse et dit à mi-voix :

— Alec ?

Sans prononcer le moindre mot, il s'écarta immédiatement et se contenta de la regarder droit dans les yeux.

Regan fut seule responsable de ce qui se passa ensuite. Elle l'attrapa par les revers de sa veste et l'attira brusquement vers elle.

— Ne me faites pas de procès, dit-elle.

34

Regan ne lui laissa pas le temps de demander des explications. Agrippant l'étoffe de son veston, elle se hissa sur la pointe des pieds et l'embrassa, longtemps, avec passion, exactement comme dans ses fantasmes. Un baiser, se dit-elle, qui étancherait sans doute la soif irrépressible qui la poussait vers lui. Puis elle le lâcherait, ouvrirait la porte et lui dirait de s'en aller.

Excellente solution, qu'elle aurait pu appliquer à condition qu'il se montre conciliant. En revanche, elle n'avait pas prévu dans ses calculs qu'il réponde à son étreinte. Soudain, les rôles s'inversèrent : il l'enlaça et prit l'initiative. Au bout de quelques instants, il devint évident qu'il était beaucoup plus expérimenté qu'elle dans ce domaine. Avec lui, le baiser devenait art. Les mains d'Alec glissèrent le long de son dos puis, sans que leurs lèvres ne se quittent, il la souleva contre lui. À l'évidence, rester passif n'était pas du tout dans ses projets.

Regan entrouvrit les lèvres et leur baiser devint plus passionné. Lorsqu'il y mit fin, elle frissonnait de partout. Craignant que ses jambes ne la trahissent, elle s'agrippa à lui.

Ni l'un ni l'autre ne semblait avoir envie que cesse ce moment. Elle en voulait encore, rien qu'un peu plus, mais son courage la quitta et elle laissa la raison reprendre le dessus.

Alec devait partager son désir car il l'embrassa de nouveau. Bien qu'elle eût cru cela impossible, ce fut encore meilleur – et plus torride. Alec était un maître habile dans l'art de la séduction, et ils échangèrent un baiser incendiaire qui l'embrasa. Puis Alec retira ses lèvres, poussa un soupir rauque et tenta en vain de s'éloigner. Impossible de se résoudre à la lâcher. Il enfouit la tête dans le creux de son épaule et tâcha de reprendre son souffle. Ce qu'il aimait la tenir dans ses bras ! Il adorait son parfum, il adorait le goût de sa peau. Il éprouvait le plus grand mal à recouvrer ses esprits. Comment deux baisers pouvaient-ils le mettre dans un tel état ?

— Bon sang, Regan, finit-il par dire.

— C'est un « bon sang » satisfait ou mécontent ? demanda-t-elle dans un souffle.

Il releva la tête, la regarda dans les yeux, vit la passion qu'il avait insufflée en elle et ressentit une immense satisfaction. Ainsi que le désir, se rendit-il compte, d'aller bien plus loin.

— Satisfait. Beaucoup trop.

Alors qu'il imaginait le corps de Regan nu sous le sien, Alec ajouta :

— Nous devrions arrêter avant de…

Elle posa l'index sur sa bouche pour le faire taire.

— Ou alors…, fit-elle avec effort.

Il lui saisit la main et la plaqua contre son torse.

— Ou alors quoi ? demanda-t-il.

Ne te dégonfle pas, ne te dégonfle pas, se répétait-elle. Elle s'arma de courage et chuchota :

— Ou alors nous pourrions continuer.

Il la prit par les épaules et s'émerveilla de la douceur de sa peau, de sa chaleur.

— Vous savez à quoi ça va nous mener, ces baisers, n'est-ce pas ?

Question idiote à laquelle il n'attendait pas de réponse.

— À un paquet de souffrances, voilà à quoi. Je ne peux pas tout arrêter en appuyant sur un interrupteur. J'ai envie de vous, vous le savez. Je brûle de...

Il s'interrompit soudain et respira à fond.

— Vous devriez aussi savoir que je ne veux pas de ce que ça implique.

Se rendait-il compte qu'il la secouait ? Apparemment pas. Il ne lui faisait pas mal, cependant : sa poigne était d'une douceur surprenante. Il avait envie d'elle – il l'avait dit et ne pouvait retirer ses paroles. Regan se sentait à la fois ravie et frustrée, car à l'évidence cela ne lui plaisait guère. L'expression du visage d'Alec montrait tant de colère qu'elle avait le sentiment d'avoir cherché querelle à un lion.

Elle repoussa ses mains.

— Qu'est-ce que ça implique, Alec ?

Il la regardait d'un air mauvais, à présent.

— Je quitte Chicago, vous vous souvenez ? C'est pourtant clair depuis le début, non ?

— Oui, je m'en souviens.

— Tant mieux.

— Comment ça, tant mieux ?

Alec grinça des dents. Il allait devoir lui expliquer le fond de sa pensée.

— Ce que je ne veux surtout pas, c'est avoir des emmerdes en partant.

Voilà qui ne faisait pas plaisir à entendre. Regan se rembrunit.

— Et les emmerdes, c'est moi ?

Alec passa les doigts dans les cheveux de Regan pour s'empêcher de l'étreindre de nouveau et de l'embrasser jusqu'à ce qu'elle brûle autant que lui d'aller plus loin. Il secoua la tête. Mauvaise idée, se dit-il. Il n'allait pas céder à son désir. Hors de question.

— Ce que j'essaie de vous faire comprendre, c'est que…

— … je suis une source d'emmerdes.

— Bon, ça suffit. J'en ai assez d'essayer de me montrer diplomate.

Elle n'en croyait pas ses oreilles.

— Me traiter de source d'emmerdes, c'est se montrer diplomate ?

— Bon sang, oui, et vous l'êtes, il n'y a pas de doute. Une source d'emmerdes, s'entend.

Ce coup-ci ce n'était pas un « bon sang » satisfait. Alec ôta brusquement son veston et le jeta sur le fauteuil.

— On crève de chaud, ici.

Sur quoi, il se mit à remonter ses manches afin de s'occuper les mains. Mieux valait s'en prendre à ses vêtements qu'à ceux de Regan. Cette petite robe de rien du tout lui allait à ravir et il ne voulait pas l'abîmer. D'un autre côté, il n'avait pas envie qu'un autre ait l'occasion de la voir dedans, mais comment justifier ce raisonnement rétrograde ?

Regan baissa les yeux.

— Je sais que je vous ai mis dans l'embarras. C'est la première fois que j'essayais de... vous savez... et apparemment ça vous rend très nerveux. Il faut croire que je ne suis pas douée. Je me rends compte de mon erreur. J'aurais dû y mettre plus du mien.

— À quoi ?

À te séduire, imbécile ! eut-elle envie de rétorquer, même si elle n'en fit rien. Certaines inhibitions étaient trop enracinées en elle pour qu'elle puisse passer outre. Qui plus est, Alec voyait juste. La situation deviendrait très compliquée, et elle avait le sentiment qu'elle serait la seule à faire les frais de son départ.

— Vous avez raison, dit-elle. S'impliquer, ne serait-ce que pour une nuit, ça rendrait la situation... délicate.

Elle s'écarta, ôta ses sandales du bout du pied, alla ouvrir les portes vitrées et se tourna vers lui.

Il contempla le lit, sentant sa poitrine se comprimer et sa bouche s'assécher. Tous les fantasmes que pouvaient lui inspirer Regan l'assaillirent. Au diable les faux-fuyants, les choses étaient déjà compliquées, de toute façon.

Et il n'avait aucune intention de bouger d'ici.

35

Dès lors qu'Alec l'avait bousculée dans la rue et qu'il avait entendu son merveilleux rire, Regan n'avait plus eu qu'à le cueillir. Jamais il n'avait eu la moindre chance d'échapper à ses charmes, il s'en rendait compte à présent. Inutile de lutter contre l'attirance que je ressens pour elle, conclut-il en s'écartant de la porte. Après s'être assuré que tous les verrous étaient bien fermés, il pressa l'interrupteur.

Puis il alla vers elle en déboutonnant sa chemise. Baignée par la lumière de la lampe de chevet, la peau dorée de Regan était d'une beauté époustouflante.

Malgré sa nervosité, Regan ne détourna pas le regard. Elle fit un pas vers lui, et Alec remarqua qu'elle avait les poings serrés et les orteils recroquevillés.

— N'oubliez pas, chuchota-t-il d'une voix rocailleuse en posant les mains sur elle, c'est vous qui avez commencé.

Il l'attira près de lui, l'embrassa sur le front et la relâcha. Regan savait qu'il lui laissait une dernière occasion de changer d'avis, de lui demander de partir.

Et puis quoi encore ?

Elle passa les bras autour de son cou et lui sourit, faisant ainsi ressortir les fossettes qu'il trouvait si séduisantes. Non, il n'avait jamais eu la moindre chance.

— C'est moi qui ai commencé. À vous de ne pas l'oublier.

Elle lui embrassa le menton et descendit plus bas pour poser ses lèvres sur l'endroit de son cou où palpitait une veine. Cela dut plaire à Alec car il la serra fort ; elle recommença.

Puis, d'un baiser qui en disait long sur l'intensité de son désir, il reprit l'initiative.

Avec le plus grand empressement, ils se mirent à se déshabiller l'un l'autre. Les mains tremblantes, Alec attrapa la fermeture Éclair dans le dos de Regan. L'ouvrir lui fut aussi difficile que de cesser de l'embrasser assez longtemps pour se concentrer sur ce qu'il faisait ; de son côté, Regan tentait de lui ôter sa chemise.

— Pourrais-tu… te débarrasser de…

— Ne t'inquiète pas, répondit-il en ôtant son arme.

Elle soupira. Son cœur battait à se rompre et elle cherchait à reprendre son souffle. Jamais un baiser ne lui avait fait cet effet-là. Certes, elle n'avait pas embrassé beaucoup d'hommes, mais suffisamment pour savoir que ces expériences n'avaient aucune commune mesure avec celle qu'elle vivait à présent. Peut-être parce qu'elle éprouvait déjà des sentiments pour Alec. Tout chez lui l'attirait. Elle voulait ralentir la cadence pour savourer chaque minute, mais en même temps…

Alec s'écarta pour pouvoir faire glisser sa chemise par-dessus sa tête. Son torse puissant était tout en muscles ; de courts poils noirs et bouclés ressortaient sur sa peau bronzée.

Il était magnifique. Quand il la prit de nouveau dans ses bras, elle sentit sa peau brûlante contre la sienne. Ça ne lui suffit pas – elle enfouit les doigts dans ses cheveux et l'invita à l'embrasser encore.

Le baiser qu'il lui donna fut si torride qu'elle crut fondre comme de la glace.

Alec cessa un instant de l'embrasser pour prendre le temps de la déshabiller.

D'ordinaire, il se montrait bien plus habile, mais ce soir-là c'était différent, à cause de son désir pour Regan. Jamais il n'avait ressenti une telle ardeur. Il avait envie de l'entourer de ses bras et de ne jamais la lâcher.

Il essaya de se concentrer sur sa tâche, mais Regan ne lui facilitait pas le travail. Elle s'était remise à l'embrasser dans le cou et lui caressait le dos. Cela lui plaisait tant qu'il n'avait pas envie qu'elle s'arrête.

— Tourne-toi, murmura-t-il en lui prenant les mains pour la forcer à obtempérer.

Puis il essaya de venir à bout de la fermeture.

— Tu y tiens beaucoup, à cette robe ? Le truc, là… il est coincé.

— Le truc ?

— La fermeture Éclair.

Alec sourit car elle semblait aussi impatiente que lui.

— Je la déteste, cette robe, lâcha-t-elle.

Certes, elle seyait à merveille à Regan, mais, s'il le fallait, il la réduirait en lambeaux. La fermeture céda enfin et coulissa… jusqu'au bas de ses reins.

Ce qu'il remarqua en premier, ce fut l'absence de soutien-gorge. Vint ensuite la perfection de son dos. Il laissa courir ses doigts le long de l'ouverture jusqu'à atteindre un minuscule bout de dentelle noire.

Il ne sut pas ce qui l'excita le plus : la réaction de Regan lorsqu'il la toucha ou la vue de ce fragment de lingerie fine.

— Tu es divine, chuchota-t-il.

Regan voulut passer les bretelles de sa robe par-dessus ses épaules mais s'immobilisa en sentant les mains d'Alec se faufiler sous le tissu pour la caresser et lui entourer la taille.

Quand enfin il posa les paumes sur ses seins, elle eut un petit frémissement et se laissa retomber contre lui. Ivre de désir, elle se demandait combien de temps elle allait pouvoir endurer cette torture exquise sans céder à son impatience.

Sa fièvre eut pour effet de rendre Alec plus exalté encore – il plongea la tête dans le cou de Regan et sa respiration devint plus rauque. Il parvint à la lâcher assez longtemps pour finir de se déshabiller. La robe de Regan tomba par terre ; elle s'en défit avec élégance et attrapa les couvertures, qu'elle tira vers elle, puis entreprit de détacher ses cheveux. Chaussures et chaussettes d'Alec partirent dans une direction, les épingles de Regan dans une autre.

Sachant qu'il perdrait bientôt toute retenue, il voulait qu'elle soit prête avant que cela se produise.

— On devrait calmer le jeu.

Toutefois, lorsqu'elle se retourna et que ses seins frottèrent contre son torse, calmer le jeu ne lui parut plus si primordial.

Ils se laissèrent tomber ensemble sur le lit. Alec l'entoura de ses bras et la fit rouler sur le dos tout en lui entrouvrant les cuisses avec son genou, prenant soin de retenir son poids pour ne pas l'écraser. Puis il poussa un râle de pure satisfaction, car un de ses fantasmes concernant Regan se réalisait enfin.

Sur l'oreiller, sa chevelure ébouriffée encadrait son visage empourpré ; ses pupilles étaient dilatées par le désir et ses lèvres rougies par leurs baisers. Savoir que c'était lui qui lui avait laissé ces marques le ravissait. Quelle allait être la suite ? Allait-il se mettre à rugir ?

Lorsqu'elle voulut l'attirer vers elle pour l'embrasser, il secoua la tête. Il s'allongea sur le flanc et prit son temps pour contempler son corps de déesse.

— Ça faisait longtemps que j'en rêvais, dit-il.

Il lui effleura le cou, puis descendit plus bas jusqu'au creux entre ses seins, souriant de la chair de poule que ses doigts laissaient dans leur sillage. Quand il atteignit son nombril, elle tenta de lui saisir la main, mais il refusait qu'on l'empêche de poursuivre. Avec une extrême lenteur, il lui retira sa culotte de dentelle, se délectant du moindre centimètre de peau qui se dévoilait à lui.

Regan dut lutter contre sa timidité, mais elle ne se couvrit pas. Elle observa le visage d'Alec. Les mâchoires serrées, le front parsemé de perles de sueur, il semblait sur le point de craquer.

Comme elle, d'ailleurs, qui frottait ses jambes contre lui avec frénésie. Il lui infligeait mille tourments car il ne la laissait pas le toucher. Au moment où il glissa la main entre ses cuisses, Regan manqua tomber du lit. Son contact était enivrant.

Ne pouvant rester passive plus longtemps, elle porta la main au visage d'Alec, effleura les contours de sa bouche, puis lui caressa le cou et les épaules.

Il avait un corps de dieu grec. Sa peau était bouillante, ses bras d'une puissance prodigieuse.

Résolue à lui faire perdre la tête, elle choisit de prendre son temps elle aussi, mais il ne cessait de la distraire en lui pétrissant les seins et en lui mordillant le cou.

Elle ferma les yeux, rejeta la tête en arrière, puis passa les doigts sur le ventre d'Alec. Les muscles de son abdomen se contractèrent et il poussa un grognement sourd.

Consciente du plaisir qu'elle lui procurait, elle ne comptait pas en rester là. Tout doucement, elle décrivit un cercle autour de son nombril et poursuivit vers son bas-ventre. Sa respiration en dit long sur sa satisfaction.

Regan s'enhardit. Lorsqu'elle le saisit entre ses doigts, il n'y tint plus : il lui attrapa la main, roula par-dessus elle et l'étreignit avec plus de passion que jamais. Quand il porta la bouche à ses seins, elle se cambra et laissa échapper un gémissement. Il annonça qu'il allait embrasser chaque parcelle de son corps et entreprit de le prouver. Il lui titilla le nombril du bout de la langue, puis descendit plus bas jusqu'à se pencher sur les zones de son corps les plus intimes.

Le plaisir qu'elle ressentait était exquis, dévorant. Elle enfonça les ongles dans les épaules de son partenaire et poussa un cri.

Alec n'en pouvait plus d'attendre. Il n'avait qu'une envie : être en elle.

— Alec…

— Attends, il faut juste que je te protège.

Il attrapa son pantalon. Regan s'étendit contre lui et lui embrassa les épaules avec ferveur tandis qu'il fouillait dans son portefeuille. Il trouva ce qu'il cherchait et revint près d'elle.

Lorsqu'il fut prêt, il la saisit par les mains, les lui monta au-dessus de la tête, puis il se remit à lui faire l'amour avec la bouche, la langue et les doigts.

Les premiers frissons d'extase la prirent par surprise. Au lieu de s'arrêter là, la sensation s'intensifia. Le plaisir montait en elle, se propageait dans tout son corps, si fulgurant qu'il en était presque insoutenable. Terrifiée par ce qui se passait, elle tenta de résister.

— Ça va, dit-il d'une voix douce. Serre-moi et laisse-toi aller. Tout va bien, Regan.

Il remonta entre ses cuisses et d'un mouvement vif il fut en elle, profondément en elle. Il plissa les paupières et serra les mâchoires tant le plaisir était intense. Regan poussa un nouveau cri et se cambra contre lui, puis releva les genoux et l'entoura de ses jambes.

Alec perdit toute retenue. Sa volupté était telle qu'il ne put se résoudre à ralentir la cadence. La passion de Regan égalait la sienne ; elle répondait à ses coups de reins avec fougue, sans inhibition.

Elle souleva les hanches pour répondre à chacune de ses poussées vigoureuses, et lorsque enfin il jouit en elle, elle vint avec lui et cria son nom, submergée par la force de l'orgasme.

Après tant de plaisir, Regan se crut sur le point de succomber. Alec s'effondra sur elle et enfonça la tête dans le creux de son épaule. Il mit plusieurs minutes avant de reprendre son souffle.

Ça n'avait jamais été aussi bon. Non, pas bon – ç'avait été parfait. Regan l'avait subjugué, et il se sentait désarçonné par la faim qu'il avait encore d'elle.

Au bout d'un moment, quand il eut assez de forces pour bouger, il se dressa sur un coude et la regarda dans les yeux.

— Ça va ? demanda-t-il.

Regan ne parvenait pas à recouvrer ses esprits. Elle avait lu des articles à ce sujet, elle en avait entendu parler, mais jusqu'à ce soir elle n'en avait jamais fait l'expérience.

Époustouflant. Et magnifique, aussi. Les mots ne suffisaient pas à décrire ce qu'elle avait ressenti. Une douce chaleur s'attardait encore en elle. Alec sentait-il son cœur cogner contre son torse ? Se doutait-il des sensations qu'il lui avait procurées ? Avait-il connu le même transport, ou était-ce différent pour les hommes ? Ébranlée par tant de plénitude, elle ne put réprimer de petits frissons.

— Regan ?

— Oui, ça va.

Alec lui donna un baiser vigoureux, s'écarta et alla à la salle de bains.

Regan n'avait pas envie qu'il s'en aille, du moins pas tout de suite. Elle voulait qu'il la tienne encore dans ses bras et lui chuchote à l'oreille tous les mots romantiques qu'elle brûlait d'entendre.

Les larmes lui montèrent aux yeux. Elle prit une profonde inspiration, poussa un soupir rauque et se coucha sur le ventre. Alec avait laissé son odeur sur l'oreiller, sous lequel Regan eut soudain l'envie impérieuse d'enfouir la tête. Qu'est-ce qui lui prenait ? C'était elle qui avait tout déclenché. Qu'escomptait-elle ? Qu'il se mette à genoux devant elle pour lui déclarer sa flamme ? Ce genre de scènes était bon pour les contes de fées.

Une larme roula sur sa joue et elle l'essuya d'un geste agacé. S'ils avaient couché ensemble ce soir, c'était par pur désir charnel, non par amour... du côté d'Alec, en tout cas. Regan soupira encore. Elle refusait de se laisser gagner par les remords. Elle se sentait trop fragile pour s'abandonner de nouveau à ses envies, mais elle ne voulait rien regretter.

Elle n'entendit pas Alec revenir dans la chambre.

— Pousse-toi un peu, dit-il en s'asseyant sur le lit.

Elle se tourna sur le flanc pour lui faire face ; il essaya de tirer le drap dont elle s'était couverte mais elle ne lâcha pas prise.

— Je croyais que tu te rhabillais.

— M'as-tu vu prendre mes vêtements ?

— Non.

Ils s'engagèrent dans une bataille sans merci pour la possession du drap. Ce fut Alec qui l'emporta. Il s'allongea et prit Regan contre lui.

— Je ferais mieux d'y aller, dit-il en frottant le nez contre son cou. Comment se fait-il que tu sentes si bon ?

— Je me lave.

Il rit. Puis il lui pinça les fesses et elle poussa un petit cri.

— Comment se fait-il que tu aies la peau si douce ?

Elle l'embrassa sur l'épaule avant de répondre.

— Je suis une fille.

— Je l'avais remarqué.

Regan ne pouvait s'empêcher de le toucher. Elle adorait sentir la fermeté de ses muscles sous ses doigts, qui glissèrent vers son torse. Il avait le corps chaud, masculin et très sexy. Elle lui entoura la taille et décida de ne jamais le lâcher. S'il voulait se débarrasser d'elle, il lui faudrait la décoller. Cette image la fit sourire.

— C'était encore mieux que dans mes fantasmes, déclara-t-il.

— Tu y avais pensé ?

— Bien sûr. Toi aussi, d'ailleurs.

— C'est vrai.

— Et toi, c'était aussi bien que dans tes fantasmes ?

La voix de Regan se fit murmure.

— C'était… comme ci comme ça, répondit-elle.

Il s'esclaffa, puis la poussa sur le dos et se pencha sur elle.

— Comme ci comme ça ? répéta-t-il.

Regan perçut une légère inquiétude dans sa voix et se rendit compte que derrière cette carapace d'arrogance se cachait un certain manque d'assurance. Elle en fut interloquée : comment pouvait-il ignorer le plaisir qu'il lui avait donné ?

Elle posa la main sur sa joue.

— Mais non, c'était parfait.

Alec l'embrassa. Ce ne devait être au départ qu'un chaste baiser d'au revoir, mais dès que leurs lèvres entrèrent en contact, tout changea et, d'une façon très sensuelle, leurs langues se mêlèrent encore une fois.

Elle s'agita contre lui.

— Alec ? chuchota-t-elle.

— Tu veux qu'on y retourne ?

Regan ouvrit des yeux ronds et le poussa par les épaules.

— Qu'on y retourne ? C'est romantique, comme discussion sur l'oreiller !

Elle ne savait franchement pas si elle avait envie de rire ou de le sermonner.

Il se fendit d'un sourire carnassier et ce fut le rire qui l'emporta.

— Je suis très doué pour les discussions sur l'oreiller, se vanta-t-il.

— Prouve-le.

Le sourire diabolique dont elle le gratifia le désarçonna ; il choisit de la regarder dans les yeux. La réalité de ce qui venait de se passer le heurta de plein fouet. Cette femme impressionnante de beauté, de douceur et de perfection l'avait attiré dans son lit.

Elle lui donna un petit coup de coude pour le pousser à se lancer.

— J'attends, dit-elle en battant des cils.

Il rit de nouveau.

— Très bien. Voilà ce que j'ai en tête.

Sur quoi, il lui décrivit avec force détails la façon dont il voulait lui faire l'amour et ce qu'il attendait en retour.

Lorsqu'il eut terminé, les joues de Regan avaient pris une teinte rose vif.

— Avec quel genre de femmes as-tu couché, avant ? demanda-t-elle en prenant un air offusqué.

— Des gymnastes et des acrobates. Pourquoi ?

Il fit glisser ses mains sur ses hanches.

— Alec, qu'est-ce que tu fais ?

— Ça s'appelle les tâches simultanées : je parle et je caresse en même temps.

Il se mit à descendre lentement le long de son corps, l'affolant du bout des lèvres et de la langue.

— On pourrait essayer quelque chose de nouveau, déclara-t-il.

Puis il embrassa le creux entre ses seins et ajouta dans un murmure :

— Mais pourquoi changer quand on a atteint la perfection ?

36

Malgré l'insistance de Regan, Alec ne voulait pas rester dormir. Il avait à cœur de la protéger des commérages. Après avoir enfilé un négligé de soie bleue, elle s'assit au bord du lit, le temps qu'Alec s'habille.

Voir les jambes de Regan empêchait Alec de se concentrer. Lorsqu'il comprit où le menaient ses pensées, il alla dans le salon.

— Qu'est-ce que j'ai fait de mon téléphone ?

— Dans ta poche de veston, lui indiqua-t-elle en le suivant.

Il se tourna pour lui dire au revoir. Regan entreprit de lui boutonner sa chemise pendant qu'il sanglait son étui et refermait le rabat en cuir sur la crosse de son arme.

Elle se hissa sur la pointe des pieds et lui déposa un baiser sous la mâchoire.

— Passe la nuit ici, dit-elle à mi-voix.

— Non.

Elle ne s'offusqua pas de la brusquerie de son ton car, malgré son refus, il s'était mis à l'embrasser dans le cou.

— Tu n'en as pas envie ?

— Bien sûr que si. En d'autres circonstances, je serais resté.

Il glissa les mains sous le peignoir de Regan. Son appétit pour elle ne s'amenuisait toujours pas. Très fâcheux, se dit-il avant de s'écarter.

— Tous les regards sont braqués sur toi, et je ne tiens pas à ce qu'on apprenne que…

— Tous ? Quand même pas.

— La police de Chicago, l'équipe de sécurité, les employés de l'hôtel et tes frères scrutent tes moindres faits et gestes. As-tu oublié qu'un policier monte la garde devant ta porte ? Je n'ai pas envie qu'on se mette à conjecturer, à jaser à ton sujet ou à te faire des remarques…

Elle l'embrassait dans le cou et le taquinait du bout de la langue.

— Arrête.

Il la prit par les épaules avec l'intention de la repousser, mais au lieu de cela il la serra contre lui.

— Est-ce que je suis le seul à me soucier de ta réputation ?

— Il semblerait que oui.

— C'est fou ce que tu es douce, dit-il en riant.

Il lui releva la tête et l'embrassa. Si elle n'avait pas été aussi splendide, il aurait peut-être réussi à s'en aller après un bref baiser. Le hic, c'est que Regan n'était pas seulement douce et sexy. Elle était également passionnée et entreprenante. En s'abandonnant ainsi à lui sans la moindre entrave, elle allait le faire fondre comme un glaçon. Le petit gémissement qu'elle émit du fond de la gorge déclencha en lui une réaction animale.

Lorsqu'il mit fin à leur étreinte, elle se laissa tomber contre lui.

Qu'était devenue la retenue dont il se targuait tant ? Où était passée sa discipline ? Regan pouvait allumer en lui le feu du désir en un clin d'œil. Nom d'un chien, elle l'obsédait à chaque instant un peu plus ; il devait y mettre un terme d'une façon ou d'une autre. Il allait partir, et rien ne l'en dissuaderait.

— Écoute, Regan. Ça ne doit pas se reproduire.

Il s'attendait à ce qu'elle proteste, qu'elle soit bouleversée. Jamais il n'avait pris tant de plaisir, et les griffures qu'elle avait laissées sur ses épaules prouvaient que ç'avait été parfait pour elle aussi. Elle allait forcément protester.

— Oui, je sais.

— Pardon ?

— Je suis d'accord, dit-elle. Ça ne doit pas se reproduire.

Il ressentit un pincement de déception.

— Bon, je dois y aller. Ferme à clé derrière moi.

Il lui prit la nuque et l'attira vers lui avec force pour l'embrasser encore une fois.

Puis il partit. Regan tira le verrou et plaqua le dos contre la porte. Alec l'avait vraiment épuisée. Toute tremblante, elle se dirigea vers le lit, laissa glisser son déshabillé par terre, s'enveloppa dans les draps encore tièdes et ferma les yeux.

Malgré sa résolution à ne pas songer à l'avenir, les larmes lui inondèrent les joues. Quelle idiote ! Elle était en train de tomber amoureuse de lui. Non : elle l'était déjà. Sans amour, jamais elle n'aurait pu se laisser aller de la sorte. Elle connaissait le moment exact où elle s'en était rendu compte. Au bar de l'hôtel, Henry et elle regardaient Kevin se livrer à Alec, et c'est la compassion qu'elle avait lue dans son regard qui avait signé sa perte. Oui, elle le savait depuis quelque temps déjà, mais avait été trop stupide pour le reconnaître.

Elle lui trouvait énormément de qualités. C'était un homme d'honneur, intègre – elle l'avait compris tout de suite. Il était aussi très impliqué dans son travail, d'une fidélité à toute épreuve envers ceux qui comptaient pour lui, et il possédait un formidable sens de l'humour.

Certes, il devait bien avoir quelques défauts... Regan poussa un soupir bruyant. Ne songe pas à l'avenir, s'ordonna-t-elle. Ne songe pas au jour de son départ.

Elle enfouit son visage dans l'oreiller et pleura jusqu'à ce que le sommeil la prenne.

37

À jour nouveau, attitude nouvelle. Tout en se douchant et en s'habillant, Regan se sermonna. Elle était grande, à présent, et elle pouvait surmonter un chagrin d'amour. Bien sûr que oui. Elle se remettrait du départ d'Alec, et elle se fit le serment qu'il ne saurait jamais rien de ses sentiments pour lui.

Alec n'attendait pas devant la porte – elle avait vérifié par le judas. Le policier qui avait pris son service la veille au soir montait toujours la garde ; elle se hâta car elle savait qu'il devait être épuisé. Elle venait d'enfiler son jean et ses sandales quand le téléphone sonna. Spencer lui annonçait qu'il était dans son bureau, ce qu'elle avait déjà deviné car elle entendait le vacarme de la télévision en fond sonore.

— Tu veux que je te rejoigne après le match, ou tu préfères descendre ? s'enquit-il.

— J'arrive tout de suite, promit-elle.

— Aiden est là.

— C'est une mise en garde ?

— Peut-être.

— Eh bien, c'est plutôt lui que tu devrais mettre en garde. Le temps n'a pas atténué ma colère, Spencer. J'ai toujours envie de l'étriper.

— J'ai hâte de voir ça.

À peine eut-elle raccroché qu'elle se mit à éternuer. Peut-être était-elle allergique à ses frères, en fin de compte… Elle prit ses médicaments dans la salle de bains puis, après avoir fourré ses clés dans sa poche, ouvrit la porte.

Le policier l'accompagna au troisième étage. Elle essaya de le convaincre d'entrer un instant se détendre sur le canapé, mais il déclina son offre. On lui avait donné l'ordre de surveiller le couloir, et il ne ferait pas la moindre entorse à sa mission.

En passant devant le poste de travail d'Henry, Regan remarqua la pile de courrier qui s'y trouvait mais n'y toucha pas. Henry le trierait demain et lui apporterait les documents qui requéraient son attention.

Aiden était debout derrière le bureau de Regan et se servait de son téléphone. Lorsqu'il la vit, il lui sourit et lui adressa un signe de tête, puis sortit une feuille du dossier ouvert devant lui et se mit à la lire à son correspondant. Il portait ce qui, à ses yeux, constituait une tenue décontractée : pantalon de toile et polo en laine. Aiden pratiquait la musculation – la taille de ses biceps l'attestait – mais comme toujours il paraissait fatigué. Bâtir un empire exigeait apparemment de travailler vingt-quatre heures sur vingt-quatre.

Spencer, de son côté, avait l'air en pleine forme et ne semblait pas souffrir du décalage horaire. Assis sur le canapé, il était penché sur une chemise posée sur la table basse.

— Salut Spencer, dit Regan.

Son frère se leva et s'étira les bras. Contrairement à Aiden, il était vraiment vêtu de façon décontractée : il portait un vieux jean et un T-shirt de rugby d'un bleu passé.

Elle alla le serrer dans ses bras.

— Ça me fait très plaisir de te voir.

— À moi aussi, répondit-il. Hélas ! je ne reste pas longtemps.

— Quand repars-tu ?

— Ça dépend.

Regan fut distraite par Aiden, qui apparut derrière elle et la prit par l'épaule.

— Tu vas bien ? demanda-t-il.

— Oui.

Elle croisa les bras sur sa poitrine.

— Prêt à t'expliquer ?

— À quel sujet ?

— Oh ! je t'en prie !

— Le stress commence à te peser, pas vrai ? commenta Spencer.

Avant qu'elle ait pu répliquer, il se tourna vers Aiden.

— Je me suis entretenu avec un policier, un certain Lewis, déclara-t-il, qui m'a confié que l'enquête avançait à grands pas.

— Lewis ne sait pas de quoi il parle, rétorqua Aiden. En revanche, l'inspecteur qu'il a chargé de l'enquête est un bon. C'est plutôt à lui que tu devrais t'adresser. Il s'appelle John Wincott.

— Fichez-lui la paix, protesta Regan. Laissez-le faire son travail.

Ses frères se tenaient côte à côte, et elle se rendit soudain compte de leur beauté. Jusqu'alors, elle n'avait jamais vraiment remarqué à quel point ils se ressemblaient. Ils possédaient les mêmes mimiques, comme par exemple leur façon de la regarder à cet instant en fronçant les sourcils. La similitude était frappante.

— Ils n'ont rien, pour l'instant, pas vrai ? demanda Spencer.

Ce fut Aiden qui répondit.

— Adresse-toi à Wincott.

Spencer se massa la nuque.

— Entendu. On devrait peut-être engager des agents supplémentaires, en tout cas en attendant qu'on parte.

Regan secoua la tête.

— J'en ai assez d'avoir des vigiles dans les pattes, et je veux que tu me promettes de ne pas en engager d'autres. Je suis sérieuse, Aiden.

— Je ferais ce que j'estimerai le mieux pour ta sécurité.

— Tu es notre petite sœur, renchérit Spencer, et si on ne prend pas soin de toi, qui s'en chargera ?

— Nous savons bien qu'en temps normal tu es capable de te prendre en charge seule, mais, là, les circonstances sont particulières.

— Moi, je pense qu'il devrait embaucher plus de gardes, insista Spencer. Il y a quand même un tueur à tes trousses, nom de Dieu, et c'est pour ça qu'Aiden et moi nous…

— Vas-y, je t'écoute.

— … nous pensons que tu serais plus en sécurité à Melbourne.

Voilà qu'ils recommencent à se liguer contre moi, constata-t-elle, sans toutefois ressentir de colère. Cela dit, comment le leur reprocher ? Cette tactique avait toujours porté ses fruits. C'était leur habitude de la harceler jusqu'à obtenir son accord. Par le passé, elle avait toujours cédé, mais cette époque était révolue, même si ses frères ne le savaient pas encore.

Elle était impatiente de les mettre au courant.

— Vous croyez que je serai plus en sécurité à Melbourne ?

— Oui, répondit Spencer. Nous ferons le voyage ensemble et nous trouverons un endroit isolé et sûr où te loger.

Elle sourit.

— Ce sera sûr parce que les assassins ne prennent pas l'avion ?

— Épargne-moi tes sarcasmes, Regan.

— Pourquoi tu ne dis pas la vérité, Spencer ? Cet endroit protégé, tu l'as déjà trouvé, n'est-ce pas ?

— En effet.

— Je ne viens pas avec toi.

Sans lui laisser le temps de protester, elle se tourna vers Aiden.

— De quel droit t'es-tu débarrassé de ma voiture ?

— Attends, il t'a offert une BMW à la place, intervint Spencer.

— Ne te mêle pas de ça, toi.

— Tu ne la gardais que pour me contrarier. Je me trompe ? Si tu avais eu une voiture neuve quand tu es sortie de ce séminaire, tu n'aurais eu qu'à presser le bouton d'alarme de la clé, et peut-être que quelqu'un serait venu à ton aide.

— Quand je pense à ce qui aurait pu t'arriver, déclara Spencer d'un air réprobateur. Il faut que tu saches à quel point tu comptes pour nous.

— Fuir comme ça devant lui... regarde ce que tu as fait à ton genou.

— Tu veux dire que je n'aurais pas dû courir ?

— Cesse tes..., fit Spencer, qui ne termina pas sa phrase.

— Tu as dû te faire opérer, lui rappela Aiden. Et quand l'avons-nous appris ?

— Après coup, compléta Spencer, qui commençait à s'énerver. Tu aurais dû nous prévenir.

— C'était une intervention bénigne, dit-elle avant d'aller s'appuyer contre le bureau. Je n'avais pas envie de le crier sur les toits. Je n'en ai même pas parlé à Cordie et Sophie.

— Nous sommes tes frères, déclara Spencer. Tu aurais dû nous prévenir, c'est tout.

— Écoute, Regan, je sais que tu tiens à ton indépendance, mais là, tu exagères.

Spencer s'assit lourdement sur le canapé ; Aiden, lui, resta debout. Il donnait l'impression d'avoir une nouvelle à lui annoncer mais de ne pas savoir comment s'y prendre.

Elle soupira et tenta de lire dans ses pensées.

— Pour en revenir à la voiture..., reprit-elle.

— La discussion est close, proclama Aiden.

À une époque, elle aurait battu en retraite, mais pas ce jour-là.

— Pas du tout. Au contraire, elle ne fait que commencer. Je reconnais que je me suis comportée comme une gamine. Je la gardais pour t'agacer, c'est vrai. Quoi qu'il en soit, je n'apprécie pas du tout ton acte. Tu aurais dû me demander mon avis.

— Tu aurais refusé.

— Aiden, tu n'avais aucun droit de…

— Je suis d'accord avec Aiden, intervint Spencer.

Regan lui lança un regard noir.

— Parce que ça t'arrive de ne pas l'être ?

Peu habitué à ce qu'elle le contredise, il fut interloqué.

— Quand je suis en désaccord avec lui, je le lui indique.

— C'est bon, Regan, déclara Aiden. Passe à autre chose.

— Nous avons des questions importantes à aborder, ajouta Spencer. J'aimerais qu'on s'y mette.

— On pourrait aller dans la salle du conseil d'administration, suggéra Aiden en récupérant ses documents.

— Vous voulez procéder à la réunion annuelle maintenant ? s'enquit Regan. Vous êtes prêts ?

Spencer se leva et vint vers elle.

— À vrai dire, nous nous en sommes déjà chargés.

— Quand ça ? demanda-t-elle, furieuse.

— Tôt ce matin. Comme tu es très préoccupée en ce moment, nous avons pensé que tu préférerais ne pas avoir à t'en soucier, expliqua Spencer.

Tu trouveras tous les points que nous avons abordés dans ce classeur noir, là, sur ton bureau. Prends ton temps pour l'étudier.

Bien qu'elle ne prononçât pas un mot, elle bouillait de colère.

— Très bien, dit-elle doucement.

Spencer parut soulagé.

— Vous avez attribué les budgets ? demanda-t-elle.

— Oui.

— Quel est le mien ?

— Le même que l'année dernière.

— Ah non !

— Comment ça, non ? fit Spencer. Tout est réglé.

— Sûrement pas. Nous allons en discuter. Je veux qu'on triple mes fonds, exigea-t-elle en regardant Aiden avec calme.

— Hors de question, déclara ce dernier. Nous allouons déjà des subventions à la plupart des associations caritatives de la ville sur ton initiative et…

— Parce que c'est pour le bien de la communauté ! l'interrompit-elle.

— C'est vrai, reconnut-il. Mais nous ne pouvons augmenter nos dons, du moins pas pour cette année fiscale.

— Nous devons penser à nos résultats financiers, intervint Spencer. Je te rappelle que nous essayons de faire des bénéfices.

— Ce ne sont pas les bénéfices qui manquent.

— Le budget est ficelé, point final. Qui plus est, nous allons ouvrir un nouvel hôtel.

— Oui, je sais, à Melbourne.

— Exact. Et nous sommes en train de mettre la touche finale aux plans d'un autre.

— Encore un ? Où ça ?

— À Sydney.

— Je l'ignorais.

— Maintenant, tu le sais. Nous espérons commencer à construire dans moins de six mois. Le calendrier est serré, alors nous mettons les bouchées doubles.

— Walker a donné son accord ?

— Bien sûr. Tu le connais : tant qu'on ne l'empêche pas de participer à ses courses, il nous laisse plus ou moins carte blanche.

Elle prit un crayon à papier et se mit à le faire tourner entre ses doigts comme un bâton de majorette.

— Finalement, je joue un rôle assez mineur dans cette entreprise, n'est-ce pas ? L'idée de me consulter ne vous est jamais venue à l'esprit ?

— Non, répondit Spencer. Tu subis un stress énorme, en ce moment.

— Je t'en ficherai, du stress !

— Qu'est-ce qui te prend, Regan ? Je ne t'ai jamais connue aussi revendicative.

— C'est parce que j'ai beaucoup réfléchi.

Regan attendit que l'un d'eux lui demande à quel sujet, mais ils n'en firent rien. Elle n'était même pas sûre qu'Aiden prête attention à la conversation – il semblait plus intéressé par son journal.

En se détournant, elle aperçut Henry à son bureau. Que faisait-il là un dimanche, au lieu de sortir s'amuser ? Et à qui parlait-il ?

— Pourquoi es-tu aussi nerveuse ? s'enquit Spencer.

— Qu'est-ce qui te fait penser que je le suis ?

En guise de réponse, il la dévisagea. Son crayon tournait à la vitesse de l'éclair, aussi se força-t-elle à arrêter.

Aiden s'assit et ouvrit son dossier.

— Regan, il faudrait que tu jettes un coup d'œil aux contrats que Sam nous a envoyés.

— Pour le prochain hôtel ?

— Oui.

— Si notre avocat nous a adressé des contrats, vous devez être au courant de cette expansion depuis longtemps. C'est bizarre que vous ne m'en ayez jamais parlé.

— Ça t'aurait intéressée ? demanda Spencer.

— Oui, bien sûr.

Il ne la crut pas.

— Nos philosophies sont diamétralement opposées, déclara-t-il. Aiden et moi, nous nous efforçons de gagner de l'argent, alors que toi tu cherches à tout redistribuer.

— Pas tout, Spencer, une partie seulement.

Son frère alla se servir un verre d'eau.

— Je ne comprends pas d'où ça te vient, déclara-t-il. Nous avons pourtant grandi sous le même toit.

— Je me savais différente et j'ai fourni de gros efforts pour vous ressembler davantage, mais je ne suis jamais devenue capitaliste.

— À qui le dis-tu.

— J'y ai réfléchi. Et je suis parvenue à des conclusions étonnantes.

— Par exemple ?

— J'ai toujours cru que je devais mériter votre amour. Débile, non ? J'ai toujours craint que si je vous décevais vous ne m'aimeriez plus.

— Où as-tu pêché une idée pareille ?

Ce fut Aiden qui répondit.

— Tout ça, c'est la faute de maman, tiens. Accorder son affection au compte-gouttes était sa façon de nous manipuler pour obtenir ce qu'elle voulait.

Regan se tourna vers Aiden.

— Elle t'a fait ça ?

— Elle nous l'a fait à tous, répondit-il en hochant la tête.

— Tu ne penses tout de même pas qu'on agit de la sorte avec toi, Regan ? s'enquit Spencer.

Elle soupira.

— Ce que j'essaie de dire, c'est que je passe ma vie à vouloir vous plaire, et ça m'épuise. J'ai grandi en redoutant de perdre votre amour… mais c'est terminé. Je suis votre sœur, et j'estime que vous devez m'aimer, peu importe si je vous agace.

— Parfait. Content que tu aies compris ça. Maintenant, veux-tu jeter un coup d'œil à ces documents, s'il te plaît ? J'ai d'autres chats à fouetter.

— Je n'ai pas terminé. Aiden, je suis désolée que tu aies dû jouer le rôle de parent pour moi, et je suis navrée que Spencer et toi ayez dû porter un tel fardeau. Je ne changerai rien au fait que notre mère n'était pas contente d'être mère, mais je veux que vous sachiez combien je suis heureuse de vous avoir eus, tous les deux.

Spencer remarqua les larmes qui lui montaient aux yeux.

— Aïe, tu nous fait une petite crise sentimentale ?

— Je le crains.

— Tu sais qu'on t'aime.

— Oui.

— Parfait. On peut passer à autre chose, alors.

Comme Aiden, Spencer rechignait à montrer la moindre émotion.

— D'accord, accepta-t-elle. À propos de la réunion…

— Oui ?

— À part le budget de l'année à venir et le lancement d'un nouvel hôtel, qu'avez-vous décidé d'autre ?

— C'est à peu près tout.

Regan voulut saisir les papiers qu'Aiden lui laissait, mais Spencer l'interrompit.

— En fait, nous avons abordé un autre sujet.

— Lequel ?

— Nous avons demandé son avis à Sam et il est d'accord avec nous. Je sais que ça ne va pas te plaire, mais nous avons choisi de verser un dédommagement à Emerson pour nous débarrasser de lui.

Elle eut un brusque mouvement de recul.

— Non ! cria-t-elle.

— C'était ça ou lui céder la maison. Et tu connais la valeur de la propriété. Emerson a accepté de quitter les lieux avant la fin de la semaine prochaine, et ensuite il recevra un chèque.

Elle secoua la tête.

— Pas question.

— Regan, l'affaire est réglée, trancha Aiden.

— Comment pouvez-vous accepter ça ? s'indigna-t-elle. Vous vous rendez compte ? Il a trompé notre mère.

À bout de patience, Aiden se leva et mit les poings sur le bureau.

— Et elle, qu'est-ce qu'elle faisait de son côté, à ton avis ?

Regan ne comprenait pas.

— Elle avait le cœur brisé.

— Ouais, tu parles.

La dérision dans la voix de Spencer la fit enrager.

— Qu'est-ce que ça signifie ?

— Nom de Dieu, Regan ! ouvre les yeux. Notre mère le trompait aussi. Elle ne lui a jamais été fidèle.

— Tu n'en sais rien, protesta-t-elle.

— Oh que si, répliqua Spencer.

— Quand elle parcourait la planète, tu crois qu'elle voyageait seule ?

— Voyons, Regan, tu devais bien te douter de ce qui se passait ?

Spencer et elle se mirent à se crier dessus. Aiden attendit patiemment la fin de la dispute. Spencer reprocha à Regan de vivre dans un monde de chimères, et elle finit par avouer s'être toujours demandé comment leur mère pouvait passer d'un amour à l'autre avec autant de facilité.

— D'un amour à l'autre ? railla Spencer. L'amour n'a jamais rien eu à voir là-dedans.

— Maman a toujours désiré ce qu'elle ne pouvait obtenir.

Regan se rendit soudain compte qu'elle hurlait, qu'elle ruait dans les brancards, et qu'ils étaient toujours là. Personne ne la laissait tomber. Aiden donnait l'impression de vouloir la bâillonner, mais elle ne se sentait ni intimidée ni inquiète.

— Il faut que tu grandisses, déclara Spencer. Et que tu acceptes de voir la réalité en face.

— Reconnaître que notre mère était une salope, c'est grandir ?

— C'est voir la réalité en face.

— Très bien. Donc, d'après vous, puisque maman multipliait les aventures, c'est normal qu'Emerson l'ait trompée. La fidélité n'existe plus ? Le serment du mariage ne signifie plus rien ?

— Il faut croire que non.

— Cesse de tout prendre au tragique, lâcha sèchement Aiden. On se débarrasse d'un problème, c'est tout.

— De la façon la moins coûteuse possible, ajouta Spencer, qui fourra les mains dans ses poches et la regarda en fronçant les sourcils.

— Et aucun de mes arguments ne vous fera changer d'avis ?

Ses deux frères secouèrent la tête.

— Désolé, Regan, mais on est obligés d'employer la manière forte sur ce coup-là, dit Spencer.

— D'accord.

Ils sourirent... jusqu'à ce qu'elle se dirige vers la porte.

— Attends ! la rappela Spencer. Tu as oublié de signer les papiers.

Elle se détourna.

— Vous avez besoin de ma signature pour poursuivre la procédure. Moi, j'ai besoin qu'on multiplie par trois mon budget de l'année prochaine. Quand j'aurai obtenu gain de cause, je signerai. Ça, les gars, c'est employer la manière forte.

38

— Je ne vous avais jamais vue vous lâcher comme ça, commenta Henry, visiblement impressionné.

— Je ne me suis pas « lâchée », j'ai simplement donné mon avis.

Voyant Spencer approcher d'eux, Henry poursuivit en chuchotant.

— D'accord, mais vous l'avez donné en criant. Je vous jure, c'est la première fois que je vous entends hausser le ton. Même chose pour Spencer et Aiden. Sauf pendant les matches de base-ball. Là, Spencer hurle sur la télé.

Henry n'avait pas mentionné Walker, car ce dernier ne venait jamais à l'hôtel. Henry l'avait rencontré deux ans auparavant, pendant sa formation, mais depuis il ne l'avait revu qu'une seule fois, lors de l'inauguration de la piste de course à Conrad Park.

Lorsqu'il passa à côté de Regan, Spencer tira sur une mèche de ses cheveux pour attirer son attention et salua Henry d'un signe de tête.

Quelques instants plus tard, Aiden sortit du bureau de Regan et s'arrêta pour parler à Henry. Il remarqua l'article et la photo que celui-ci avait encadrés et suspendus au mur.

— Sympa, déclara-t-il.

Sur le point de repartir, il se ravisa.

— Vous faites du très bon travail. Je le sais par Paul Greenfield, mon sous-directeur, qui me tient au courant. Si jamais vous vouliez un poste où l'on gagne de l'argent au lieu de le distribuer, venez travailler pour moi.

— Merci, monsieur, répondit Henry en souriant, mais je me sens bien ici. Et puis, un jour, tout ceci sera à moi.

— L'hôtel ou ce bureau ? s'esclaffa Aiden.

— Arrête d'essayer de le débaucher, protesta Regan.

Aiden l'ignora.

— Si c'est vraiment ce que vous voulez…

— Ça l'est, monsieur. En plus, rien qu'à l'idée de devoir collaborer avec…

— Avec le dragon ? C'est bien le surnom que vous donnez à Emily, n'est-ce pas ?

Henry ne parut pas le moins du monde embarrassé.

— La plupart du temps, oui, mais j'en ai quelques autres en réserve.

— Je suis au courant, oui.

— Je vous remercie pour votre offre, mais j'adore mon métier, et, je le répète, je ne pourrais jamais travailler avec Emily.

— Il semblerait que vous ne soyez pas le seul, fit remarquer Aiden en regardant Regan.

Elle ne lui demanda pas quelles mesures il comptait prendre – si jamais il avait l'intention d'agir – concernant son assistante, car il risquait de jeter cet argument dans la balance afin de la pousser à leur donner son aval pour leurs projets. Elle se réjouit néanmoins de constater qu'il avait conscience du problème.

En partant, Aiden la bouscula doucement.

— Les papiers sont sur ton bureau. Signe-les.

— Multiplie mon budget par trois et je le ferai.

— Pas question.

Dès qu'Aiden fut hors de portée de voix, Henry chuchota :

— Il n'acceptera jamais. Vous avez placé la barre trop haut.

— Je le sais. Nous allons négocier et nous obtiendrons le doublement de nos fonds, et c'est là tout notre objectif.

— Aiden se doute forcément de ce que vous mijotez.

— Bien sûr, mais il finira par céder. En tout cas, je l'espère.

— Il fait semblant de n'accorder aucun crédit à notre travail, mais c'est faux, n'est-ce pas ? Il n'y voit pas uniquement le moyen d'obtenir une réduction impôts ?

— Non, ça lui tient à cœur, ainsi qu'à Spencer. C'est juste qu'ils sont trop occupés à bâtir leur empire et n'ont pas de temps pour autre chose.

Regan jeta un coup d'œil alentour.

— Henry, à qui parlais-tu, tout à l'heure ?

— À Alec.

— Alec est venu ici ?

Cette nouvelle la fit rougir, et elle espéra qu'Henry ne s'apercevrait de rien.

— A-t-il surpris notre discussion ? demanda-t-elle en s'efforçant de paraître désinvolte.

— Vous voulez savoir s'il vous a entendus vous crier dessus ?

En ce qui concernait la désinvolture, c'était raté.

— Il a dû en surprendre une partie parce qu'il s'est mis à rire. Pourquoi ? C'est important ?

Elle secoua la tête et préféra changer de sujet.

— Tu sais, j'aurais dû m'entretenir avec Aiden au sujet d'Emily. Il faut qu'il soit au courant des difficultés qu'elle nous cause, et je veux lui expliquer que je n'apprécie pas la manie qu'elle a de te mettre ses erreurs sur le dos.

— Vous avez entendu Aiden : je suis sûr qu'il va agir. J'espère qu'il suivra le conseil de Cordie.

— C'est-à-dire ?

— Qu'il va la virer comme une malpropre.

Regan s'efforça de ne pas rire.

— L'expression est d'elle, je parie.

— Oui.

— Elle devrait avoir honte d'essayer de corrompre un jeune homme aussi influençable que lui.

— J'ai entendu pire, commenta Henry d'un ton hilare.

Regan retourna dans son bureau et s'y enferma. Nerveuse à souhait, elle voulait se cacher le temps de préparer le discours qu'elle allait tenir à Alec concernant leur aventure. Peut-être n'aborderait-il pas le sujet, mais, le cas échéant, elle voulait être prête.

Elle avait conscience de se comporter comme une idiote. Ce qui s'était passé la veille ne se reproduirait pas, ils s'étaient mis d'accord sur ce point, et Alec n'en parlerait sans doute pas. En outre, étant en service, il aurait la tête à autre chose.

— Tu vas y arriver, s'encouragea-t-elle.

Elle respira à fond, redressa les épaules et rouvrit sa porte, décidée à aller trouver Alec. Plus tôt elle aurait affronté cette étape délicate – le revoir pour la première fois après… oh, non ! Voilà qu'elle recommençait à s'affoler. Si c'était ça, l'amour, très peu pour elle. En tout cas, elle ne voulait certainement pas du violent chagrin qui la guettait, mais qu'y pouvait-elle ? Elle se savait seule responsable de cette souffrance.

— Va donc t'amuser un peu, conseilla-t-elle à Henry. On est dimanche et le courrier sera encore là demain.

— Je m'en vais, lui promit-il. Je suis juste venu terminer un truc. Je n'en ai pas pour longtemps.

L'heure est venue de me débarrasser de mon fardeau, songea-t-elle. Elle sortit dans le couloir et s'arrêta net. Alec discutait avec Aiden devant le bureau de ce dernier. Aiden semblait accaparer la conversation ; Alec, lui, hochait la tête de temps à autre. Elle resta à les observer en attendant qu'ils terminent. Aiden voulait sans doute connaître les derniers développements de l'enquête.

Ils s'aperçurent de sa présence au même moment. Aiden les salua puis partit vers les ascenseurs, tandis qu'Alec venait vers elle.

Il était à croquer. Négligé, certes, mais juste comme il fallait. Son menton bleu indiquait qu'il n'avait pas pris la peine de se raser. Lui arrivait-il jamais de se peigner ? Quel scandale d'être aussi sexy ! Elle déglutit et s'efforça de chasser de sa mémoire les souvenirs de leur nuit. Qu'allait-elle lui dire ? Quelle réplique avait-elle trouvée, déjà ? Incapable de s'en souvenir, elle dut regarder dans le vague pour se concentrer.

— Je croyais que tu ne devais pas venir travailler, aujourd'hui.

Formidable. Ça fonctionnait : elle avait employé un ton tout à fait normal et était convaincue de ne laisser transparaître aucun sentiment.

— Je t'avais prévenue que si.

Parfait. Le plus dur étant passé, elle commença à se détendre. Oui, parfait. Ils n'allaient pas évoquer la veille.

— Regan ? reprit Alec.

— Oui ?

— Alors, ça t'a plu ?

Abattue, elle sut que sa mine s'allongeait. Choquée qu'il ait eu le culot de lui poser cette question, elle la lui fit répéter.

— Je t'ai demandé si ça t'avait plu.

Le feu lui monta aussitôt aux joues.

— Alec, il vaudrait mieux qu'on ne parle pas d'hier soir.

— Ce que je voulais savoir, c'est si ça t'avait plu de tenir tête à tes frères, précisa-t-il d'un air goguenard.

— Ah, ça… Oui, bien sûr, mais, attends un peu… tu l'as fait exprès, pas vrai ?

Il fit mine de ne pas comprendre.

— Comment ça ?

— Formuler ta question de cette manière, hors contexte… bon, laisse tomber.

Il adorait la facilité avec laquelle il parvenait à l'embarrasser.

— Alors ?

— Oui, répondit-elle en soupirant. À mon avis, me battre de temps en temps avec mes frères est un bon exutoire pour libérer la tension nerveuse que je refoule.

— Je pense que nous avons trouvé un bien meilleur exutoire, la nuit dernière, rétorqua-t-il, un sourire jusqu'aux oreilles. Et je ne te demanderai pas si tu as pris ton pied. Je sais que oui.

Son arrogance atteignait des sommets ; à l'évidence, il n'attendait aucune confirmation de sa part. À quoi bon ? Leur nuit avait été mémorable. Il le savait – il avait participé, après tout. Et quelle participation !

Elle devait à tout prix penser à autre chose… à n'importe quoi. L'envie de l'embrasser la tenaillait, aussi préféra-t-elle reculer d'un pas.

— On ferait mieux de changer de sujet, dit-elle.

— D'accord.

— Et puis, arrête de me regarder comme ça, s'il te plaît.

— Comment est-ce que je te regarde ?

— Comme si tu avais envie qu'on s'enferme dans le premier réduit venu.

— Ce n'est pas un réduit que j'ai en tête… Je pensais plutôt à…

— On n'en parle plus, le coupa-t-elle en croisant les bras sur la poitrine. OK ?

Avant qu'il ait pu protester, elle lui demanda :

— De quoi discutiez-vous avec Aiden ?

— Je lui ai demandé si quelqu'un avait des raisons d'en vouloir aux Madison, comme un employé mécontent, quelqu'un qui vous aurait menacés ou qui aurait perdu un procès contre vous, etc. Il m'a répondu qu'il s'était déjà entretenu à ce sujet avec Wincott mais qu'il allait nous organiser un rendez-vous avec votre avocat. Je tiens à explorer toutes les pistes, et celle des problèmes judiciaires de la famille n'est pas à négliger.

— Ceux de mes frères ?

— Et les tiens.

— Ah, fit-elle, décontenancée. Je doute que tu trouves grand-chose.

— Je tiens quand même à questionner Sam.

— Je comprends.

— Tu as faim ? Tu veux manger un morceau ?

— Euh, oui… d'accord.

Elle partit devant. Alec la rattrapa en deux enjambées.

— Au fait, la réponse est oui, dit-il.

— Quelle était la question ? demanda-t-elle en levant brièvement les yeux vers lui.

— Tu as demandé à tes frères si la fidélité avait encore un sens, et moi je te réponds que, pour certains, c'est oui.

Il la saisit par le poignet et la força à le regarder.

— Je connais un tas d'hommes fidèles, déclara-t-il d'une voix douce, mais je n'en nommerai qu'un.

— Ah oui ? Qui ?

— Moi.

Elle ne sut pas comment réagir.

— Pourquoi me dis-tu ça ?

— Je ne sais pas. J'avais envie que tu saches que moi, je serais fidèle.

— Si tu te maries un jour.

— C'est juste. Si je me marie un jour.

Ils furent interrompus par le téléphone d'Alec. C'était Henry – il semblait en proie à la panique.

— Où êtes-vous ? demanda l'assistant.

— Au bout du couloir.

— Revenez tout de suite. Il faut que vous voyiez ça.

Alec avait déjà fait demi-tour et tirait Regan par le poignet.

— Que se passe-t-il ? voulut-elle savoir.

Il n'eut pas à lui répondre car Henry les attendait devant la porte. Il les assaillit de paroles.

— J'ai ouvert cette lettre. Elle est écrite sur du papier de l'hôtel et est arrivée dans une de nos enveloppes. Vous savez ce que ça signifie ? Il est venu ici. Il était dans l'hôtel !

Alec lâcha Regan et alla voir sur le bureau. Elle posa la main sur le bras d'Henry.

— Respire, lui conseilla-t-elle.

— Il est venu ici, Regan.

— Oui, j'ai entendu. Et il a envoyé une lettre, c'est ça ? demanda-t-elle tout en suivant Alec.

Elle s'appuya contre lui et examina la feuille qu'Henry avait laissée sur le sous-main, maintenue ouverte à l'aide d'un long coupe-papier.

En réalité, il ne s'agissait pas d'une lettre. C'était une autre liste, qui portait cette fois-ci un titre différent. En haut de page figurait l'inscription *Notre liste macabre*, et le mot « notre » était souligné plusieurs fois. Le tueur l'avait rédigée à la main. Tous les noms de la liste d'origine y figuraient, mais on avait barré ceux de Mlle Patsy et de l'inspecteur Sweeney, et dessiné un point d'interrogation face à celui de Shields et face aux entrées qui désignaient les gardes du corps.

On y avait aussi ajouté un nom : Haley Cross. Juste en dessous, il était écrit : « *Vous m'êtes redevable pour celle-ci aussi.* »

Alec prit son portable et appela Wincott. Pendant qu'il attendait que l'inspecteur décroche, il demanda à Regan :

— Tu la connaissais ?

Elle ne releva pas l'emploi du passé.

— Non. Il faut l'avertir, Alec. Il faut à tout prix que la police la trouve avant que…

Henry montra la feuille du doigt.

— Son nom est rayé, Regan, fit-il remarquer d'une voix tremblante, comme s'il l'avait déjà... euh... tuée.

— Henry, ce n'est pas suffisant pour considérer qu'elle est morte. Il se peut qu'il ne l'ait pas...

Elle sentait la panique la gagner.

— Mon Dieu, faites qu'on ait encore le temps de la sauver.

Dès qu'il eut Wincott en ligne, Alec s'éloigna vers le couloir et le mit au courant de la découverte d'Henry.

Regan se sentait nauséeuse. Elle s'appuya contre le bureau de son assistant et fixa le mur du regard.

— Je ne comprends pas, déclara-t-elle à mi-voix. Pourquoi m'envoyer ça ? Et puis, qu'entend-il par « Notre liste macabre » ?

Alec mit fin à sa conversation et les rejoignit.

— Wincott et Bradshaw sont en route.

— Un dimanche ? s'étonna Henry, qui se rendit compte aussitôt de l'inanité de sa remarque.

— Bradshaw était chez lui mais John était déjà au travail.

— Vont-ils rechercher cette femme ?

Alec la prit par l'épaule.

— C'est trop tard, Regan.

Elle se libéra d'un mouvement brusque. Qu'il se résigne aussi vite à l'idée de cette mort la mettait en rage.

— Tu n'en sais rien. S'ils parvenaient à la prévenir... s'ils la trouvaient et que...

Tout en la regardant arpenter nerveusement la pièce, Alec se massa la nuque pour apaiser la tension de ses muscles.

— Ils savent où elle est, déclara-t-il.

— Où ça ?

— À la morgue.

— Quelle horreur !

Elle s'affaissa contre Alec, posa la tête sur son épaule et ferma les yeux. Alec la serra fort.

— Comment l'a-t-il tuée ? demanda Henry, qui avait manqué tomber de son siège.

Alec contemplait l'article accroché au mur au-dessus de la tête du jeune assistant. Soudain, tout se mit en place. Au lieu de répondre à la question, il dit :

— Elle allait courir sur la piste du…

— Conrad Park ! s'exclama Henry. Regan, vous ne vous en souvenez pas ? Je vous en ai parlé, à l'époque. Enfin, je crois.

Alec relut l'article.

— On y indique que vous allez y courir au moins trois soirs par semaine.

— Oui, c'était vrai autrefois.

— Ensuite, la piste de l'étage a été terminée, commenta Henry.

Alec rappela Wincott.

— John, où es-tu ?

— En bas, je sors de ma voiture.

— Quel était le signalement d'Haley Cross ?

— J'ai des exemplaires du dossier et sa photo sur moi. Ne bouge pas, j'arrive.

Trop impatient pour rester assis à l'attendre, Alec préféra aller au-devant de lui dans le couloir. Wincott arriva au pas de course en brandissant la chemise.

— Est-ce qu'on pourrait prendre Haley Cross pour Regan ? lui demanda aussitôt Alec.

— Tu plaisantes ! En ce qui me concerne, je ne confondrais jamais une autre avec Regan.

Sur quoi, Wincott sortit la photo de la jeune femme.

— Quoique de dos, peut-être… les cheveux longs, la morphologie à peu près identique. C'est possible.

— Qu'est-ce qui est possible ? s'enquit Regan depuis l'embrasure de la porte.

Elle s'écarta pour les laisser entrer.

Ce fut Wincott qui lui répondit.

— Qu'il y ait eu erreur sur la personne. Où est la lettre ?

Quelques secondes plus tard, Alec et lui examinaient de nouveau la lettre. Wincott la lut à voix haute :

— « Vous m'êtes redevable pour celle-ci aussi. » Donc, il tient en partie Regan pour responsable, non ? C'est ce qu'il insinue par cette note, à mon avis.

— Vas-y, conclus, John.

— Très bien. À ses yeux, c'est Regan qui aurait dû être à la place d'Haley.

Alec hocha la tête.

— Tu crois qu'il attendait Regan dans le parc ? ajouta Wincott.

— S'il a lu l'article, il devait croire en toute logique qu'elle allait toujours y courir.

— Tu veux dire qu'il a tué cette femme par erreur ? demanda Regan.

Alec se tourna vers elle.

— Oui. Je crois qu'il s'est rendu là-bas pour t'assassiner.

39

La police avait gardé sous silence d'importants détails concernant le meurtre d'Haley Cross. Ni Alec ni Wincott ne voulaient que Regan les connaisse : elle avait déjà assez peur, et à lui seul le rapport d'autopsie suffisait à donner des frissons au plus endurci des policiers.

Pourtant, il fallait envisager la possibilité qu'un de ces éléments débloque en elle un souvenir susceptible de les aider.

Adossé à la fenêtre du bureau, les jambes croisées, Wincott tenait une bouteille d'eau dans une main et le compte-rendu du légiste dans l'autre. Alec, lui, était assis à côté d'elle dans le canapé. Regan ne comprenait pas comment ils pouvaient paraître aussi détendus alors que tour à tour ils lui relataient les détails de ce meurtre abominable. Quand Alec lui expliqua ce que le tueur avait infligé aux jambes de la victime, Regan eut mal au cœur et sentit le sang battre à ses tempes.

Alec remarqua qu'elle avait les mains crispées sur ses genoux – signe évident de son malaise –, les larmes aux yeux, mais elle tenait le coup. Il se sentait fier d'elle ; s'ils avaient été seuls, il l'aurait prise dans ses bras et le lui aurait confié.

— Ça va, Regan ? Vous voulez qu'on fasse une pause ?

— Non, c'est bon.

Alec ouvrit le dossier que Wincott avait laissé sur la table basse et tendit à Regan la photo du cadavre d'Haley Cross. Regan s'étonna de son air paisible.

— Tu la connais ?

Elle secoua la tête.

— Une étudiante de l'université ?

— Non, elle avait déjà obtenu son diplôme.

— Elle habitait près du campus, expliqua Wincott. D'après ses amies, elle allait régulièrement courir dans le parc.

— Vivait-elle seule ?

— Non, avec son petit ami. Le soir du meurtre, celui-ci était en déplacement pour affaires. Apparemment, Cross l'aurait prévenu que pendant son absence elle risquait de passer quelque temps chez ses parents, alors, quand il est rentré à Chicago, plusieurs jours se sont écoulés avant qu'on s'inquiète de son absence.

Regan s'arma de courage avant de regarder de nouveau le cliché.

— Je ne comprends pas. Pourquoi lui avoir fait ça aux jambes ? Pourquoi…

Elle laissa sa phrase en suspens.

— Selon le légiste, elle est morte d'un coup violent à la tête, déclara alors Wincott. À l'évidence, ce malade ne s'en est pris à ses jambes qu'après.

— Elle s'est débattue, dit Alec. On a retrouvé de la peau sous ses ongles et on a pu prélever l'ADN de l'assassin.

Il reprit la photo et la rangea dans la chemise.

Le sentant soucieux à son égard, Regan lui sourit et alla chercher de l'eau dans le buffet.

— Alec ? fit-elle en lui montrant la bouteille glacée.

— Oui, volontiers.

Elle la lui donna, en prit une pour elle et fit le tour du canapé pour gagner son bureau. Qu'elle se sentait vieille et épuisée, tout à coup ! Elle s'assit. Accompagner Spencer à Melbourne n'était peut-être pas une si mauvaise idée, finalement. Changer d'air lui ferait sans doute du bien. Puis elle soupira. Résolue à ne pas fuir, elle écarta aussitôt cette possibilité.

Elle eut envie de téléphoner à Sophie et à Cordie. Leur parler lui remontait toujours le moral, mais si elle leur montrait l'ampleur de son désarroi, celles-ci s'inquiéteraient davantage pour elle. Et si la conversation se portait sur Alec – ce qui ne manquerait pas de se produire – elle ne répondrait plus de rien. Pleurer comme une Madeleine en face d'elles – hors de question.

Alec, qui l'observait depuis le canapé, lui trouvait le regard triste et distant, le teint blafard et l'air contrarié.

Lyle Bradshaw entra. Tiré à quatre épingles dans un costume à rayures foncé et une chemise blanche à poignet mousquetaire, il donnait l'impression de s'être habillé pour un mariage. Sa cravate rouge vif constituait la seule touche de couleur de sa tenue. Comme à son habitude, pas un de ses cheveux ne dépassait. En comparaison, Alec semblait s'apprêter à faire le ménage dans son garage.

Ce dernier n'avait pas l'air d'apprécier la façon dont Bradshaw regardait Regan.

— La lettre et l'enveloppe sont sur le bureau d'Henry, annonça Wincott pour apaiser la tension.

— On n'y trouvera aucune empreinte, dit Bradshaw en allant les chercher.

— Il faut quand même les mettre sous sachet et les emmener au labo, rétorqua sèchement Alec.

Contrairement à Bradshaw, Wincott décela l'hostilité dans sa voix. Il décida de les emmener tous deux dans le couloir pour discuter des derniers développements de l'enquête.

Dès qu'elle fut seule, Regan alluma son ordinateur et tenta de répondre à quelques e-mails. Tout était bon pour lui occuper l'esprit.

Henry passa la tête par la porte et lui dit au revoir. Elle lui offrit de prendre son lundi, mais il ne voulut rien savoir.

— Et si une lettre arrive ou qu'il se passe quelque chose ? Je veux être ici… au cas où vous auriez besoin de moi, quoi.

Quelle crème, cet Henry.

— D'accord, mais fais la grasse matinée et prends ton temps pour venir.

— Je vais essayer, lui promit-il. Il ne faut parler à personne de la nouvelle liste ou d'Haley Cross, ajouta-t-il juste avant de partir.

— Je le sais.

— Vu tout ce qui se passe et le nombre de personnes impliquées dans cette histoire, ça m'étonne qu'il n'y ait pas encore eu de fuites.

— Je ne crois pas que les agents de sécurité connaissent les détails.

— Sophie nous tuerait tous les deux si un autre journal lui volait son scoop. Bon, j'y vais. À demain.

— Sois prudent, Henry.

À peine la porte se fut-elle fermée qu'elle se rouvrit d'un coup sec ; Aiden entra précipitamment.

— Spencer et moi venons d'apprendre, pour la lettre, et Alec m'a mis au courant pour la femme qui a été assassinée. Bon sang, Regan, ç'aurait pu être toi !

— Oui, je sais.

— Nous ne bougerons pas d'ici tant qu'on n'aura pas coincé ce cinglé. Je devrais peut-être appeler Walker et lui dire de rentrer.

— Non, surtout pas. Tu sais comme il attire l'attention. Il aura la presse sur les talons, et si un journaliste a vent de ce…

— D'accord.

— Qu'il reste où il est, insista-t-elle. J'aimerais que Spencer et toi puissiez vous éloigner le plus possible, et que vous emmeniez Sophie, Cordie et Henry avec vous. Aucun d'entre vous ne sera en sécurité tant que vous resterez près de moi. Si jamais il t'arrivait quelque chose ou si…

Sa voix se cassa.

— Je n'irai nulle part, répéta Aiden. Cesse de te ronger les sangs pour nous. Tu as suffisamment de soucis comme ça et il faut que tu sois forte.

— Je vais bien, ne t'inquiète pas. Je tiendrai le coup.

Pendant plusieurs minutes, Aiden arpenta la pièce jusqu'à avoir recouvré son calme. Il semblait avoir besoin d'entendre Regan lui affirmer qu'elle était bien protégée, qu'il ne lui arriverait rien, qu'Alec et John arrêteraient le fou qui la poursuivait.

Alors qu'il s'apprêtait à repartir, elle déclara :

— Il y a longtemps, tu m'as appris que les Madison affrontaient leurs problèmes de face. Il est temps que j'affronte certains des miens.

— C'est à la police de…

— Je parle de la famille et des affaires, Aiden.

Il revint vers elle.

— D'accord. De quels problèmes est-il question ?

— Cette manie que Spencer et toi avez de prendre les décisions à ma place. Il faut que ça cesse. L'emploi que je fais des fonds de la famille est tout aussi important que votre partie. À bien y réfléchir, investir ces sommes pour rendre le monde meilleur l'est même davantage.

Aiden s'appuya contre le bureau et croisa les bras sur sa poitrine. Elle avait raison.

— Une dernière chose…, dit-elle. Contribuer au bien de la communauté, entreprendre des projets utiles, voir à quoi sert l'argent nous rappelle notre raison d'exister. De mon point de vue, c'est mon rôle de vous aider à ne pas vous écarter du droit chemin. On peut dire que je suis là pour vous humaniser.

— Très bien, céda-t-il, nous allons augmenter ton budget. Je pourrai convaincre Spencer et Walker de le doubler.

— Voilà qui est agréable à entendre. Moi aussi, je vais faire une concession : je ne m'opposerai plus à un compromis avec Emerson.

Aiden alla jusqu'à la porte.

— Emily est en congé pour la semaine, dit-il. À son retour, elle ne travaillera plus pour moi.

Regan lutta pour ne pas pousser des hourras.

— Y a-t-il autre chose dont tu veux discuter ? lui demanda-t-il.

— C'est tout pour l'instant.

Elle avait envie de lui parler d'Alec, de se confier à lui, mais n'en fit rien. C'était inutile. Il ne s'agissait que d'une aventure d'un soir. Alec se montrait très clair à ce sujet. Plus que cinq jours avant qu'il disparaisse de sa vie à jamais… à moins qu'ils n'arrêtent le psychopathe avant.

Pendant cette période, Regan essaya de s'abrutir de travail. Avec l'aide d'Henry, elle continua à trier les vieux dossiers et à réorganiser le bureau.

Chaque jour, Alec assurait son service, mais leurs relations avaient changé. S'il se montrait amical et cordial, il gardait ses distances, ne cherchait plus à l'aguicher et évitait toute promiscuité. Dès qu'une conversation prenait une tournure trop intime, il changeait de sujet. Il se comportait comme si rien d'extraordinaire ne s'était passé entre eux. Regrettait-il leur nuit ensemble ? Si elle en avait eu le courage, elle lui aurait posé la question.

Un soir, après qu'Alec l'avait raccompagnée, elle fut prise de nausées et passa une nuit atroce. Était-ce un virus ou le stress ? Elle dut attendre le lendemain midi pour se sentir mieux.

Ce jour-là, elle retrouva Aiden en début d'après-midi pour lui remettre les contrats signés. Il l'attendait à une table dans un coin de l'atrium. Regan commanda un thé glacé, qu'elle sirota en accordant une oreille distraite à son frère, qui lui parlait du nouvel hôtel.

— Regan, tu m'écoutes ?

— Pas vraiment.

— Tu es toujours malade ? s'enquit-il.

— Non, je vais bien.

— D'après Alec, tu n'avais pas l'air dans ton assiette, hier soir.

— Comment pourrait-il le savoir ?

— Il a appris que tu étais souffrante. Je ne sais pas qui l'a prévenu, mais en tout cas, il est revenu passer la nuit ici.

— Alec a passé la nuit à l'hôtel ?

— Je viens de te le dire. Il a dormi chez toi, dans le canapé.

Elle en resta bouche bée. Tout ce qui lui vint à l'esprit, ce fut sa tête : cheveux dans les yeux et teint cireux. Était-il là quand elle avait vomi ? Charmant…

— Aiden, pourquoi l'as-tu laissé me voir avec ma mine de déterrée ?

Il sourit.

— Il ne m'a pas vraiment demandé mon avis.

Regan préféra changer de sujet.

— J'ai croisé Paul. Il m'a appris qu'il voulait diminuer son nombre d'heures.

— Oui, il en a assez de tous ces déplacements, et il a besoin de passer plus de temps avec sa famille.

— Tu es d'accord ?

— Oui. Je lui ai dit qu'il aurait le poste de son choix. Nous ne voulons pas le perdre.

Alors qu'elle tendait les contrats à Aiden, elle vit Alec qui venait dans sa direction. Il s'arrêta et écouta le rapport de l'agent chargé de la protection de Regan pour la journée. N'ayant pas envie qu'il la surprenne en train de l'observer, elle se détourna en hâte.

À présent, c'était Aiden qui la fixait. Son portable sonna sans qu'il y prête attention.

— Tu devrais répondre.

Il prit son téléphone, l'éteignit et le rangea dans sa poche.

— Tu voulais me parler de quelque chose ? s'enquit-il d'un air curieux.

Elle baissa la tête.

— J'ai fait une bêtise, avoua-t-elle en chuchotant.

— Quoi donc ?

Je suis tombée amoureuse. Quelle idiote ! Elle ne formula cependant pas ses pensées.

— Rien, je suis fatiguée, c'est tout. J'ai besoin de vacances.

Son frère était beaucoup plus perspicace qu'elle ne le croyait. Il regarda Alec, lequel semblait ne pas pouvoir quitter Regan des yeux, puis se tourna de nouveau vers sa sœur.

Tous deux paraissaient malheureux.

— Il m'a dit qu'il allait intégrer le FBI.

Stupéfaite, elle releva la tête. Aiden souriait. Elle choisit de ne pas feindre l'ignorance.

— Oui, c'est vrai. Qu'y a-t-il de si drôle ? s'enquit-elle en fronçant les sourcils.

— Je me demandais comment il réagirait quand Walker engagera quelqu'un pour se renseigner sur lui.

Elle ouvrit de grands yeux.

— Il n'oserait…

— Il a bien embauché quelqu'un pour enquêter sur Dennis, alors qu'il n'y avait rien de sérieux entre vous.

— Je te rappelle qu'il s'en va bientôt, Aiden.

— Je sais, oui. Le voilà, dit-il.

Elle se leva d'un bond, manquant renverser sa chaise. Son verre se serait brisé par terre si Aiden ne l'avait pas rattrapé.

Elle respira à fond, s'efforça de sourire et se détourna. Et voilà qu'Alec remettait ça : il était plus beau que jamais. Finalement, il savait s'habiller quand il le voulait, ce qu'il avait par ailleurs déjà prouvé lors du dîner de charité. Cette fois-ci, il portait un blazer bleu marine, un pantalon en toile et des mocassins à la place de ses tennis fatiguées.

Incroyable ce qu'elle se sentait troublée alors qu'il ne lui avait pas encore dit un mot.

Alec adressa un signe de tête à Aiden et sourit à Regan.

— Tu as meilleure mine, aujourd'hui.

Ce fut tout pour les paroles de politesse car, se désintéressant d'elle aussitôt, il se tourna vers Aiden.

— Votre avocat n'a toujours pas rappelé Gil Hutton, qui lui a laissé deux messages. Vous devriez peut-être insister auprès de lui.

— C'est comme si c'était fait, lui promit Aiden. Sam était en vacances, mais il doit être rentré, à l'heure qu'il est.

Regan décida de monter dans son bureau. Alec et Aiden la suivirent.

— Je veux que Gil ait de ses nouvelles demain après-midi. Si ce n'est pas le cas, j'irai fouiller moi-même dans ses dossiers.

— Il l'appellera.

Regan leur gardait les portes de l'ascenseur ouvertes. Alec lui tourna le dos pendant la montée.

— Je me suis entretenu avec le lieutenant Lewis, ce matin, déclara Aiden.

— Vous avez dû vous éclater, railla Alec. Mieux vaut que vous ne mentionniez pas mon nom en sa présence, ça pourrait porter préjudice à l'inspecteur Wincott.

— Qu'entendez-vous par là ?

— J'entends par là que Lewis réduirait à néant ses perspectives d'avancement s'il apprenait que je l'aide pour l'enquête.

— Il ne l'apprendra de la bouche d'aucun d'entre nous, et sûrement pas de celle de Sam.

— Il faut croire que le lieutenant ne t'apprécie pas, commenta Regan.

Voyant qu'il ne lui répondait pas, elle lui enfonça l'index dans le dos.

Un large sourire aux lèvres, il lui saisit la main. Lorsqu'il se rendit compte de son geste, il la lâcha aussitôt.

Aiden fit semblant de n'avoir rien remarqué.

— D'après ce que j'ai cru comprendre, ils n'ont absolument aucune piste. Apparemment, ils s'intéressent à Peter Morris.

— Ça pourrait être une autre impasse, dit Regan.

— Ils ne font pas que s'intéresser à lui. Le fait est qu'ils sont à sa recherche.

— Pourquoi ? Il se cache ?

— Oui, mais ça ne pourra pas durer indéfiniment. Quand il refera surface, ils le coinceront.

— Ça risque de prendre une éternité.

Le hasard voulut qu'on appréhende Morris une heure plus tard.

40

Peter Morris commit deux erreurs, et non des moindres.

La première fut de céder à la tentation. Il entra dans un bar du centre de Chicago et se mit à boire en quantité, ce qui altéra non seulement sa capacité de jugement mais lui conféra aussi un sentiment de sécurité. Plus il picolait, plus il se convainquait qu'il ne craignait rien, que pour le moment il était intouchable.

La seconde erreur fut d'appeler Regan Madison. La joindre lui demanda plusieurs tentatives, et lorsqu'on la lui passa enfin, il écumait de rage.

Ayant prévu de revenir à son bureau à trois heures, Regan avait demandé à la standardiste de bloquer ses appels. Elle perdit cependant la notion du temps, et quand Alec et elle remontèrent enfin, l'inspecteur Wincott les attendait.

— Du nouveau ? s'enquit-elle, pensant qu'il était venu lui parler.

— Non, je suis juste venu chercher Alec. Nous sommes attendus. On donne un pot de départ en son honneur, expliqua-t-il.

Regan remarqua qu'un policier montait la garde au bout du couloir. Le téléphone sonna. Wincott s'apprêtait déjà à partir, mais Alec s'attarda. Regan décrocha le combiné du bureau d'Henry.

— Regan Madison.

— C'est votre dernière chance de vous rattraper.

La colère qu'elle perçut dans la voix de l'homme l'ébranla. Bien qu'il mâchonnât ses mots, elle le comprit très bien.

Alec nota le changement qui s'opéra sur le visage de Regan. Il fit signe à Wincott et courut jusqu'au poste de Regan pour écouter la conversation.

— Qui est-ce ? demanda-t-elle avec vigueur.

— Peter Morris. Vous vous souvenez de moi ?

— Oui.

Wincott s'éloigna pour ouvrir son portable.

— Vous mentez, dit Morris dans un long soupir.

Ce type est ivre, songea-t-elle. En arrière-fond, elle distinguait le cliquetis de verres, la pulsation d'un morceau de musique et le bourdonnement de nombreuses voix. Elle était sûre qu'il l'appelait d'un bar.

— Je ne vous mens pas. Je me souviens tout à fait de vous.

— Et moi, je ne plaisante pas : c'est votre dernière chance.

Sa voix faisait froid dans le dos. Regan l'entendit déglutir, puis reconnut le bruit de glaçons qui cognent contre le verre.

— Ma dernière chance ? répéta-t-elle.

— De sauver votre âme.

— Je ne comprends pas.

— Je ne vais pas passer ma vie à vous pourchasser. Franchir la barrière de votre assistant et pouvoir enfin vous parler m'a demandé de précieuses semaines d'efforts, et tout ça pour quel résultat ? Vous avez refusé de m'écouter. Votre décision était déjà prise. Je vous ai expliqué que, si nous pouvions nous rencontrer pour discuter, je parviendrais à vous convaincre. Si seulement vous m'aviez accordé un peu de temps, rien de tout cela ne serait arrivé. Vous auriez pu l'empêcher.

— Empêcher quoi ?

— Vous le savez bien.

Elle choisit de faire semblant de comprendre.

— OK. Bon, expliquez-moi comment j'aurais dû m'y prendre ?

Elle regarda Alec, qui acquiesça d'un signe de tête.

— J'ai essayé de vous aborder, mais vous êtes partie.

— Quand ? Où ça ?

— Au Liam House.

Le souffle coupé, Regan faillit laisser tomber le combiné.

— Vous étiez là-bas ?

— Je viens de vous le dire.

— Vous m'avez suivie ?

— Non.

— Alors, comment avez vous su que…

— C'est elle qui me l'a dit, répondit-il d'un ton impatienté.

— Qui ça, elle ?

— Emily. C'est le nom qu'elle m'a donné quand elle a pris mon appel. Elle m'a expliqué où vous trouver.

La stupéfaction de Regan fut telle qu'elle dut s'appuyer contre le bureau.

— Vous savez combien de temps j'ai attendu sous la pluie ?

— Non, je l'ignore.

— Je veux l'argent ! lâcha-t-il d'un ton rageur. Et puis, vous avez une dette envers moi, maintenant, pas vrai ?

— Pour quelle raison ?

— C'est allé trop loin, déclara-t-il au lieu de répondre à sa question. Si vous ne me remettez pas cet argent, vous allez le regretter. Préparez la somme. Vous m'entendez ? Je veux du liquide, pas de chèque. Nous nous rencontrerons demain.

Je vous indiquerai l'heure et le lieu du rendez-vous.

— Et si l'argent n'est pas prêt quand vous m'appellerez ?

— Quelqu'un en fera les frais.

Sur la fin de sa phrase sa voix devint quasi inintelligible.

Regan entendit un bruit sourd, puis la communication fut coupée. Alec fut soudain auprès d'elle. Elle voulut parler, mais il la fit taire d'un geste et désigna Wincott d'un signe de tête.

Quand l'inspecteur se tourna vers eux, il avait un immense sourire aux lèvres.

— On l'a coincé.

41

Ce fut presque trop facile. Pendant que Peter Morris criait ses menaces au téléphone, renversant à plusieurs reprises de l'alcool sur sa chemise, deux policiers vinrent se saisir de lui par-derrière.

Encore assez lucide pour jouer la carte légale, Morris se mit à hurler qu'il voulait un avocat dès qu'on lui eut passé les menottes et dit ses droits.

Il signifia avec véhémence son refus de parler. Des aveux auraient été bienvenus, certes, mais les enquêteurs pouvaient s'en passer. Les preuves à charge étaient accablantes : derrière une dalle d'isolation dans le grenier de la maison décrépite qu'il louait, on avait retrouvé une boîte à chaussures fermée par un ruban rose vif contenant un marteau avec les initiales d'un ouvrier gravées sur son manche, le permis de conduire d'Haley Cross et le portefeuille de l'inspecteur Sweeney.

Le lieutenant Lewis buvait du petit-lait. En ce qui le concernait, l'affaire était close. Dès qu'on l'eut informé de la découverte des pièces à conviction, il insista pour appeler Aiden et lui annoncer personnellement la bonne nouvelle.

Wincott revint à l'hôtel prévenir Regan, puis il contacta Alec et lui demanda de le retrouver dans le hall.

Alec était de mauvaise humeur. Il avait voulu assister à l'interrogatoire de Morris, ce que Lewis avait refusé. Connaissant son état d'esprit, Wincott estimait lui aussi qu'il était préférable de le tenir à l'écart.

Wincott attendait Alec devant les ascenseurs.

— Tu as fini tes cartons ou tu n'as pas encore commencé ?

— Il est passé aux aveux ?

— J'imagine que pour les cartons, c'est non ?

— Réponds-moi, John.

— Non, pas d'aveux. Il clame son innocence. Je n'en reviens pas. C'est la première fois qu'un suspect nous fait ce coup-là.

Alec ignora ses sarcasmes. Les portes de la cabine s'ouvrirent et il s'écarta pour laisser monter Wincott.

— Où sont les agents de sécurité ? Je n'en ai pas vu un seul en arrivant.

— Ceux qu'on avait engagés en plus ont dû être affectés à de nouvelles missions, et les permanents se montrent plus discrets. Ils se fondent dans le décor, quoi. Maintenant qu'on tient notre homme – et je t'assure que c'est le bon –, l'hôtel n'a pas besoin d'une surveillance aussi voyante.

Ils arrivèrent à l'étage de Regan.

— Ça ne me plaît pas, bougonna Alec.

— Je sais. Il te faudrait des aveux, pas vrai ? Mais tu veux que je te dise ? Même s'il s'était mis à table, tu ne croirais toujours pas à sa culpabilité.

— Tu aurais pu me laisser entrer. Tout ce que je voulais, c'était lui poser quelques questions.

Wincott secoua la tête.

— Nous respectons le règlement à la lettre et ça signifie que personne ne touchera un seul de ses cheveux.

— Tu crois que je l'aurais cogné ?

— Bien sûr. Tu lui aurais éclaté la tête contre le mur à la seconde où il aurait prononcé le nom de Regan. Rends-toi à l'évidence, Alec. Tu es trop impliqué dans cette affaire... personnellement, s'entend.

— Si je suis impliqué à ce point, pourquoi as-tu voulu qu'on se rejoigne ici ?

— Je me suis dit que ce qu'il te fallait, c'était tourner la page.

— « Tourner la page » ? répéta Alec, perplexe. Tu te moques de moi ?

— J'ai pensé que si tu m'entendais exposer à Regan les résultats de l'enquête, tu réussirais peut-être à passer à autre chose.

— Ç'a été trop facile.

— Ça arrive, parfois.

— Les preuves…

— Je sais. Tu veux dire que quelqu'un d'autre a pu les dissimuler dans le grenier de Morris ?

— Exact.

— Tout colle, Alec. Physiquement, Morris est assez costaud pour porter Sweeney et le pendre comme il l'a fait, et il correspond au signalement fourni par Regan.

— Des centaines de types y correspondent, rétorqua Alec en frappant à la porte.

Quand Regan leur ouvrit, il enregistra tout en un seul coup d'œil : nu-pieds, elle portait un short de course et un haut qui ne lui couvrait pas tout à fait le nombril. Elle était resplendissante.

Wincott la salua d'un signe de tête et entra.

— Je viens d'apprendre la nouvelle, annonça-t-elle.

— Qui t'a prévenue ? s'enquit Alec.

— J'ai d'abord reçu un coup de téléphone du lieutenant Lewis, et ensuite d'Aiden. Pourquoi est-ce que tu ne souris pas, Alec ? Tu n'es pas content que ça se termine ?

— Il trouve que c'est trop facile, expliqua Wincott, qui s'assit dans le fauteuil et se pencha en avant.

Alec resta debout au milieu de la pièce, les mains dans les poches et l'air renfrogné.

— Les résultats des analyses ADN ne sont pas encore arrivés, alors on continue la surveillance.

— Tu n'es pas convaincu que Peter Morris… ?

Elle se tut quand il se mit à secouer la tête.

— Non, je ne le suis pas.

— Disons qu'il refuse de l'être.

— Qu'est-ce que ça signifie ? s'enquit Alec.

— Ça signifie que tu cherches à gagner du temps, répondit Wincott en désignant Regan d'un signe de tête à peine perceptible.

Les mâchoires serrées, Alec lança un regard noir à son collègue.

Regan ne comprenait pas bien ce qui se passait.

— John, vous pensez qu'on a arrêté le bon ?

— Oui. Les preuves sont accablantes.

— À moins qu'on ne les ait placées là...

— On a trouvé un cheveu de Morris coincé dans le marteau.

— Sais-tu à quel point il est facile de falsifier cette preuve ? Il aura suffi de le récupérer sur sa brosse, dit Alec en faisant lentement les cent pas.

— Le mobile de Morris est évident, expliqua Wincott à Regan. Il devait beaucoup d'argent à des personnes peu fréquentables et il comptait sur cette subvention pour le tirer d'affaire. Quand vous avez rejeté sa demande, il a voulu s'en prendre à vous. Il a avoué vous avoir attendue devant le Liam House. Les preuves en notre possession vont enfoncer le clou. Morris était au fond du gouffre... et il a perdu la tête. Il a ramassé le portable de Regan et la pochette qui contenait sa liste de gens à éliminer, et il s'est dit que s'il lui rendait un petit service...

— ... je lui donnerais l'argent ? Mon Dieu...

— J'ai eu une longue discussion avec Emily Milan. Elle a reconnu avoir indiqué à Morris où vous étiez.

— Savait-elle à qui elle s'adressait ? demanda Regan.

— Oui, mais elle prétend qu'elle ignorait les intentions de Morris. Elle a aussi avoué s'être introduite dans votre ordinateur afin d'accéder à votre courrier électronique. Dans l'unique but de se tenir à jour, d'après elle. C'est incroyable qu'elle l'ait avoué. C'est elle qui a imprimé la photo de Sweeney et l'a déposée sur le bureau d'Aiden. Elle l'a aussi envoyée à vos autres frères.

Wincott sourit.

— La paire de menottes que je lui ai mise sous le nez l'a rendue drôlement bavarde. Tout à coup, elle s'est montrée très coopérative.

— Où est-elle, maintenant ? s'enquit Alec.

— Elle a été licenciée, bien sûr, répondit Wincott. Je doute fort qu'elle demande une lettre de recommandation.

— Êtes-vous toujours convaincu qu'il a tué Haley Cross parce qu'il l'a prise pour moi ?

— Oui. Je le répète : il pleuvait, il faisait nuit, et Cross avait à peu près la même morphologie que vous et des cheveux bruns semblables aux vôtres. S'il a surgi derrière elle, il n'y a rien de surprenant à ce qu'il vous ait confondues. Qui plus est, vous lui avez vous-même fourni le tuyau. Vous voyez l'article et la photo qu'Henry a découpés et encadrés ?

Elle savait où il voulait en venir.

— Lors de l'inauguration, vous avez déclaré aller courir tous les lundis, mercredis et vendredis. Nous pensons que Morris a lu l'article et décidé de vous attendre dans Conrad Park. Je ne crois pas qu'il s'y soit rendu dans le but de vous tuer. La situation a dû lui échapper. Son intention devait être de vous convaincre de lui accorder la bourse, mais quand il a compris qu'il s'était trompé de personne, sa rage meurtrière s'est réveillée.

— Elle s'est débattue ?

— Oui. Un des employés des espaces verts avait oublié son marteau. Morris l'a trouvé et s'en est servi. Enfin, tout est fini, maintenant, ajouta-t-il en regardant Alec. Quand nous aurons obtenu les résultats des tests ADN, nous posséderons assez d'éléments à charge pour l'enfermer trois siècles.

Il se leva et tendit la main à Regan.

— Je ne pourrai jamais vous remercier assez, John.

— Tout devrait être bouclé assez vite. Le bureau du procureur vous contactera pour vous informer de la procédure.

Il jeta un coup d'œil sur Alec.

— Bon, j'y vais.

Alec ne le suivit pas. Il ferma la porte de façon à avoir un moment d'intimité avec Regan. Il ressentait le besoin de lui faire ses adieux.

— Écoute, Regan…, commença-t-il avant de s'interrompre.

Il ne trouvait plus ses mots, soudain.

— Oui ? dit-elle en le regardant dans les yeux.

— Tu savais que j'allais partir.

— Oui, je le savais.

— Bon, alors… Je vais rentrer faire mes valises et prendre la route pour Boston.

— Tu vas voir ta famille ?

Il hocha la tête.

— Exact, dit-il à mi-voix, mais avec résolution.

— Et après, le FBI.

— Oui. Je vais de l'avant.

Se rendait-il compte qu'il lui brisait le cœur ?

— Je comprends.

— Écoute… je n'aurais pas dû…

Elle ne le laissa pas terminer sa phrase. S'il osait lui dire qu'il n'aurait pas dû faire l'amour avec elle, elle ne répondrait pas de sa réaction.

— Je ne regrette rien, le coupa-t-elle. Allez, va faire tes bagages.

Il se pencha vers elle et l'embrassa sur le front.

— D'accord.

Elle lui ouvrit la porte.

— Souviens-toi, Alec, tu vas de l'avant.

— C'est juste.

— Ne t'attarde pas, alors.

— Si jamais tu es de passage à Boston…

42

Les événements extraordinaires se produisent parfois les jours les plus ordinaires.

Quand Eric Gage ouvrit les yeux ce samedi matin, il savait que la journée allait être exceptionnelle. Il ne pouvait expliquer pourquoi, pas encore en tout cas, mais il nourrissait la certitude qu'il comprendrait bientôt.

Eric avait appris à ne pas poser de questions.

La réponse lui vint bien plus vite qu'il ne s'y attendait. Il sortit du lit, passa son peignoir et se rendit d'un pas traînant dans la cuisine. Alors qu'il se servait un verre de jus d'orange, il l'entendit : un murmure dans son dos. Ou plutôt un chuintement – malgré ses efforts, il ne put comprendre le message.

Eric ne se retourna pas. C'était inutile car il savait qui était là avec lui. Les yeux fermés, il attendit que le murmure revienne. Cinq minutes s'écoulèrent, puis cinq autres, mais seuls lui parvenaient les coups de tonnerre que produisait son cœur dans sa poitrine.

Le doute l'assaillit : son imagination lui avait peut-être joué un tour. Il décida de reprendre le cours normal de sa journée et de s'atteler à ses corvées. À six heures, vêtu de vieux vêtements de travail, il se rendit à la station-service de son quartier pour s'acheter un grand gobelet de café.

À sept heures et demie, il avait nettoyé son garage – un rituel qu'il accomplissait chaque samedi –, pris son petit déjeuner et préparé un plateau pour Nina. Puis il se doucha et enfila son survêtement flambant neuf, noir, doté d'une fine bande blanche sur le côté de la jambe. S'il avait choisi ce modèle, c'était pour ses poches à fermeture Éclair.

Dans le tiroir de son bureau se trouvaient deux pistolets chargés. Il en mit un dans sa poche de droite. Il vérifia dans le miroir, mais, une fois la poche refermée, le pistolet était invisible. Il prit deux chargeurs supplémentaires et les fourra dans son autre poche. Le second pistolet fut posé dans la cuisine au centre de la table.

Il était prêt, à présent, mais prêt pour quoi ?

L'angoisse terrifiante qu'il connaissait si bien montait en lui. Les mains soudain rigides et glaciales, il peinait à respirer. Il savait ce qui se passait : le démon était en train de s'emparer de lui.

Dans une tentative de l'en empêcher, Eric se mit à se balancer sur sa chaise, mais il ne parvint pas à rester longtemps dans cette position. Il se leva d'un bond. Peut-être était-il encore temps de changer l'avenir… peut-être, songea-t-il, pourraient-ils repartir de zéro ? L'accès d'optimisme ne dura pas : alors qu'il marchait vers le couloir du fond, il l'entendit de nouveau. Le chuchotement le suivait à la trace. Impossible de lui échapper…

— L'heure est venue.

— Non ! s'écria-t-il.

— Tu sais ce que tu dois accomplir.

Il inclina la tête et se mit à pleurer.

— Non, non, je ne peux pas…

Le murmure se mua en hurlement.

— Tu dois le faire !

Eric s'accrocha avec obstination aux dernières bribes de raison qui lui restaient. Il ferma très fort les paupières et plaqua les mains sur ses oreilles dans une vaine tentative de repousser la terreur qui le consumait.

— Non, pitié, non, sanglota-t-il.

Sa rébellion fit long feu et le démon l'emporta.

— Tourne-toi et regarde-moi. Ouvre les yeux et regarde !

D'une docilité à présent absolue, Eric obéit.

Il se tint figé dans l'attente que le démon lui intime son prochain ordre.

Les yeux de Nina se fichèrent dans les siens.

— Tue-la pour moi.

43

Alec s'escrimait à caser une dernière valise dans son coffre quand un cabriolet Mustang 1968 rutilant, capote baissée et autoradio à plein volume, arriva dans un rugissement de moteur. C'était Gil. Après s'être garé en double file à côté de la voiture d'Alec, il coupa moteur et musique.

— Tu as déjà rendu ton insigne ? cria-t-il en se recoiffant du plat de la main.

— Pas encore. D'ailleurs, ça m'étonne que tu ne le saches pas.

— En fait, je le savais, mais comme les choses ont tendance à changer, j'espérais que tu serais revenu sur ta décision.

— C'est quand même le FBI, Gil.

— Tu leur as donné ta parole, hein ?

— On peut dire ça, oui, répondit Alec en haussant les épaules.

— Je vois que tu charges tes valises. J'en conclus que tu es sur le départ.

Alec avait pris sa journée et s'efforçait de remplir son emploi du temps au maximum pour éviter de penser à Regan. Bien sûr, il ne comptait pas l'avouer à Gil.

— Je prends un peu d'avance, c'est tout.

— Que vas-tu faire de tes meubles ?

— J'emporte mes vêtements et deux ou trois trucs que je veux garder, mais je laisse tout le reste à un ami.

— Qui est-ce ?

Comme à son habitude, Gil se montrait indiscret, mais tant que ses questions ne devenaient pas trop personnelles, Alec n'y voyait pas d'inconvénient.

— Il s'appelle Henry. Il emménage dans mon appartement la semaine prochaine. Tu ne le connais pas.

— Il travaille pour Regan Madison, c'est ça ?

Alec pouffa de rire.

— Décidément, tu sais tout.

— Ouais, sauf les numéros du loto du prochain tirage. Et j'ignore si je serai rentré avant qu'il se remette à pleuvoir.

— Qu'est-ce qui t'amène ?

— J'ai essayé de t'appeler, tout à l'heure, mais tu n'étais pas là. Tu devais déjà être en train de charger.

— Sans doute.

— Comme la pluie a cessé, j'ai décidé de faire un saut. Alors, il paraît que Bradshaw et Wincott ont arrêté l'assassin de Sweeney ?

— Exact.

— Et toi, tu leur as cherché des crosses. Tu croyais qu'ils s'étaient trompé de type ?

— Oui, je leur ai « cherché des crosses », comme tu dis, mais ça n'a rien changé. Ils sont convaincus de tenir le tueur.

— Les preuves vont dans leur sens.

Alec se contenta de hocher la tête.

— Il paraît que Wincott estimait que tu manquais du recul nécessaire, si tu vois ce que je veux dire.

— Non, Gil, je ne vois pas ce que tu veux dire. Explique-toi, rétorqua Alec, agacé.

— Tu sais, trop impliqué personnellement… C'est vrai ?

— Pourquoi toutes ces questions, Gil ?

— J'y viens. Quand j'ai appris pour l'arrestation et les pièces à conviction, j'ai pensé que tu préférerais peut-être que j'interrompe mes recherches sur le passé des Madison, mais finalement je me suis dit que, si c'était le cas, tu m'aurais appelé. Tu n'as pas oublié, n'est-ce pas ?

— Non, ne t'inquiète pas.

— Je n'ai rien trouvé de particulier sur Regan Madison, mais j'imagine que tu t'en doutais.

— C'est juste. Et sur ses frères ?

— Aucun d'entre eux n'a de casier judiciaire, et aucun n'a jamais été arrêté.

— Ça, je le savais déjà, Gil.

— Walker a tout de même eu quelques soucis. Des quatre, c'est le plus connu du grand public parce que c'est un fou de courses automobiles. Bref, il est notoirement riche et pas aussi discret que les autres. Tu sais comment sont les gens : ils en voient, ils en veulent. De l'argent, s'entend.

— Donc, il a eu des soucis ?

— Pas mal d'accrochages bénins, et deux accidents graves, dont un mortel. Walker n'était en tort dans aucun d'eux, cependant. Il a eu plus de chance que certains car il s'en est toujours sorti sans une égratignure. Le premier accident a eu lieu dans le Wisconsin. Je n'ai pas réussi à obtenir plus de précisions.

— Et l'autre ?

— Là, c'était vraiment du méchant. Ça s'est passé en Floride, et d'après les témoins le responsable n'a pas survécu. Sa compagnie d'assurances a dédommagé les familles des victimes.

— Mais Walker n'a causé aucun des deux ?

— Non. J'attends que le policier qui est arrivé le premier sur les lieux me rappelle. Il m'apprendra peut-être de nouveaux détails. Dès que je lui aurai parlé, je te traquerai là où tu te caches pour te mettre au courant… à moins que tu ne préfères que j'arrête tout ?

— Non, surtout pas, s'empressa de répondre Alec. Continue à chercher.

Gil repartit quelques instants plus tard, et Alec rentra terminer ses préparatifs, mais il n'avait pas l'esprit à ce qu'il faisait. Il ne cessait de penser à Regan. Peinait-il à tourner la page ? Était-ce la raison pour laquelle il souhaitait que Gil poursuive ses recherches ? S'il avait pris une part plus active dans l'enquête, peut-être se sentirait-il moins frustré.

Il souleva un carton pour l'emporter dans sa voiture. Pourquoi refusait-il d'accepter le fait qu'ils avaient arrêté le tueur ? Il soupira et secoua la tête. La raison était claire : c'était trop facile.

44

Le dimanche se révéla un fort mauvais jour pour une course. Tout en restant très humide, le temps était passé de frais à étouffant. L'air était aussi moite que dans la forêt tropicale.

Sophie, Cordie et Regan attendaient depuis plus d'une heure sous un abri à l'entrée du parc, serrées comme des sardines avec cinquante autres personnes venues elles aussi s'abriter de la pluie qui tombait à seaux. Dès que l'averse se calma, elles allèrent faire la queue pour s'inscrire et obtenir leurs dossards.

Sophie leur avait déjà annoncé la bonne nouvelle, mais Cordie et Regan voulurent qu'elle la leur raconte une nouvelle fois en détail. Elles savaient que Sophie mourait d'envie de se repaître de sa victoire.

— Allez, Sophie. Reprends depuis le début, dit Regan.

Sophie ne se fit pas prier.

— D'accord. Donc, après que mon article, par ailleurs formidablement bien écrit, est paru dans le journal, des tas de femmes se sont manifestées, voulant toutes témoigner contre Shields. Hélas ! nous ne saurons jamais s'il a été impliqué dans la mort de Mary Coolidge ou non. Il n'existe aucune preuve tangible contre lui, mais la procureure m'a dit qu'elle possédait assez d'éléments à charge pour le mettre en prison un bout de temps. Elle compte aussi s'attaquer aux gardes du corps et pense qu'elle pourra convaincre un jury de leur complicité dans une entreprise d'extorsion de fonds et d'escroquerie.

— Et pour l'argent ? demanda Cordie.

— Quand Shields aura été reconnu coupable, et je vous assure qu'il le sera, la fille de Mary récupérera ce qui reste de la fortune de sa mère.

— À mon avis, c'est sa mère qu'elle préférerait qu'on lui rende.

Regan tapota Sophie sur l'épaule.

— Nous sommes très fières de toi, dit-elle.

— Nous sommes fières de toi aussi, Regan, déclara Cordie. Sophie et moi n'avons pas dormi pendant des semaines tant on s'inquiétait. Toi, tu as réussi à garder ton sang-froid, en tout cas.

— Pas toujours.

— Maintenant qu'on a arrêté l'assassin de l'inspecteur et d'Haley Cross, est-ce que tu arrives à reprendre une vie normale et à respirer de nouveau ?

— Comment veux-tu que les choses soient normales ? Deux personnes sont mortes à cause de moi.

— Tu ne peux pas te reprocher les actes de Morris. De toute évidence, c'est quelqu'un de très perturbé. Nul ne pouvait prévoir qu'il deviendrait violent.

— Cordie a raison, confirma Sophie.

— Nous connaissons tous les détails concernant ce détraqué, les preuves à charge et la façon dont on les a retrouvées, mais tu n'as pas dit un mot sur Alec. Sa présence te manque ?

Regan ne répondit pas. C'était inutile : ses yeux se gonflaient déjà de larmes.

Cordie lui tendit un mouchoir.

— Que s'est-il passé ?

Regan leur raconta leurs adieux. Lorsqu'elle eut terminé, ses amies restèrent sans voix une bonne dizaine de secondes. Puis elles n'y tinrent plus :

— Il a dit quoi ?

Sophie avait presque crié.

— « Si jamais tu es de passage à Boston… », répéta Regan.

Cordie fulminait.

— Et c'est tout ?

— Que voulais-tu qu'il ajoute ? « Merci, c'était sympa » ?

Elle s'était mise à pleurer.

— Mes allergies me reprennent, déclara-t-elle, gênée par son incapacité à maîtriser ses émotions.

Cordie et Sophie ne furent pas dupes – elle avait un chagrin d'amour.

Cordie lui offrit un autre mouchoir.

— Tiens. Ça va aller.

— J'ai fait une très grosse bêtise, reprit Regan.

— Laquelle ? s'enquit Cordie.

— Je suis tombée amoureuse de lui.

— On s'en doutait un peu, répondit Cordie d'un ton compatissant.

— Tu le lui as dit ? demanda Sophie.

— Non.

— Ce n'est pas plus mal.

— Vu qu'il s'en va…

— Allez, c'est notre tour.

Elles avaient atteint la table des inscriptions. Quelques minutes plus tard, elles s'aidaient mutuellement à accrocher leurs dossards sur leurs T-shirts.

Sous un ciel chargé de gros nuages noirs, elles gagnèrent la ligne de départ. On avait bloqué les rues voisines et des policiers s'occupaient de la circulation.

Le parc était verdoyant et luxuriant, arbustes et buissons formaient une véritable forêt vierge, mais les sentiers destinés aux cyclistes et aux joggers étaient bien entretenus. Plusieurs hommes et femmes, perchés sur un muret de pierre qui longeait la piste, attendaient le départ.

Cordie ne décolérait pas.

— Je n'en reviens pas. Tu en es sûre, Regan ? « Si jamais tu es de passage à Boston… » ? En ces termes ?

Elle se rendit compte trop tard qu'elle avait involontairement rouvert les vannes.

— Oui, répondit Regan en ravalant un sanglot.

— Pourquoi ne lui as-tu pas dit d'aller se faire…

— Cordie ! je t'en prie, déclara Sophie.

— Vraiment, je ne veux plus parler d'Alec, dit Regan en reniflant.

— D'accord.

— Plus un mot à son sujet, promit Cordie.

— Ce n'est pas mon genre d'hommes, de toute façon. Il n'est pas du tout fait pour moi.

— Pas du tout, confirma Sophie.

— Pourquoi ? demanda Cordie.

— Il est trop négligé. Voilà pourquoi. Jamais je ne l'ai vu soigné.

— En tout cas, au country-club, il m'avait l'air tout à fait soigné, dans son smoking, commenta Sophie.

— Tu n'arranges rien, là, chuchota Cordie.

— D'accord, quand il veut il sait prendre soin de lui, mais il préfère rester négligé. Il oublie toujours de se raser et ne se coiffe jamais.

D'un geste agacé, Regan chassa les larmes qui coulaient le long de ses joues.

— C'est quand même dramatique que je ne lui trouve que des défauts superficiels, qui en fait me paraissent sexy et séduisants. Pour être franche, ça me plaît ce côté pas du tout tiré à quatre épingles.

Cordie lui proposa un troisième mouchoir.

— Merci, dit Regan. Alec possède toutes les qualités qui comptent, comme l'honneur et l'intégrité. Il est fort et courageux…

Elle s'interrompit pour se tamponner les yeux.

— Bref, il est tout simplement parfait.

— Mais non, intervint Cordie. S'il est si parfait que ça, pourquoi a-t-il laissé filé la plus belle occasion de sa vie ?

— Je ne veux plus parler de lui. Sans rire. Plus un mot.

— Très bien, dit Sophie. Discutons d'autre chose, alors.

— Si lui peut aller de l'avant, je le peux moi aussi. D'ailleurs, c'est précisément ce que j'ai l'intention de faire. Aller de l'avant.

— Formidable, commenta Cordie.

— Bon, on peut changer de sujet, maintenant ?

— Ça vaudrait mieux, déclara Cordie. Je suis à cours de Kleenex.

— Et moi, j'ai fini de me morfondre à cause de lui.

— Tant mieux, déclara Sophie.

— Bon, on devrait fêter ton avancement, lui dit Regan.

— On n'a qu'à projeter un dîner la semaine prochaine, suggéra Cordie. Mais avant jeudi, car ce jour-là je commence un nouveau régime.

— Pourquoi jeudi en particulier ?

— Parce que c'est le jour que j'ai choisi et que j'ai entouré cette date sur mon calendrier. Je me prépare mentalement. Jeudi je commence, quoi qu'il arrive.

— Mercredi soir, alors, proposa Regan.

— On vient de hisser le drapeau, annonça Sophie. Il reste cinq minutes avant le départ. Je vais pousser un peu pour me rapprocher. Tu vas courir ? demanda-t-elle à Regan.

— Non, je préfère marcher. Deux kilomètres aller, deux kilomètres retour et j'arrête.

— Et toi, Cordie ?

— J'ai opté pour le kilomètre combiné : je commence en marchant et je termine en rampant.

— Moi, j'ai décidé de courir, dit Sophie. Et je compte aller au bout des neuf kilomètres.

Regan sourit et Cordie se mit à rire, ce qui déplut à Sophie.

— Vous ne m'en croyez pas capable ?

— Non, en effet, lui répondit Cordie.

— Tu n'y arriveras pas, Sophie, je le sais, affirma Regan. La course et toi, ça fait deux.

— Plus maintenant. On se retrouve à la ligne d'arrivée. À tout à l'heure.

Elles la regardèrent se frayer un chemin parmi les coureurs sans se soucier des regards noirs qu'elle s'attirait.

— Je te parie dix dollars qu'elle ne tient pas un kilomètre.

— Cinq cents mètres et elle abandonne, renchérit Regan.

— Tiens, tu as vu ? Il y a un nouveau glacier qui vient d'ouvrir. Peut-être qu'on pourrait y faire un saut après ? proposa Cordie.

Sur quoi, elle aussi disparut dans la foule.

L'attention de Regan se porta sur un couple qui sortait de la boutique. Ils allaient d'un pas tranquille en se tenant par la taille. La femme n'avait guère plus de vingt ans et l'homme qui l'accompagnait en avait au moins cinquante.

— Encore un vieux dégueu, bougonna Regan.

Puis elle secoua la tête pour chasser son écœurement. Aiden avait raison. Elle devait à tout prix se départir de cette obsession ridicule. N'étant pas dans la peau de ces hommes, elle ne pouvait connaître ni leurs motivations ni leurs sentiments.

Oui, il était grand temps de changer d'attitude, et elle comptait s'y atteler au plus vite. Pourtant, en dépit de ses meilleures intentions, elle ne put se retenir d'observer le couple tandis qu'il traversait la rue.

Ce fut ainsi qu'elle le remarqua. De grande taille et de carrure imposante, l'individu arrivait en courant derrière eux. Il bouscula l'homme et le fit tomber. La jeune femme lui cria quelque chose, mais le coureur ne se retourna pas. Il portait une tenue de sport noire et un blouson, ce qui, par un temps pareil, parut étrange à Regan. Elle vit aussi qu'il était muni d'une paire de jumelles. L'inconnu se fondit rapidement parmi les participants.

Le coup de pistolet du starter fit sursauter Regan. Elle se joignit aux concurrents qui se lançaient sur la piste, tout en prenant soin de rester à l'arrière du peloton et d'éviter les coups de coude.

Le type aux jumelles avait disparu, et elle le chassa de ses pensées. Elle comptait réserver le même sort à Alec, mais c'était plus facile à dire qu'à faire.

45

Alec avait gardé les clés de Regan et il se demandait bien pourquoi. Ça ne lui ressemblait pas d'être aussi distrait. Était-ce un prétexte pour retourner à l'hôtel ? Son subconscient voulait la revoir.

Ainsi que tout son être.

Il resta la moitié de la nuit à songer à son avenir. Vers trois heures du matin, tout lui apparut enfin de façon limpide. Sa vie, il la passerait avec Regan… à condition qu'elle soit d'accord. L'expression « aller de l'avant » revêtait un tout autre sens, à présent. Sans elle, il ne voulait aller nulle part.

Il prit aussi quelques résolutions concernant le travail dont il fut plutôt satisfait, mais il s'endormit en pensant à Regan et en se demandant s'il réussirait jamais à la convaincre de l'aimer.

Le lendemain matin après sa douche, il décida de se rendre plus présentable. Une fois rasé, il enfila un vieux jean et dénicha dans un de ses cartons un T-shirt à manches courtes, propre bien que froissé, qu'il prit même la peine de rentrer dans son pantalon.

Alors qu'il rangeait son pistolet dans son étui, son regard croisa son reflet dans le miroir, et il se rendit compte qu'il aurait dû aller chez le coiffeur. Ses cheveux rebiquaient de partout. Il haussa les épaules ; c'était trop tard pour s'en occuper, de toute façon.

Il roula sous la pluie durant tout le trajet jusqu'à l'hôtel. Au moment où il entrait dans le hall, Gil le rattrapa.

— Qu'est-ce que tu fiches ici ?

— Tu ne m'as pas entendu te klaxonner quand tu as traversé Michigan Avenue ? J'ai grillé le feu rouge, déclara Gil, pantelant.

— Désolé, je n'ai pas fait attention.

— Alec, j'ai quelque chose qui risque de t'intéresser.

Il examina les alentours et dit :

— Et si on trouvait un endroit tranquille ?

— Je m'apprêtais à monter dans le bureau de Regan. On n'aura qu'à discuter là-haut.

Alec se servit de la clé de Regan pour accéder au troisième étage. Gil se lança dans ses explications dès que les portes se furent refermées.

— Le policier que j'ai contacté au sujet de l'accident qui s'est passé en Floride m'a fourni des détails intéressants.

La cabine s'ouvrit et tous deux s'engagèrent dans le couloir, aussi vide et silencieux qu'un confessionnal le vendredi soir.

— Alors, qu'est-ce qu'il t'a raconté ?

— L'accident a eu lieu il y a presque deux ans. C'était du méchant, comme je te l'ai dit la dernière fois : un carambolage de cinq véhicules. Je craignais que cet agent de police ne se rappelle pas grand-chose, mais il m'a expliqué qu'il s'en souviendrait jusqu'à sa mort tellement c'était dégueulasse.

» Ça s'est passé aux abords de Tampa, sur un tronçon de nationale qui reste à deux voies sur quinze kilomètres. Walker Madison était au volant d'une voiture de sport. Apparemment, alors qu'il dépassait un pick-up, une berline de modèle récent a essayé de le suivre. C'est un type du nom d'Eric Gage qui conduisait, avec sa femme, Nina, du côté passager. Walker a passé le camion sans difficulté, mais la berline de Gage n'y est pas parvenue. Les témoignages sont contradictoires. D'après le policier, un témoin a juré que le conducteur du pick-up a délibérément accéléré pour empêcher Gage de passer. Il est également possible que la berline ait accroché l'avant du camion en voulant se rabattre. En tout cas, la collision a été très violente.

Alec remarqua que Gil parlait de plus en plus vite et que sa figure s'empourprait. Son estomac se noua, car il avait un très mauvais pressentiment.

— Continue, le pressa-t-il.

— Le pick-up s'est mis à chasser, puis il a fait des tonneaux. La berline a été complètement détruite, mais Eric Gage s'en est sorti presque sans une égratignure. Sa femme n'a pas eu autant de chance, en revanche. D'après le policier, ils ont dû la désincarcérer de la voiture, qui donnait l'impression de s'être repliée sur elle. Parfois, il entend encore les cris. La femme était inconsciente et sa vie ne tenait qu'à un fil. C'était le mari qui hurlait. Toujours selon l'agent de police, les nerfs de Gage auraient lâché : il s'arrachait les cheveux et ne cessait de répéter en sanglotant qu'il aurait dû laisser le volant à sa femme comme elle le lui avait demandé, que ç'aurait dû être lui sur le siège passager. Comme il s'énervait de plus en plus, on a dû lui administrer un sédatif, mais il était tellement costaud que les types des secours ont dû s'y mettre à trois pour le sangler sur la civière. Il avait vraiment pété un boulon. Et tu sais ce qu'il essayait de faire ?

— Non, quoi ?

— Traverser la route pour rejoindre Walker. Il voulait le tuer. Il déblatérait comme quoi Walker roulait beaucoup trop vite et que c'était à cause de lui si le pick-up avait quitté la route.

— Pourtant, ce n'était pas vrai...

— Selon les témoins, non.

— Et la femme de Gage, elle s'en est sortie ?

Gil sortit des morceaux de papier de ses poches, en déplia un et hocha la tête.

— Elle a souffert de multiples fractures, mais ce sont surtout ses jambes qui ont pris. Les os ont été broyés.

— Ah, nom de Dieu ! chuchota Alec. Je savais bien que c'était trop facile.

Il pensa à Haley Cross, dont on avait brisé les jambes à coups de marteau, et sut qu'il ne s'agissait pas d'une coïncidence. Il partit en courant vers le bureau de Regan. Il voulait juste la voir, s'assurer qu'elle allait bien. Ensuite, il appellerait Wincott.

Gil le suivait de près.

— Attends ! Tu ne veux pas savoir où vit Eric Gage, en ce moment ?

— Il est ici, pas vrai ? À Chicago.

Gil acquiesça d'un signe de tête puis lui tendit le bout de papier.

— Voici son adresse.

Alec ouvrit la porte et se précipita à l'intérieur. Le bureau était vide. Un sentiment de panique comme il n'en avait encore jamais ressenti s'abattit sur lui. Il s'apprêtait à décrocher le téléphone quand le fax se mit à vrombir.

Devinant ce qui l'attendait, il laissa tomber le combiné et fonça jusqu'à l'appareil. Il s'empara de la feuille imprimée. C'était encore une liste, mais, cette fois-ci, le titre était différent : « *Ma liste macabre* ». Dessous, Gage n'avait inscrit qu'un seul nom. *Regan Madison.*

46

Regan marcha tout d'abord à bonne allure puis ralentit. La foule des concurrents se dissipa. Perdue dans ses pensées, elle ne se rendit pas compte que tout le monde l'avait dépassée avant d'avoir atteint la troisième borne kilométrique. Elle était déjà allée plus loin que prévu. Du crachin se mit à tomber ; elle avait chaud et se sentait poisseuse. À l'heure qu'il est, les premiers coureurs doivent sans doute être en train de franchir la ligne d'arrivée, songea-t-elle.

Éprouvant quelques difficultés à se repérer, elle n'avait pas envie de revenir sur ses pas jusqu'à la ligne de départ et ne voulait pas non plus terminer les six kilomètres qui restaient. Sachant qu'elle finirait par croiser un bénévole si elle faisait demi-tour, elle opta pour cette solution. Elle aurait dû prêter davantage attention aux panneaux d'indications et au fléchage mis en place tout le long du parcours, mais elle avait été trop occupée à s'apitoyer sur son sort. Et à penser à Alec, bien sûr. Pourquoi ne comprenait-il pas qu'en abandonnant Regan il laissait passer ce qui pourrait lui arriver de mieux dans la vie ? Aucune autre femme ne l'aimerait avec autant de passion.

Elle savait qu'il ne partageait pas ses sentiments. S'il était resté auprès d'elle si longtemps, c'était par obligation professionnelle. Tout était terminé à présent et il fallait qu'elle cesse de se lamenter – elle devait être déshydratée d'avoir tant pleuré. Seul élément positif de cette histoire : sa fierté restait intacte. Alec ne saurait jamais la peine qu'il lui infligeait. S'il le découvrait, il éprouverait des remords, et Regan ne voulait surtout pas qu'il la prenne en pitié.

Les larmes lui brouillaient la vue. Sa réaction la dégoûtait au plus haut point.

— Pour l'amour du ciel, reprends-toi, dit-elle à mi-voix. Et arrête de penser à lui.

Elle avait envie d'eau, mais tout ce qu'elle pourrait trouver de rafraîchissant lui conviendrait. Au bout d'un moment, elle aperçut un bénévole qui approchait d'elle à vélo.

Elle lui fit un signe de la main et lui demanda s'il connaissait un raccourci pour regagner la ligne de départ.

— Vous n'avez pas vu les indications ? Il y a un chemin qui coupe à travers le parc. Juste avant le coude que je viens de passer. Beaucoup de marcheurs ont déjà abandonné, ajouta-t-il d'un air narquois.

Elle n'apprécia guère son attitude suffisante. Sur la défensive, elle voulut lui expliquer qu'elle ne jetait pas l'éponge, mais il repartit sans lui en laisser le temps.

Puis elle secoua la tête – elle n'avait pas à se justifier. Pourquoi se soucier de l'opinion de ce type ?

Après le virage, elle repéra un sentier qui partait en diagonale vers le sud, mais vit qu'il bifurquait vingt mètres plus loin. Hélas ! la branche qu'elle emprunta ne menait nulle part ; Regan accomplit une boucle et se retrouva à mi-chemin de son point de départ. Elle trébucha et s'aperçut qu'un de ses lacets était défait. À sa droite se dressait un muret de pierre, jouxté par un énorme chêne qui étendait ses immenses branches touffues. Regan s'adossa au tronc, percha son pied sur le rebord du muret pour relacer sa chaussure, puis alla voir ce qui se trouvait de l'autre côté.

Un ravin étroit, haut d'une bonne dizaine de mètres, descendait jusqu'à une zone boisée où coulait un ruisseau. Du côté de Regan, la paroi n'était que saillies rocheuses déchiquetées, mais en face le coteau était couvert d'arbres dont les branches épaisses et noueuses semblaient s'enfoncer dans l'escarpement.

Le crachin tombait toujours et une légère brume flottait entre les arbres. L'absence de brise rendait l'atmosphère étouffante. Soudain, tout fut si calme et immobile qu'elle se sentit presque déconnectée du monde qui l'entourait.

Puis elle leva la tête et le vit. Là, juste en face d'elle, de l'autre côté de la ravine, se trouvait l'homme à la tenue de sport noire, figé, une vraie statue, attendant qu'elle s'aperçoive de sa présence. La stupéfaction la fit tressaillir. À quoi jouait-il ?

Pendant quelques secondes, ils se fixèrent du regard. Le visage de l'inconnu ne laissait rien transparaître. Sans le quitter des yeux, elle s'éloigna lentement du muret. Soudain, il inclina la tête d'une façon tout juste perceptible et cria quelque chose. Un seul mot, qu'elle ne parvint pas à distinguer.

Puis elle vit son visage changer et, submergée par la terreur, le reconnut. Il répéta le même mot, bien plus lentement cette fois-ci, illustrant son propos d'un geste de la main. Enfin, elle comprit.

Fuir. Il lui disait de fuir.

47

Une minute seul avec elle, c'était tout ce qu'il fallait à Eric Gage. C'était même plus que suffisant. Il espérait presque qu'elle parviendrait à s'enfuir, tout en sachant qu'il ne pouvait la laisser s'échapper. Il devait la tuer.

Walker Madison avait fait connaître l'enfer à sa douce et innocente Nina, mais Eric n'infligerait pas à Regan les souffrances qu'avait endurées sa femme. L'exécution serait rapide. Et justice serait enfin rendue.

Le démon allait hurler de fureur, mais tout finirait bientôt. Eric était plus résolu que jamais. Tout se terminerait avec la mort de Regan.

Il voulait néanmoins lui laisser une chance. Cela lui paraissait juste. C'était d'ailleurs pour cette raison qu'il ne l'avait pas abattue pendant qu'elle regardait les arbres – une occasion pourtant idéale. Elle était aussi belle et innocente que Nina, et il espérait pouvoir lui expliquer, l'aider à comprendre pourquoi elle devait mourir. Comme Nina, elle devait savoir que rien n'était sa faute.

Fuis, Regan ! Tâche de sauver ta peau.

Regan ne bougea pas. Comme une biche surprise par les phares d'une voiture, elle restait figée de terreur, le regard braqué sur ce déséquilibré. Elle ne vit le pistolet qu'au moment où il le pointa vers elle. Deux coups de feu éclatèrent avant qu'elle ait eu le temps de se retourner. La première balle ricocha sur le haut du muret, projetant des éclats de pierre sur le visage de Regan, dont un lui écorcha la joue droite. La deuxième arracha un morceau d'écorce au chêne, à quelques centimètres d'elle à peine. La violence des détonations lui donna l'impression qu'un poing s'abattait sur ses tympans.

Puis elle s'enfonça parmi les arbres, osa jeter un coup d'œil derrière elle et le vit qui contournait la ravine. Il courait si vite qu'on distinguait à peine ses mouvements.

Foncer. Elle devait foncer sans se retourner.

Ce qui était en train de se passer échappait à la raison. Au prix d'un immense effort, elle se concentra et se souvint qu'une des branches du chemin la ramènerait vers la ravine. Elle ne voulait pas y retourner – elle voulait rejoindre une rue, mais son sens de l'orientation était chamboulé et elle ignorait quel côté prendre.

Tout en restant à l'écart du sentier, elle courait à fond de train.

Il fit feu de nouveau. La balle lui érafla la cuisse, mais malgré la brûlure elle ne ralentit pas. Elle fut cependant stupéfaite de le savoir si près. Jusqu'alors persuadée d'avoir creusé l'écart entre eux, elle le sentait gagner du terrain.

Elle devait accélérer encore. Un quatrième coup de feu. La balle se ficha dans le sol juste devant elle et de la terre lui éclaboussa les jambes. En dépit du cri qui montait dans sa gorge, elle resta silencieuse et se mit à zigzaguer parmi les arbres et les broussailles pour ne pas rester une cible aussi facile.

Où étaient passés tous les autres ? La course était-elle terminée ? Étaient-ils tous rentrés chez eux ? S'était-elle à ce point éloignée du sentier ? Personne n'avait-il remarqué les détonations, qui pourtant ressemblaient à des coups de canon ?

Elle crut entendre quelqu'un l'appeler mais fut incapable de déterminer la provenance des cris. Était-ce son imagination ou la réalité ? Sophie et Cordie la cherchaient peut-être. Pitié, pourvu que non !

Les jambes griffées par les ronces, Regan poursuivait sa course à travers le sous-bois. Si seulement elle pouvait atteindre une rue, elle trouverait de l'aide. Plus vite ! Plus vite ! martelait la voix dans sa tête. Inutile de se retourner pour savoir qu'il comblait la distance qui les séparait : elle entendait les craquements des branches.

Non. Un instant. Le bruit ne provenait plus de derrière. Elle tendit l'oreille mais les battements assourdissants de son cœur l'empêchaient d'en localiser l'origine avec précision.

Il lui fallait courir sans faiblir. Voilà que ça recommençait… les branches qui claquent en se rabattant, sauf que cette fois-ci le bruit venait de sa droite. Oh non ! Il suivait une trajectoire parallèle à la sienne. Elle comprit alors sa stratégie : il essayait de la contourner.

Ensuite, il l'attendrait pour la cueillir – il voyait cette poursuite comme un jeu. Depuis le début, alors qu'elle croyait conserver son avance sur lui – et même le distancer – il s'était amusé avec elle.

Elle changea de direction en ralentissant à peine. Malgré sa panique et la crise de nerfs qui menaçait, elle prit garde de ne pas pivoter sur son genou. Si elle se le tordait, elle s'écroulerait et serait à sa merci. Elle sauta par-dessus un buisson épineux desséché, puis changea de direction encore une fois… et encore une autre.

Où étaient donc passés tous les autres ? Devait-elle hurler pour qu'on l'entende ? Non, surtout pas ! Elle pensait que le tueur connaissait sa position exacte, mais dans le doute elle préférait ne pas lui faciliter la tâche.

Elle ne pourrait plus tenir cette cadence très longtemps. Les muscles de ses cuisses, d'ici peu, céderaient et cesseraient de la porter.

C'était sans espoir. Ne te laisse pas aller. Ne baisse pas les bras. Continue à courir, c'est tout. Ses jambes tremblaient, à présent, et la douleur devenait insupportable. Le spasme qui lui foudroya le mollet lui donna envie de hurler, mais elle tint bon. La vie valait trop la peine d'être vécue pour laisser un désaxé la lui voler.

Ce qu'il lui fallait, c'était un plan pour gagner du temps. Que faire ? Avant tout, réfléchir... Il avait une arme. Pas elle. À l'évidence, il était en excellente condition physique et beaucoup plus fort qu'elle. Il courait aussi plus vite.

Elle pouvait cependant avoir un avantage sur lui : se montrer plus maligne.

Soudain, elle sut exactement comment procéder. Pour cela, il lui fallait retrouver le chemin de la ravine. Sans s'arrêter de courir. Elle traversa des broussailles, s'engagea sur le sentier et vit le muret droit devant elle. De quel côté devait-elle tourner ?

Ce fut le cinglé qui força sa décision : il se trouvait à sa gauche, à présent, aussi partit-elle dans l'autre direction. Préférant cependant ne pas prendre le risque de rester à découvert, elle zigzagua entre les arbres sans perdre le muret de vue.

Là. Elle y arrivait. Elle le voyait un peu plus loin, cet énorme chêne aux branches tombantes. L'endroit qu'elle cherchait.

Une fois de plus elle sortit du sous-bois. Allez ! Il fallait se lancer. Le détraqué la suivait de près, mais d'après elle il ne pouvait pas encore la voir.

Elle s'essuya les mains contre ses flancs et, dans un ultime effort, parcourut les derniers mètres qui la séparaient du mur et sauta par-dessus.

48

Eric Gage atteignit le sentier et s'arrêta. Où était-elle passée ? Par où était-elle partie ? Il eut beau se concentrer, il ne perçut pas un bruit. Elle avait disparu !

Une violente déception l'affligea – elle avait transformé la traque en partie de cache-cache. Il ne l'entendait pas, mais au loin quelqu'un appelait Regan, et qui que ce fût, cette personne se rapprochait.

Gage savait qu'il devait agir vite, qu'il n'avait pas le temps de se prêter à ce petit jeu stupide. L'idiote ! Elle ne pouvait ignorer qu'il finirait par la trouver. Pourquoi lutter contre l'inéluctable ?

Il sentait monter en lui la colère, accompagnée d'une immense tristesse, car il savait que, au moment où il mettrait la main sur elle, elle devrait subir sa fureur. Si elle ne se montrait pas bientôt, il n'aurait même pas le temps de lui expliquer pourquoi elle devait mourir.

Il comprit son erreur : il aurait dû la tuer sans attendre, ne pas la laisser s'enfuir. Pourtant, il avait voulu lui faire sentir qu'elle tenait son destin entre ses mains. Nina, elle, ne s'était jamais doutée de rien. Au moment de l'accident, elle dormait, pelotonnée sur son siège, la tête posée sur la veste qui lui servait d'oreiller. Puis le pick-up s'était renversé et avait fait des tonneaux, glissé sur le toit vers le milieu de la route, projetant des gerbes d'étincelles, et s'était rapproché de plus en plus. L'accident n'avait duré que quelques secondes, mais, dans la mémoire de Gage, le choc avait mis une éternité à se produire... et à détruire leurs vies à jamais.

Dans son dos, un autre appel le fit tressaillir. Il se rendit compte que la voix était plus faible, à présent.

Eric Gage crut entendre du gravier crisser. Il fonça en direction du bruit, qui venait d'un peu plus loin sur le sentier. Lorsqu'il eut passé le virage, il s'immobilisa : il reconnaissait les lieux. Retour à la case départ, songea-t-il. Elle l'avait conduit à l'endroit exact où elle se trouvait quand il lui avait tiré dessus la première fois.

Il l'avait observée pendant qu'elle regardait en contrebas, penchée au-dessus du muret, les paumes à plat sur la pierre. Elle avait porté le regard de l'autre côté de la ravine... puis elle l'avait vu, en train d'attendre avec une immense patience qu'elle lève la tête vers lui. Oui, il s'agissait bien du même endroit.

Mais où se cachait-elle donc ? Demeurant parfaitement immobile, il tendit l'oreille. Rien. Il se détourna et regarda derrière lui. Rien par là. Ah... enfin ! Un indice. Il entendit ce qui ressemblait à un bruit d'éboulis.

Elle avait dû sauter par-dessus le muret et se cacher un peu plus bas. Maligne, songea-t-il, mais pas assez. Il courut vers le ravin et se pencha. Des cailloux rebondissaient sur des pierres plus grosses. Il la savait dans les parages, mais où ?

Il crut percevoir un mouvement sur la droite, derrière un tas de branches mortes. Sa réaction fut immédiate : il tira deux cartouches dans l'espoir de l'atteindre ou de la forcer à se découvrir.

Les détonations se répercutèrent à travers les arbres ; d'autres pierres dégringolèrent. Eric savait que la police, alertée par les coups de feu, serait bientôt là, mais il était désormais trop tard pour s'en soucier.

On appela Regan de nouveau. Ainsi averti de l'approche d'un intrus, Gage se redressa en s'aidant du mur, se retourna et mit en joue. Puis il attendit.

49

Dans sa voiture, Alec entendit les détonations au moment où il s'arrêtait. Il mit le moteur au point mort mais ne prit pas le temps de couper le contact. Puis il bondit au-dehors et partit en courant sans prêter attention à la foule ni aux barrières qu'il renversait sur sa route.

Juste derrière lui, John Wincott arriva sirène hurlante.

Alec repéra Sophie et Cordie à l'autre bout du parking en même temps qu'elles le virent. Cordie se précipita vers lui cependant que Sophie lui criait :

— On ne trouve pas Regan. Les policiers refusent de nous laisser aller à sa recherche et il y a eu des coups de feu…

Alec saisit Cordie par les épaules.

— Où avez-vous vu Regan pour la dernière fois ?

— Sur la ligne de départ. Elle avait l'intention de marcher quatre kilomètres, deux à l'aller et deux au retour.

Un autre coup de pistolet retentit et, avant que Cordie ait pu prononcer un mot de plus, Alec était reparti.

Jamais Cordie n'avait vu une telle expression sur le visage de quelqu'un – elle en fut terrifiée. Elle savait que, si Alec attrapait l'auteur de ces coups de feu, il le tuerait.

Affolé, Alec s'imaginait le pire. Si jamais il arrivait trop tard… si l'une des balles avait touché Regan… Non, il avait encore le temps de la sauver. C'était obligé. Ce fils de pute allait clamser, et il le sentirait passer. S'il touchait un seul cheveu de Regan, Alec l'écorcherait vif.

Où était-elle ? Gage lui avait-il déjà mis la main dessus ? Alec cria le nom de Regan.

Wincott le rattrapait – Alec l'entendait haleter. Il criait lui aussi.

— Alec ! Attends les renforts. Mort, tu ne seras d'aucune utilité à Regan.

Alec ignora ses conseils. Il n'avait qu'une idée en tête : retrouver Regan.

Deux autres détonations retentirent. Il fonça en direction du bruit.

50

Gage perdait patience. Il se pencha de nouveau par-dessus le muret. La tuer se révélait plus difficile que prévu. Quelle ingrate ! Avec tout le mal qu'il s'était donné... C'est elle qui avait rédigé cette liste ; lui, de son côté, avait joué le jeu, non ? Elle lui avait également donné l'idée de la marche à suivre avec Peter Morris en inscrivant ces notes au dos de la photo du type au blazer bleu. Oui, il avait joué le jeu de bout en bout. Il lui avait accordé ce qu'elle voulait et avait même pris des risques pour elle en cachant ses intentions au démon. Lui qui pensait lui faire plaisir, la rendre heureuse, lui qui, conscient qu'elle ne portait aucune part de responsabilité, estimait qu'elle méritait un peu de joie avant de mourir.

Son manque de reconnaissance le rendait furieux – il sentait la rage prendre le dessus. Comment avait-il pu laisser la situation lui échapper à ce point ? Non, il n'avait rien à se reprocher. Il n'avait commis aucune erreur, mais elle si, en revanche. Si tout allait de travers, c'était à cause d'elle. Il voyait clair dans son jeu : elle voulait qu'il éprouve de la culpabilité, comme après l'accident, mais le démon l'avait aidé à comprendre que le seul fautif était Walker Madison.

Gage gardait à l'esprit une image très précise de celui-ci : debout de l'autre côté de la route, les mains dans les poches, la mine grave, entouré d'hommes et de femmes, des admirateurs qui cherchaient à obtenir un peu de son attention pendant que les secours désincarcéraient le corps brisé de sa Nina.

La police avait désigné le conducteur du pick-up comme responsable, mais à quoi bon en vouloir à un mort ? Non, le coupable, c'était Walker et personne d'autre.

Une voix le fit sursauter. Quelqu'un appelait de nouveau Regan, mais de trop loin pour que ses mots soient intelligibles. Puis le cri chargé d'angoisse se répéta, beaucoup plus près cette fois-ci. Eric n'avait pas le temps de descendre chercher Regan dans la ravine. Il s'occuperait d'elle plus tard. Il se redressa, pointa son canon en direction des pas qui martelaient le sol, prêt à tuer encore.

Alec jaillit des sous-bois, l'arme au poing.

Gage le tenait dans sa ligne de mire. Soudain, un cri d'avertissement provint de la branche au-dessus de lui. Il leva la tête une fraction de seconde et n'eut pas le temps d'esquiver Regan, qui lui sauta dessus à pieds joints. Elle le heurta violemment, roula à terre et tenta de s'éloigner ; Gage, rapide comme l'éclair, l'attrapa par la cheville. Tout en la traînant vers lui, il reprenait position pour tirer.

Alec plongea au sol et attendit le bon moment pour faire feu. À la seconde où Regan se mit à ramper pour échapper à son agresseur, Alec pressa la détente. Ce fut net et sans bavure : la balle atteignit Gage en pleine tête, mais Alec préféra ne prendre aucun risque. Le pistolet toujours braqué sur Gage, il courut vers lui et le désarma d'un coup de pied.

Alec se laissa tomber à genoux et saisit Regan par les épaules.

— Tu vas bien, Regan ? Tu n'as rien ?

— Je veux qu'il me lâche ! hurla-t-elle, hystérique. Enlève sa main de ma jambe !

Alec la libéra puis l'aida à se relever.

— Tu es sûre que tu n'as rien ? lui redemanda-t-il en l'examinant de la tête aux pieds.

On percevait l'affolement dans sa voix, mais il n'y pouvait rien. Il avait manqué la perdre. Maintenant qu'il la tenait dans ses bras, il se sentait incapable de relâcher son étreinte. Il la serra contre lui de toutes ses forces.

— Je vais bien, répondit-elle avec un calme surprenant.

Courir aussi vite et aussi longtemps ne l'avait pas laissée indemne, en revanche. Elle s'étonna de pouvoir encore tenir sur ses jambes, qui lui paraissaient aussi molles que de la guimauve.

Sentir la force d'Alec la rassura. Elle tremblait comme une feuille, et alors qu'elle pensait enfin surmonter sa frayeur, elle se mit à pleurer. Tout en trempant de larmes le T-shirt d'Alec, elle lui expliqua à quel point elle avait eu peur pour lui.

— Tu aurais pu te faire tuer. Il t'attendait. Je savais que c'était toi, j'avais reconnu ta voix. Alec, il s'apprêtait à t'abattre !

Alec n'en revenait pas. Gage avait pourchassé Regan, lui avait tiré dessus Dieu savait combien de fois, et malgré le danger elle s'était inquiétée pour lui. Il voulait l'embrasser et lui dire qu'il l'aimait, mais il fallait d'abord qu'elle ait fini de pleurer.

Wincott se tenait auprès du cadavre d'Eric Gage et fixait Alec du regard.

— Tu as vu ce qu'elle a fait ? lui demanda Alec.

Wincott hocha la tête.

— Et comment ! Elle a surgi de cet arbre comme une étoile filante. Je n'en croyais pas mes yeux. Gage n'a rien vu venir non plus. Elle t'a sauvé la vie, Alec. Il allait te descendre.

— Je sais, répondit Alec en la serrant un peu plus fort. Bon, je l'emmène ailleurs.

— Une ambulance doit attendre sur le parking. Je vous rejoins quand j'aurai vu l'équipe technique.

Regan se libéra de l'étreinte d'Alec.

— Une ambulance ? Pourquoi ?

— On appelle toujours les secours, au cas où, répondit Wincott. Quelqu'un va désinfecter vos plaies.

Alec la prit par l'épaule et l'entraîna vers le sentier.

— Alec ? chuchota-t-elle.

— Oui ?

L'air abasourdi, elle demanda :

— Qui était cet homme ? Et pourquoi voulait-il me tuer ?

51

Nina Gage regardait le journal télévisé. Elle vit les secours et la police mettre son mari dans l'ambulance. Un drap recouvrait le corps mais Nina savait que cet homme non identifié était Eric. Eux aussi connaissaient son identité, mais on ne la divulguerait pas avant que les proches aient été prévenus. On allait frapper à sa porte d'un instant à l'autre.

Nina n'éprouvait ni chagrin ni regrets pour Eric. Avait-il réussi ou échoué ? C'était tout ce qui lui importait.

Elle attendit qu'on montre un autre cadavre. Lorsque la caméra balaya le parking, elle la découvrit. Regan Madison était en vie. Pendant une seconde, Regan se détourna et regarda l'objectif ; ses yeux, tels des poignards, transpercèrent le cœur de Nina. Une plainte sourde monta dans sa gorge et se transforma en cri.

On frappa à la porte.

Nina saisit le pistolet qu'Eric avait eu la prévenance de lui laisser et pressa le canon contre sa tempe.

52

Regan n'avait pas menti : quand elle pleurait, elle se transformait en fontaine. Chaque fois qu'Alec croyait sa crise de larmes terminée, elle remettait ça. Il ne s'en inquiéta pas car il savait que c'était là sa façon d'évacuer toute la tension accumulée durant l'enfer qu'elle venait de vivre. Elle avait affronté le danger avec beaucoup de courage ;

maintenant que tout était fini, elle pouvait enfin laisser libre cours à ses émotions.

Assis à côté d'elle dans le canapé de la suite, Alec aurait voulu la prendre contre lui et la serrer dans ses bras. Mais aucune intimité n'était possible : la pièce était pleine à craquer.

Installés dans les fauteuils, Aiden et Spencer écoutaient avec intérêt John Wincott leur expliquer encore une fois comment leur frère Walker avait involontairement déclenché la folie vengeresse d'Eric Gage.

Sophie et Cordie, qui semblaient sur le point de fondre en larmes elles aussi, avaient pris place sur des chaises près des portes vitrées qui menaient à la chambre.

Regan, tout en se tamponnant les yeux, tentait de prêter attention à la conversation, mais Alec ne cessait de la distraire. Il lui avait pris la main. Elle la retira, mais il la saisit de nouveau. Quand elle l'interrogea du regard, il lui adressa un clin d'œil. Elle ne savait pas quoi penser. Pourquoi lui faisait-il du charme ?

La seule perspective de devoir se séparer de lui une nouvelle fois suffit à déclencher une autre crise de larmes. John Wincott prit un mouchoir dans la boîte qu'il avait posée sur la table basse et le lui tendit.

— Ça va aller ?

— Oui, affirma-t-elle. Il faut que ça sorte de temps en temps, c'est tout. Ça m'arrive très souvent, ajouta-t-elle.

Tout le monde hocha la tête, même Alec. Préférant l'ignorer, elle se détourna pour poser une question à Cordie, mais il la troubla de nouveau en la prenant par l'épaule et en l'attirant contre lui.

Regan remarqua qu'aucun de ses frères ne montrait une once de surprise. Sophie et Cordie, en revanche, parurent stupéfaites.

— C'est une bonne nouvelle, n'est-ce pas, Regan ? lui demanda Wincott.

— Pardon, dit-elle. Je pensais à autre chose.

— Je comprends, la journée a été longue. Je parlais de Peter Morris : j'expliquais qu'on avait abandonné les accusations pour meurtre, bien sûr, mais qu'il avait déjà avoué avoir volé l'argent des subventions pour le jouer. On pourra toujours le condamner pour détournement de fonds. Il va en prendre pour un bout de temps.

— Tant mieux, déclara Spencer.

Regan acquiesça d'un signe de tête. Ses frères avaient recouvré leur calme, à présent. À leur arrivée dans le parc, alors qu'un infirmier désinfectait les plaies de Regan, l'inquiétude les avait rendus à moitié fous. Regan ne les avait jamais vus faire un tel esclandre. Ç'avait été une nouvelle révélation. Aiden avait déversé sa bile sur un inspecteur ; quant à Spencer, il avait essayé de frapper un caméraman qui voulait monter dans l'ambulance. Ç'avait été inutile, car Alec n'aurait jamais laissé l'homme l'approcher. Il avait également calmé Aiden.

— On n'arrive toujours pas à joindre Walker, annonça Spencer.

— Tu crois qu'il se souviendra de cet accident ? s'enquit Sophie.

— Bien sûr, répondit Regan en fronçant les sourcils.

— Ce n'était pas lui le responsable, répéta Wincott. Dans le rapport de police, Gage et le conducteur du pick-up sont mis en cause pour conduite imprudente.

— Donc, Gage était bien en tort, commenta Cordie.

— Exact, confirma Wincott.

— Pourquoi est-ce la compagnie d'assurances de l'autre qui a tout pris en charge, alors ?

— Un témoin a juré que le conducteur du pick-up a délibérément accéléré pour empêcher Gage de se rabattre, répondit Alec. À mon avis, la compagnie d'assurances a préféré éviter une longue bataille juridique. Un accord à l'amiable était moins coûteux.

— Et plus commode, ajouta Regan en regardant Aiden.

Elle pensait à Emerson et à leur décision de lui verser une somme d'argent pour se débarrasser de lui.

— Gage n'aurait pas dû essayer de doubler, déclara Sophie.

Nul ne la contredit. Alec reprit la parole :

— Je crois que Gage n'a jamais pu accepter sa part de responsabilité dans ce drame.

— Walker a doublé le camion sans mal, mais Gage n'y est pas parvenu. C'est sans doute ce qui a tout déclenché dans son esprit.

— Si vous aviez vu la chambre du premier étage, chez eux ! C'était le domaine privé de Gage car Nina ne pouvait monter l'escalier. Il y gardait un tas de trucs intéressants.

— Comme ? demanda Sophie.

— Les dossiers médicaux de Nina provenant de l'hôpital et du centre de rééducation. Et puis, des factures d'un établissement psychiatrique au nom d'Eric Gage.

— Comment a-t-il obtenu ces dossiers ?

— Il a dû les voler, dit Cordie. Mais pourquoi ?

— Peut-être à la demande de Nina, répondit Wincott. C'était lui l'élément instable, dans ce couple. Pas elle.

— Comment le savez-vous ? s'enquit Regan.

— Bradshaw a étudié les comptes rendus des médecins et psychiatres au sujet de Nina et m'en a lu une partie. C'était une patiente extrêmement difficile, c'est le moins qu'on puisse dire. Ce n'était pas la guérison qu'elle cherchait, mais la vengeance. À mon avis, elle a insisté et insisté encore jusqu'à obtenir ce qu'elle voulait d'Eric. Nina était une femme amère, brisée. Je crois qu'il éprouvait un réel tiraillement à l'idée de vous tuer.

— En tout cas, il n'avait pas l'air tiraillé quand il l'a poursuivie en lui tirant dessus, tout à l'heure ! rétorqua Alec en s'énervant.

— Après avoir trouvé ta liste de gens à supprimer, il a dû vouloir exaucer tes dernières volontés avant de… tu sais, suggéra Cordie.

— Quel taré ! s'exclama Aiden.

— On est d'accord là-dessus, dit Alec.

— Il voulait que quelqu'un l'en empêche ? demanda Regan. Ce serait pour cette raison qu'il a envoyé l'e-mail et les fax ? Il savait que la police s'en mêlerait.

Wincott referma son calepin, le rangea dans sa poche et dit :

— Au début, oui, mais ensuite il a piégé Morris pour nous éloigner de vous, donc il s'était ravisé. Apparemment, il voyait ça comme un jeu. Nina tirait les ficelles, et à cause de la culpabilité qui le rongeait, il lui obéissait au doigt et à l'œil.

— Et ils ont rejeté la responsabilité de leur malheur sur mon frère, conclut Regan.

— Elle savait exactement ce qu'elle faisait. Dès qu'elle a eu assez de forces, ils ont pris leurs affaires et sont venus s'installer ici, dans la ville natale de Walker. D'après moi, leur première cible était Walker, et Eric attendait une occasion de le tuer. Sur la table de cuisine des Gage, on a retrouvé des photos et un dossier plein de coupures de presse sur lui. Ils se tenaient au courant de ses déplacements. Et vous savez ce qu'on a dégotté d'autre ? Environ vingt exemplaires de la photo où vous êtes tous les quatre et qui avait paru dans le journal. C'est à ce moment-là qu'ils ont dû modifier leurs plans. Imaginez ce qu'elle devait ressentir chaque fois qu'elle voyait vos visages souriants. Sur ce cliché, Walker se tient derrière Regan, la main posée sur son épaule, et la regarde, l'air heureux et très fier d'elle. C'est à cause de ça que les Gage ont dû dérailler complètement.

— Ils voulaient faire souffrir Walker avant de le tuer, déclara Alec. Ils éprouvaient pour lui une haine prodigieuse.

Regan eut un frisson.

— Cet accident a fait d'eux des monstres.

— M'étonnerait qu'ils aient jamais été des gens très charmants, tu sais.

— On aurait presque de la peine pour eux, dit Regan.

— Tu rigoles ? Il a essayé de te tuer. Si je le pouvais, je lui collerais une autre balle dans la tête.

Wincott se leva et s'étira.

— Voilà, c'est à peu près tout.

Sophie se mit debout à son tour.

— Bon, je rentre. À cause de toi, j'ai eu la peur de ma vie, aujourd'hui, Regan. Il va me falloir une semaine de shopping pour m'en remettre.

— Je devrais m'excuser, en plus ?

Sophie eut un sourire espiègle.

— Si tu veux.

— Il faut que tu me raccompagnes, Sophie, dit Cordie. Et si Regan doit des excuses à quelqu'un, c'est à moi. Je n'ai jamais voulu participer à cette course, moi. Souviens-toi, j'ai proposé qu'on aille chez le nouveau glacier.

— Faux, c'est après la course qu'on devait s'y retrouver, répliqua Sophie.

Elles sortirent en se chamaillant. Wincott dit au revoir à Regan, serra la main à ses frères et partit aussi. Alec lui emboîta le pas.

— Eh, John, attends ! Je voudrais te parler de quelque chose.

Aiden et Spencer se dirigèrent vers la porte.

— Ça va aller, ce soir ? demanda Spencer à Regan.

— Oui, ne t'inquiète pas.

Elle rejoignit Aiden et lui donna une petite tape dans le dos.

— Tu veux que je te raconte quelque chose de drôle ?

— Une bonne partie de rigolade ne me ferait pas de mal.

— Tu sais, le petit problème qui me tracassait ?

— Lequel ? demanda-t-il, comme si elle en avait trop pour qu'il puisse tous se les rappeler. Celui des hommes âgés qui sont avec des femmes jeunes ?

— Oui.

— Je me souviens de t'avoir conseillé de prendre sur toi.

— Je l'ai fait, mais c'est grâce à l'un d'eux que j'ai remarqué Eric Gage. J'ai vu cet homme d'un certain âge traverser la rue avec une très jeune femme à son bras. Bien sûr, ça m'a attiré l'œil. Les vieilles habitudes, tu sais ce que c'est... Et je me suis dit que je ne devrais pas éprouver autant de dégoût juste parce que... eh bien, ne nous voilons pas la face, c'était un vieux dégueu.

— Je vois que tu as réussi à surmonter ton problème, en effet.

— N'empêche que sans ça, je n'aurais jamais remarqué Gage. C'est tout ce que je voulais dire.

— Et le remarquer a-t-il changé quoi que ce soit à la suite des événements ?

Sachant où il voulait en venir, elle regretta d'avoir abordé ce sujet.

— Laisse tomber.

Il s'esclaffa.

— Tu sais quoi, Regan ?

— Quoi ?

Il lui pinça le nez pour l'exaspérer un peu plus et dit :

— On t'aime. Tu le sais, n'est-ce pas ?

Elle hocha la tête et eut de nouveau les larmes aux yeux.

— Ça signifie que vous allez tripler mon budget de l'année prochaine ?

— Non, ça signifie qu'on t'aime. Mais c'était bien essayé.

Après avoir accompagné Wincott jusqu'à l'ascenseur, Alec fut intercepté par Aiden. Spencer discutait avec Regan devant sa porte.

Ni Aiden ni Alec ne mâchèrent leurs mots.

— À quoi vous jouez avec ma sœur ?

— Je vais l'épouser.

— Ah bon ?

Alec hocha la tête.

— Il va me falloir du temps pour l'en convaincre, mais je l'aurai à l'usure.

À l'évidence, Aiden approuvait sa décision. Il lui serra la main, regarda Regan, et déclara :

— Moi, je crois que cela ne vous prendra pas très longtemps.

Quand Spencer les rejoignit, Alec lui fit part de ses intentions. Le frère cadet se montra plus protecteur et réservé.

— Si jamais vous faites pleurer ma sœur…

Il se tut et jeta un coup d'œil sur Regan au moment même où elle essuyait une larme sur sa joue.

— Non, laissez tomber.

Regan attendit Alec. Depuis l'embrasure, elle le regarda venir vers elle.

Elle paraissait prête à lui passer un savon.

— Je voulais te remercier d'être venue à mon aide, aujourd'hui.

Il sourit.

— Je t'en prie.

— Tu m'as sauvé la vie.

— Toi aussi.

— Alors, on est quittes.

Elle fit un pas en arrière, bien décidée à lui fermer la porte au nez pour qu'il sache à quel point elle était en colère, mais la question qu'il lui posa alors la désarçonna.

— Pourquoi es-tu aussi grognon ?

Elle rouvrit en grand et s'avança vers lui.

— Je ne suis pas grognon. J'imagine que tu vas vivre ta vie, maintenant… tu sais, aller de l'avant, déclara-t-elle en détachant les syllabes. Je tenais à te souhaiter bonne chance pour ta carrière.

— Vraiment ?

— Oui.

Il s'approcha pour l'étreindre, mais elle se déroba et secoua la tête.

— Tu ne me briseras pas le cœur une deuxième fois. Écoute-moi, Alec, tu ne peux pas m'annoncer que tu t'en vas puis revenir, me serrer dans tes bras et… tu n'as pas le droit, c'est tout.

Cette tirade n'était qu'un échauffement. Elle croisa les bras et poursuivit avec véhémence.

— Tu vas de l'avant, tu te rappelles ? C'est toi qui me l'as dit. Alors vas-y, Alec. Va de l'avant, disparais !

Elle était prête à en découdre, mais il ne joua pas selon les règles.

— Je t'aime, Regan.

— C'est faux, répondit-elle, interloquée.

Il affichait un sourire adorable.

— Si, Regan. Je t'aime.

Elle refusait de le croire.

— Mais pourtant, tu m'as dit : « Si jamais tu es de passage à Boston… »

— Je n'irai nulle part sans toi.

Elle tenait à le faire mariner un peu avant de lui pardonner, mais son cœur lui appartenait déjà.

Elle fit un pas en arrière et dit :

— Si jamais tu es de passage à Chicago…

Elle essaya de fermer la porte mais il la coinça avec son pied. Tout en riant, il repoussa Regan dans la pièce et ferma derrière lui.

— Je ne sais pas si tu as remarqué…

Mon Dieu, ce qu'elle l'aimait !

— Oui ?

— Je suis déjà là.

Épilogue

Alec emmenait Regan chez ses parents pour la présenter à sa famille. Nerveuse, elle craignait de ne pas leur plaire, chose insensée d'après lui. Il ne comprenait pas pourquoi elle se sentait si peu sûre d'elle, mais, alors qu'ils marchaient côte à côte dans l'aéroport, il fit de son mieux pour la rassurer.

Ils formaient un couple singulier. Alec s'était laissé pousser la barbe et les cheveux pour une mission d'infiltration qu'il venait de remplir pour le FBI, et il n'avait eu le temps ni de se raser ni d'aller chez le coiffeur. Après une bonne douche, il avait enfilé son uniforme des jours de congé, un T-shirt et un vieux jean délavé.

Regan était belle comme le jour, un vrai mannequin. Vêtue d'un chemisier rose, d'une jupe courte en toile et de sandales, elle portait pour seuls bijoux des diamants aux oreilles et sa bague de fiançailles.

Assis au dernier rang du compartiment de première classe, ils disposaient d'un peu d'intimité, et il put se pencher vers elle pour l'embrasser. Il prit son temps, cherchant délibérément à la faire chavirer. Puis il lui dit combien il l'aimait.

— Tu sais ce que pensent les gens en nous voyant ? demanda-t-il.

— Oui. Que j'ai une chance incroyable.

— C'est exactement ça.

Elle roula les yeux.

— Tu ferais mieux de retirer ta boucle d'oreille avant que tes frères la voient. D'après ce que tu m'as raconté sur eux, ils ne vont pas se priver pour te mettre en boîte.

— Je vais les laisser s'amuser un peu avant de l'enlever.

— Tu as trouvé le temps de lire l'article que Sophie a écrit sur Shields ?

— Oui. C'est de l'excellent travail.

— Elle a beaucoup de talent. Ça te surprend ?

Il étendit les jambes devant lui, ajusta son siège et lui prit la main.

— Ma puce, sachant que c'est la fille de Bobby Rose, rien de ce qu'elle fera ne pourra me surprendre. Raconte-moi comment tu as connu Cordie et Sophie. Je sais que vous êtes devenues amies à l'école.

— Spencer t'a parlé de la petite dure qui nous avait prises en grippe, c'est ça ?

— Non, il m'a dit de te demander de me raconter cette histoire.

— Tout a commencé à cause d'une paire de barrettes…

Elle lui relata l'anecdote de Morgan la Terreur. Alec rit aux éclats quand il apprit que Regan lui avait vomi dessus.

— Et après, elle vous a laissées tranquilles ?

— Oui, ça fait des années que je ne l'ai pas revue.

— Sais-tu ce qu'elle est devenue ?

— Elle est entrée en politique. Elle est sénateur.

Persuadé qu'elle plaisantait, Alec s'esclaffa encore.

Elle adorait son rire. À vrai dire, elle adorait tout chez lui. Le jour où il était entré dans son bureau, il avait changé le cours de sa vie à jamais.

L'homme de ses rêves était en train de s'endormir.

— Alec ?

— Hum ?

— Quand comptes-tu me faire visiter la maison de Nick ?

— Notre maison, rectifia-t-il. On peut y passer demain, si tu veux, et si elle ne te plaît pas, on la mettra en vente et on cherchera autre chose.

— Elle me plaira.

— Il y a assez de place pour accueillir tes amies. Je sais qu'elles vont te manquer.

Leur absence allait lui coûter, en effet, mais elle continuerait à leur parler au téléphone tous les jours.

— Je vais devoir faire des allers-retours pendant deux mois, le temps que Paul et Henry n'aient plus besoin de moi.

— Comment Henry a-t-il réagi en apprenant ton départ pour votre hôtel de Boston ?

— Comme ton copain quand tu lui as annoncé que tu allais intégrer le FBI.

— Alors, il a fondu en larmes, lui aussi, hein ?

— Au fait, j'ai oublié de te dire : votre informaticienne travaille au Hamilton, à présent.

— Melissa a accepté ce boulot ?

Regan sourit.

— Aiden a un peu paniqué. Elle veut qu'on remplace tous nos ordinateurs de pacotille, comme elle dit.

— « Pacotille » ? C'est le mot qu'elle a employé ?

— Elle prend beaucoup sur elle pour châtier son langage.

Regan se mit à lui expliquer les améliorations qu'elle allait apporter à son nouveau bureau. Puis elle s'aperçut qu'il s'était endormi.

Elle l'embrassa sur la joue.

— Je t'aime, Alec.

À tout jamais.

Achevé d'imprimer par GGP Media GmbH, Pößneck
en avril 2007
pour le compte de France Loisirs,
Paris

N° d'éditeur: 48521
Dépôt légal: mai 2007
Imprimé en Allemagne